DROEMER

COLIN HARRISON

DIE ZÜGELLOSEN

THRILLER

Aus dem Amerikanischen von
Anke & Eberhard Kreutzer

Thomas Hummel
September 2018

DROEMER

Die amerikanische Originalausgabe erschien 2017 unter dem Titel
»You Belong To Me« bei Farrar, Straus and Giroux, New York.

Besuchen Sie uns im Internet:
www.droemer.de

FSC
www.fsc.org
MIX
Papier aus verantwortungsvollen Quellen
FSC® C083411

Deutsche Erstausgabe September 2018
Droemer Taschenbuch

Redaktion: Kirsten Reimers
Covergestaltung: ZERO Werbeagentur, München
Coverabbildung: © FinePic / shutterstock
Satz: Adobe InDesign im Verlag
Druck und Bindung: CPI books GmbH, Leck
ISBN 978-3-426-30633-8

2 4 5 3 1

Für Sarah, für Walker, für Julia

Schneller wandelt sich das Bild einer Stadt
Als eines Menschen Herz.

Baudelaire, *Die Blumen des Bösen*

1

49. STRASSE WEST ZWISCHEN FIFTH UND SIXTH AVENUE, MANHATTAN

Am Anfang ihrer Geschichte und seiner Probleme stand Verlangen. Zügig eilte er mit Jennifer Mehraz durch die Straßen von Manhattan, nachdem er bis zum letzten Moment und dann nochmals drei Minuten länger in der Lobby der Kanzlei auf sie gewartet hatte, bis sie endlich in einem blauen Sommerkleid hereingerauscht war. »Paul, tut mir leid, ich hab kein Taxi bekommen –« Das Übliche. *Wir müssen uns beeilen.* Jetzt bahnten sie sich einen Weg durchs Rockefeller Center, wo es die Menschen zur Pause am Freitagmittag scharenweise nach draußen zog und das Arbeitsheer aus den Bürogebäuden von Manhattan – die Männer in Hemdsärmeln, die Frauen mit ausgestreckten nackten Beinen in der Septembersonne – jede freie Fläche einnahm und die überteuerten Sandwiches verzehrte, während man telefonierte, simste, sah und gesehen wurde. Von ihm nahmen die Leute kaum Notiz, von Jennifer umso mehr.

»Und man kann da einfach so rein?« In ihren hochhackigen Schuhen schritt sie erstaunlich weit aus, und der Wind drückte ihr das Kleid an den Körper. »Man braucht keine Eintrittskarte?«

»Nur wenn man mitbieten will.«

»Und? Bietest du?«

Paul nickte. »Aber sicher.«

»Und bekommst du den Zuschlag?«

»Will ich doch hoffen.«

Sie hatte Mühe, mit seinen zügigen Schritten mitzuhalten. »Gewinnst du immer bei Versteigerungen?«

»Nein. Aber ich verliere auch nicht oft.«

Sie überquerten die 49. Straße und gelangten, vorbei an den geparkten Limousinen und ihren Chauffeuren, die sich mit trostloser Miene rauchend die Zeit vertrieben, auf die Plaza von Christie's.

»Bleib einfach an meiner Seite«, sagte Paul zu ihr, als sie durch die Glastür des Auktionshauses traten. Am Empfang holte er seine weiße Bieterkarte ab, bevor sie sich in einen eleganten Saal begaben, in dem er für sie beide in einer Reihe im hinteren Drittel, unweit vom Gang, zwei Plätze fand – er zog es vor, im Rücken seiner Konkurrenten zu sitzen.

Sie waren von den üblichen Verdächtigen umringt: betuchten Leuten oder ihren wichtigtuerischen Vertretern. Seit nunmehr zwanzig Jahren kam er schon her, seit seiner Zeit als Junganwalt in einer riesigen Kanzlei sieben Blocks von hier, während der er sich jeden Tag gefragt hatte, wie lange es dauern würde, bis sie ihn wegen Faulheit oder Inkompetenz feuerten. Die Mitarbeiter des Auktionshauses hatten ihn seitdem oft genug zu Gesicht bekommen, um ihm bei seinem Erscheinen stumm zuzunicken. Dabei war er nur einer von vielen, die es immer wieder zu dieser Pilgerstätte trieb, einem Schatzhaus, wo in einem endlosen Aufgebot Weltwunder den Eigentümer wechselten, Kostbarkeiten aus dem Besitz von Kaisern und Königen, Präsidenten, Moguln, Dieben, Fanatikern und Visionären, um oftmals für den Rest des Jahrhunderts oder auch für immer in der Versenkung zu verschwinden. Sein Interesse an Picassos oder an Elizabeth Taylors Juwelen oder der gelegentlichen Stradivari hielt sich in Grenzen. Die neueste Handschrift von Leonardo oder eine Porzellanschale aus der Qing-Dynastie ließen ihn kalt. Für Paul gab es nur eins – alte Stadtpläne von New York. Er war Sammler, und das schon seit dem zehnten Lebensjahr. Wie viele Karten nannte er sein Eigen? Unzählige – die meisten von eher bescheidenem, einige wenige von beträchtlichem Wert. Und an diesem Tag kamen bei Christie's eine Reihe exquisiter Exemplare unter den

Hammer, darunter eine Karte, auf die er schon seit Jahren ein Auge geworfen hatte.

Jennifer sah zu, wie der Auktionator im Smoking sein Mikrofon zurechtrückte, während ein paar wohlhabende ältere Frauen hinter ihnen Jennifer in Augenschein nahmen. Vielleicht waren sie da, um zu sehen, wie sich ihre eigenen Erbstücke verkauften. In den letzten Jahren war so mancher große alte Familienbesitz in New York den Bach runtergegangen – für den Rest der Welt kein Grund zum Trauern. Jennifer hielt dem kritischen Blick der Damen offenbar nicht stand: eine Spur zu blond? Zu viel Bein? Zu viel Schulter? Der Diamant an ihrem Finger zu protzig und zu groß? Dies alles half bei der abschließenden Klärung der Frage, in welcher Beziehung sie zu ihrem Begleiter stand – ob sie Pauls junge Frau oder doch eher Geliebte war. In der Stadt wimmelte es von Geliebten. Vielleicht passte Paul ins Raster – ein wenig Flaneur, der charmante Bengel mit dem unverschämten Glück, noch im Besitz seiner vollen Haarpracht zu sein, sagte ihnen wahrscheinlich ihr Kennerblick. Andererseits eindeutig nicht stinkreich. Verfügte über gewisse Mittel, aber nicht das große Geld. Nicht mit diesen ausgetretenen Schuhen und dieser billig aussehenden Uhr. Überhaupt ein bisschen zerknittert und in die Jahre gekommen, definitiv über den Zenit. Aber die meiste Aufmerksamkeit zog Jennifer auf sich. Sie spürten wohl, dass sie nicht mit dem Silberlöffel im Mund geboren worden war, sondern sich nach oben gedrängelt oder geschlängelt oder geschlafen hatte. Vielleicht musterten sie Jennifer auch nur wegen ihrer Jugend so kalt.

Jennifer sah auf ihr Handy. »Ahmed lässt grüßen.«

»Wo ist er gerade?«

»Irgendwo über dem Atlantik.«

»Wann kommt er nach Hause?«

»Sonntag. Am Montag steigt unsere Benefizgala, hörst du?«

»Ich hab meine Eintrittskarten gekauft.«

»Aber am liebsten würdest du zu Hause bleiben?«

Er hasste diese Partys, alles daran, von Anfang bis Ende. Aber Jennifer und ihr Mann waren nun mal in die Wohnung gegenüber eingezogen – eins von diesen zu Wohlstand gekommenen jungen Paaren, geschäftlich und gesellschaftlich gut vernetzt, mit einem vollen Programm drei Abende die Woche, wenn Ahmed nicht gerade wieder zu seinem nächsten Deal auf Reisen war.

»Stimmt's?«, hakte sie nach.

»In früheren Jahren bin ich zu so was gegangen.«

»Und?«

»Die Krabben sind meistens recht gut.«

Sie beugte sich zu ihm herüber, und er roch ihr Parfüm. »Paul, schon mal drüber nachgedacht, dass es ganz amüsant sein könnte? Vielleicht triffst du sogar eine alte Flamme.« Sie nahm ihm das weiße, nummerierte Bieterschild aus der Hand, betrachtete es und wedelte probeweise damit, sodass ihre goldenen Armreifen leise klirrten. »Kommt Rachel?«

»Sicher.«

»Klar, sie kann dich ja nicht unbeaufsichtigt unter die Leute lassen.«

Sie warf ihm ein schalkhaftes Lächeln zu, das ihn total vom Hocker haute. Andererseits hatten ihn Frauen schon unzählige Male total vom Hocker gehauen, und er hatte es noch immer überlebt. Nach seiner zweiten Scheidung war er mit einer Reihe von Liebschaften auf die Nase gefallen. Offenbar fand er nicht den richtigen Dreh mit der Ehe, und es hatte meist unschön geendet.

»Sieh mal, wen haben wir denn da!« Jennifer zeigte auf drei ein wenig hektisch wirkende Männer mittleren Alters, die gerade angekommen waren und in denen Paul kaltblütige Antiquitätenhändler aus Paris, Schanghai und Dubai wiedererkannte. »Die sehen gewieft aus«, sagte sie. »Und tun alles, damit es keiner merkt.«

Sie war nicht mehr ganz so blauäugig wie noch vor einem Jahr, als sie und Ahmed Paul gegenüber eingezogen waren. Sie lernte schnell, auf dem Weg nach oben eine unverzichtbare Gabe. Ahmed war ein Senkrechtstarter und hatte es schon weit gebracht. Nach dem Abschluss in Yale mit gerade mal zwanzig hatte er mit vierundzwanzig je einen Master in Betriebswirtschaft und in Jura in Harvard hingelegt und arbeitete inzwischen als Anwalt und Finanzier in Personalunion. Überflieger, keine Frage. Entsprechend war er – ein Marktbeherrscher in einer Metropole, in der es von seinem Kaliber eine Menge gab – von sich eingenommen. Drei Mal hatte Goldman Sachs versucht, ihn anzuwerben, und war abgeblitzt. Jetzt, mit zweiunddreißig, jettete Ahmed als Frontmann von einem Deal zum anderen um die Welt, für wesentlich ältere Männer, die es vorzogen, unerkannt zu bleiben. Paul hatte sich Ahmed zum heimlichen Studienobjekt erkoren. Wahrscheinlich hatte er sich zu diesem dämlichen Wohltätigkeitsabend nur breitschlagen lassen, um sich die neuesten Player auf dem Parkett der Reichen und Karrieremacher anzusehen, mit Ahmed als einem der kommenden Stars. Bei genauerer Betrachtung arbeitete Ahmed an den fließenden Grenzen zwischen Investmentbanken, Energiekonzernen und Regierung. Bei seinen Deals für mehrere Unternehmen zugleich fiel für ihn jedes Mal ein ordentlicher Batzen ab. Jennifers Mann hatte für Paul nicht besonders viel übrig; Pauls Sparte – Arbeits- und Einwanderungsrecht – rangierte auf seiner Werteskala ungefähr auf gleicher Höhe mit dem Servicepersonal, das jeden Abend seine Büroräume putzte. Lag Ahmed damit falsch? Ganz und gar nicht.

In Wahrheit kann mich Ahmed vor allem deshalb nicht leiden, dachte Paul, weil ich seine Frau besser verstehe als er. Paul wusste, wo sie herkam, wusste, was ihre letzten Sommersprossen und ihr leicht näselnder Pennsylvania-Akzent für sie bedeuteten. Er bezweifelte, dass Ahmed, Spross einer reichen iranischen Immigrantenfamilie aus Los Angeles, wo die Mehraz inzwischen eine Regionalbank sowie zahlreiche Gewerbeimmobilien besaßen, je in Jennifers Heimatstadt Reading gewesen war. Immer auf der Überholspur, hatte er bereits das etwas längerfristige Ziel im Auge, der erste iranischstämmige Senator oder Gouverneur zu werden, wofür die Ehe mit einer gebürtigen Amerikanerin unverzichtbar war. Doch bis dahin gingen sicher noch ein paar Jahre ins Land; wenn es dann so weit war, hatte er zweifellos sein stattliches Vermögen gewinnträchtig angelegt und sich einen Namen gemacht. Hochgewachsen und schlank, aber nicht zu schmal, das schwarze Haar glatt zurückgekämmt, verströmte Ahmed Macht und Eleganz – mit zunehmendem Alter vermutlich umso mehr. Schon jetzt konnte er älteren Männern Ehrfurcht einflößen. Auf Partys hatte Paul beobachtet, wie die Männer nervös um Ahmeds Anerkennung buhlten, wie sie ihm die belanglosesten Nettigkeiten mit einem allzu devoten Grinsen dankten oder nickten, wenn es nichts zu nicken gab. Ja, wenn alte Männer junge Männer fürchten, das muss man gesehen haben!

Der Auktionsbeginn wurde angekündigt. Paul erinnerte Jennifer daran, dass die Handys abzuschalten waren, eine Vorkehrung gegen Gebotstreiberei mit Komplizen.

Sie reichte ihm die Bieterkarte. »Nimm mir die lieber weg, sonst stelle ich noch etwas Schlimmes damit an«, sagte sie scherzhaft. »Wärst du eigentlich ohne mich gegangen, wenn ich es nicht rechtzeitig zu dir in die Kanzlei geschafft hätte?«

»Ja.«

»Im Ernst? Aber ich bin doch dein *Date*.« Sie musterte ihn, und er sah in ihren strahlenden Augen einen Anflug von erotischem Vergnügen, gepaart mit dem Gefühl, nicht recht zu wissen, wo sie hingehörte. »Im Ernst?«, wiederholte sie.

Doch statt zu antworten, suchte er die Menge nach Konkurrenten ab und entdeckte ein paar andere inbrünstige Sammler sowie eine Handvoll lokaler Investoren, die auf seltene Karten setzten oder sie für ihre Geschäftskunden erwarben, denn exquisite Stadtpläne und Karten waren inzwischen als inflationssichere Anlagen im Investment-Portfolio ebenso geschätzt wie wertvolle Münzen oder Kunst. In ihrer kleinen Welt kannten sie sich alle, diese sammelwütigen Fetischisten antiker Tinte auf vergilbtem Papier; sie trafen einander in den Kartensammler-Vereinen, liefen sich in den überteuerten Galerien Manhattans über den Weg, wo sie sich beiläufig erkundigten, ob die Einkäufer bei Haushaltsauflösungen in New England, im Süden oder im Mittleren Westen auf etwas Interessantes gestoßen seien. Ob irgendetwas Außergewöhnliches aufgetaucht sei. Was früher oder später *immer* der Fall war!

Was war der Antrieb für diese Sammelwut? Das Ende des Papiers. Schon immer hatten Menschen Karten gesammelt, doch jetzt wurden sie Zeuge eines schleichenden Todes. Es ging das Gerücht, einer der ölgetränkten saudischen Prinzen sei völlig durchgedreht und kaufe jede verfügbare Karte vom Mittleren Osten auf, jedes Dokument von der Region zwischen dem Suez-Kanal und den Gestaden von Oman. Geld spielte selbstverständlich keine Rolle. Für seine Leidenschaft ließ er Millionen springen. Zuletzt hatten die unerhört kostbaren Militärkarten von Arabien im Britischen Museum seine Begehrlichkeit geweckt, und möglicherweise war er mit seiner diskreten Anfrage nicht abgeblitzt. Mit gleicher Leidenschaft kauften die jungen chinesischen Moguln Karten von China, besonders von der Ostküste, wo sich in den letzten dreißig Jahren so viel geändert hatte – von umgeleiteten Flüssen über aufgefüllte Küstenstreifen bis zu pulverisierten Bergen. Bei amerikanischen Sammlern im Westen standen riesige mehrfarbige Karten von Texas hoch im Kurs – von denen Grenz- und Territorialverschiebungen im Landesinneren, etwa der Gebiete von Apachen oder Komantschen, abzulesen waren. Besonders riss man sich um Karten aus der Zeit von vor 1740, auf denen Kalifornien als Insel erschien. Doch der gemeinsame Nenner quer über den Globus war der Niedergang des Papiers. Karten waren heute nur noch digitale Information, gepixelte Satellitenaufnahmen mit immer brillanteren interaktiven Funktionen und von atemberaubender Schärfe. Jedes Detail beliebig heranzuzoomen, hatte zweifellos seinen Reiz, doch mochten sie noch so sehr mit den aktuellsten Informationen und der neuesten Technik aufwarten, anfassen konnte man sie nicht. Sie waren von keiner Meisterhand gemacht. Kein kurzsichtiger armer Schlucker hatte ein gezacktes Blatt Hadernpapier auf eine mit Druckerschwärze eingefärbte Kupferplatte gepresst. Paul konnte sie weder berühren, noch zwischen den Fingern spüren; laufend auf den neuesten Stand gebracht, bewahrten sie *nichts*.

Gegen diesen Ansturm der Zeit sammelte er Stadtpläne von New York. Weil er sein ganzes Leben hier verbracht hatte? Nun ja, er war fünfzig, so alt, dass ihn spät abends, wenn er allein im Bett lag und auf die Sirenen in weit entfernten Straßen horchte, die Erinnerungen heimsuchten, so alt, dass einige der Karten in seinem Besitz, diejenigen aus dem späten zwanzigsten Jahrhundert, Stadtlandschaften festhielten, die er noch aus eigener Anschauung kannte: wo er als Junge in Brooklyn mit der von oben bis unten mit Graffiti übersäten U-Bahn der siebziger Jahre zur Public School gefahren war; wo er als College-Student an der Columbia den Barnard Girls, den Studentinnen des Frauen-College, hinterhergeschmachtet, wo er als frisch gebackener Anwalt, damals noch stets adrett gekleidet, Überstunden geschoben hatte. Doch die meisten seiner Pläne hielten ein New York fest, das längst Vergangenheit war und das kein Lebender mehr aus eigener Erfahrung kannte. So blieb ihm nichts anderes übrig, als sich über den Verlust hinwegzutrösten, indem er die historische Stadt mit seiner Lupenbrille betrachtete – 6X, für Chirurgen, ein deutsches Fabrikat. Hatte er sich eine Weile in einen solchen Stadtplan vertieft, schaute er auf, richtete den Blick auf die Welt hinter dem Fenster und stellte sich vor, wie die Metropole aus Glas auf der aus Stahl auf den Grundfesten der City aus Backstein und diese ihrerseits auf der Stadt aus Holzbauten mit Eichendübeln und vierkantigen Eisennägeln hochgezogen worden war. Denn das war New York, ein immer unvollendetes Meisterwerk, immer wieder abgerissen und neu gewachsen, im Minutentakt von immer neuen Menschenschwärmen bevölkert, die über die Brücken und durch die Tunnel in die Großstadt kamen –

– so wie vor Jahren auch Jennifer Mehraz. Damals noch Jennifer Hayes, kam sie in einem Greyhound-Bus durch den Lincoln-Tunnel herein, mit nichts weiter als einer abgewetzten Reisetasche und einem Rucksack. Reading war eine unscheinbare, doch durch und durch amerikanische Stadt. Er war da gewesen, allerdings. Arm und alt, mit Fabriken, die entweder leer standen oder in Kürze abgerissen wurden. Inmitten von Maisfeldern und Trabantensiedlungen. Die Stadt verfügte über eine Jugend-Baseballmannschaft, das Bild prägten Männer, die Sattelschlepper reparierten, und übergewichtige Rentner, die sich bei McDonalds zum Frühstück trafen. Und doch wuchs ab und zu eine atemberaubende junge Frau in schwierigen Verhältnissen an einem Ort wie Reading auf und ging fort, um in Los Angeles, New York oder Las Vegas ihr Glück zu versuchen, in einer jener lichtdurchfluteten, lärmenden Städte mit der Verheißung des großen Gelds. Je schöner die Mädchen, desto ungewisser ihr Schicksal. Die Welt hatte immer Verwendung für sie, besonders für diejenigen, die nichts als ihre Schönheit mitbrachten, keine Bildung, keine Familie, kein Geld, und die dem Abgrund schon recht nahe gekommen waren. Im Lauf der Jahre war er – besonders zwischen Ehe Nummer eins und zwei – einigen davon begegnet und hatte mit eigenen Augen gesehen, wie taff und einsam sie oft waren. Sie trugen dieses große Loch mit sich herum – *Vater früh verloren, Mutter bipolare Persönlichkeitsstörung, Bruder vertickt*

Designerdrogen – oder dergleichen. Er und Jennifer hatten darüber geredet, wie sie aufgewachsen war, und ihm war der Gedanke gekommen, ob sie vielleicht nur deshalb so gerne mit ihm sprach, weil sie spürte, wie mit jedem Jahr, das ins Land ging, Ahmeds Selbstverständnis, Reichtum und gesellschaftlicher Aufstieg immer mehr ihr eigenes Leben prägten und sie ihrer Herkunft entfremdeten. Ihre Mutter, eine Lokalschönheit, war ein ums andere Mal an die falschen Männer geraten. Seines Wissens hatte Jennifer keinen Kontakt mehr mit ihr. Und gegenüber Ahmed hielt sie sich, wie sie Paul gestanden hatte, mit Einzelheiten über ihre Vergangenheit eher bedeckt, da er sie, wenn doch einmal etwas zur Sprache kam, schief ansah. Es war klüger, hatte sie schnell begriffen, zu erzählen, sie habe, bevor sie nach New York kam, um sich dort eine Arbeit zu suchen, »an der Penn studiert«. Und das war nicht einmal gelogen, nur dass zwischen ihrer Ankunft in New York und dem Tag, an dem sie Ahmed kennenlernte, eine Lücke von zwei Jahren klaffte. Ob Ahmed viel über diese Jahre wusste? Paul schätzte, eher nicht.

»Bist du so weit?«, fragte ihn Jennifer, als sie sah, wie sich der Auktionator mit seinen Assistenten verständigte.

»Zuerst sind die französischen und britischen Karten dran.«

Zum Verkauf stand die vollständige Privatsammlung Hingham, über mehr als ein Jahrhundert mit Fleiß zusammengetragen, zuerst von einem britischen Kapitän zur See, danach vom Sohn und vom Enkel. Die amerikanischen Nachfahren hatten, so hieß es, ihr stattliches Erbe auf jede erdenkliche Weise durchgebracht, von kurzsichtigen Spekulationsgeschäften über Medikamentenabhängigkeit und Sexsucht bis zur elendigen Euphorie des Alkoholismus. Damit nicht genug, waren sie auch noch auf ein paar ausgefallenere Methoden verfallen, ihr Geld in den Sand zu setzen, wie etwa die großangelegte Finanzierung von Avantgarde-Filmen, die kein Mensch verstand, oder üppige Spenden an religiöse Charismatiker, weshalb sie sich schließlich genötigt sahen, die Sammlung hunderter Karten zu verscherbeln, mit einem Schätzwert von summa summarum über sechzig Millionen Dollar. Der gute alte Captain Hingham, zu Lebzeiten mit langem Bart und seit 1904 mausetot, hatte in allen Häfen, die er anlief, so konnte man in Christie's Katalog nachlesen, Karten gekauft, selbstverständlich in Europa, aber auch in Afrika, Indien, den Küstenstädten Ostasiens und in Australien. Zur Aufbewahrung hatte er sie zwischen zwei Lagen sauberen japanischen Reispapiers aufgerollt, in überschüssige, von der britischen Marine gekaufte Granatenhülsen aus Messing gesteckt und zuletzt gegen Feuchtigkeit, Licht, Insekten oder menschliche Langfinger fachmännisch mit Musselin und Wachs versiegelt. Jede lange Messinghülse war mit einem Schildchen versehen, auf dem er Alter, Maße, Provenienz und Kaufpreis festgehalten hatte. Immer wenn er zweimal im Jahr in sein Cottage an der Küste von Nord-Yorkshire heimkam, hatte er die neuen Karten sowie seine Logbücher (gleichfalls mit Wachs versiegelt) in einer Nische in seinem knochentrockenen Keller verstaut. Und dort blieben sie, ungeöffnet und wie Weinflaschen in Gitterregalen aus Mahagoni, während sein Sohn und sein Enkel, beide bei der britischen Handelsmarine, die Sammlung fortlaufend erweiterten, ohne je nachzusehen, was schon da war. Erst in den späten sechziger Jahren barg eine Ururenkelin die unter dem Haus gelagerten Hülsen und förderte mit der Sammlung einen spektakulären Schatz zutage. Bei den Karten des wackeren Captain Hingham war für jeden Geschmack etwas dabei, darunter ein halbes Dutzend Pläne vom alten New York.

Paul interessierte sich allerdings nur für einen einzigen davon. Er war etwa hundertfünfzig Jahre alt und faszinierte ihn schon lange: der persönliche, großformatige Stadtplan von Manhattan, gedruckt von D. T. Valentine. Von 1841 bis in die frühen siebziger Jahre des neunzehnten Jahrhunderts hinein hatte Valentine, ein penibler, stattlicher Mann mit Mittelscheitel, unter dem Titel *Handbuch des Stadtrats von New York* Jahr für Jahr einen spektakulären Band herausgegeben. Die kleinen, dicken Bücher enthielten statistische Daten sowie Berichte über die Bautätigkeit und wurden an wohlhabende Geschäftsleute, Politiker und andere Honoratioren vertrieben, die nicht selten ihren Namen in Gold auf die Buchrücken prägen ließen. Die Jahresbände waren aufwändig mit handkolorierten Stichen von Szenen aus dem städtischen Leben illustriert und außerdem mit historischen wie auch aktuellen Faltkarten von New York bestückt. Pflichtschuldig hatte Paul jeden Jahresband erworben.

Doch D. T. Valentine hatte zudem eine persönliche, großformatige Version seiner Aufrissdarstellung der Insel von Manhattan anfertigen lassen, auf der er die genauen Positionen von Lokalen, gut beleumundeten Bordellen, Kirchen, Schulen, Feuerwehren, Irrenanstalten und Friedhöfen (einschließlich jener für Schwarze, Quäker und Juden) eingezeichnet und koloriert hatte. Die meisten Karten aus jener Zeit waren nicht größer als sechzig mal neunzig Zentimeter, wohingegen diese Schönheit, die Pauls Herz höher schlagen ließ, unglaubliche hundertvier Zentimeter breit und hundertdreiundsechzig Zentimeter hoch war. Die Existenz von zwei Fassungen war belegt: eine weniger prächtig ausgestattete in der New York Public Library und eine zweite in der Sammlung Hingham, 1887 für drei Dollar in Gold aus dem privaten Nachlass Valentines erworben. Die Umrahmung der Karte zierten ein Inder und ein eleganter New Yorker mit Zylinder auf je einer Seite des mit einem goldenen Adler beziehungsweise Bieber bekrönten Globus. Auf den Gewässern des Hudson und des East River drängten sich Zeichnungen der bekanntesten Segelschiffe der Zeit, und die Docks waren mit den Namen der Schiffslinien versehen, die hier ihre Ladungen löschten. Dort, wo das rasante Wachstum der Metropole in die liebliche Landschaft überging – ungefähr an der heutigen 90. Straße –, hatte Valentine nicht widerstehen können, jedes Gehöft, das auf der Insel Manhattan noch vorhanden war, zu vermerken, ja, er hatte wahrhaftig mit Reihen winziger Apfelbäume markiert, wo die Obstgärten lagen. Paul wusste sogar, wie viele es waren – auf dem hochauflösenden Scan der Karte, den das Auktionshaus bereitstellte, hatte er nachgezählt; die Detailversessenheit und Präzision waren schon fast obszön.

Es gab triftige Gründe, dass er nach dieser Karte lechzte, jeder für sich ein unwiderstehlicher Anreiz. Erstens: Sie war selten, vollständig, schön und prächtig illustriert, jeder ernsthafte Sammler leckte sich alle Finger danach. Andererseits traf das auf vielleicht ein Dutzend Karten zu, die jedes Jahr auf dem Markt auftauchten. Zweitens – der Hauptreiz für Fanatiker: Mit ihrer Größe bot der Plan reichlich Platz für Anmerkungen und Markierungen nach Valentines persönlichem Belieben, was ihn zum Beispiel dazu bewogen hatte, auf bestimmten Straßen das Kommen und Gehen von Persönlichkeiten festzuhalten, die er der Dokumentation für würdig befand – wie zum Beispiel eine hauchdünn schraffierte Linie die Bowery entlang, mit der Beschriftung: *Route von Mr Charles Dickens aus England bei seinem ersten Besuch der Vereinigten Staaten 1842.* Zehn Blocks weiter nördlich stand, neben der eingezeichneten Great Hall der Cooper Union, die Anmerkung: *Rede von A. Lincoln im Februar 1860.* Und schließlich hatte Valentine nach persönlichem Ermessen Lokale, Bars, Schenken und Häuser von zweifelhaftem Ruf vermerkt, so an der Bleecker, Ecke »Broad-Way« ein Lokal, das W. E. Reeves, Pauls Ururgroßvater gehört hatte, dessen eigene kümmerliche Dokumentation sich auf einen wertlosen, von Mäusen angenagten Stoß Papiere beschränkte. Fantastisch. *Unwiderstehlich.* Ach, wie er sich diese Karte wünschte –

– was für ein prosaisches Wort, *wünschte.* Völlig unzulänglich, um seine Empfindung zu beschreiben. Er wollte, er begehrte diese übergroße Karte, er *musste* sie haben, er schmachtete, fieberte danach, sie stand ihm zu. Er wollte sie anfassen und riechen und besitzen, mit dem Finger die festen Kanten entlang streichen. Das Gefühl war ihm nicht neu – ähnlich vereinnahmend war er gegenüber Frauen gewesen wie auch bei Schlachten vor Gericht. Im Grunde seines Herzens war er nicht anständig und gesittet, auch wenn er vielleicht den Eindruck machte. Die Kultiviertheit, die er an den Tag legte, ging nicht sehr tief, unter dem dünnen Firnis kam etwas anderes zum Vorschein, ein härterer, primitiverer Mann, triebgesteuert, impulsiv, statt vernunftgeleitet. Seine zweite Frau, selbst keine Mimose, hatte zu ihm gesagt: »Paul, du machst einen netten Eindruck, aber in Wahrheit bist du ein verdammter Mistkerl.« Leugnen war zwecklos.

In diesem Moment eröffnete der Auktionator das Verfahren, und unter allgemeinem Applaus wurde die erste der Hingham-Karten, ein riesiger *Plan de la Rivière Seine à Paris* präsentiert. Eine spektakuläre Karte mit einem detailliert eingezeichneten Jardin des Tuilleries, die zwölf Brücken über die Seine durchnummeriert und separat aufgelistet. Wenn man Pariser war, ein exquisiter Leckerbissen. Die Gebote kamen zuerst verhalten, schnellten jedoch schon bald in Zehntausenderschritten steil nach oben, sodass sich im Saal die Spreu vom Weizen trennte.

»Sieh dir das an«, sagte Jennifer. »Die Franzosen waren –«

»Die besten Kartografen ihrer Zeit«, sagte er.

»Wunderschön«, flüsterte Jennifer, ihre schimmernden Lippen dicht an seinem Ohr.

»Aber nichts für mich.«

Links und rechts von ihnen schnellten die Tafeln hoch, und der Auktionator ließ sich von den Mitarbeitern die Telefongebote nennen. Just in diesem Moment merkte Paul, wie in den Reihen hinter ihnen Unruhe entstand. Um nicht zu verpassen, ob sich einer der Händler aus Manhattan an die Paris-Karte heranmachte, achtete er nicht darauf. Bis Jennifer diesen Laut von sich gab – einen kurzen, erstaunten Aufschrei.

Sie hatte sich umgedreht. Vier Bieter weit entfernt stand im Gang ein kräftig gebauter junger Mann in sandfarbenem Tarnanzug. Er war groß, kernig, gut aussehend, und dieser Mann starrte Jennifer erwartungsvoll, fast herausfordernd an. Auf jeden Fall so, als würde er sie sehr gut kennen. Er hatte große, schwielige Hände. Den neugierigen Blicken der Bieter, die auf ihn aufmerksam geworden waren, schenkte er ebenso wenig Beachtung wie dem abschätzigen Getuschel einiger Frauen hinter ihnen.

»Wie kommt –?«, flüsterte Jennifer, als wüsste sie genau, welche Strecke dieser Mann bis hierher zurückgelegt, ja sogar, was er auf sich genommen hatte, um jetzt vor ihr zu stehen. Ein wenig benommen, wie es schien, erhob sie sich von ihrem Platz, und der Blick, mit dem sie Paul ansah, zeugte zugleich von unaussprechlichem Kummer und einem noch stärkeren Gefühl, gegen das sie machtlos war. Paul wartete auf ein Wort der Erklärung.

Doch Jennifer sagte nichts, sondern drängte sich, ohne sich zu entschuldigen, unbeholfen an den vier Personen zwischen ihr und dem Gang vorbei und fiel dem Mann an die Brust. Er nahm sie in die Arme und legte ihr das Kinn auf den Kopf, doch statt im Moment des Wiedersehens die Augen zu schließen, ließ er aggressiv den Blick über die Zeugen der Begegnung schweifen und beäugte besonders argwöhnisch Paul. Wagt es nicht, euch einzumischen, war die unmissverständliche Botschaft. Paul wartete darauf, dass Jennifer sich noch einmal zu ihm umsah, wurde jedoch enttäuscht. Die beiden wendeten sich zum Gehen, und Jennifer, bezaubernd in ihrem Sommerkleid, schmiegte sich an den Mann wie jemand im Rausch, der Halt sucht oder braucht.

Verblüfft saß Paul da. Die Minuten vergingen wie im Flug, und während er seine Erinnerungen an die Gespräche mit Jennifer nach irgendeinem Hinweis auf diesen namenlosen Mann durchforstete, vergaß er, wo er war. Ein Bruder oder Cousin konnte er nicht sein, da war sich Paul sicher, trotz des ähnlichen Teints, denn die Art, wie sie dem Mann in die Arme gesunken war, zeugte von einer ganz anderen, physischen Vertrautheit. Und wie konnte der Fremde wissen, wo er sie finden würde? Jennifer war von ihrer Wohnung direkt zu Paul in die Kanzlei gekommen. Außerdem hatte sie nicht mit dem Mann gerechnet, sondern entgeistert reagiert. An einem Ort wie New York trifft man nicht zufällig auf einen früheren Liebhaber – falls er das war. Die Stadt ist zu groß, die Wahrscheinlichkeit einer zufälligen Begegnung äußerst gering …

In diesem Augenblick hörte Paul, wie der Auktionator zum nächsten Versteigerungsobjekt kam, und er sah instinktiv in seinen Katalog. Hatte er wahrhaftig nicht aufgepasst? War die Schlacht der Chinesen um Captain Hinghams Karten von Schanghai schon entschieden? Soeben war die D.-T.-Valentine-Karte an die Reihe gekommen – mein Gott, wach auf! –, und in den nächsten Minuten wedelte er wie wild mit seiner Bieterkarte, fest entschlossen, das verdammte Ding zu kaufen – um jeden Preis und ohne den Nervenkitzel des Wettstreits zu genießen. Er hatte sich darauf gefreut, Jennifer neben sich zu haben, wenn er den Zuschlag für dieses großartige Dokument bekam, stattdessen war sie verschwunden und hatte ihn irritiert und verwundert zurückgelassen. Unverdrossen riss er seine Karte hoch. Die anderen ernsthaften Bieter – die Sammler und ein Händler – sahen seine fanatische Entschlossenheit und gaben auf. Zum Ersten, zum Zweiten, zum … *peng*. Verkauft an den großen Mann mit der finsteren Miene.

Als Paul später die Papiere mit dem Zuschlags- und dem Aufpreis unterschrieben hatte und aufstand, um den Saal zu verlassen, kam ein korpulenter junger Mann auf ihn zu.

»Mr Paul Reeves?«

»Ja?«

»Ich arbeite für Robert Gibbs.« Ein prominenter Rechtsanwalt für Erbrecht, der den Nachlass reicher Leute abwickelte. »Wir hatten gehofft, Sie heute hier bei dieser Auktion anzutreffen.«

»Und da bin ich nun.«

»Mr Gibbs hat mich angewiesen, Sie zu finden und Sie, streng vertraulich, wissen zu lassen« – der junge Mann beugte sich vor – »dass der Gesundheitszustand von Mr James Stassen … bedenklich ist, dass er, ähm, zur Sorge Anlass gibt.«

»James McKinley Stassen?«

Der junge Mann nickte stumm.

Nun war Paul hellwach, wie elektrisiert. Der Eigentümer der Stassen-Ratzer-Karte von New York? War das möglich? Seit dreißig Jahren nicht mehr gesehen? Handkolorierter Kupferstich, hundertzwanzig mal neunzig Zentimeter? Die Ratzer, 1766 in Auftrag gegeben, war die beste Karte von einer amerikanischen Stadt, die aus dem achtzehnten Jahrhundert erhalten war, und von höchstem Seltenheitswert. Angefertigt hatte sie Lieutenant Bernard Ratzer, Pionier im Royal American Regiment. Stassens Exemplar hatte eine bemerkenswerte Geschichte und war zufällig, verschwommen im Hintergrund eines Schwarzweißfotos, in einem Artikel des *Life Magazine* aus den vierziger Jahren über die Damen der feinen New Yorker Gesellschaft aufgetaucht. Paul besaß eine Kopie dieses Artikels in seinen Akten. Die Stassen-Ratzer-Karte. So viel wert wie tausend rare Valentines!

»Ich wusste nicht, dass er noch am Leben ist.«

»Es ist davon auszugehen, dass Mr Stassen nicht, nun ja, dass er nicht mehr sehr lange lebt.«

Der junge Mann überreichte Paul eine Visitenkarte. »Mr Gibbs wäre Ihnen sehr verbunden, wenn Sie sich, sobald es Ihre Zeit erlaubt, mit ihm in Verbindung setzen würden. Je früher, desto besser.«

Jetzt war es an Paul, die Stimme zu senken. »Dann soll der mögliche Verkauf stattfinden, bevor Stassen stirbt?«

»Alles Nähere erfahren Sie von Mr Gibbs.«

Er verstand das als ein Ja. »Mein Kompliment an Ihren Vorgesetzten, dass er mich gefunden hat. Ich würde mich gerne am Montag oder Dienstag mit ihm treffen.«

»Anfang nächster Woche muss sich Mr Sassen in seiner Wohnung einer ärztlichen Behandlung unterziehen. Der früheste Termin wäre folglich Mittwochmorgen um neun.«

»Gut, gut«, sagte Paul. »Ich werde da sein.«

»Wir schlagen vor, dass Sie sich an Mr Stassens Wohnsitz treffen.«

Weil sich die Karte dort befindet, dachte Paul. »In Ordnung.«

Der Mann zog einen Zettel hervor. »Die Anschrift, an der Park Avenue. Mr Gibbs erwartet Sie um neun in der Eingangshalle.«

Paul faltete das Papier zusammen und steckte es in die Tasche. »Vorausgesetzt natürlich, dass Mr Stassen nicht schon früher von uns geht.«

Auf seinem Heimweg zur 66. Straße West versuchte er, sich darüber zu freuen, dass er die Valentine-Karte ergattert hatte, doch, wie er sich eingestehen musste, wanderten seine Gedanken immer wieder zu der verblüffenden Neuigkeit zurück, dass die Stassen-Ratzer zu haben war. Was stimmte nicht mit ihm? Acht Jahre lang hatte er die Valentine-Karte verfolgt. Jetzt gehörte sie ihm! Und? Konnte er darüber nicht ein bisschen glücklich sein? War er so ein materialistischer Vollidiot, dass er sich schon nach der nächsten Beute die Lippen leckte?

Wenn das nicht krankhaft ist, dachte er. Ich bin ein gottverdammter, bemitleidenswerter Landkarten-Junkie, ein Mann in mittleren Jahren, der altes Papier an sich rafft. Aber … aber nein! – nein, die Stassen-Ratzer-Karte war solche Seelenqualen wert! Falls die Gerüchte, die wenigen Augenzeugenberichte, die es über die Jahre gegeben hatte, stimmten – wie gesagt: falls! –, dann war das nicht etwa eine von vielen New-York-Karten, sondern der Halleysche Komet und Michael Jordan und Sophia Loren und John Lennon und Angkor Wat in einem. Es gab nur eine, *nur diese eine!* Konnte er sich die Stassen-Karte leisten? Nein. Unmöglich. Das heißt, schon, wenn er bereit war, Opfer zu bringen. Er würde eine Hypothek auf seine Wohnung aufnehmen oder Aktien verkaufen müssen. Doch das brauchte Zeit; der Verkäufer würde auf einer schnellen Bezahlung bestehen. Als Alleineigentümer seiner Kanzlei konnte Paul die Firma beleihen, natürlich regelwidrig, aber nicht direkt illegal. Jedenfalls machbar. Ein paar Papiere aufsetzen und unterschreiben. Vielleicht würde er die Karte testamentarisch dem Smithsonian vermachen, ein Gebot des Anstands. *Aus dem Nachlass von Paul Reeves.* Ein angenehmer Egokitzel. Wieso hatte Stassen das nicht getan? Keine Ahnung. Paul wurde bewusst, dass er seinen Anzug durchschwitzte, während er schneller als nötig ausschritt und eine Eile an den Tag legte, als müsse er dringend zu einem Termin. Und dann kam an der nächsten Ecke schon sein Wohngebäude in Sicht, ein achtundfünfzigstöckiger Stapelbau, mit einem u-förmigen Grundriss und zwei spiegelbildlichen Wohnungen auf jeder Etage, der Fahrstuhlschacht am Bogen des U.

»Tag, Sir«, murmelte Parker, der Pförtner.

Paul fand dessen Uniform lächerlich und vermutete, dass Parker ähnlich darüber dachte, denn er wirkte so, als werde seine Persönlichkeit von dieser gestärkten Jacke und gestreiften Hose erdrückt. In diesem Moment allerdings fragte sich Paul, ob er soeben tatsächlich gesehen hatte, wie es in Parkers

Augen blitzte – etwas Belustigendes an Paul, das er für sich zu behalten wusste, weshalb er sofort wieder in den gewohnt gleichmütig höflichen Modus wechselte.

Der Fahrstuhl hielt auf dem siebenundvierzigsten Stock. Jennifers und Ahmeds Wohnung, 47 Ost, befand sich rechts, Pauls, 47 West, links. Die beiden würden nur noch für kurze Zeit in ihrem Vierzimmerapartment bleiben, vermutete Paul. Bei ihrem rasanten Aufstieg war es nicht mehr standesgemäß, und in ein, zwei Jahren, vielleicht nach dem ersten Kind, würden sie mit Sicherheit in ein bedeutend größeres Domizil wechseln, vielleicht westlich vom Central Park oder in das neue Gebäude in der 57. Straße, dessen Penthouse gerade für hundertzwanzig Millionen Dollar an die Tochter eines russischen Oligarchen verkauft worden war. Er sah, dass bei Ahmed und Jennifer die Wohnungstür offen stand, nur ein paar Zentimeter, als habe jemand beabsichtigt, sie zu schließen, sei aber nicht ganz bei der Sache gewesen. Das war nicht das erste Mal und bedeutete meistens, dass Jennifer hastig in die Lobby hinuntergefahren war, um Besuch oder eine Lieferung in Empfang zu nehmen. Er machte einen Schritt Richtung Tür, stellte fest, dass drinnen kein Licht brannte, und horchte einen Moment. Nichts. Er ging zu seiner eigenen Tür ein paar Schritte weiter auf der anderen Seite.

Ursprünglich hatte auch seine Wohnung über vier Zimmer verfügt, doch er hatte Wände herausreißen und sie zu einer Zweizimmerwohnung mit einer großen Galerie umbauen lassen. Das Gebäude war so konzipiert, dass sämtliche Apartments durch ihre östlichen Fenster Tageslicht empfingen. Die beiden Enden des U lagen nur dreizehn Meter auseinander, und bei ausreichend Licht konnte man über diesen Zwischenraum hinweg in die großen Panoramafenster der spiegelbildlichen Wohnung gegenüber blicken. Morgens konnte man von den östlichen Wohnungen aus in die sonnendurchfluteten Räumlichkeiten im Westen spähen und am Nachmittag umgekehrt. Nur nicht bei Paul, denn dort befand sich seine Kartengalerie, und er hatte die Fenster an dieser Seite mit Lamellenjalousien ausgestattet, die so gut wie kein Sonnenlicht hereinließen.

Dafür gab es einen einfachen Grund: Sonnenlicht beeinträchtigte Karten, besonders die kolorierten. Obwohl alle seine Schätze durch Ultraviolettglas geschützt waren, sorgte er lieber doppelt vor.

Sein privates Museum blieb vor den Augen der Welt verborgen. Er hatte deckenhohe Ausstellungswände einziehen lassen, an denen seine Karten hingen. Angeordnet waren sie chronologisch – beim Betreten des Raums fand man sich im achtzehnten Jahrhundert wieder – der Zeit, in der die ersten Karten von New York, oftmals mit Feder und Tinte per Hand, angefertigt worden waren – und gelangte am Ende in die Gegenwart. Hier und da hatte er zwischen den Exponaten Lücken gelassen, die er hoffte, irgendwann einmal zu füllen. Und was war er jetzt glücklich, die Valentine-Karte zu besitzen! Es war ein beglückendes Gefühl, die Karten der Reihe nach abzuschreiten. Für ihn war es eine Reise durch die Zeit. Er hatte vor Augen, was früher geschehen war. *Besäße er doch nur jede Karte, die je von New York gezeichnet worden war!* Allein die Vorstellung war ein wenig schwindelerregend; mit dem Besitz sämtlicher Karten wäre alles sein, jeder Block, jede Straße und Gasse, jeder schmale Durchgang, einfach alles, ein göttlicher Schatz, eine Sammlung, die es gar nicht geben konnte und natürlich auch nicht gab. Was der Sache am nächsten kam, waren die gesamten Bestände der New York Public Library, doch obzwar die Kuratoren dort zu diesem annähernd allumfassenden Fundus Zugang hatten, *besaßen* sie ihn nicht und somit auch nicht das verbriefte Recht, sie zu vernichten. Es stand ihnen nicht frei, alles einfach abzufackeln, Paul hingegen schon, falls er je auf den irrsinnigen Gedanken verfiel, seine Schätze zu vernichten. Denn der Sammler sammelt, um zu *haben*. Die

Sammlung zu besitzen, ihr zu huldigen, über sie zu verfügen – zu sagen, das gehört mir und niemandem sonst.

Da die Jalousien an den Fenstern seines Kartenzimmers zu jeder Tages- und Nachtzeit verschlossen waren, hatten die Bewohner der Wohnung gegenüber längst ihre Hemmungen verloren. Nur selten nutzte er diese Exponiertheit aus. Doch jetzt ließ er sich von seinem Instinkt oder seiner Neugier verleiten, ans hinterste Fenster zu treten, Jennifers und Ahmeds Schlafzimmer direkt gegenüber, und im Schutz der Dunkelheit sacht zwei Lamellen in Augenhöhe leicht zu spreizen.

Er sah sie.

Der große, blonde Soldat lag auf Jennifer, sie hatte die langen Beine um seine Taille geschlungen, die Arme um seine Schultern. Das Licht reichte noch aus, um den gewellten Kamm seiner sonnengebräunten Muskeln entlang der Wirbelsäule zu erkennen und den Hintern, der sich senkte und hob und wieder senkte, während er sich in ihr bewegte. Der Rhythmus weder zu langsam noch zu schnell. Von ihrer Jugend und Begierde gerührt sah Paul ihnen zu. Auch er war einmal so jung, so vital gewesen. Wir alle, redeten wir uns zumindest ein. Doch auch wenn er beim Anblick ihrer Kopulation ein wenig ins Träumen geriet, konnte er darüber nicht gewisse Lektionen vergessen, die ihn in seinem eigenen Leben, mehrere umtriebige Jahrzehnte lang in dieser Stadt, wiederholt sehr teuer zu stehen gekommen waren, und nicht nur ihn: Auf seinen Streifzügen war er vielen Männern und Frauen begegnet, die, während sie in vorhersehbarer Unausweichlichkeit ihr Leben ruinierten, unbeirrbar glaubten zu wissen, was sie taten, die Risiken realistisch abzuwägen, Geheimnisse zu hüten, die eigenen Gefühle richtig einschätzen zu können. Doch da waren Jennifer und ihr Soldat, in heimlichem Glück vereint, und obwohl er sich für sie freute – im Ernst, wie konnte man Liebenden einen Vorwurf machen? –, beschlich ihn die Frage, ob dieser Moment vielleicht dennoch Unheil verhieß, gewiss für Jennifer Mehraz und ihren Mann, vielleicht sogar, wer weiß, auch für ihn selbst.

Er ließ die Lamelle fallen … und hob sie wieder an. Er musste sie natürlich sehen, bis zum Ende. Jetzt reckte Jennifer die Arme über dem Soldaten in die Luft, offen für ihn, empfänglich für das, was als Nächstes kam. Hingebungsvoll leckte sie ihn da, wo der mächtige Hals in die kräftige Schulter überging. Dass sie ausgerechnet in dem teuren Tresor, den ihr Gatte für sie beide gekauft hatte, noch dazu bei geöffneter Wohnungstür, unter einem anderen Mann lag, drang ihr offenbar in diesem Moment nicht ins Bewusstsein. Die Sekunden vergingen; der große Soldat stieß wieder und wieder in sie hinein, bis Jennifer ein letztes Zucken durchlief und kurz darauf ihn. Jennifer hob den Kopf und drückte dem Mann die Stirn an die Brust – Paul bildete sich ein, ihren kurzen Aufschrei zu hören – und dann war es vorüber.

Behutsam schloss er den Lamellenspalt und trat in die Dunkelheit seiner Karten zurück, die sich als stumme Zeugen um ihn versammelten, aus je einer anderen Etappe in der Geschichte dieser schnelllebigen Stadt, in der sich das Geschick zahlloser Menschen miteinander verwob.

Jahrzehnte, Jahrhunderte auf wenige Meter Wand komprimiert.

Wunsch und Traum, Drangsal und Begierde.

2

GREEN CAN 21, AMBROSE CHANNEL, HAFEN NEW YORK

Ahmed hegte keine sentimentalen Gefühle für den Blick auf Manhattan, das im morgendlichen Dunst ins Blickfeld rückte, während das große Schiff fünf Meilen südlich der Inselspitze Kurs auf die Verrazano-Narrows-Bridge nahm. Obwohl an diesem Sonntag die Sonne gerade erst am östlichen Horizont aufging, standen schon britische, französische und deutsche Touristen in kleineren und größeren Trauben dicht aneinandergedrängt, mit einem Becher heißem Kaffee in der Linken und dem Handy in der Rechten, um den Ausblick in Fotos festzuhalten. Seine vier japanischen Reisegefährten waren noch in ihren Gästekabinen und verständigten sich mit ihren Kollegen in Tokio, obwohl es dort jetzt Abend war. Nachdem der Deal grundsätzlich über die Bühne war, gingen nun die Dokumente unablässig zwischen Tokio, Dubai, London und New York hin und her, um sich auf die letzten Vertragsklauseln zu einigen. Was die luxuriöse Unterbringung betraf, so konnte sich die *RMS Queen Mary 2* zweifellos sehen lassen, unschlagbar aber war die völlige Isolierung bei der Fahrt über den Nordatlantik. Hatte man westlich von England, außer Reichweite der Helikopter der königlichen Marine erst einmal das offene Meer erreicht, war es das; wer dann noch von dem dreihundertfünfundvierzig Meter langen Schiff herunter wollte, hätte endlos lange schwimmen müssen. Man saß mit der anderen Seite buchstäblich im selben Boot und war auf Gedeih und Verderb gezwungen zu verhandeln. Dass sie unterwegs auch noch in schweren Wellengang geraten waren, hatte nur den Ernst der Lage unterstrichen, und als der Kapitän mit seinem drolligen britischen Akzent durchgab, das Schiff sei mit den modernsten Turbinenstabilisatoren bestückt und es bestehe folglich kein Grund zu »übermäßiger Sorge«, wurden die japanischen Banker gefügig. Schließlich verdienten sie – ihr Haus wie auch sie persönlich – an einem erfolgreichen Abschluss. Ihre Bank in Tokio war 1986 so weitsichtig gewesen, der damals bankrotten russischen Regierung für umgerechnet neunzig Millionen Yen in Gold die Tiefsee-Bohrrechte für einen riesigen Quadranten in der Nähe des Lomonossow-Rückens innerhalb des russischen Arktissektors abzukaufen. Der Handel war dank der Weitsicht eines steinalten japanischen Klimaforschers zustande gekommen, der voraussagte, dass die künftige Schmelze des Polareises die Gegend einmal nicht nur für Tiefsee-Bohrtechnik zugänglich machen würde, sondern auch für entsprechende Schiffsrouten, die sich zwangsläufig zwischen Russland und dem nordamerikanischen Kontinent öffnen würden. In den frühen Jahren des einundzwanzigsten Jahrhunderts hatte Russland seinen Fehler begriffen und eine Reihe umstrittener Ansprüche auf Meeresbodennutzung in internationalen arktischen Gewässern vorgebracht, ja sogar eine wissenschaftliche Expedition unternommen, um zu beweisen, dass besagter Lomonossow-Rücken tatsächlich ein Ausläufer der russischen Landmasse sei – eine lächerliche Behauptung, doch man lachte den Russen nicht ins Gesicht. Der Aufstieg von Vladimir Putin vom gerissenen KGB-Funktionär zum Diktator, der entschlossen war, seinem Land wieder zur einstigen Vormachtstellung auf der Weltbühne zu verhelfen, würde die Erschließung des Quadranten durch jede andere Nation teuer, wenn nicht unmöglich machen. Im Gefolge der anhaltenden japanischen Wirtschaftsflaute rang sich die Bank schließlich dazu durch, die Bohrrechte gegen klingende Münze abzutreten, und zwar zu einem Zeitpunkt, zu dem sie angesichts der Ölpreisschwankungen besonders wertvoll schienen. Die Bank verfügte weder über das nötige flüssige Kapital, um von ihren Rechten Gebrauch zu machen, noch über den Mumm, sich mit den Russen um den Zugang zu den Gewässern zu streiten – oder auch mit den Chinesen, denen ein solches Muskelspiel viel eher zuzutrauen war.

Ahmed war von seinem Konsortium beauftragt worden, die japanischen Banker zu einer Halbierung ihres Preises zu bewegen, indem er ihnen erklärte, wie wenige internationale Firmen mit Putin erfolgreich Geschäfte machen konnten. Im Klartext: Wenn ihr nicht an uns verkauft, findet ihr vielleicht gar keinen Käufer – wie steht ihr dann da, mit unglücklichen Aktionären und gebundenem Kapital, das ihr dringend anderswo braucht? Und so hatte Ahmed am ersten Tag der Reise, während die anderen Passagiere die zum Verkauf stehenden eher unbedeutenden Renoirs inspizierten oder sich im Wellnessbereich mit Seetang-Gesichtsmasken verjüngen ließen, seinen Geschäftspartnern die allgemeine politische Schwächung der russischen Oligarchen und das Zögern des Westens, ihnen Geld zu leihen, dargelegt, die technologischen Herausforderungen einer Erschließung erläutert und auch die beträchtlichen ökologischen Risiken nicht unerwähnt gelassen. Zum Schluss hatte er einfließen lassen, die Geologen der Ölgesellschaft seien fast einhellig zu dem Ergebnis gelangt, dass andere Quadranten in der Region möglicherweise ergiebiger seien. Das Englisch der Banker war ziemlich gut; dennoch kam das Gespräch gelegentlich ins Stocken, wenn die Übersetzer Mühe hatten, mitzukommen. Er hatte sorgsam darauf geachtet, dem ältesten japanischen Verhandlungspartner, Mr Yamamoto, besonderen Respekt zu zollen und ihm beim Betreten des Raums den Vortritt zu lassen. Und seine Ausführungen immer zuerst an ihn zu richten. Am Ende waren ihm die japanischen Banker um einunddreißig Prozent entgegengekommen, was Ahmeds Auftraggebern genügte, und hatten als Zugabe noch ein halb fertiges Casino ins Spiel gebracht, das sie in

Macao finanzierten, vorbehaltlich der Genehmigung aus Peking. Das Casino hatte Ahmed nicht erwartet, ein kluger Schachzug der Japaner, der sofort die Fantasie seiner Bosse beflügelte, hatten sie doch keine Ahnung, wie schwierig es war, in China ein Casino zu unterhalten, geschweige denn, im überhitzten, durch und durch korrupten Geschäftsmilieu von Macao Profite zu erzielen. Egal, der Deal war mit Handschlag und Kopfnicken besiegelt, der Wortlaut des Vertrags von den Übersetzern und Sekretären nochmals überprüft und schließlich von den Bevollmächtigten beider Seiten unterzeichnet worden. Die japanischen Männer hatten zur Feier des Tages noch spät in der Nacht, noch bevor der Küstenstreifen von New Jersey zu erkennen war, die Champagnerkorken knallen lassen. Ahmed hatte gepasst, denn ihn hatte eine unangenehme Nachricht erreicht.

Jetzt zog er wieder sein Tablet hervor und musterte zum x-ten Male das Standfoto einer Überwachungskamera in seinem Wohngebäude, und zwar von seiner Frau, die im Fahrstuhl dicht, zu dicht, neben einem hochgewachsenen amerikanischen Soldaten stand. Ausgehend von Jennifers Größe – eins siebzig –, schloss er, dass der Mann etwa eins neunzig groß sein musste, mit einer sehr breiten Schulter- und Brustpartie. Seiner Hals- und Nackenpartie nach verfügte er über viel Muskelmasse und wenig Körperfett. Wer war dieser Mann? Ahmed brannte darauf, es zu erfahren. Wie konnte Jennifer so leichtsinnig sein? Die einzige Erklärung war wohl, dass sie sich nicht darum scherte, aufzufliegen. Es sei denn, sie hätte sich so hinreißen lassen, dass sie jede Vorsicht vergaß – ein entscheidender Unterschied, und er war entschlossen, diese Frage zu klären. In ihrer Wohnung gab es keine Kameras – war das ein Fehler oder besser so? In ihrer nächsten Wohnung würde er für eine Überwachungsanlage sorgen.

Er hörte die aufgeregten Rufe anderer Passagiere und sah auf. Im Nebeldunst waren die Umrisse der Freiheitsstatue aufgetaucht, und einige Touristen begaben sich nach Backbord, um sie zu fotografieren. Wieso eigentlich? Die Statue bedeutete nichts mehr; sie war ein sentimentales Relikt aus einer unwiederbringlich vergangenen Epoche, in der Frankreich noch den Rang einer Weltmacht besessen hatte und es sich leisten konnte, spektakuläre Geschenke über den Ozean zu schicken. Doch Frankreichs Stern war längst verblasst: eine zweitrangige Wirtschaftsmacht ohne Öl und mit festgefahrenen Strukturen, fatal überzogenen Lohnkosten und einer Bevölkerung aus aufgebrachten, randständigen, muslimischen Immigranten, die früher oder später genau die ehrwürdige Kultur zunichtemachen würde, der sie den Schutz ihrer Freiheit verdankten.

Er beobachtete, wie die Statue immer deutlichere Konturen annahm und die Passagiere reflexartig ihre Handys in Anschlag brachten. Auch die Bedeutung des Hafens von Manhattan war geschrumpft. Für die größten Luxusliner der Welt war die Fahrrinne nicht tief genug, genauso wenig konnte sich die Skyline mit der von Schanghai oder Singapur messen. Das neue World Trade Center war zwar ganz respektabel, letztlich aber nur von symbolischem Wert. Jedenfalls konnte es nichts an der historischen Tatsache ändern, dass die Geldströme künftig in eine andere Richtung fließen würden, so wie es ein Jahrhundert zuvor Paris und Brüssel ergangen war. Immer vorausgesetzt, dass nicht ein weiterer verheerender Hurrikan New Yorks Schicksal schon früher besiegelte.

Sein Firmenhandy funktionierte auf dem Schiff ebenso wie in jedem Land der Erde. Doch Ahmed zog ein anderes, lokales Mobiltelefon aus der Tasche, eines, das in Reichweite der Sendetürme in Lower Manhattan gerade Funkverbindung bekam. Er schaltete es ein und rief seinen Cousin an, der so früh an einem Sonntagmorgen nicht mit Anrufen gerechnet hatte.

»Ja?«, meldete sich Amir.

»Habt ihr rausgefunden, wie lange er geblieben ist?«

»Ein paar Stunden.«

»Und ist er allein wieder gegangen?«

»Ja.«

Ahmed war sich dessen bewusst, dass auch Paul Reeves am selben Nachmittag mit Jennifer zusammen gewesen war. Reeves mochte sie, das war nicht zu übersehen, und wie Ahmed wusste, hatte Jennifer ihrerseits nichts gegen Reeves' Gesellschaft einzuwenden.

»Hatte mein Nachbar etwas damit zu tun?«

»Sieht nicht so aus.«

»Sagst du«, fauchte er.

»He, bleib cool, Ahmed. Sie ist zu Fuß den ganzen Weg zu seiner Kanzlei gegangen, hat sich mit Reeves unten in der Lobby getroffen, und dann sind sie direkt zur Auktion aufgebrochen. Der Kerl, mit dem sie von dort weggegangen ist, muss ihr die ganze Zeit gefolgt sein.«

»Und? Wisst ihr, wer das ist?«

»Nein.«

»Wisst ihr, *wo* er ist?«

»Nein.«

»Was ist mit den Handys?«

»Nichts, keine Telefonate, weder von ihm noch von ihr.«

»E-Mail? Sonst irgendwas?«

»Soweit wir sehen, nein.«

»Sie müssen doch irgendwie miteinander kommunizieren.« Sein Cousin schwieg. »Behaltet sie einfach weiter im Auge.«

»Und wenn sie ihn finden?«

»Gib mir Bescheid. Früher oder später taucht der Kerl wieder auf.«

»Geht klar.«

»Können wir auch jemanden auf Reeves ansetzen? Ich will wissen, was er treibt.«

»Lässt sich machen.«

»Aber nur mit unseren eigenen Leuten!« Die Sicherheitsfirmen des Nahen Ostens hatten alle einen heißen Draht nach London, Paris und New York und konnten binnen eines Tages eine professionelle Überwachung einleiten. Die Rechnung würde an Ahmeds französischen Banker gehen, der sie über ein algerisches Konto bezahlte, das Ahmed einmal im Jahr auffüllte. Der gesamte elektronische Zahlungsverkehr fand außerhalb der Vereinigten Staaten statt, unter Umgehung von EU-Richtlinien und amerikanischen Banken. Er wusste nur zu gut, wie wichtig es war, jedwede persönlichen Kontroversen zu vermeiden, die dem Ruf seiner Firma schaden konnten.

»Wie geht's unserem Onkel?«, fragte er jetzt.

»Wechselhaft. Die Pillen stabilisieren sein Herz.«

Der alte Mann lebte in Palm Springs; er saß die meisten Nachmittage am Pool und sorgte sich um die über die ganze Welt verstreute Familie, weshalb er jeden Tag die Print-Ausgaben der Londoner *Financial Times*, der *Le Monde* sowie zwei der in Los Angeles herausgegebenen iranischen Zeitungen las.

»Die Sache mit meiner Frau bleibt bitte unter uns.«

»Selbstverständlich, Ahmed.«

Er legte auf und betrachtete das nahende Manhattan. Das ist die alte Welt, dachte er. Doch die nächste neue Welt formierte sich schon. An der Nordpolkappe – da waren die stinkreichen Ölmultis mit ihrem geheimen Kenntnisstand der UNO und der CIA ebenso wie den Klimaforschern an den Universitäten weit voraus. In einer Generation würde die gesamte Zone von Millionen von Menschen bevölkert sein, von denen die meisten in der Rohstoffgewinnung tätig wären, bei Firmen wie denen, für die er Geschäfte aushandelte, während die Finanzkraft der Welt schon seit geraumer Zeit und in zunehmendem Maße nach China, Indien, Brasilien und Indonesien abwanderte. Unterdessen brach die Bevölkerung der USA in zwei Gruppen auseinander, die wenigen mit sehr viel Geld und die vielen mit wenig. Ganze Landstriche waren ökonomisch ins Abseits geraten und ihre Bewohner vom Internet hypnotisiert, von Pharmazeutika, illegalen Drogen und dem christlichen Identitätsgeschwafel verblödet, nachdem Jahrzehnte mit hohen Scheidungsraten, Arbeitsplatzverlust und häuslicher Gewalt die Familienstrukturen aufgelöst hatten. Die Babyboomer-Generation stand großenteils ohne Alterssicherung da, und es war abzusehen, dass in den nächsten zehn Jahren die Millionen alter weißer Männer und Frauen, die, zunehmend kränkelnd und dement, von der Hand in den Mund lebten und in die politische Bedeutungslosigkeit verfielen, Zeter und Mordio schreien würden.

Unterdessen stieg der Bevölkerungsanteil der Latinos unaufhaltsam an, bis sich die Re-Conquistadores irgendwann ihren ersten Präsidenten wählten, während die schwarze Unterschicht weiter ins Hintertreffen geriet und sich keine andere ethnische Gruppe – sorry, *aber ist doch nun mal so* – mehr dazu aufraffte, dieser statistisch weiter schrumpfenden Gruppe zu helfen. In nur einer Generation würde Amerika von der verbliebenen weißen Elite, in Amerika geborenen Asiaten, den Juden (natürlich), den relativ wenigen erfolgreichen Latinos und Schwarzen sowie einer beträchtlichen Zahl von Indern, eingewanderten Chinesen und all den intelligenten ausländischen Studenten geführt, die Jahr für Jahr die Spitzenuniversitäten hierzulande absolvierten und dann beschlossen, dazubleiben. Diese Wahrheit bekam man von keinem amerikanischen Politiker zu hören, weil sie den Tatsachen entsprach, und niemand, schon gar nicht die Politik, hatte Antworten auf die Herausforderungen der Geschichte. Er hatte von seinem Vater und seinem Onkel gelernt, wie unerbittlich Nationen dem Wandel unterliegen. In den siebziger Jahren waren sie in Teheran als Günstlinge des Schahs erfolgreiche Bauunternehmer gewesen und hatten die Weitsicht besessen, schon recht früh geheime Schweizer Bankkonten anzulegen. Die Mehraz waren verwestlicht, sprachen und lasen Englisch, trugen Anzug statt Bart oder Hüftjeans mit Schlag, rauchten Camel-Zigaretten, tranken Johnnie Walker Black und fuhren amerikanische Muscle-Cars. (Ob sein gut aussehender Vater, nunmehr seit zwanzig Jahren tot, bei seinen Reisen in die Schweiz Sex mit westlichen Frauen gehabt hatte? Zweifellos!). Als 1979 mit der Revolution der Aufstieg der islamischen Fundamentalisten kam, hatte sein Onkel sämtliche Angehörigen der engeren Familie unter heftigem Protest außer Landes geschafft. Über die Türkei, wo Ahmed zur Welt gekommen war, gelangten sie nach London und Jahre später schließlich wie so viele im Ausland lebende Iraner nach Los Angeles, wo seine Großmutter immer noch lebte. Für eine stolze Familie war es ein gefahrvoller, schwieriger Weg gewesen. Sie hatten nicht ihr ganzes Geld aus dem Land bekommen, doch genug für einen Neuanfang. Mithilfe ihrer europäischen Konten und ihrer internationalen Beziehungen hatten die Mehraz ihre Geschäfte aufgebaut, wobei Ahmeds Onkel auf die richtige Mischung von Unternehmenszweigen geachtet hatte, um zu Wohlstand zu kommen. Importgeschäfte, kleine Mietshäuser, dann eine Zeitlang Luxusgüter, gefolgt von einem Transportunternehmen, was jedoch zu Verstrickungen mit dem organisierten Verbrechen und Rockerbanden geführt hatte, danach Spekulationen mit gewerblichen Immobilien in Kalifornien – dann der Verkauf zum idealen Zeitpunkt, zu Spitzenpreisen 2006 –, schließlich Geschäftsbanken und Projektentwicklung. Geld, das Geld einbrachte, das noch mehr Geld einbrachte. Niemand in der Familie Mehraz musste noch hart arbeiten. Doch, wie sein Onkel zu sagen pflegte, sollte man immer über den eigenen Tellerrand schauen, um etwas kommen zu sehen, bevor es alle anderen bemerkten.

Und so kam es, dass Ahmed, dessen krummbeiniger Großvater nie aus seinem Dorf im Iran herausgekommen war, in diesen Minuten, kurz vor der Einfahrt in den Hafen von New York, auf dem Promenadendeck der *Queen Mary 2* stand, nachdem er gerade ein Privatgeschäft über siebenhundertneunzehn Millionen Dollar abgeschlossen hatte. Wenn ihn sein Onkel so sehen könnte! Dabei wusste Ahmed, dass er dabei war, seine Familie zu verlieren. Sie verstanden letztlich nicht, was er machte. Sie waren Iraner, er nicht, jedenfalls nicht mehr so ganz. Er war auf einem Internat gewesen, sprach besser Französisch als Farsi, hatte nach dem College die amerikanische Staatsbürgerschaft erlangt, träumte auf Englisch, kannte sich mit dem amerikanischen Rechtssystem aus, fühlte sich noch vage seiner angestammten Religion verbunden, ohne sie zu praktizieren, und hatte eine ganz und gar weiße, durch und durch amerikanische Frau geheiratet, die ihn über ihre Vergangenheit wahrscheinlich belogen hatte.

Ja, Jennifer hatte ihn nach Strich und Faden belogen, was ihn wütend machte, auch wenn es andererseits etwas Verführerisches hatte, dass er ihre Psyche nicht zu ergründen vermochte. Wie Jennifer sehr wohl wusste, konnte sie, wenn sie wollte, jederzeit aus ihrer gemeinsamen Wohnung, aus ihrer Ehe und aus *seinem* Leben herausspazieren und alles, was sie an ihn band, abstreifen wie ein Kleid, das ihr nicht mehr gefiel, um in der Bar des Hotel Pierre auf der anderen Seite des Central Park Mr X zu treffen und sich neu zu erfinden – denn darin war sie ein Naturtalent und würde es wohl bei ihrer Attraktivität noch locker zehn Jahre lang bleiben. Das war die geladene Pistole, die sie immer bei sich trug, und das faszinierte ihn an ihr, motivierte ihn, sich anzustrengen, machte ihn besitzergreifend. Vielleicht würden sie Kinder bekommen, obwohl er vorerst nicht die Zeit hatte, ein liebevoller Vater zu sein. Und er war auch nicht sicher, ob sich Jennifer Kinder wünschte. Möglicherweise irritierte sie das Thema. *Ein Mann und eine Frau sind erst verheiratet, wenn sie Kinder haben*, sagte man im Iran, wie seine Mutter nicht müde wurde, ihm mit glühenden Blicken in Erinnerung zu rufen. *Du kannst sagen, was du willst, Ahmed, aber es stimmt.* Was im Klartext hieß: Du kannst sie immer noch verlassen und ein nettes iranisches Mädchen heiraten, mit langem schwarzem Haar, dunklen Augen und breiten Hüften. *Wir sind Iraner, wir sind klüger und gebildeter, und unsere Kultur ist achttausend Jahre alt. Deine Vorfahren haben im dreizehnten Jahrhundert Dschingis Khan besiegt. Als die Perser Asien erobert hatten, standen in New York ein paar jämmerliche Holzhütten auf der Wiese. Wir sind eine gebildete, vornehme Familie, die mit den Unterschieden zwischen den Menschen gut leben kann, nur ausbleichen wollen wir diese Familie nicht! Bitte enttäusche mich nicht!* Seine Mutter war schon immer religiöser als sein Vater gewesen und hatte die Tradition hochgehalten. Ohne ihr Wissen hatte ihr Onkel sie am Morgen von Ahmeds Hochzeit mit Betablockern ruhig gestellt, indem er ihr die Pillen im Hotel unauffällig in den Frühstückstee unterrührte.

Als Nächstes rief Ahmed Jennifer an. »Hab ich dich geweckt?«, fragte er.

»Ich hab gerade Kaffe gemacht.«

Er würde auf jede Silbe achten, um die Lüge herauszuhören. »Was treibst du so?«

»Also, am Freitag war ich mit Paul bei einer Auktion. Er war da, um eine Karte zu ersteigern, was sonst.«

»Und hat er sie bekommen?«

Der Anflug eines Zögerns. »Ja, ja, selbstverständlich.«

»Und gestern?«

»Gestern habe ich ein paar Wohnungen für uns besichtigt, diese große an der 57. Straße. Morgen Abend haben wir die Benefizparty im Hotel, du weißt ja. Paul und seine Freundin sind unsere Gäste, du erinnerst dich an sie?«

»Ist das die Frau, die will, dass er sie heiratet?«

»Ja, aber ich bezweifle, dass er es tut.«

»Bespricht er immer sein Liebesleben mit dir?«

»Nein«, antwortete Jennifer. »Nur so ein Gefühl.«

»Vermisst du mich?«

»Was denn sonst!«

Ahmed machte ein Fragezeichen. Hatte sie mit dem Soldaten geschlafen? Es war ein naheliegender Schluss. Aber vielleicht auch nicht. Vielleicht hatte er einfach noch zu wenig Fakten. Er würde methodisch vorgehen, wie bei einer dieser Fallstudien im BWL-Studium, bei denen ein Deutungsansatz auf der Hand zu liegen scheint, aber vollkommen falsch ist, und man erst mit dem entsprechenden Input zur richtigen Analyse kommt. Er würde sie sich heute Abend noch einmal vornehmen und auf das kleinste Zeichen, das leiseste Zögern achten, um herauszuhören, ob sie auch nur eine Spur auf Abstand ging. Und sie zurückfordern. *Du bist mein,* flüsterte er.

Aber vielleicht kenne ich meine Frau nicht richtig, sagte eine warnende Stimme in ihm. Was durchaus möglich war. Sogar wahrscheinlich. Genauso wenig wie sie ihn.

3

82. STRASSE OST, ECKE MADISON AVENUE

Sie war zu intelligent, zu erfolgreich und zu alt, um sich einen Hollywood-Cut verpassen zu lassen, oder? Das war etwas für Mädchen, die nur Jungs im Kopf hatten, aber nichts für berufstätige *Frauen*, oder? Schließlich hatte sie eine erfolgreiche Werbeagentur zu führen, mit zig Kunden und ihren sehr speziellen, irrwitzigen Problemen, und Mitarbeitern, die alle drei Monate befördert werden wollten. Ging das allein nicht schon an die Schmerzgrenze? Und als sei das nicht genug, forderten die Eigentümer der Firma höhere Profite und träumten die Webdesigner von globalem Künstlerruhm, während sie, Rachel, sich nichts weiter wünschte als ein bisschen mehr Aufmerksamkeit von Mr Paul. Und glaubte man einer Werbeeinblendung auf einem gewissen idiotischen Dating-Ratgeberportal für Frauen, war ein Hollywood-Cut genau das Richtige, um die Aufmerksamkeit eines Mannes zu erregen *und zu sichern, Mädels!* Also bitte. *Bitte!* Sie wusste mit ihren achtunddreißig Jahren die ästhetischen Vorzüge der Prozedur, die makellose Sauberkeit der Haut, die kontrollierte Weiblichkeit zu schätzen. Als sie jünger war, hatte die Aussicht auf ein Bikini-Waxing durchaus die prickelnde Vorfreude auf den späteren Verlauf des Abends geweckt: den Wein, das Essen, das Taxi, die Schlafzimmeraktivitäten. Damals war sie wirklich gut im Bett gewesen und hatte sich auf ihre Technik etwas zugutegehalten, doch seit sie es nicht mehr so häufig tat, fürchtete sie – nein, wusste sie insgeheim! –, dass sich die rückläufige Tendenz mit den Jahren nur noch verstärken würde. Yoga als Ersatz für Sex – wo man hinsah, war das der Trend bei den Frauen, *und eines Tages hast du dann, ohne dass du es ahnst, zum letzten Mal im Leben Sex gehabt.* So entging ihr jetzt bei dem bloßen Gedanken an ein Bikini-Waxing nicht die bittere Ironie: die vergeudete Energie ihrer Jugend, der beträchtliche Aufwand an hart verdientem Geld auf der ständigen Suche nach der Liebe, die Illusion, über die ungezähmten, wirklich haarigen Verwicklungen des Lebens Kontrolle zu haben. Davon abgesehen würde es Mr P. nicht einmal bemerken, jedenfalls kaum zu würdigen wissen. Sie konnte vor seinen Augen mit ihrer kleinen Landebahn da unten Pirouetten drehen, und er würde es nicht registrieren. Die Hälfte der Mädchen im Fitnessclub ließ alles weglasern und erzielte eine grässliche vorpubertäre Muschi in Erwachsenengröße oder *was auch immer*. Eine Muschi mit Glatze. Würde er *das* bemerken? Was stimmte eigentlich nicht mit dem Mann? Er schien immer mit den Gedanken woanders zu sein, immer. Sie fragte sich, wieso ihr das zu schaffen machte …

Wieso? Weil er nun mal zu haben war. Weil sie nicht jünger wurde. Weil sie immer noch Kinder bekommen konnte, wenn er sich nicht länger zierte. Weil er immer noch volles dunkles Haar hatte, nur ein bisschen Grau an den Schläfen. Weil er, na ja, wohlhabend war. Finanziell abgesichert. Alles in allem irgendwo zwischen fünf und zehn Millionen. Plus die Kartensammlung, was immer die wert sein mochte. Aber war er ein wenig unzugänglich? Vielleicht. Und ob. Sie war nun schon über ein Jahr mit ihm liiert und wusste immer noch nicht, wo sie ihn hinstecken sollte, entdeckte immer wieder neue Seiten an ihm, die wohl mit seiner Vergangenheit zusammenhingen. Er besaß seine eigene kleine exquisite Kanzlei mit saudischen Prinzen, koreanischen Bankangestellten und allem möglichen Strandgut aus Europa. Sie riefen bei ihm an, wenn sie wegen Visums- oder Passproblemen am Flughafen JFK festsaßen. Er wendete sich dann an jemanden in Washington, flüsterte irgendeine Zauberformel ins Telefon und brachte das Problem zum Verschwinden.

Er hatte zwei Ex-Ehefrauen, über die er nicht gerne sprach. Seine zahllosen alten Freundinnen meldeten sich ab und zu bei ihm, besonders, wenn ihre Ehen gerade den Bach runtergegangen waren. Sie hatte ein Sensorium für diese Ex-Freundinnen, die Paul umkreisten, ihn mit ihren Fernerkundungsinstrumenten überwachten. Er dagegen schien sie kaum zu registrieren. Abends hörte er sich im Radio die Baseballspiele an, während er den Wirtschaftsteil der Zeitungen las. Er benutzte eine Lesebrille. Mr Paul war ein bisschen älter als sie, was ihr gefiel. Zu viel? Sie war sich nicht sicher. Sie ging gern mit ihm ins Bett. Er wusste, was zu tun war, aber hallo! Danach war sie entspannt, schlief sogar besser. Er fragte sie nie nach ihren Ex-Freunden, was sie irgendwie irritierte, weil sie sich brennend für seine Verflossenen interessierte. Auf seinem Nachttisch stand ein versiegeltes, durchsichtiges Kästchen, mit winzigen Glasscherben und Holzsplittern darin und irgendwelchen schwarzen Kringeln, auf die sie sich keinen Reim machen konnte. Als sie ihn danach fragte, sagte er, die Sachen stammten von einem Brand, der 1968 an einem Dock in Brooklyn ausgebrochen war. Sie hatte ihn nicht ganz verstanden, und er hatte es ihr nicht erklärt. Wieso hob er das Zeug auf? Sie wagte nicht, weiter nachzubohren. In Brooklyn besaß er ein Haus, doch Rachel hatte es noch nie zu Gesicht bekommen. In seiner College-Zeit war er die Meile in vier Minuten, siebzehn Sekunden gelaufen. Er war immer noch recht gut in Schuss. Sie hatte vor drei Jahren am New Yorker Marathon teilgenommen, legte immer noch neunzig Minuten auf dem Laufband hin oder die irrsten Yogaübungen, doch sie bezweifelte, dass er zu schätzen wusste, welche Mühe es sie kostete, so gut auszusehen, vor allem, wenn man bei der Arbeit einen Zoo von sechsundneunzig Mitarbeitern unter sich hatte, viele davon so jung, dass sie nicht einmal mehr wussten, wer Bill Clinton war, jedenfalls nicht richtig. Vielleicht schätzte es Paul ja doch, vielleicht konnte er nachvollziehen, wie zermürbend all diese

Meetings und Anrufe und all der andere Scheiß waren, was es kostete, in diesem ganz normalen Wahnsinn einer Firma einen kühlen Kopf zu bewahren.

Paul hatte etwas von einem Ordnungsmuffel, doch seine Kartensammlung war makellos. *Davon* war er besessen. Der Mann vergaß, seine Schuhe besohlen zu lassen, für ein altes Stück Papier dagegen machte er Tausende locker. Zu ihrem Erstaunen hatte sie erfahren, dass seine Sammlung als eine der führenden Privatsammlungen weltweit galt und dass er sich mit Experten der New York Public Library beriet. Er hatte je ein Bild von seiner Mutter und seinem Vater auf dem Nachttisch, dagegen keins von beiden Eltern zusammen. Sie hatte das Gefühl, dass er eine Last mit sich herumtrug, über die er nicht gerne sprach. Er benutzte grundsätzlich keine Zahnseide und vergaß, den Klositz herunterzuklappen. Manchmal trug er im Büro ein dreckiges Hemd, wenn die sauberen aus der Wäscherei aufgebraucht waren. Er hatte Hotdogs und gemischtes Gemüse im Tiefkühlschrank. Aus dem Supermarkt, kein Bio. Jeden Morgen machte er hundert Liegestütze. Er simste nicht viel. Sie versuchte, mit ihm über Religion zu sprechen. »Ich mag Kirchen, Kathedralen und Tempel«, hatte er gesagt, »aber keine Religion.« Und was *ist* deine Religion?, hatte sie nachgehakt.

»Karten«, hatte er erwidert.

Doch so ganz passte das alles nicht zusammen. Die meisten Männer wollten in den Augen ihrer Frauen ein stimmiges, schmeichelhaftes Bild von sich sehen. Er nicht. Er schien überhaupt nichts von ihr zu wollen. Das war ja das Problem. Vielleicht machte es ihm Angst, etwas von jemandem zu wollen. Diese zwei Ex-Ehefrauen, über die er nicht sprechen wollte, vielleicht hatten die ihn ja fertiggemacht. Andererseits würde er, schätzte sie, einen guten Vater abgeben, denn er mochte Kinder, hatte sogar zugegeben, dass er bedauerte, keine zu haben. Ach, hatte sie ihn geliebt, als er das sagte. Es war lieb und außerdem verdammt sexy. Sie hatte wispern wollen: *Ich werde dir ein Baby schenken!*

Doch wer weiß – *und das kann schneller kommen, als du denkst, Rachel, meine Liebe!* – vielleicht würde sie ein bisschen nachhelfen, ihn in die Ecke treiben, ihn zu seinem Glück zwingen müssen. *Austricksen.* Kein Verbrechen in ihren Augen. Als sie jung und siegesbewusst und ach so selbstgerecht war, hatte sie für Frauen, die sich schwängern ließen, um einen Mann vor den Traualtar zu schleifen, nur Verachtung übrig gehabt. Aber jetzt? Jetzt hatte sie begriffen, klar? OMG, WTF! (Sie musste aufhören, sich mentale SMS zu schicken.) Die hübschen jungen Chinesinnen in New York angelten sich zum Beispiel all die gut bestallten jüdischen Nerds. Die kleinen Männer mit den weichen Bäuchen, die in Princeton oder am MIT Mathematik studiert und am College nur dreimal Sex gehabt hatten, zweimal aus Versehen, bevor sie in die Fänge dieser asiatischen supersexy Naschkatzen gerieten. Dutzendweise wurden sie abgeschleppt, das war eine Schlacht da draußen! Die Online-Dating-Szene dagegen war bizarr und hoffnungslos, ein Heer von ausgeflippten Irren und Versagern, lächelnden Aufreißern und Perversen. Na schön, vielleicht waren auch ein paar anständige Kerle darunter. Viele ihrer alleinstehenden Freundinnen gingen täglich die Einträge durch, und mit derselben Inbrunst wie beim Schuhkauf fanden sie immer etwas auszusetzen. *Nein, nein, nein, seine Größenangabe kann nicht stimmen – das sieht man doch, unmöglich, also, der ist schon scharf, nicht dein Ernst!*

Folglich blieb einem vielleicht nichts anderes übrig, als sich schwängern zu lassen. Schließlich fingen viele Ehen so an, sogar sehr erfolgreiche Ehen. *Stimmt's?* Und heute Abend könnte es passieren. Zuerst diese alberne Gala. Er hatte extra Eintrittskarten besorgt, seinen Wohnungsnachbarn zuliebe, diesem Manager mit der Bilderbuchkarriere und seiner amerikanischen Bilderbuch-Ehefrau. Da war was zwischen

Paul und dieser Ehefrau, auch wenn er alt genug war, um ihr Vater zu sein. Es nagte an Rachel, geben wir's zu! Vielleicht bildete sie sich das auch nur ein, aber nein, ganz bestimmt nicht. Die Kleine war sehr attraktiv, wenn man auf Landluft stand, Ohio, Texas, Nebraska, Kalifornien. Doch ihrem Gesicht fehlte es an Persönlichkeit, *Intelligenz*. Im Unterschied zu Rachel, die kleiner war und vollbusig und auch sonst gut gebaut. Aber nein, kein *Brazilian Waxing*! Außerdem hatte sie eine jüdische Nase, ein bisschen, logisch, wenn man bedachte, dass sie Jüdin war. Ihre Attraktivität atmete das New Yorker Flair, das war ihr Markenzeichen. Viele ihrer Freundinnen hatten, was Männer betraf, die Segel gestrichen, machten »Männer-Pause«, waren auf »Enthaltungskur«. Sie hatte ihre Altersgenossinnen und die schleichende Schwindsucht ihrer Hoffnung mit scharfem Blick verfolgt. Die Anschaffung einer Katze. Twitter-Stalking. Die aufmerksame Lektüre der Kundenrezensionen zu Vibratoren auf Amazon. Die schreckliche Schlemmerscham. Sieben satte Kilo mehr auf den Rippen, zu gut gepolstert. Facebook-Lurking. Ein Trauerspiel!

Nicht mit ihr! Heute war die perfekte Nacht. Sie hatte ihren Eisprung, das Ei schrie geradezu: *Komm schon, tränke mich mit deinem Alpha-Sperma!* Sie würde den guten alten Mr Paul, ihren charmanten, geistesabwesenden, quasi offiziellen Freund dazu bringen, sie heute Nacht zu schwängern. Wieso *nicht* auf diese Weise? Er würde eine Schippe drauflegen und sie heiraten, da war sie sich sicher. Sie hatte die Fotos von ihm als strahlend schönem Jungen beim Cross-Country-Rennen in Brooklyn gesehen. Vielleicht würde ihr Sohn nach ihm kommen! Sie würden ein Kind zusammen zeugen, und tief in ihrem Innern, unter all der Bitterkeit und den Witzeleien, sehnte sie sich verzweifelt, *verzweifelt* danach, doch wenn sie es ihm gestand, wenn er sah, wie verrückt die Hormone bei ihr spielten, wie irre sie darauf abfuhr, verschreckte sie ihn vielleicht nur. Aber würde sie auch schwanger werden? Ihre

Schwester Susanna mit den drei perfekten Kindern war so leicht schwanger geworden, dass sie im Spaß überlegten, ob sie ihren Mann davor warnen müssten, in Unterwäsche an ihr vorbeizulaufen. Haha, sehr witzig, du kannst mich mal, Schwesterherz. Aber das war Jahre her, und Susanna hatte schon immer ein bisschen mehr Speck auf den Rippen gehabt, hatte sich nicht bei der Arbeit abgestrampelt und stand einfach besser im Saft, gute Voraussetzungen, um Babys zu machen.

Sie rief Susanna an. »Also, okay, ich mach's.«

»Du hast deinen Eisprung?«

»Ja. Der perfekte Zeitpunkt.«

»Ahnt er etwas?«, fragte sie.

»Seine Gedanken kreisen um seine Karten.«

»Schluss mit den Karten!«

»Und danach die Knie anwinkeln?«

»Hab ich bei Benjamin gemacht. Versuch, eine halbe Stunde lang nicht aufzustehen.«

»Hoffentlich ist sein Sperma, hm, *aktiv*.«

»Er ist fit, das wird schon«, sagte ihre Schwester.

»Hast du das in der *New York Times* gelesen, über das Sperma älterer Männer und das erhöhte Risiko für Autismus?«

»Das leicht erhöhte Risiko.«

»Aber –«

»Rachel, hör auf damit.«

»Ich komme mir lächerlich vor. Aber auch wieder nicht.«

»Viel Glück.«

Sie seufzte, riss sich zusammen und rief Paul an. »Dann treffen wir uns dort?«

»Ja«, sagte er. »Ich bin der Mann am Krabbenbuffet.«

Sie überprüfte ihren Lippenstift im Spiegel. »Komm schon, wird bestimmt nett. Und danach zu mir? Ich hab alles für ein gutes Frühstück da. Muffins, Bagel, Beeren und andere tolle Sachen.«

»Du denkst an alles.«

War das gut? Ob seine Ex-Frauen immer an alles gedacht hatten? Seine erste, die Jüdin, war durchgeknallt, das war auch schon fast alles, was sie wusste. Und seine Kindheit war ihr ein Rätsel. Einmal hatte er erwähnt, sein Vater sei Lehrer gewesen; Paul hatte an der Columbia Geschichte und Wirtschaftswissenschaften studiert und seinen Abschluss mit *magna cum laude* gemacht, das stand auf der Website seiner Kanzlei, von ihm hatte sie das nicht erfahren. Wenn er mit diesen albernen Lupen seine Karten betrachtete, als wolle er an ihnen eine Hirn-OP vornehmen, hatte sie sich ein paar Mal heimlich in seiner Wohnung umgesehen. Und nichts gefunden. Keine Briefe, keine Fotos von den beiden Ex, nichts. Außerdem waren seine persönlichen Papiere ein einziges Durcheinander. Außer den Karten; jede einzelne war eingescannt, recherchiert, die dazugehörige Computerdatei mit historischen Quellenangaben, Textbelegen, Querverweisen, Kaufhistorie und sonst was versehen. Doch derselbe Mann musste überlegen, wo er sein Scheckheft hatte.

»Also, Paul, komm im Smoking, okay? Der steht dir gut. Ich finde dich dann dort?«

Er murmelte etwas.

»Was hast du gesagt?«

»Ich bin der Mann am Krabbenbuffet.«

4

MEILE 6,2, ROUTE 330, UVALDE COUNTY, TEXAS

William senior sah ihr dabei zu, wie sie mit dem Ford Pick-up ums Haus manövrierte, und stellte fest, wie langsam sie inzwischen fuhr. Vor der Garage hielt sie an, die Tür des Pick-up ging auf, und sie hievte sich vorsichtig an ihren zwei Stöcken herunter.

»Rein traue ich mich nicht mehr.«

»In Ordnung«, rief er ihr in der einsetzenden Dämmerung zu. »Lass einfach den Motor laufen.«

Langsam begab sich seine Frau ins Haus. Er setzte sich hinters Lenkrad, wo ihm die Klimaanlage ins Gesicht blies, legte den Rückwärtsgang ein, fuhr in die Garage und stellte den Motor ab. Sie hatte vergessen, die Post mit reinzunehmen, obwohl sie nur deshalb losgefahren war, und er klaubte sie vom Beifahrersitz auf. Ein paar Rechnungen. Nichts von ihm. Wäre ja auch zu schön gewesen, um wahr zu sein, wo er doch, ohne mit der Wimper zu zucken, seinen Truck bepackt, seinen Army-Dufflebag auf den Rücksitz geworfen und, nicht zu vergessen, seine Ranger-Boots und sein Ranger-Messer mit der fünfundzwanzig Zentimeter langen Klinge und all den anderen Schnickschnack mitgenommen hatte, einfach so. Ob sie seine Hunde bitte füttern könnten, hatte er nur gefragt und ostentativ sein Handy auf dem Küchentisch liegen gelassen. Aber ihnen zu sagen, wann er zurückkommen und wann er sich bei ihnen melden würde oder auch nur, auf was für einen hirnrissigen Schwachsinn er sich einließ, als er so holterdiepolter nach New York fuhr, das war nicht drin.

5

HOTEL WALDORF ASTORIA, 301 PARK AVENUE, MANHATTAN

Der Schritt seiner Smokinghose war von Motten zerfressen, zerfetzt. So weit kam es mit alleinstehenden Männern. Aber er hatte versprochen, hinzugehen, Rachel freute sich riesig darauf, und so fand er eine schwarze Anzughose und schlüpfte hinein. Die Farbe passte zwar nicht ganz, aber egal. Nach ein paar Drinks würde es keiner mehr bemerken. Er band sich seine Fliege vor der Hooker-Karte des südlichen Manhattan und wünschte sich, nur für einen Augenblick, in die Stadt zu reisen, die sie festhielt. Da war Blackwell's Island, später schnöde zu Welfare Island und wieder später zu Roosevelt Island umbenannt, die sich östlich von Manhattan entlangzog, ein schlanker Lotsenfisch des großen Wals. Er sah das Zuchthaus, das Hospiz, das Irrenhaus, das Armenhaus für Frauen, das Pockenkrankenhaus vor Augen. Sein Blick wanderte zur Südspitze Manhattans hinunter, zu jenem Teil der Stadt, der sich mit der Zeit am stärksten verändert hatte. Wie gerne wäre er auf der gepflasterten Mole über das Wasser zu der Kanonenbatterie, die den Hafen sicherte, hinübergelaufen und hätte die knarrenden Holzschiffe vorübergleiten sehen, alles im Wissen um die künftigen Veränderungen: dass die Wasserfläche zwischen dem Battery Park und Manhattan aufgeschüttet und bebaut, dass die gezackte Spitze der Insel über Jahrzehnte von einem Heer menschlicher Ameisen abgerundet und geglättet werden würde. Er hatte sich gedanklich in Satellitenaufnahmen in die City des neunzehnten Jahrhunderts hineingezoomt, sich ausgemalt, wie die Rauchfahnen aus Tausenden Schornsteinen und Schloten in Reih und Glied das Straßenraster verwischten, weiter und immer weiter hinein, bis er die Klipper, Schoner, Catboote und Briggs erkennen konnte, die geschäftig und chaotisch durch den Hafen schnellten; und noch näher heran, bis er die schmalen, schlammigen, von Pferdefuhrwerken verstopften Straßen sah und ausmachen konnte, dass es sich bei den schwarzen Punkten, die sich auf den Bürgersteigen hin und her bewegten, um die staubigen Melonen auf den Köpfen der Männer und zwielichtigen Jungen bei ihren zwielichtigen Geschäften handelte und bei den größeren und selteneren bunten Tupfen natürlich um die farbenfrohen Hüte und Kleider der Damen –

– was für ein Schwachsinn das Ganze heute Abend.

Der Fahrstuhl brachte ihn in den Ballsaal des Astoria. Bei der Wohltätigkeitsveranstaltung herrschte drangvolle Enge, und in der Wolke von Parfüms, dem Papageiengekreisch ringsum, dem Geglitzer zu vieler Diamanten an Fingern und Hälsen ekelte es ihn vor sich selbst. Es wimmelte von hübschen Frauen und Frauchen, Küken und sexy Mamas sowie den üblichen Hochglanzausgaben reicher junger Dinger, die sich samt und sonders von den Privatschulen und namhaften Colleges kannten und in Begleitung ihrer Dates oder Ehemänner gekommen waren, darunter nicht wenige Hedgefonds-Zombies. Die reiferen Frauen der Altersspanne von vierzig bis achtzig wiederum boten im Kollektiv eine umfassende Übersicht der allerneuesten Techniken des Liftens, Straffens, Schälens, glättender Einspritzungen, der Augapfelaufhellung, Krähenfuß- und Lachfaltenentfernung, Ohrläppchenkorrekturen, Brustverkleinerung, Schlauchbootlippen. Nicht wenige von ihnen starrten in eine nicht näher definierbare mittlere Distanz – pharmazeutisch induzierte Gemütsaufhellung, botoxfixierte Unbewegtheit. Gott, was für ein überhebliches Arschloch er doch war! Aber was sollte er machen? Er *hasste* das alles hier. Und dann die Männer, die Finanzmoguln mit den geweißten

Zähnen, dem heimlichen Griff zu Testosteron-Boostern und Wachstumshormon-Supplementierung, mit plastischer Bauchformung und Haarwurzel-Migrationshintergrund. Sie und die jüngeren Möchtegern-Magnaten waren sich alle zweifellos der Tatsache bewusst, dass das Monster des Kapitalismus Jahr um Jahr den einen oder anderen von ihnen über die Klinge springen ließ – den Hedgefonds-*bombero*, den Partner *defraudissimo*, den Geschiedenen *no-prenuptero* und so weiter und so fort –, und die ganze illustre Party toste vor unbändiger, unglaublicher Ausgelassenheit. Oh ja, er verabscheute diese aufgeblasenen Rituale, nicht nur, weil der gute Zweck meistens fragwürdig war, sondern auch weil ein Mann wie er – was Rachel dankenswerterweise verstand – eine enthusiastische Ehefrau oder Freundin brauchte, um so etwas auf Dauer durchzustehen. Jahrelang hatte er gezwungenermaßen bei diesen Anlässen seine Aufwartung, seinen Kotau vor gewissen Mandanten gemacht. Nie kaufte er die teuersten Karten, aber auch nicht die billigsten, da solche Dinge registriert, in einer riesigen, unsichtbaren gesellschaftlichen Rechenmaschine verbucht und mit Häkchen versehen wurden. Natürlich schämte er sich auch dafür, je auf solche Dinge geachtet zu haben.

Doch da stand, am anderen Ende des Raums, Jennifer artig im kleinen Schwarzen und auf hochhackigen Schuhen, wie dafür geschaffen, die Männer schon von weitem zu ermorden. Sie hatten sich noch nicht wieder gesprochen, seit sie ihn mit ihrem Soldaten bei Christie's sitzengelassen hatte.

»Du hast es geschafft«, sagte sie und beugte sich vor, um ihn auf die Wange zu küssen, was ihn, wie er wusste, auf Verschwiegenheit einschwören sollte. »Wie geht's?«

»Mir? Wie immer.«

Ihre blauen Augen sahen ihn unsicher an.

»Und? Wie sieht's bei dir aus?«, fragte er.

Jennifer nestelte an der Uhr an ihrem Handgelenk herum,

dann sah sie zu ihm auf. »Ich nehme an, du hast dir deinen Teil gedacht.«

»Das Leben ist ungemein kompliziert.«

»Bitte sag Ahmed nichts.«

»Keine Sorge.«

Sie formte *danke* mit den Lippen. Er schaute sich um und sah, wie Ahmed nach ihr suchte. »Du musst dich hier durcharbeiten, Lady.«

»Ich weiß.«

Und sie verstand sich wahrlich darauf. Paul beobachtete, wie sie sich in eine Unterhaltung einfädelte, wieder aus der Gruppe löste, sich zur nächsten Runde gesellte und mit wahrer Grazie der versammelten Prominenz die Hände schüttelte. Es waren andere Ehefrauen und Freundinnen da oder von Fall zu Fall Ehemänner und ihre Freunde, und das ganze Ritual glich einem pekuniären Balztanz, bei dem bestimmte paarungswillige Teilnehmer für enorme Geldsummen standen, die, wenn es gut lief, mit anderen Geldsummen kopulieren und noch mehr Geld zeugen würden. Nach einigen Minuten erhob sich der ehrenamtliche Vorsitzende von irgendwas, griff nach einem Mikrofon und machte ein paar gute Witze, die jemand anders für ihn geschrieben hatte – das war, wie Paul aus Erfahrung wusste, immer so –, um anschließend die diversen Haufen Geld im Raum zu würdigen und ihnen zu danken, bevor er Ahmed vorstellte und ihn bat, ein paar Worte zu sagen.

»Danke«, sagte Ahmed galant, übernahm das Mikrofon und wandte sich an die Menge. »Wissen Sie, erst gestern bin ich auf einem großen Schiff in den Hafen von New York eingelaufen, und als ich all die Wolkenkratzer vor mir aufragen sah, musste ich daran denken, wie *großartig* diese City ist, wie viele begabte, *brillante* Menschen hier leben, Menschen wie Sie, die Gutes tun wollen … für andere, für ihre Stadt, für Menschen in Not, und wissen Sie, wenn sich dem Privatsektor Möglichkeiten bieten, dem karitativen Sektor zu helfen, dann legen die guten Leute von New York eine Großherzigkeit an den Tag, die –« Auf Anhieb verströmte er eine solche Autorität, ein so einnehmendes Selbstbewusstsein, dass sich die Menschen unwillkürlich näher um ihn scharten. Das Geld im Raum wollte auf Tuchfühlung gehen. Der Mann hatte, wenn er nur wollte, eine politische Zukunft, das war unverkennbar. Außerdem sah er verdammt gut aus in seinem Smoking – groß, schlank um die Taille –, Paul fragte sich unwillkürlich, was Jennifer an diesem Mann auszusetzen fand. »Und daher bin ich Ihnen allen dankbar dafür, dass ich mich in dieses Vorhaben einbringen kann, und wenn wir weiterhin auf Ihre Unterstützung zählen dürfen, dann werden wir gewiss einmal sagen können, dass wir mit dem, was wir an diesem Abend zustande gebracht haben, einen beachtlichen, ja einen historischen Erfolg feiern konnten.«

Sie spendeten ihm großzügig Beifall und leerten ihre Gläser, als Paul sah, wie sich Jennifers Blick auf Ahmed richtete, der gerade mehreren Männern, die herangetreten waren, die Hand schüttelte. Er nahm sie in ihren Kreis auf, und Paul drängte sich die Frage auf, wieso Ahmed sie geheiratet hatte. Sie war schön anzusehen, charmant und sexy, ja, aber Ahmed hätte jede Frau haben können. Jennifer brachte nicht mehr als ihre natürlichen Gaben in die Ehe ein. Sie war nicht gebildet, war keine kluge Mitstrategin bei seiner Karriere. Sie stammte nicht, wie man so sagte, aus gutem Hause, und je weiter man in der Unternehmenshierarchie aufstieg, desto mehr zählten solche Dinge. Nein, überlegte er, Jennifer musste etwas an sich haben, das nur schwer zu fassen war; dieses Etwas musste bei Ahmed einen Mangel beheben, eine Lücke füllen, und dem langfristigen Planer, dem eingefleischten, gerissenen Strategen, der er zweifellos war, etwas Besonderes bieten. Gerade sprachen sie mit einem Ehepaar namens Reston. Der Mann, ein großer Potentat bei der Citicorp, Vize-Großkotz von irgendeinem unmöglichen Firmenkonglomerat, der auch sonst überall seine Finger drin hatte, blickte von Ahmed zu Jennifer zu seiner eigenen Frau, dann wieder in schneller Abfolge von Jennifer zu Ahmed zu Jennifer und streifte bei seinen Blickwechseln gelegentlich auch Mrs Vize. Ein weiteres Paar kam dazu, und sie machten ihnen Platz. Mr Reston kannte den Mann, die beiden wurden mit höflichem Nicken und herzlichem Händeschütteln in die Runde aufgenommen. Der neue Bursche, in dem Paul Mr Ralph Soundso vom großen Schwindel-Hedgefonds oder wie auch immer wiedererkannte, der einen beträchtlichen Teil der Staatsfonds Saudi-Arabiens betreute, betrachtete Mrs Vize-Großkotz (leerer Blick, aufgesetztes Lächeln), dann Ahmed (gebannte Aufmerksamkeit), dann Mrs Schwindel-Fonds (null Interesse), dann Jennifer (Haar-Augen-Mund-Ausschnitt – flüchtiges, schuldbewusstes Lächeln), dann wieder seine Frau (du hast mich nicht dabei ertappt, diese jungen Brüste zu begaffen), dann Mr Vize-Großkotz (zu blöd mit eurer staatlichen Reglementierung), dann Ahmed, dann Jennifer (dich könnte ich den ganzen Abend lang anstarren), dann Ahmed und so weiter. Dann sagte Ahmed etwas, Mrs Vize-Großkotz und Mrs Schwindel-Fonds waren ganz Ohr, denn sie hatten Geld klimpern hören. Und so weiter. Jennifer plauderte jetzt höflich mit Mrs Schwindel-Fonds, und Mrs Vize-Großkotz, plötzlich wegen ihrer schlaffen Haut vom Halse abwärts besorgt, wandte den Blick ab, was Jennifer bemerkte, weshalb sie etwas Nettes zu Mrs Vize-Großkotz sagte, sodass diese erleichtert lächelte und alles wieder gut war. Dann ließ Ahmed eine weitere charmante Bemerkung fallen, die Ehemänner und Ehefrauen mit einem unbeschwerten Lachen wieder alle zusammenbrachte. Ha-ha … ha-*ha!*

So erhöhte Jennifer Ahmeds gesellschaftliches Prestige und umgekehrt. Sie machten zusammen einen guten Eindruck. Und sie war, dämmerte Paul, so amerikanisch, dass sich daraus eine unausgesprochene, doch zwingende Logik ergab. Ahmed stammte nun mal genetisch aus einer Region, die seit Jahrtausenden arabische Wüstensöhne besiedelt hatten, doch ihr – einer hübschen Amerikanerin – hatte er genügt. Die Verbindung mit ihr hatte ihn auf subtile Weise amerikanisiert. Nebensächlich, dass er von Harvard kam und das denkbar beste Englisch sprach. Und dass sie ihrerseits möglicherweise an der Penn State nur ein, zwei lausige Abendkurse belegt hatte. Von so etwas ließen sich die Leute nicht beirren; sie sahen an seinem rabenschwarzen Haar, ja, sogar an seinem dichten Bartwuchs, dass er *anders* war. Keiner von uns, selbst in diesen multiethnischen Zeiten, konnte sich ganz davon freisprechen, diese Dinge nicht zu registrieren. Doch ihre amerikanische Identität, ihr Weiß-Sein war ebenso dicht, der perfekte Abstand ihrer wohlproportionierten Augen, ihre markante Stirn, die ausgeprägten Wangenknochen, ihre makellosen Zähne, ihr anmutiges Kinn verdankte sie einem Dutzend Generationen, in denen sich Deutsche, Iren, Polen, Skandinavier, Engländer und Schotten in Pennsylvania ausgebreitet hatten; sie verschmolz mit Ahmed, sie denaturierte und renaturierte ihren Mann, sie war ganz und gar Grace Kelly, Bo Derek, Farrah Fawcett, Sharon Stone und Charlize Theron und Gwyneth Paltrow, Uma Thurman, Cameron Diaz und wie sie sonst alle hießen und noch heißen würden. Sie war nicht nur weiß und bildhübsch, sondern stand für eine ganze Kultur, der Wiedererkennungseffekt war wesentlicher Teil ihrer Ausstrahlungskraft auf einer von Weißen beherrschten Bühne. Sie verkörperte einen im kollektiven Gedächtnis fest verankerten Prototyp. Obwohl aus Fleisch und Blut, war sie auch Ikone – der Inbegriff des American Girl. Natürlich gab es in Amerika eine Vielfalt junger Frauen jedweder Hautfarbe und Gestalt und der ganzen Bandbreite von Schönheit und Hässlichkeit, doch auch wenn sie alle ihren Platz und ihre Berechtigung hatten, war nicht jede von ihnen ein Archetyp, der ihre Umgebung so in ihren Bann zu ziehen vermochte. Und als Paul dies begriffen hatte, wurde ihm klar, dass jemandem wie Ahmed, der in Amerika Karriere machte, nichts Besseres passieren konnte, als mit jemandem wie Jennifer verheiratet zu sein, wenn er das Vertrauen seiner amerikanischen Geschäftspartner und Kollegen gewinnen wollte. Sie war ein Bollwerk gegen gewisse Vorbehalte – Assoziationen mit Muslimen und Terrorismus und Krieg –, gegen die er selbst machtlos war. Jede Woche sah man ein neues islamistisches Gesicht in den Nachrichten, einen jungen Mann mit einem langen Bart und einem unaussprechlichen Namen, der vier Marines getötet oder einen Journalisten enthauptet oder in einem Nachtclub wild um sich geschossen hatte. Jennifer löste dieses Problem für ihn – sie impfte ihn, machte ihn immun, komplettierte ihn. Sie sorgte dafür, dass sich andere nicht von ihm bedroht und umgekehrt auch er sich vor ihnen sicher fühlte. Ahmed war ein überaus kluger Mann. Die Wirkung, die seine anmutige Frau auf seine Umgebung ausübte, blieb ihm natürlich nicht verborgen, und er wusste, dass er sie brauchte, um im Big Business weiter aufzusteigen, erst recht, um Gouverneur oder Senator zu werden.

Eine Stunde schleppte sich dahin. Paul trank drei Gin Tonics. Leider Gottes kannte er einige Leute dort, darunter einen Deutschen, der ihn zum Einwanderungsprozedere für einige Führungskräfte befragte, die seine Bank gerade herüberholte. »Wenn die Bank Sie anheuert, um uns dabei zu helfen«, fragte er, »wer ist dann der Klient? Die Bank oder die Leute, die wir nach New York holen?«

»Die Bank«, gab Paul höflich Auskunft.

»Nehmen wir an, jemand bekäme ein Problem mit seinem Visum, informieren Sie dann zuerst die Bank oder den Betreffenden?« Die Bank. Als Nächstes hatte eine ältere Frau das Bedürfnis, ihm die Tenniskünste ihres verblichenen Gatten zu beschreiben, wonach sich ihm ein winziger Mann mit Fliege als Experte für »maschinelles Sehen« empfahl. Was das sei. »Ich bringe Robotern das Sehen bei«, rief der Mann aufgeregt. »Das ist die Zukunft, glauben Sie mir!« Und dann endlich Rachel, die sich in einem traumhaften, gemusterten Kleid und mit zurückgekämmtem Haar lächelnd durch die Menge schlängelte. Es gefiel ihm, wie selbstbewusst sie mit Menschen umging.

»Hab dich gefunden«, sagte sie und küsste ihn. Dann blickte sie an ihm herunter. »Diese Hose –?«

»Passt nicht?«

Sie beugte sich vor, um sicherzugehen, dass sie sich nicht verhört hatte. »Du weißt es also?«

»Ja.«

»Schon, als du damit aus dem Haus gegangen bist?«

»Ja.«

»Was ist passiert?«

»Motten.«

Rachel nickte analytisch. Das war bedenklich, doch sie behielt ihre Überlegungen für sich. Und dann konnte sie es nicht lassen, ihn einigen Freundinnen, alle in ihrem Alter, rund zehn Jahre jünger als er, vorzustellen. Sie nahmen ihn kritisch in Augenschein, das war nicht zu übersehen, und fragten sich, ob er es Rachel noch richtig besorgen konnte, ob er heimlich trank, wie viel er auf der hohen Kante hatte, ob sein Haar echt war, ob er irgendwelche Perversionen pflegte, tierlieb war, regelmäßig zur Darmspiegelung ging und so weiter. Er erklärte, er wolle zum Buffet, entzog sich mit einem cleveren beschwipsten Schritt zur Seite und machte sich aus dem Staub – in die ungefähre Richtung des Tischs mit den Krabben, über den drei weiß befrackte Kellner mit Filmstarfrisuren wachten.

Doch keine zwei Meter von dem glitzernden lachsfarbenen Berg entfernt packte ihn jemand am Arm; er drehte sich um, und zum zweiten Mal an diesem Abend war es Jennifer, diesmal mit einem höchst alarmierten Blick in den ach so blauen Augen.

»Du musst mir helfen«, sagte sie. »Ich habe ein richtig großes Problem.«

»Was ist los?«

»Da draußen ist ein Freund von mir. Bill. Der Mann, mit dem du mich gesehen hast. Er ist betrunken.«

»Ich bin selbst ein bisschen angesäuselt.«

»Nicht so wie er.«

»Und er ist draußen auf der Straße?«

Sie seufzte besorgt. »Er ist mir irgendwie hierhergefolgt und hat draußen nach mir gefragt. Ich hab ihm gesagt, ich treffe mich mit ihm, aber *jetzt* muss er erst mal verschwinden. Ich hab Angst, dass er verhaftet wird oder so.« Sie blickte sich nach Ahmed um. »Er braucht eine Bleibe, er ist die Nacht durchgefahren und betrunken und –«

»Redet zu viel, verplappert sich?«

»Ja, das ist ein Riesenproblem für mich, Paul, ich erklär's dir später, aber erst mal muss er hier weg, irgendwohin, wo er seinen Rausch ausschlafen kann.«

Er musterte sie. »Meine Wohnung?«

»Nein, nein, nein, da würden ihn die Pförtner –« Sie führte den Gedanken nicht zu Ende. »Ich meine, hier irgendwo in der Stadt, nicht zu weit weg, aber ein bisschen versteckt.« Sie nahm eine Waldorf-Astoria-Serviette von einem Wandtisch. »Hast du einen Stift?«

Hatte er, und sie schrieb etwas auf die Serviette, faltete sie und reichte sie ihm zusammen mit seinem Stift. »Billy weiß, wer du bist. Gib ihm einfach nur das hier.« Jennifer sah ihn flehentlich an, mit Tränen in den Augen. »Bitte!«

Dann verschwand sie in der Menge und ließ ihn mit der Serviette stehen, verblüfft, neugierig und irritiert – und mit dem sicheren Gefühl, dass das Spiel in die nächste Runde ging.

Dann fand ihn Rachel wieder. Mit dem dritten Glas Wein in der Hand – wetten? – kam sie zielstrebig und beschwingt auf ihn zu. Sie lächelte und beugte sich zu einem gekonnten Küsschen vor – ohne den Lippenstift zu verschmieren. »Was hältst du davon, einen Abgang zu machen?«

»Wie's aussieht, muss ich etwas für Jennifer Mehraz erledigen.«

»Was?«

»Da draußen steht ein Freund von ihr, der eine Bleibe braucht.«

Rachel runzelte die Stirn. »Ich verstehe nicht ganz.«

»Ich muss ihn wohin bringen, wo er übernachten kann.«

»Wieso braucht er dich dazu?«

»Er ist betrunken. Den nimmt kein Hotel.«

Rachel funkelte ihn an. »Soll das heißen, du lässt mich hier stehen, du verlässt diese dämliche Party, um irgend so einen Betrunkenen irgendwohin zu bringen?«

»Ja.«

»Nur um dieser Jennifer einen Gefallen zu tun, die –«

»Die was?«

Sie schluckte den Gedanken herunter und zwang sich, nach vorne zu blicken. »Meinst du, es wird spät?«

»Kann ich nicht sagen.«

»Und wieso? Weil dich Jennifer Mehraz darum gebeten hat?«

»Ja, deswegen, unter anderem.«

»Und was ist das *andere*?«

»Rachel, er hat keine Bleibe.«

Er wusste, dass sie allen Grund hatte, wütend zu sein. Trotzdem folgte sie ihm in ihrem Kleid und den hochhackigen Schuhen und lief mit ihm bis zur Straßenecke, wo ein Taxi nach dem anderen vorüberfegte. An die Wand des Hotels gelehnt, außer Sichtweite der wachsamen Concierges, stand ein kräftiger, drahtiger Mann.

»Sind Sie Bill?«, rief Paul, als er ihn wiedererkannte.

Der Mann hob den Kopf und nickte kläglich. Er hatte einen kleinen Rucksack dabei.

»Jennifer sagt, Sie bräuchten eine Bleibe.«

Wieder nickte Bill. Paul roch die Fahne von weitem und wusste, was Jennifer meinte.

»Ich besorge uns ein Taxi. Schaffen Sie es, in einem Taxi zu sitzen, ohne sich zu übergeben?«

»Ja«, antwortete Bill. »Schaff ich, Sir.« Er hatte ein großes, offenes Gesicht, eine kräftige Nase und weit auseinander liegende Augen.

»Na gut. Bin gleich wieder da.« Paul trat vom Bürgersteig und hielt im Verkehrsstrom stadtauswärts nach einem Taxi Ausschau.

»Sind Sie seine Frau?«, fragte Bill Rachel.

»Nur eine Freundin.«

»Tut mir leid, Ma'am. Schätze, ich nehme ihn Ihnen weg.«

»Ja, das sehen Sie richtig.«

Paul hatte ein Taxi ergattert. Er öffnete die Tür und drehte sich zu Rachel um, die sich offensichtlich zusammenreißen musste, um nicht noch wütender zu werden, und stattdessen gute Miene zum bösen Spiel machte. »Kann ich dich zuerst bei dir absetzen?«

»Auf keinen Fall«, sagte sie. »Er könnte sich übergeben.«

»Dann nimm du das hier, wir nehmen das nächste.«

»Nein, fahrt nur, er braucht Hilfe.« Im Lichterstrom der Scheinwerferkegel trat Rachel an Paul heran. Ihr Ärger war verflogen. »Tut mir leid«, sagte sie. »Es ist nur, weil ... kommst du hinterher noch zu mir rüber?«, fragte sie freundlich und streichelte ihm die Wange. »Bitte?«

»Ja«, sagte er.

»Will ich dir auch geraten haben.« Sie ging auf die Zehenspitzen und gab ihm einen leidenschaftlichen Kuss. »Egal, wie spät es wird.«

Er besaß ein kleines Backstein-Reihenhaus in Brooklyn, das Haus, in dem er aufgewachsen war. Nach dem Tod seines Vaters war seine Mutter dort wohnen geblieben und hatte trotz ihrer

Versuche, aktiv zu bleiben, immer länger ferngesehen und mit ihrem Zwergpudel geredet. Gegen Pauls Rat und obwohl sie das Geld nicht brauchte, fing sie an, das Erdgeschoss zu vermieten. Nach einigen Wechseln wurde sie ein wenig nachlässig darin, die Anwärter auf ihre Eignung zu überprüfen, und so merkte sie zu spät, dass sich ihre letzte Mieterin, eine korpulente Frau Ende dreißig, in ihrer Wohnung als Prostituierte verdingte, meist mit zwei bis drei Freiern pro Nacht, im Zweistundentakt. Einer der Männer schlug die arme Frau im Alkoholrausch zusammen, setzte ihr Bett in Brand und floh. Es blieb bei einem kurzen Schwelbrand der Matratze, doch Pauls Mutter, die mit zunehmendem Alter immer schlechter schlief, roch den Rauch und ging nach unten, wo die bewusstlose Frau mit zu Brei geschlagenem Gesicht am Boden lag. Nachdem die Polizei und die Feuerwehr angerückt waren und Pauls Mutter ihre Aussage zu Protokoll gegeben hatte, wurde ihr übel, und als sie am nächsten Tag ihre Einkäufe nach Hause trug, erlitt sie einen schweren Herzinfarkt. In den Jahren nach ihrem Tod hatte Paul das Haus instand gesetzt und im Wohnzimmer eine Reihe Architektenschränke mit Rollschubläden einbauen lassen. Hier bewahrte er den größten Teil seiner Karten auf, einschließlich derer, die er schon als Junge zusammengetragen hatte – insgesamt mehrere Tausend, von Brooklyn, Queens, der Bronx, von Manhattan die weniger wertvollen sowie Dubletten, eine kleine Auswahl von Long-Island-Karten, U-Bahn- und Eisenbahn-Plänen, Brückenverzeichnisse, Atlanten; stapelweise alte Zeitungen, die ihn einmal interessiert hatten, *Harper's Weekly* und Gott weiß, was noch alles, er konnte sich beim besten Willen nicht an alles erinnern. Doch das Haus an sich blieb mehr oder weniger unverändert, eine Zeitkapsel, mit der Schlafzimmereinrichtung seiner Eltern, ihrem Geschirr, ihren Büchern, Schubladen voller alter Weihnachtskarten, den Werkzeugen seines Vaters. Er wusste, dass er mit dem Haus die Vergangenheit wie in einem Standbild festhalten wollte, als biete ihm dieses Gemäuer die Chance, irgendwann einmal die Zeit zurückzudrehen und seine Eltern wiederzusehen, um ihnen all das zu sagen, was er ihnen in jüngeren Jahren hätte sagen sollen, zum Beispiel, dass er sie lieb habe und dass sie ihm fehlten. Andererseits war es angenehm still im Haus, und so fuhr er ab und zu mit der U-Bahn raus, um dort zu übernachten und jedes Mal die Leitungen sowie den Heizkessel zu überprüfen und den kleinen Garten zu inspizieren, der im Sommer so viel Licht abbekam, dass sein Vater darin mit Erfolg Tomaten, Gurken und Kürbisse gezogen hatte. Paul zahlte einem Mann hundert Dollar im Monat, um das Gras zu mähen und die angesammelten Wurfsendungen der Baumärkte zu entsorgen.

Dorthin fuhr er jetzt mit Bill. Zuerst sagten sie nichts, doch als sie über den East River kamen, drehte Bill die Scheibe herunter und sah hinaus.

»Die Brooklyn Bridge?«

»Erraten.«

»Kleiner, als ich dachte.«

»Oh, sie ist von einer imposanten Eleganz«, hielt Paul dagegen.

Sie waren hoch oben in der Luft über dem Wasser; vor ihnen blinkten die Lichter der hochtrabenden neuen Wohnblocks von Brooklyn, und der Fahrtwind blies ihnen ins Gesicht. »Die Luft tut gut«, sagte Bill.

»Geht's?«

»Ich halte durch.«

»Wir können irgendwo einen Kaffee trinken.«

»Vielleicht keine schlechte Idee.«

Paul beugte sich zum Fahrer vor. »Nach der ersten rechts auf der Fourth Avenue ist drei Häuser weiter ein Deli und ein Hydrant, wo Sie kurz anhalten können.«

Der Fahrer zuckte mit den Achseln, folgte seiner Bitte, und ein paar Minuten später kam Paul mit Kaffee und Kartoffelsalat, wahrscheinlich vom Vortag, wieder aus dem Laden.

Bill hielt den Pappbecher mit beiden Händen und trank einen Schluck. »Sie sind also der Mann, der mit Jenny in diesem Auktionshaus war?«

»Essen Sie etwas von dem Kartoffelsalat.«

»Da wurden Antiquitäten verkauft?«

»Antike Karten.«

Doch das interessierte ihn nicht. Bill deponierte seinen Rucksack auf dem Sitz. »Tut mir leid, dass Sie meinetwegen nicht mit Ihrer Freundin fahren konnten, Mister.«

Paul sah zu, wie Bill das Essen hinunterschlang. »Machen Sie sich deswegen keinen Kopf.«

»Frage mich, was Ihnen Jennifer so über mich erzählt hat.«

»Ich hab vermutet, dass Sie alte Freunde sind.«

»Wir kennen uns schon sehr lange, ja.«

»Aber sie hat einen ziemlich besitzergreifenden Ehemann, wissen Sie.«

Bill starrte geradeaus, und die Lichter huschten über sein schmales Gesicht.

Bring ihn zum Reden, dachte Paul. »Sie haben, glaube ich, einen texanischen Akzent.«

»Stimmt, ertappt.«

Paul war im Lauf der Jahre im Zuge seiner anwaltlichen Tätigkeit für reiche Südamerikaner einige Male in Houston, Texas, gewesen. »Ich gehöre zu den New Yorkern, die eine Schwäche für Texas haben.«

»Und wieso?«

»Weil wir uns ähnlich sind. Texaner halten sich genau wie New Yorker für den Bauchnabel der Welt.«

»Da liegen Sie richtig.«

»Und? Wo genau in Texas sind Sie zu Hause?«

»Wenn Sie sich in Texas auskennen – ich stamme aus der Gegend westlich von San Antonio, achtzig Meilen auf der Route 90, ziemlich nah an den Bergen.«

»Da bin ich mal gewesen.«

»Sagen Sie bloß.«

»Vor vielleicht fünfzehn Jahren habe ich mal einen Ausflug in die Gegend gemacht.«

»Das glaub ich einfach nicht.«

»Na schön. Also, die Gegend ist staubtrocken, und es gibt Mesquitebäume, so weit das Auge reicht, und die Rancher wehren sich gegen diese Plage –«

»Wir bekämpfen sie mit Flammenwerfern«, sagte Bill.

»Ja, und die Landstraßen haben keine Namen, nur Nummern, und als ich da war, hab ich einen riesigen Eber gesehen, direkt am Straßenrand, wo ihn der Rancher, der ihn erschossen hat, einfach liegen gelassen hatte.«

Bill nickte. »Ich hab selber welche geschossen, zusammen mit meinem Daddy.« Er schwieg einen Moment. »Riesige schwarze Schweine. Fünfhundert Pfund schwer. Monster.«

Das Taxi schlingerte die Fourth Avenue entlang. »Und? Woher kennen Sie Jennifer?«

»Also, Sir, das ist eine lange, lange Geschichte, und Sie und ich, wir kennen uns nicht, und deshalb, tut mir leid, aber ich passe.«

Sogar betrunken, dachte Paul, hat sich der Kerl noch ziemlich gut unter Kontrolle. »Kein Problem.«

Bill sah ihn an. »Ich weiß zu schätzen, was Sie für mich tun, Mann.«

»Nicht der Rede wert.«

»Ich kenne mich in New York kein bisschen aus.«

Für den Rest der Fahrt schwiegen sie. Paul ließ den Fahrer auf der 14. Straße nach links in eine Straße mit bescheidenen, doch liebevoll gepflegten dreistöckigen Reihenhäusern abbiegen, die in den späten neunziger Jahren des neunzehnten Jahrhunderts für Arbeiterfamilien von Brooklyn hochgezogen worden waren.

Er beugte sich zum Fahrer vor. »Warten Sie auf mich, ich brauche nur ein paar Minuten.«

»Ich muss den Zähler anlassen.«

»Ich weiß. Nur zu, bin gleich zurück.«

Das Haus hatte auf der linken Seite einen schmalen, durch einen Zaun von der Straße abgetrennten Durchgang, der zu einer kleinen Terrasse an der Rückseite führte. Statt das Haus durch die Eingangstür zu betreten, öffnete er das Schloss des Maschendrahttors und sperrte hinter Bill wieder ab. Zusammen gingen sie zur Rückseite des Hauses. Als sie um die Ecke bogen, gingen Flutlichtlampen an.

»Bewegungsmelder?«, fragte Bill, den Kaffeebecher in der Hand.

»Ja.« Paul schloss die Küchentür auf. Das letzte Mal war er vor vier Wochen da gewesen. Er spürte Bills hünenhafte Gestalt hinter sich, roch die Mischung aus Schweiß und Fahne.

»Also, Bill«, sagte er und machte in der Küche Licht, »diese bescheidene Hütte bedeutet mir sehr viel.«

»Verstanden, Sir.«

»Ich habe hier Sachen, an die ich keinen dranlasse, und hier kommt sonst auch keiner rein, niemals.«

»Okay, verstanden.«

Das Wohnzimmer nahmen die Schränke mit den breiten Rollschubläden ein. Paul zog ein paar heraus. »Die sind von oben bis unten voll mit Karten. Von Manhattan und Brooklyn. U-Bahn-Pläne, Zeitungen aus dem Bürgerkrieg und einiges mehr.« Sie gingen die Treppe hoch, und Paul zeigte ihm die beiden Schlafzimmer, mit weiteren Planschränken und Kisten.

»Wieso pachten Sie nicht einfach irgendwo Lagerräume?«, fragte Bill. »Das hier ist ganz schön weit vom Schuss.«

»Sicher. Aber ich hänge an diesem alten Haus.« Er zeigte auf das Bett. »Sie schlafen hier.«

Das Schlafzimmer war verstaubt, die Luft roch abgestanden. Paul öffnete das Fenster. Im Badezimmer drehte er den Hahn des Waschbeckens auf. Die Rohre schepperten, dann schoss braunes Wasser heraus, nach ein paar Sekunden wurde es klar.

Paul fand ein Ersatzschlüsselbund und gab es Bill. »Hören Sie, ich habe Ihnen noch ein paar Dinge zu sagen, dann lasse ich Sie alleine.«

»In Ordnung.«

»Sind Sie wieder einigermaßen nüchtern?«

»Komm schon klar.«

»Gut, hoffen wir's. Also, die besten Stücke meiner Sammlung sind in meiner Wohnung in Manhattan. Aber das meiste befindet sich hier. Über vierzig Jahre zusammengetragen. Es hat mich viel Zeit gekostet, die zu finden. Ich könnte niemals von vorne anfangen. Die Fenster sind, wie Sie bemerkt haben werden, alle mit Eisengittern versehen.«

»Ja.«

»Aber ich möchte Ihnen klarmachen, welche Mühe da drinsteckt.«

»Ich rühre nichts an, Mann.«

»Gut, will ich Ihnen auch geraten haben. Ich mein's ernst. Lassen Sie die Finger davon. Und da wir gerade dabei sind: Ich weiß, dass zwischen Ihnen und Jennifer mal was war.« Paul hob beschwichtigend die Hände. »Ich will gar nicht wissen, was, geht mich nichts an. Aber ihr Mann, Ahmed, dem kommen Sie besser nicht in die Quere, Bill. Er ist reicher als Sie, er ist klüger als Sie, und er hat Kontakte, Leute, die tun, was er von ihnen will. Er ist ein Mann, der nicht begeistert sein wird, wenn er erfährt, dass ein anderer Kerl seine Frau flachlegt. Verstanden?«

»Verstanden.« Bill wirkte geistesabwesend und ungerührt.

»Ich habe nicht den Eindruck«, warnte Paul. Sie sahen sich schweigend an.

Nach einer Weile machte Bill den Mund auf. »Mister, ich bin ein bisschen rumgekommen, mehr will ich dazu nicht sagen.«

Was sollte das nun wieder heißen? Irak? Afghanistan? Syrien? Oder an einem der vielen Orte, von denen die Öffentlichkeit nichts erfuhr? »Das bezweifle ich nicht, Bill«, erwiderte Paul, »keine Minute. Ich wollte Ihnen nur klarmachen, dass diese Stadt viel komplizierter ist, als Sie vielleicht denken, okay? Sie können hier nicht einfach reinplatzen und machen, was Sie wollen. Sie müssen sich anpassen, Bill. Wenn Sie sich von der Polizei dabei erwischen lassen, wie Sie betrunken draußen vor dem Waldorf Astoria herumkrakeelen, werden Sie verhaftet und landen im Rikers.«

»Was ist das?«

»Rikers Island. Eins der Gefängnisse hier. Mit ungefähr zehntausend Insassen. Da wollen Sie bestimmt nicht hin.«

»Nein.«

»Und noch etwas. New Yorker haben einen Blick dafür, wenn jemand nicht von hier ist.«

»Für jemanden wie mich.«

»Genau. Sie verraten sich mit tausend Kleinigkeiten, zum Beispiel, wie Sie an der Ampel über die Straße gehen, wie Sie ein Taxi heranwinken, so was in der Art. Wenn ich Sie so ansehe, fallen Sie auf, Bill. Als Erstes sollten Sie aus dieser Uniform raus. Anderswo sehen die Leute das nicht so eng, aber hier weiß man nie.«

»Ich weiß.«

»Mag sein, aber Sie *verstehen* es nicht. Ich bin hier geboren. Hören Sie besser auf mich. Besorgen Sie sich eine Schirmmütze, meinetwegen eine Yankees- oder Giants-Kappe, und Jeans, Laufschuhe, okay?«

»Schon klar.«

»Wie lange haben Sie vor zu bleiben?«, fragte Paul.

»Vielleicht ein, zwei Wochen, je nachdem.«

»Je nachdem was?«

»Na ja, je nachdem, wie's läuft.«

Eine ausweichende Antwort. »Wie sind Sie überhaupt hergekommen, wenn ich fragen darf?«

»Mit meinem Truck«, sagte Bill.

»Wo haben Sie den gelassen? Hier müssen Sie in regelmäßigen Abständen umparken.«

»Er steht auf einem Langzeitparkplatz.«

»In der Nähe?«

»Nee. Aber ich komm jederzeit dran.«

»Haben Sie Geld?«

»Keine Sorge«, sagte Bill. »Ich brauch nichts.«

»Hier werden Sie locker ein paar Hundert Dollar am Tag los, ohne irgendwas Besonderes zu tun.«

»Ich hab ein paar Tausend dabei und noch was im Wagen versteckt.«

»Haben Sie eine Telefonnummer für mich?«

Bill verzog das Gesicht. »Kein Telefon, Mann, kein Handy, nichts.«

»Wieso?«

»Damit kann man geortet werden.«

Paul nickte bedächtig, bevor er eine Visitenkarte hervorholte und seine Nummer daraufschrieb. »Damit Sie mich erreichen können, falls etwas ist. Hier im Haus gibt es keinen Telefonanschluss. Sie werden sich nach einem Münztelefon umsehen müssen. Gibt nicht mehr viele. Der Scheckeinlösungsservice an der Fifth Avenue hat vielleicht eins. Und einige Bodegas.«

»Bodegas?«

»Die kleinen Lebensmittelläden, wie Delis.«

Irgendetwas hatte er vergessen. Dann fiel es ihm wieder ein. »Das hier soll ich Ihnen von Jennifer geben.« Er zog die gefaltete Serviette aus der Tasche und gab sie ihm.

Bill las sie und sah auf. »Wie komme ich von hier aus zum Grand Central?«

Bei der Notiz ging es also um eine Verabredung. »Ganz einfach. Nehmen Sie die U-Bahn von Brooklyn aus Richtung East Side Manhattan. Der Bahnhof ist an der 42. Straße.«

»Und wo ist die nächste U-Bahnstation?«

»Von hier aus? Nur ein paar Blocks die Fourth Avenue runter. Fahren Sie bis zur Atlantic und steigen Sie da um. Karten, mein Freund, Karten. Das U-Bahnnetz ist voller –« Er hielt inne, trat an eine Schublade, zog sie auf, sah hinein, schloss sie wieder, zog zwei weitere auf. »Hier, dieser U-Bahn-Plan ist fünfzig Jahre alt, also nur, damit Sie eine ungefähre Vorstellung bekommen.«

Bill nahm einen Schluck Kaffee. »Kann ich den benutzen?«

»Nein, nur einen Blick drauf werfen. Gehen Sie zur nächsten Station und besorgen Sie sich einen neuen. Die sind kostenlos. Also, mein Taxi wartet draußen auf mich.«

»Wie kann ich Ihnen die Schlüssel wiedergeben?«

»Händigen Sie sie einfach Jennifer aus.«

Er schüttelte den Kopf. »Keine so gute Idee.«

Im Küchentisch war eine Schublade, in der Paul Stifte und anderen Kram aufbewahrte. Sie gingen deshalb nach unten, er holte einen alten Briefumschlag heraus, adressierte ihn an sich selbst und kramte eine Rolle abgelaufener Briefmarken hervor. Er klebte mehrere im Gesamtwert einiger Dollar auf den Umschlag. »Schicken Sie das Schlüsselbund einfach an mich.«

Bill sah sich die Adresse an. »Sie wohnen ja im selben Haus wie Jenny.«

»Ja, auf demselben Stock, direkt gegenüber.«

»Dann kennen Sie also ihren Mann.«

Paul lächelte nachsichtig. »Genau das habe ich versucht, Ihnen klarzumachen, Junge.«

»Wir kennen uns schon eine Ewigkeit, Jenny und ich.«

Paul musterte den großen, kernigen jungen Mann mit der naiven Selbstgewissheit. In dem Moment hupte das Taxi draußen ungeduldig. Er zwang sich, Bill die Hand zu schütteln, deren Größe und Kraft er nicht unterschätzte, und verließ das Haus. Das Taxi fuhr los, bevor er seine Tür ganz zugezogen hatte.

Kurz nach Mitternacht traf er in Rachels Wohnung ein. Sie begrüßte ihn in einem verführerischen Nachthemd aus schwarzer Seide, das ihre Schultern, Brüste und Hüften umspielte. »Entschuldige, dass ich dich habe warten lassen«, sagte er.

»Tja«, erwiderte sie, »hier ist mein Angebot: Ich werde dir die schmähliche Behandlung von vorhin vergeben, wenn du mir für den Rest des Abends deine ganze Aufmerksamkeit schenkst. Nimmst du an?«

»Du verhandelst knallhart.«

Sie schlang ihm die Arme um den Hals. »Nicht wirklich.«

»Nur wie eine Frau, die sich die Schwäche des Gegners skrupellos zunutze macht?«

»Genau«, flüsterte sie glücklich.

Als er später, danach, aus dem Bad zurückkam, lag Rachel mit angezogenen Knien unter der Decke. Das hatte er, wenn er sich recht entsann, schon mal bei seiner ersten Frau gesehen.

»Ich habe vorhin zwei Dinge vergessen, die ich dir noch sagen wollte«, sagte Rachel im Dunkeln in entspanntem Ton.

»Was denn?«

»Erstens: Weshalb hattest du *wirklich* deine Smokinghose nicht an?«

»Wie gesagt. Der Schritt war von Motten zerfressen, wie von einer Schrotsalve zerlöchert.«

Sie kicherte. »Und es hat dir nichts ausgemacht?«

»Nein, eigentlich nicht.« Er schlüpfte unter die Decke. Rachel streckte die Beine aus und schmiegte sich an ihn. Er liebte ihre eingecremte weiche Haut. »Und zweitens?«

»Ach so, das ist merkwürdig. Ich hatte so ein Gefühl, als ob hinter dir und diesem jungen Mann, Bill Soundso, nachdem ihr ins Taxi gestiegen wart, ein anderer Wagen losgefahren sei und euch folgte.«

»Hast du das gesehen?«

Er spürte ihr Kopfnicken an der Brust. »Während ich auf

das nächste Taxi wartete. Die sind euch die Park Avenue entlang gefolgt und dann kurz nach euch rechts in dieselbe Straße abgebogen. Ich bin mir ziemlich sicher.«

»Kann ich mir eigentlich nicht denken.«

»Falls doch, hätten sie es dann auf dich oder diesen Bill abgesehen?«

Er überlegte. »Auf Bill«, sagte er, doch da schlief Rachel schon. Er lag im Dunkeln wach und musste daran denken, wie Ahmed und Jennifer Seite an Seite gestanden und mit einigen anderen Paaren geplaudert hatten. Er hatte beobachtet, wie Ahmed sie leicht am Ellbogen fasste. Sie löste daraufhin den Arm aus seinem Griff, doch er zog ihn langsam wieder zurück und hielt ihn so, dass er mit dem Zeigefinger die weiche Innenseite des Ellbogens streicheln konnte, während er den Finanzleuten konzentriert in die Augen sah.

6

6 NORTH VINE AVENUE, PALM SPRINGS, KALIFORNIEN

Es war Zeit für seine Pillen. Nicht weniger als dreizehn, sieben fürs Herz und den Blutdruck, die übrigen Vitamine. Er trank zuerst den Orangensaft, schluckte die Pillen, aß sein Frühstück, als es ihm gebracht wurde, und ging dann zum Pool hinaus, um zu gießen. Er konnte den grünen Schlauch mit einer Hand halten, während er sich mit der anderen, gegen die Hüfte gestemmt, auf den Stock aufstützte. Der Gärtner kam zweimal pro Woche, doch einen bescheidenen Teil der Arbeit übernahm er gerne selbst, um ein bisschen Bewegung zu haben und an das alte Steinhaus in Teheran zu denken. Vierzig Jahre war das jetzt her und die Familie inzwischen in alle Welt verstreut. Ein paar seiner Cousins lebten mit Frau und Kindern noch im Iran. Vom korrupten theokratischen Regime eingeengt, tranken die Enkel zu viel in den geheimen Clubs, hatte er sich sagen lassen, während sich seine Familie unaufhaltsam in alle vier Himmelsrichtungen verlor. Zugleich dünnte sie aus. Als sein Bruder starb, rückte er selbst zum ältesten männlichen Mitglied auf. Der heutige Iran hatte im Lauf der Jahrhunderte schon zahlreiche Namen getragen und vielerlei Gestalt angenommen, doch immer hatte es ein Dorf und einen Stamm gegeben. Aber selbst die waren verschwunden. Was blieb, war die Familie.

Er drehte den Schlauch zu und ging zum Pool, um sich im Schatten in die Nähe der Bougainville zu setzen, wo die Palmen über ihm in den Himmel ragten, während das cremeweiße Haus vor der Kulisse der fernen Berge in der Sonne stand. Für seinen Geschmack der schönste Ort auf Erden. Rosie hatte ihm die Zeitungen bereitgelegt. Doch er hatte keine Lust, sie zu lesen. Er verachtete sie alle, die sogenannten Führer des Iran, die sogenannten Führer des Irak, die sogenannten Führer von Israel, die alle gemeinsame Sache machten, die doppelzüngigen Saudis, die sich von Amerika beschützen ließen, die extremistischen Terroristen, die Splittergruppen, die Milizen, die Gangster, die nicht lesen und schreiben konnten, in ihren Toyota-Lastern mit ihren Maschinengewehren. Sunniten, Schiiten – Muslime, die für Gebietszuwachs oder für die Religion Muslime abschlachteten. Amerikaner, die auf Muslime Bomben abwarfen. Juden und Muslime, die sich gegenseitig umbrachten. Syrer, die Syrer töteten, Iraker, die Iraker töteten. Russen, die muslimische Städte zerbombten. Saudis, die Jemeniten töteten. Türken, die Kurden töteten. Kurden, die Syrer umbrachten. Erst Al Kaida, jetzt der IS. Monster, aber gerissene Monster. Unterdessen lauerten die chinesischen Geschäftsleute mit den prallvollen Konten im Hintergrund und sackten überall ihren Anteil ein. Die Probleme des Nahen Ostens waren ökonomischer, nicht religiöser Natur. Doch wen interessierte schon die Meinung eines alten Mannes mit schlaffen Eiern, der in Kalifornien am Pool saß und von Tabletten lebte.

Er hörte das Telefon im Haus mit seinem altmodischen Klingelton. Handys mochte er nicht, er kam damit nicht gut zurecht.

»Für Sie«, rief ihm Rosie von der Terrassentür aus zu.

Er humpelte ins Haus und nahm das Mobilgerät entgegen. »Ja?«

»Guten Morgen, Onkel Hassan.«

Amir, aus New York. Drei Stunden Zeitunterschied, dort war es schon zehn. »Wir arbeiten an unserem kleinen Problem.«

Hassan missfiel der triumphierende Ton. »Was soll das heißen?«

»Das heißt, wir haben den Mann gefunden, der Ahmed beleidigt hat.«

Keine gute Nachricht. Er hatte gehofft, diese Schmierenkomödie würde sich von selbst erledigen.

»Er war leichtsinnig, und unsere Leute sind ihm gestern Abend nach Brooklyn gefolgt. Wir wissen, wo er steckt. Wir haben mit dem Taxifahrer geredet, der ihn hingebracht hat. Der Bursche stammt aus Texas. Da hat er große schwarze Schweine erschossen. Er sieht aus wie ein Soldat.«

»Das ist nicht gut.«

»Wir reden ein paar Takte mit ihm.«

Wäre sein Neffe Ahmed arm, würde sich niemand für die Sache interessieren. »Nein, das ist keine gute Idee, Amir. Wenn du ›reden‹ sagst, weiß ich, was du meinst, diese Art von Unterhaltung artet in Gewalt aus. Wenn du willst, biete ihm Geld an, damit er verschwindet. Ich bezahl's.«

»Und was ist mit der Ehre –?«

»Ehre ist ein Hut!«

»Was soll das heißen, Onkel Hassan?«

»Man kann ihn aufsetzen und runterreißen und wieder aufsetzen! Aber du bist zu jung, um das zu verstehen!«

»Okay.«

»Kein Muskelspiel, keine Gewalt! Das ist eine Privatangelegenheit!« Er dachte an sein Herz und mahnte sich zur Ruhe. »Ahmed ist ein amerikanischer Unternehmensführer. Einem Mann in seiner Position lässt man ein persönliches Problem nicht durchgehen. Die Familie hat sich da schon viel zu weit aus dem Fenster gehängt, die Sache ist zu riskant.«

»Wie du willst.«

Als Hassan auflegte, hatte er das dumpfe Gefühl, dass sie ihn ignorieren würden. Seine Neffen waren jung und konfus. Sie litten an Wahrnehmungsstörungen. Sie dachten, nur weil sie an so etwas wie »Familienehre« glaubten, existierte sie auch. Sie brannten vor Wut über die nicht abreißende Nachrichtenflut zu Krieg und Terror im Nahen Osten, dabei lebten sie in Amerika und genossen die Freiheiten, die das Land ihnen bot, den Schutz durch sein Militär und die Rechtsstaatlichkeit. Sie waren schon so verwestlicht, dass sie es gar nicht mehr merkten. Sie bezahlten mit amerikanischen Dollars, speisten in amerikanischen Restaurants, fuhren in Amerika gebaute deutsche Prestigekarossen. Sie vögelten amerikanische Muschis, tranken amerikanisches Wasser, sie *schissen* amerikanisch. Sie verfolgten die National Football League und gaben sich gern als knallharte Söldner. Sie aßen Nachos und Tortillas. Und trotzdem faselten sie dauernd davon, wann endlich das theokratische System fallen würde und sie nach Hause könnten, in ein Land, in dem sie noch nie gewesen waren. Teheran in den siebziger Jahren, schillernd und kosmopolitisch, Kasinos und Theater und Hotels, die alle vom Öl profitierten, eine weltoffene, mondäne Metropole, in der es von Europäern und Amerikanern wimmelte, die in den Cafés ihre Zigaretten rauchten und ihren Espresso tranken und wo an jeder Straßenecke Geschäfte getätigt und Spionage betrieben wurde. Der Schah hatte an Bildung, Frauenrechte, den Vormarsch der Wissenschaft geglaubt. Politisch hingegen hatte er auf Repression gesetzt; seine Familie kontrollierte das Bauwesen und die Banken, die Hotels und die Bergbauunternehmen, die Nahrungsmittelindustrie, einfach alles. Als die Revolution kam, als Ajatollah Chomeini zu Generalstreiks aufrief, als die Statuen des Schahs von den Sockeln gestürzt wurden und die Männer von der CIA verschwanden, als die ersten Kehlen aufgeschlitzt wurden, ergriffen sämtliche Familien, die das Schah-Regime unterstützt hatte, darunter die Mehraz, die Flucht. Und nun saßen Millionen Iraner in Los Angeles und warteten, ähnlich wie die reichen Kubaner in Miami, auf die Restauration, die es nie geben würde. Die Zeiten änderten sich, und wer sich nicht anpasste, blieb wie bestellt und nicht abgeholt mit schwerem Gepäck und einem wertlosen Ticket am Bahnhof stehen. Einige Mehraz-Cousins betrieben innerhalb des Iran illegale Import-Export-Geschäfte, doch ihre Herausforderungen beschränkten sich auf das alltägliche Kleinklein – Baugenehmigungen, Pachtverträge –, denn der Krieg war vorbei, es gab keine Schlachten mehr zu schlagen. Sie waren, wie sie selber eingestanden, verweichlicht, suchten jedoch nach einer Gelegenheit, sich wie die vorherige Generation, als der Iran dem Volk gestohlen wurde, nach einer Bewährungsprobe. Und obwohl die Cousins beteuert hatten, Ahmed weitestgehend herauszuhalten, befürchtete Hassan, dass sie ihm so lange in den Ohren liegen und ihn aufstacheln würden, bis er seine Zustimmung gab. Ahmed war jetzt der Mann in der Familie, der das Sagen hatte, das künftige Oberhaupt des Klans. Es würde sich zeigen, ob der Klan zusammenhielt. Hassan bezweifelte, dass es dazu reichte. Seine Generation, die Einwanderer aus den achtziger Jahren, war entweder tot oder angezählt. Was von der Familie übrig war, lebte über Westwood, Brentwood und Beverly Hills verstreut. Er selbst war nicht mehr in der Lage, seine Enkel von Dummheiten abzuhalten. Die Zehn- oder Elfjährigen unter ihnen wären einmal die ersten richtigen Amerikaner. Es nahm zwei Generationen in Anspruch, bis man durch und durch Amerikaner war. Und was sollte daran so verkehrt sein? Diese Kinder hatten keine Ahnung, wie glücklich sie sich schätzen konnten. Neben ihm klingelte erneut das Telefon. Er wartete, bis Rosie in der Eingangsdiele abnahm. Erst als sie ihn rief, ging er ran.

»Ja?«

Es war Amir, der noch einmal anrief. »Onkel Hassan, Ahmed sagt, er würde sich gern mit dem Mann unterhalten. Wir holen ihn heute Abend und bringen die beiden zusammen.«

»Das hat Ahmed gesagt?«

»Ja, wir haben gerade telefoniert, vor einer Minute.«

»Weiß seine Frau davon?«

»Ich glaube nicht.«

»Und wird seine Frau dabei sein?«

»Davon hat Ahmed nichts gesagt.«

»Wo soll dieses Treffen stattfinden?«

»Das steht noch nicht fest. An einem Ort, an dem sie ungestört sind, vielleicht heute Abend, vielleicht auch erst morgen.«

»Und wenn dieser Mann nun nicht zu diesem Treffen kommen will?«

»Wir haben ein paar kräftige Wachleute, die uns dabei helfen. Er hat keine Wahl.«

»Das ist dumm! Schrecklich dumm! Ahmed ist ein hoch geachteter Mann in der amerikanischen Finanzwirtschaft. In einer solchen Position kann man es sich nicht leisten –«

»Aber Ahmed besteht darauf, okay?«

»Auf keinen Fall an einem öffentlichen Ort.«

»Nein, versprochen.«

»Und bitte richte Ahmed aus, dass das eine ganz und gar schlechte Idee ist. Für solche Fälle gibt es Anwälte und Eheberater. Die verstehen sich darauf, solche hochemotionalen Situationen zu beruhigen. Ihr versucht nur, euch bei Ahmed lieb Kind zu machen, indem ihr ihm einen unüberlegten Dienst erweist.«

Als am anderen Ende Schweigen eintrat, wartete Hassan auf eine Antwort und darauf, dass sie ihm gehorchten.

»Ich werde ihm persönlich alles ausrichten, was du gerade gesagt hast«, sagte Amir endlich in wenig erfreutem Ton.

Sie legten auf. Das Gespräch hinterließ einen bitteren Nachgeschmack. Ahmeds Vater, sein Bruder, war der Schlauste in der Familie gewesen. Mit vierzehn hatte er die Differenzialrechnung beherrscht. Und bevor er viel zu jung an Prostatakrebs starb, hatte er Hassan das Versprechen abgenommen, sich um Ahmed, den Hochbegabten, die Hoffnung der Familie, zu kümmern. Vielleicht hörte Ahmed inzwischen zu sehr auf seine Cousins. Oder er arbeitete einfach nur zu viel, um die

Sache zu Ende zu denken. Ahmeds Cousins, alle zwischen Anfang dreißig und Mitte vierzig, *verstanden* Amerika noch nicht, und wenn sie noch so viel mexikanisch aßen und die Football League verfolgten. Sie waren noch nie, so wie er selbst vor vielen Jahren, querfeldein von Küste zu Küste gefahren. Sie hatten noch nie all diese kleinen Städte und die riesigen Farmen im Mittleren Westen zu Gesicht bekommen. Genauso wenig den Grand Canyon. Sie machten sich keine Vorstellung von der Größe Texas', von wo dieser Soldat kam. Niemand konnte Amerika verstehen, ohne Texas zu verstehen – selbst Amerikaner nicht. Hassan schon. Städtchen um Städtchen: Highschool-Football-Spiele am Freitagabend, hunderte Pickups auf den Straßen, Männer, die schon als Kinder mit Schusswaffen umgegangen waren …

Er erhob sich und trat besorgt in die gleißend helle Sonne. Da stand er nun vor den Bergen, den Palmen und dem Pool. Vierzig Jahre lang hatte er eine altehrwürdige Familie um den halben Globus gebracht, und doch sagten ihm die Anrufe an diesem Morgen, dass irgendetwas falsch gelaufen war. Seine Neffen hielten es für ein Zeichen von Familienzusammenhalt, einen amerikanischen Soldaten zu bedrohen, weil er möglicherweise mit der Frau ihres Cousins geschlafen hatte. Was für eine barbarische Idee. Und wie naiv von ihnen, wie vermessen, anzunehmen, ihre Familienzugehörigkeit bewahre sie vor Gefahr oder mangelndem Urteilsvermögen. War den jungen Männern seiner Familie nicht klar, dass die Bedrohung eines weißen amerikanischen Soldaten auf heimischem Boden durch einen dunkelhäutigen Araber, dafür, dass er etwas mit einem amerikanischen Mädchen hatte, in der Öffentlichkeit wie im Verborgenen eine Kettenreaktion auslösen würde? Vielleicht nicht sofort, aber dann umso heftiger? War den verwöhnten, verweichlichten, pseudo-iranischen jungen Bengeln in seiner Familie nicht klar, dass weiße Amerikaner Barbaren waren?

7

GRAND CENTRAL TERMINAL, 42. STRASSE, ECKE PARK AVENUE, MANHATTAN

Eine reiche Blondine. Eine reiche Tussi. Wahrscheinlich auf der Suche nach einer Handtasche oder einem Kaschmirpullover oder einem Smartphone. Vivianna beobachtete, wie sie die Tür aufmachte und das Fundbüro betrat. Mindestens alle zwei Tage hatte sie mit einer von diesen Frauen zu tun, ein *nettes* junges Frauchen, das etwas im Pendelzug zu einem der *netten* Vororte liegen gelassen hatte. Fünf bis zehn Jahre älter als diese hier, und gewöhnlich suchten sie nach der Schultasche oder der Baseballkappe eines Kindes.

»Kann ich Ihnen helfen?«, fragte Vivianna.

»Ja«, antwortete die Frau. »Ich suche nach einem eher seltenen Fundstück.«

»Ist so ziemlich alles dabei«, erwiderte Vivianna und zeigte mit einer ausladenden Handbewegung auf die Kartons und Behälter mit Beschriftungen wie HÜTE/MÜTZEN, TASCHEN, HANDSCHUHE, KRAWATTEN, HANDYS, SCHIRME, BRILLEN, BRIEFTASCHEN/PORTEMONNAIES, ECHTSCHMUCK, MODESCHMUCK, SCHLÜSSEL, LAPTOPS, HANDYLADEGERÄTE, DAMENJACKEN UND -MÄNTEL, HERRENJACKEN UND -MÄNTEL, SCHUHE, SCHALS, BÜCHER, DOKUMENTE, FOTOAPPARATE, AKTENKOFFER, SPORTAUSRÜSTUNG, VERSCHIEDENES.

»Ich bin auf der Suche nach einer Army-Jacke, einer grünen Herren-Army-Jacke.«

»Die müsste bei Herrenjacken und -mänteln eingeordnet sein.«

»Kann ich mal sehen?«

»Nein, Sie müssen mir die Jacke schon möglichst genau beschreiben.«

»Also, eine grüne Army-Jacke, ein bisschen schäbig und abgetragen –«

»Größe?«

»XL. Er ist ziemlich groß und kräftig.«

»Und ist ein Name dran?«

»Ich erinnere mich nicht, ob ein Name eingestanzt ist. Falls ja, wäre es Wilkerson.«

Vivianna kramte im Behälter. Samstags und sonntags kamen nach der Reinigung der Züge viele Fundsachen herein. Die Fahrgäste waren müde, betrunken, zerstreut und ließen häufig etwas liegen.

»Können Sie mir den Tag nennen?«

»Heute früh, im Zug aus New Haven.«

Vivianna fand die große Army-Jacke. Und tatsächlich war der Name Wilkerson auf der Brusttasche eingeprägt. Sie fühlte etwas in der Tasche, vielleicht ein gefaltetes Papier.

»Können Sie sich ausweisen?«

Die Frau kramte nach einem Führerschein. Vivianna sah ihn sich an. Auf dem Foto war die Frau als Teenager zu erkennen. »Das ist ein abgelaufener Führerschein aus Pennsylvania.« Die Frau zuckte mit den Achseln. »Was anderes hab ich nicht dabei.«

Das war offensichtlich gelogen, doch Vivianna legte den Führerschein auf den Kopierer, riss das Etikett von der Jacke, auf dem der am Fundstück befindlicher Name sowie der Tascheninhalt verzeichnet war, heftete die Kopie des Führerscheins daran und legte die Dokumente ab.

»Eine Menge Papierkram.«

»Hier gehen zweitausend Sachen im Monat ein, wissen Sie.« Damit reichte sie die Jacke Jennifer Hayes, und die Frau tastete augenblicklich nach dem Papier in der Brusttasche und faltete es auf.

Dann ging sie mit dem Fundstück hinaus. Einen Augenblick später steckte ein bulliger Mann den kahl rasierten Kopf zum Büro herein.

»Hat die Dame eben etwas abgeholt?«

»Das geht nur die Verkehrsbetriebe etwas an, Sir.«

Er schob ihr zwei Hundert-Dollar-Scheine hin und hielt sie mit den Fingern auf der Theke fest. »Sind Sie sicher?«

Gute Frage. Sie beugte sich vor und sagte leise: »Herren-Army-Jacke, in XL, mit dem Namen Wilkinson auf der Brusttasche. Da steckte irgendein Papier oder Zettel drin, was genau, kann ich nicht sagen.«

Der Mann hob die Finger und schnippte die Scheine lässig zu ihr hinüber. Dann drehte er sich um und eilte, ohne Danke zu sagen, der fraglichen Dame hinterher.

8

555 EIGHTH AVENUE, MANHATTAN, VIERZEHNTER STOCK

Wir haben ihn jetzt. Er heißt William Wilkerson jun. und wurde vor kurzem aus dem Dienst bei den U.S. Army Rangers ehrenhaft entlassen. Wir konnten zwar an keine weiteren, genaueren Daten gelangen, doch seine Einheit war in Afghanistan stationiert. Zuletzt war sie jedoch in Somalia, wahrscheinlich bei einem verdeckten Einsatz. Eine Menge U.S.-Basen in Afrika machen Sachen, von denen keiner etwas erfährt. Er stammt aus einer Kleinstadt westlich von San Antonio in Texas.«

Tarik, Ermittler eines libyschen Sicherheitsdienstes, sah von seinen Notizen auf. Er war ein großer Mann, der beim Schreibtischdienst aus dem Leim gegangen war, und verbarg seine Figur unter einem weiten Hemd. Sie saßen zu viert – Tarek, Ahmed, Amir und ein muskulöser kahlköpfiger Mann, noch ein Libyer, dessen Namen Ahmed nicht ganz verstanden hatte – in einem vergammelten kleinen Büro in einem drittklassigen Gebäude auf der West Side, nicht weit vom Port Authority Bus Terminal, wo die veralteten, halb leerstehenden Bürogebäude Block um Block billige Schuhgeschäfte, Porno-DVD-Shops, miese Pizzabuden und jede Menge Ramschläden beherbergten, die sich die teureren Mieten anderswo nicht leisten konnten. Am frühen Nachmittag hatte Ahmed bei strömendem Regen hastig das Gebäude betreten und drinnen angesichts des quälend langsamen Fahrstuhls und der verschrammten Flure, der x-mal überstrichenen Wände augenblicklich ein unbehagliches Gefühl bekommen, das die obskuren Firmennamen auf den Türschildern noch verstärkten: Tek-

Wing Electronics, 5!5!5! Import Co., M Bro Enterprises. Doch der Pförtner im Erdgeschoss, ein alter Mann mit rot geränderten Augen, erwachte kaum aus seinem Komaschlaf und verzichtete auf Ahmeds Eintrag in die Besucherliste, außerdem gab es nur wenige Überwachungskameras.

»Fahren Sie fort«, sagte er und fragte sich, ob der Kahlkopf tatsächlich auf seine Armbanduhr starrte oder ob er sich das nur einbildete.

»Gut«, erwiderte Tarek, »seine Eltern besitzen Ackerland. Nach der Highschool hat er zwei Jahre lang in den Jugendligen Baseball gespielt. Sie können sich seine Spielerdaten online ansehen. Er war nie am College. Nach dem Baseball ist er zur Army gegangen. Seine Familie gehört der Baptistenkirche von West Oaks an. Sie leben in bescheidenen Verhältnissen. Er hält sich derzeit in der 14. Straße in Brooklyn auf. Zwischen Fourth und Fifth Avenue. Das Haus gehört Ihrem Nachbarn Paul Reeves.« Tarek sah von seinen Notizen auf. »Er fährt einen roten, sechs Jahre alten Pick-up Ford F-250. Wir haben gesehen, wie er eingestiegen ist. Wir haben sein Kennzeichen notiert.«

Die drei Männer sahen Ahmed an und würdigten mit ihrem respektvollen Schweigen die Demütigung, die er empfinden musste. Und die Wut, den tiefen Wunsch, sich zu wehren, wenn nicht gar zu töten. Schließlich sagte Ahmed in mühsam beherrschtem Ton: »Wie oft hat er meine Frau getroffen?«

»Nur ab und zu, nicht allzu oft. Wir konnten Ihre Frau nur zeitweise observieren. Wir sind ihr in einige Läden am Broadway, am Columbus Circle, die Sixth Avenue entlang und in den Lebensmittelladen bei Ihnen um die Ecke gefolgt, in das Fitnessstudio, in dem sie trainiert, und um ungefähr elf Uhr heute Morgen zum Fundbüro im Grand Central.«

»Das was?«

»Das Fundbüro, dort hat sie eine Army-Jacke abgeholt, nachdem sie der Angestellten die Jacke überzeugend beschreiben konnte. So sind wir an seinen Nachnamen gekommen, erst vor wenigen Stunden.«

Bei dem bloßen Gedanken, dass sie seine Kleidung berührt hatte, stieg in Ahmed die blanke Wut hoch. So intim. Unwillkürlich hatte er vor Augen, wie sie mit ihren schönen Fingernägeln über Kragen und Schultern der Jacke strich, sie ans Gesicht drückte und ehrfürchtig daran roch. »Fahren Sie fort.«

»Sie kommuniziert nicht elektronisch mit ihm. Sie hat uns ein paar Mal abgehängt, indem sie rasch in ein Geschäft ging und beim Verlassen in ein Taxi sprang. Sie kennt das U-Bahnnetz besser als unsere Leute und hat mehrmals die Züge gewechselt, sodass die Männer sie leider verloren haben.«

»Im Klartext, sie hat sie abgeschüttelt.«

Tarek hielt Ahmeds Blick stand. »Ja, leider.«

Sie und der Soldat irgendwo in einem Versteck, um zu vögeln, dank der Gefahr noch prickelnder. »Für wie lange haben Ihre Leute sie verloren?«

»Gewöhnlich für ein paar Stunden. Sie nahmen die Observation wieder auf, wenn sie aus dem Wohngebäude oder dem Fitnesscenter kam.«

Sie konnten sich irgendwo in einem billigen Hotel getroffen haben, in der Stadt wimmelte es davon, in der Bowery, in der Umgebung des West Side Highway, Absteigen, in denen man bar bezahlte, ein paar Stunden blieb, rammelte, was das Zeug hielt, die Laken herunterriss, und niemand erfuhr davon.

»Noch irgendwas über meinen Nachbarn?« Ahmed konnte Paul Reeves nicht leiden, im Wesentlichen, weil Jennifer ihn mochte. Der Mann stilisierte sich als zerknitterter, zerstreuter Fünfzigjähriger, doch Ahmed führte er nicht hinters Licht. Reeves war ein intelligenter Bursche, zeigte es nur nicht. Als Topanwalt für Einwanderungsrecht war es sein täglich Brot, komplexe Sachverhalte zu entwirren und sich mit Regierungsstellen zu verständigen.

»Dieser Reeves begibt sich jeden Tag von seiner Wohnung zu seiner Kanzlei in der Nähe des Rockefeller Center«, sagte Tarek. »Er hat eine Freundin, bei der er die gestrige Nacht verbracht hat.«

»Noch mal zu dem Arrangement zwischen ihm und diesem Bill, den er in seinem Haus untergebracht hat. Das heißt, er ist im Bilde darüber, was hier läuft?«

»Das kann ich nicht bestätigen.«

»Also gut«, sagte Ahmed und sah jetzt den kräftigen, kahlen Libyer an, »vielleicht hat Amir Ihnen schon gesagt, dass ich mit diesem Bill reden will.«

»Sprechen Sie Arabisch?«, fragte der Mann auf Arabisch.

»Nein«, sagte Ahmed.

»Gut, dann sage ich es auf Englisch, so gut wie ich kann. Ja, wir holen ihn heute Abend, wenn Sie wollen«, antwortete der Libyer. »Ist keine schwierige Sache. Wir holen ihn aus dem Haus, in dem er schläft, und bringen ihn zum Ort zum Treffen.«

»Und wo wäre das?«, fragte Ahmed. »Nicht hier. An keinem Ort, wo andere Leute oder Überwachungskameras sind. Niemand darf etwas mitbekommen.«

»Selbstverständlich nicht«, sagte der Libyer. »Das ist, was wir schon überlegt haben. Wir holen diesen William Wilkerson, um ihn zu bringen an einen Ort, wohin Sie auch können kommen.« Er zog einen braunen Umschlag aus der Tasche und entfaltete ein großes liniertes, beschriftetes Blatt Papier. Er versicherte sich, dass Ahmed ihm Beachtung schenkte, drehte das Blatt dann vor ihm um und deutete mit dem dicken Zeigefinger auf jeden Markierungspunkt.

»Ich zeichnen das für Sie, Manhattan hier, Brooklyn hier, der Expressway hier, okay, ja? Sie steigen aus, gehen über die Brücke. Das ist alte Militärbasis Fort Tilden in Rockaways in Queens. Es ist öffentlicher Park, macht auf morgens früh und schließt, wenn Nacht. Keine Kameras nirgendwo. Sie nehmen

Barrett Road hier zum großen Parkplatz, und wir stehen mit Lieferwagen ganz hinten.« Er schob das Papier über den Tisch. »Hier, sehen Sie.«

Ahmed zog den handgezeichneten Plan heran und hatte ein detailliertes Diagramm vom Fort, von der Barret Road und dem Parkplatz vor sich, mit entsprechenden Pfeilen. Der Libyer hatte die englischen Straßennamen sorgfältig in Großbuchstaben eingetragen; ein paar Anmerkungen in krickeligem Arabisch konnte Ahmed nicht lesen.

»Was steht da?«, fragte er und zeigte mit dem Finger darauf.

Der Libyer reckte den Hals, um seine eigene Schrift zu lesen. »Das ist Information über diese Mann, Name, hier, wie alt er ist, solche Sachen. Das hier ist Ihre Nummer, das hier Nummer von unser Wagen, das hier Tareks Nummer. Ich hab immer gern alle Informationen zusammen.«

Ahmed sah zu ihm auf. »Sie müssen dieses Papier vernichten.«

»Ja, ja, ich verspreche, ich werde das verbrennen, wenn ich nicht mehr brauche.«

Ahmed zog mit dem Finger die gesamte Route nach und prägte sie sich ein. Von Manhattan über die Brooklyn Bridge um den Bauch von Brooklyn herum zum Belt Parkway nach Queens, von da aus auf dem Marine Parkway Richtung Süden zu den Rockaways, dann rechts und gleich wieder links nach Fort Tilden, Barrett Street, Parkplatz, hinteres Ende. In Brooklyn und Queens kannte er sich nicht besonders gut aus, und so studierte er den Plan genau, denn eine Internetsuche verbot sich von selbst.

»Auf dem Parkplatz hinten kann keiner sehen. Alles leer. Sie können Wagen abstellen und zu uns kommen.«

»Okay, verstanden«, sagte Ahmed und gab dem Libyer den Plan zurück.

»Sie wollen nicht behalten?«

»Nein, nein, nicht nötig«, sagte Ahmed, »ich merk's mir.«

Der Libyer faltete das Papier und steckte es wieder in den Umschlag. »Okay, Tarek und ich sind in klapprigen, alten blauen Lieferwagen ohne Nummernschild. Wir haben diesen William. Das Fort öffnet sechs Uhr morgens. Für Jogger, so was. Kommen Sie morgen sechs Uhr dreißig hin. Kein Anruf. Wenn Sie nicht da sind bis sechs Uhr fünfundvierzig, wir bringen ihn an Strand und lassen ihn da. Er wird betäubt sein und eine Weile nicht aufwachen. Aber sonst ihm fehlt nichts. Dann wir fahren nach Long Island zur Werkstatt, wo Lieferwagen rot lackiert wird.«

»Wann holen Sie ihn sich?«, fragte Ahmed.

»Heute Abend, vielleicht so um zehn. Nur ich und Tarek. Ich rufe Amir an, wenn wir den Mann haben. Wir sagen, wie ihm geht, alle Informationen, letzter Stand. Wir halten ihn in Lieferwagen über Nacht, bis Sie kommen. Geben ihm Wasser und Schokoriegel. Kein Grund zu Sorge, wir machen das schon, wir sind sehr gut darin. Tarek und ich, wir haben das schon oft gemacht, in vielen Städte überall auf der Welt, wissen Sie. Paris, London und so, okay? Brüssel und so. Istanbul, Madrid, wir machen so was ständig. Dieser Bill Wilkerson wird morgen früh reden, das verspreche ich.«

»Haben Sie vor, ihm wehzutun?«

Der Libyer zuckte mit den Achseln, als liege die Entscheidung nicht bei ihm. »Wenn er sich wehrt, wir müssen ihm wehtun. Aber nicht schlimm. Niemand wird getötet, okay? Wenn Sie uns später im Lieferwagen sagen, ihn ranzunehmen, okay, dann wir tun das für Sie.«

»Wieso wollen Sie ihn so lange festhalten?«

»Wir schnappen ihn uns nachts, das ist leichter, aber Treffen an den Platz ist nur möglich bei Tag. Und Ihr Cousin hat gesagt, Sie gehen in Central Park um die Zeit. Ich glaube, Sie können da sein in halbe Stunde, mit ihn reden halbe Stunde, so ungefähr, dann zurück in dichte Verkehr in eine Stunde.«

»Alles in allem zwei Stunden.«

»Das ist zu lang?«

»Nein. Manchmal gehe ich zum Joggen und frühstücke hinterher in einem Restaurant«, sagte Ahmed. Er wandte sich an Tarek. »Sie beide haben also schon oft zusammengearbeitet?«

»Mein Freund, er hat viele Jahre für die Libyschen Sicherheitskräfte gearbeitet, beste Ausbildung, Profi.« Tarek lächelte. »Er ist sehr gut, okay? Spitzenmann. Keine Probleme, keine Sorge. Wir wissen, wie wir so was machen.«

»Brauchen Sie noch etwas?«

»Was für einen Wagen fahren Sie?«

»Es wird ein schwarzer Lincoln Town Car sein, wie man ihn bei jedem Autoverleih bekommt«, sagte Amir. »Die Nummernschilder werden schmutzverkrustet sein, sodass man das Kennzeichen nicht sieht. Ich fahre damit heute Abend von Manhattan nach New Jersey, auf Staten Island nehme ich die Mautbahnen für Barzahler, parke in der Nähe, dann, also dann treffe ich mich um sechs mit meinem Cousin, steige aus, er steigt ein und fährt allein zu diesem Treffen mit Ihnen.«

Der Libyer entfaltete noch einmal seinen Plan und machte eine Notiz auf Arabisch. »Schwarzer Town Car. Geben Sie mir Ihre Handynummer, ich rufe von Münztelefon an.«

Amir nahm den Plan und schrieb neben die arabische Anmerkung eine Nummer. »Rufen Sie heute Abend um elf unter dieser Nummer an. Speichern Sie diese Nummer nicht in Ihrem Handy ab.«

»Nein, nein, natürlich. Nur Münztelefon.« Der Libyer wandte sich Ahmed zu. »Bitte dran denken, Hin- und Rückfahrt über Brooklyn Bridge, nicht Battery Tunnel, der ist elektronischer E-Z-Pass. Ihr Wagen hat keinen E-Z-Transponder.«

»Wieso?«

»Weil man den leicht zurückverfolgen kann«, erklärte Tarek, der dem Wortwechsel mit sachlich kühlem Interesse gefolgt war. »Deshalb nimmt Amir von New Jersey aus die

Mautbahn für Barzahler. Und Sie, Amir, werden also den Wagen übernehmen, sobald Ihr Cousin nach Manhattan zurückkehrt?«

»Ja.«

Der Libyer nickte Tarek zu.

»Okay, ich denke, das wäre alles.« Tarek sah Ahmed an. »Wissen Sie schon, was Sie zu diesem Bill Wilkerson sagen wollen?«

Ahmed nickte. Er lechzte danach, dem Kerl gegenüberzusitzen. »Ziemlich genau.«

9

MADISON AVENUE, ECKE 68. STRASSE OST, MANHATTAN

»Sie sehen wirklich ein bisschen mitgenommen aus«, bestätigte ihre Ärztin.

Jennifer nickte verlegen und gab sich Mühe, nicht zu weinen. »Ich hatte in letzter Zeit viel Stress. Mein Mann arbeitet sehr hart und ist viel unterwegs, und ein alter Freund von mir hat, na ja … ich habe nur Angst, ganz einfach Angst. Die normale Dosis reicht einfach nicht, verstehen Sie? Ich hab das Gefühl, dass irgendetwas Schlimmes passieren könnte, ohne dass ich weiß, was …«

Nach der Untersuchung saßen sie sich im Sprechzimmer gegenüber. Die Ärztin hatte sie gewogen, abgetastet, Herz und Lungen abgehört. Dr. Ripley war eine nüchterne Frau, das graue Haar zum Pferdeschwanz zurückgekämmt. Sie trug kein Make-up, hatte eine perfekte Körperhaltung, und Jennifer hätte sie am liebsten zur großen Schwester gehabt, die ihr mit ihrer ruhigen Art den Rat erteilte, den sie schon viel früher hätte brauchen können. Vor Jahren. Doch das war ein frommer Wunsch.

»Gewöhnlich ist Ihr Blutdruck perfekt, aber jetzt ist er plötzlich zu hoch«, sagte die Ärztin. »Sie haben ein bisschen abgenommen, und das sehe ich bei Frauen in Ihrem Alter nicht gern, okay? Das geht dann leicht zu weit. Also –« Die Ärztin blickte von der Patientenakte auf. »In den letzten zwei Jahren waren Sie meist recht stabil. Und jetzt sind Sie es nicht. Das heißt, es geht etwas Ungewöhnliches vor. Aber Sie wirken nicht depressiv, da stimme ich Ihnen zu, nur nervös, sehen wir also zu, dass wir diese Ängstlichkeit in den Griff kriegen und

Sie mit dem, was diesem Stimmungswechsel zugrunde liegt, zu Rande kommen, einverstanden? Es ist wirklich wichtig, dass Sie ausreichend schlafen. Deshalb verdoppele ich die Dosis Ihres Xanax und verschreibe Ihnen noch zwei andere Mittel. Das erste ist ein Stimmungsaufheller, Lamictal. Wir fangen mit einer niedrigen Dosierung an, fünfundsiebzig Milligramm pro Tag, und erhöhen alle zwei Wochen um fünfundzwanzig Milligramm, möglichst bis hundertfünfzig, okay? Falls Sie einen Ausschlag bekommen, setzen Sie es ab und rufen Sie mich sofort an. Das ist eine allergische Reaktion, die wir nicht brauchen können. Kommt allerdings sehr selten vor. Außerdem verschreibe ich Ihnen Klonopin, jeden Morgen eine, gegen die Angst. Damit wir alles wieder ins Lot bekommen. Die nehmen Sie bitte jeden Tag zum Frühstück. Die müssten Sie gut vertragen. Und dann setze ich, wie gesagt, die Xanax hoch, für den Schlaf. Die können und sollen Sie nach wie vor gegen Panikattacken nehmen. Aber ich möchte, dass Sie ausreichend schlafen. Ich könnte Ihnen Schlaftabletten wie Ambien verschreiben, aber die sind nicht ganz unproblematisch. Bei Schlaftabletten ist die Gewöhnungsgefahr einfach zu hoch, deshalb lassen wir besser die Finger davon. Stattdessen also eine von den höher dosierten Xanax abends vor dem Schlafengehen. Alles klar?«

Jennifer nickte.

»Ich möchte, dass Sie Sport treiben und gut essen, ja? Und achten Sie auf die Schlafhygiene. Computer und Fernseher aus, keine E-Mail oder SMS. Vielleicht versuchen Sie es auch mal mit Tiefenatmung. Ich weiß ja, mit wem Sie verheiratet sind, und kann mir denken, was für einen Stresspegel Ihr Mann bei so einem irrsinnigen Arbeitstag hat. Ich hab erst kürzlich etwas über ihn in der Zeitung gelesen. Aber Sie müssen ihm sagen, was mit Ihnen los ist, damit er Ihnen eine Stütze ist –«

Klar doch, dachte Jennifer, Ahmed *eine Stütze*.

»– schließlich wollen wir, dass es nur für den Moment ein bisschen rumpelt und nicht kracht, okay?« Die Ärztin wartete auf Jennifers Bestätigung dieses Ziels. »Und ein Letztes, Mrs Mehraz. Das wissen Sie sicher auch so, aber trotzdem: Trinken Sie niemals Alkohol, wenn Sie Xanax oder Klonopin genommen haben. Wenn Sie das nämlich tun, können Sie ohnmächtig werden oder stolpern und stürzen. Besonders unter der höheren Dosis Xanax. Setzen Sie sich nicht ans Steuer und vermeiden Sie Tätigkeiten, die ein hohes Maß an Koordination verlangen, und treffen Sie keine wichtigen Entscheidungen. Am besten nehmen Sie die Xanax eine halbe Stunde vor dem Zubettgehen, damit Sie tief und fest schlafen.«

»In Ordnung«, sagte Jennifer, erleichtert, ihre Pillen zu haben. »Versprochen.«

Sie kehrte zu Fuß von der Praxis heim. Die kühle Luft und die nassen Blätter waren die ersten Vorboten des Herbstes. Sie hätte gern gewusst, ob Ahmed von Bill etwas ahnte. Nicht auszuschließen.

Am Abend aß sie, nachdem sie die Rezepte eingelöst hatte, in der Küche etwas Hühnchen mit Reis und wartete dann auf Ahmed. Er würde um elf herum nach Hause kommen. Als Erstes nahm sie das Klonopin. Dann zog sie sich aus, schlüpfte in ihr Nachthemd, stieg auf die Waage, zog das Nachthemd aus, wog sich erneut, zog das Nachthemd wieder an. Sie machte eine Flasche Rotwein auf und trank ein, zwei Gläschen zum Fernsehen – das bisschen machte sicher nichts aus, egal, was die Ärztin sagte – und nahm, wie verschrieben, eine Xanax zum Schlafen. Die Pille war doppelt so groß wie die gewohnten. Ein paar Minuten später war sie sich plötzlich nicht mehr sicher, ob sie das Xanax eingenommen hatte. Vielleicht habe ich nur *gedacht*, ich hätte es geschluckt, überlegte sie. Ich spüre keine Wirkung. Ich könnte die Tabletten durchzählen, aber das wäre mühselig, und so nahm sie einfach noch eine. Wie schlimm konnte es schon sein, falls das die zweite war? Im Vergleich zu dem, was sie sich an der Highschool alles eingeworfen hatte, war es jedenfalls harmlos.

Sie lag im Bett und versuchte zu lesen, als er nach Hause kam. Es war schon fast Mitternacht.

»Ich bin hier«, rief sie und horchte auf ihre eigene Stimme, für den Fall, dass sie seltsam klang. Sie hörte sich tatsächlich anders an, oder? »Wie war dein Tag?«

»Wir haben ein paar gute Entscheidungen festgezurrt«, antwortete Ahmed aus der Diele. Er kam ins Schlafzimmer und nahm die Krawatte ab. »Du siehst irgendwie seltsam aus.«

»Nur entspannt. Hab ein Glas Wein getrunken.«

Ahmed starrte sie an. Diesen Gesichtsausdruck hatte sie schon lange nicht mehr an ihm gesehen. Er gefiel ihr. »Zieh dein Nachthemd aus«, sagte er zu ihr.

Er knipste im Schlafzimmer das Licht aus und ging ins Bad. Als er zurückkam, sagte sie etwas zu ihm.

»Du redest unverständliches Zeug«, sagte er, »aber das macht nichts.«

Wie von ferne und nah zugleich, merkte sie, dass er zu ihr ins Bett kam. Sie spürte, wie ihr Atem langsamer, tiefer wurde. Es war angenehm.

Ahmed spreizte ihre Beine ein wenig und strich ihr mit dem Finger langsam von der Stirn über die Nase, die Lippen und in den Mund, zog ihn wieder heraus, glitt dann ihr Kinn und den Hals hinunter, zum Schlüsselbein, zu den Brüsten, über den Bauch und verharrte zwischen ihren Beinen. Er schob behutsam einen Oberschenkel, dann den anderen zur Seite.

Er glitt in sie hinein, und sie wunderte sich, wie feucht sie war, schließlich hatte sie gar nicht daran gedacht. Natürlich war er viel stärker als sie; er drückte sie mit den Armen herunter und drang in sie ein, so tief er konnte.

»Hör zu«, flüsterte er laut. »Hörst du mir zu?«

»Mmm-hmm.«

»Ich will, dass du ein paar Dinge verstehst, ja? Du bist mein. Du gehörst *mir.*« Er stieß heftig. »Sag es.«

»Ich gehöre dir.«

»Noch mal.«

Als sie es wiederholen wollte, stieß er so schnell, dass sie kein Wort herausbrachte. Er machte eine Weile weiter. Dann brachte er seinen Mund dicht an ihr Ohr.

»Jetzt weißt du, wer's dir besorgt, klar?«

»Ja, ja«, murmelte sie.

»Ich gebe dir *alles,* was du brauchst.«

»Ja, Ahmed.«

»Sag es. Sag, dass ich dir alles gebe.«

»Das tust du, du gibst es mir.«

»Und du weißt, dass ich das Recht habe, dich zu vögeln, wann immer ich will, richtig?«

Bevor sie antworten konnte, stieß er zehn oder fünfzehn Mal in sie hinein, sodass sie kaum Luft bekam. Sie rief etwas, ohne zu wissen, was.

»Hast du mir etwas zu sagen?«, fragte er.

»Nein«, flüsterte sie. *Ich werde dir gar nichts sagen. Ich hab sofort danach die Bettwäsche in die Waschmaschine gepackt und das Schlafzimmer gesaugt und sogar den halb vollen Staubsaugerbeutel weggeworfen. Keiner weiß davon.*

»Du liebst mich und keinen anderen?«

Bevor sie antworten konnte, stieß er fest und schnell ein paar Minuten lang, vielleicht auch länger, stolz auf sein Stehvermögen, mit schweißnasser Brust, bis sie völlig außer Atem war. Was ihn natürlich erregte. Er war ein wenig grob mit ihr, weil er merkte, dass sie schon halb schlief, und er sie unbedingt wach halten wollte, auf dem schmalen Grat zwischen gefügiger Erwiderung und besinnungsloser Unterwerfung. Und sie war erregt, wenn auch wie von ferne, fasziniert von ihrer eigenen Wehrlosigkeit. Sie hatte keinerlei Kraft, merkte mit Staunen, dass sich ihr Körper auszudehnen schien, seine

Konturen zerflossen. Es war erregend, aber auch so friedlich. Jetzt redete er wieder mit ihr …

»Du gehörst mir und niemandem sonst. Du siehst keinen anderen Mann an, Jennifer. Du denkst an niemanden, nur an *mich*, Jennifer. Du musst jeden Tag daran denken, Sex mit mir zu haben. Aber wir werden nur Sex haben, wenn ich es will, hörst du?«

»Ja«, glaubte sie zu sagen. *Ich stimme dir zu, selbst wenn ich dir nicht zustimme.* Das Paradox bereitete ihr Vergnügen, war auf eine Weise stimmig, die nur sie verstand.

»Du bist mein. Du gehörst *mir.*«

Sie murmelte etwas, das, wie sie hoffte, entgegenkommend klang, während sie merkte, wie ihr Bewusstsein ins Bodenlose stürzte, und spürte, dass sie kaum noch da war und der Mann auf ihr Dinge sagte, auf die sie antworten wollte, aber nicht konnte. Sie hatte nichts dagegen, dass er sie unablässig vögelte, weil es ihr das Gefühl gab, begehrt zu werden, was nicht allzu weit davon entfernt war, geliebt zu werden, doch sie konnte nichts zu ihm sagen, zu diesem Mann, sie konnte nicht mehr sagen, was er von ihr hören wollte, so wie sie Billy nicht sagen konnte, dass sie nicht mit ihm nach Texas zurückgehen wollte, dass sie den Leuten dort, die sie für das, was sie getan hatte, hassten, nicht sagen konnte, wie leid es ihr tat und wie sie das alles, Jahre später, immer noch quälte und dass sie sich keinen anderen Rat wusste, als sich an den Mann zu klammern, der sie geheiratet hatte und den sie in gewisser Weise liebte, obwohl er sie nicht kannte, nicht so wie Billy jedenfalls, *bis heute*. Doch Billy konnte sie nicht sagen, dass sie inzwischen zu viel von der Welt gesehen hatte, vor allem vom oberen Segment, dem Leben der Reichen, um je wieder in seine bescheidene Welt zurückzukehren. Sie ging zu Spitzenärzten, die keine Kassenpatienten nahmen, sie hatte einen begehbaren Kleiderschrank voll neuer Schuhe, sie war auf der Suche nach einer größeren Eigentumswohnung. Sie *war in einer anderen*

Welt. Sie war ein gutaussehendes Mädchen aus Reading, Pennsylvania, und sie hatte nicht vor, je wieder zurückzukehren – dorthin oder an einen vergleichbaren Ort. Lieber würde sie weiter weggehen als dorthin zurück.

Jetzt war der Mann auf ihr fast so weit, das merkte sie, er hatte es eilig, zum Höhepunkt zu kommen, und sie versuchte, Laute von sich zu geben, die ihm gefielen, während er Worte ausstieß, die sie noch nie gehört hatte, Gebete oder Flüche oder Stöhnen in einer tausend Jahre alten, anderen Sprache, von der sie bis jetzt nicht geahnt hatte, dass er sie sprach. Ich mag diese größeren Pillen, dachte sie. Die tun mir gut.

Dann war er mit ihr fertig und rollte sich weg.

Sie merkte, dass sich Licht durch den Raum bewegte, und öffnete die Augen. Er war aufgestanden, das kleine Display leuchtete ihm blau ins Gesicht. Er ist nicht annähernd so groß wie Billy, dachte sie. Jetzt tippte er hastig eine Nummer ein.

»Jennifer?«, fragte er in das elektronische Piepsen der Ziffern.

Vielleicht hatte sie etwas erwidert oder auch nur geträumt.

»Scheiß Gelaber«, murmelte er.

Gelaber.

Dann meldete sich leise eine Stimme im Telefon.

»Amir, was soll das heißen? Du hast gesagt –« Eine irritierte Pause. »Nein, warte, hör zu, *du* hast gesagt, diese Männer seien *Profis* und würden Vorsicht walten lassen. Das Gespräch mit –« Wieder Pause. »Du weißt also nicht, wo – sie haben sich nicht zurückgemeldet?«

Sie hatte keine Ahnung, was das zu bedeuten hatte, aber es klang nicht gut. Sie drehte sich vom Rücken auf den Bauch, ein folgenschwerer Fehler, denn jetzt trudelte sie wie ein riesiges Fass am Himmel, ihr war schwindelig, etwas drückte ihr die Augen in den Hinterkopf, dann fiel sie in einen tiefen Drogenabgrund, wo sie für niemanden mehr zu erreichen war.

10

PARK AVENUE, ECKE 88. STRASSE, MANHATTAN

Der Lug und Trug des Luxus. Anders als die meisten Leute hatte er nicht viel übrig für die legendären alten Residenzen an der Park Avenue, die schon in ihren riesigen Eingangshallen mit den prächtigen Marmorintarsien, den spektakulären Blumenarrangements, den vornehmen Mahagonivertäfelungen von der naturgemäßen Überlegenheit ihrer Bewohner, der Unantastbarkeit ihres Wohlstands und der vollkommenen Bedeutungslosigkeit der kleinen Leute, der Dienstleister kündeten – also aller Menschen, die es sich nicht leisten konnten, in einem solchen Gebäude zu wohnen, und die vor allem niemals vor dem selbstgerechten Inquisitionstribunal des Auswahlgremiums bestehen würden. In diesen Gebäuden waren die Fahrstühle voll von geschwätzigen Leuten in geschmackvollen Wollpullovern, mit denen man lieber nicht das Vergnügen hatte und die über Museen und Segelboote plauderten oder die Enkelin in Yale. Die Männer waren unbeschwert, die Frauen gingen zu den besten Ärzten.

Gibbs erwartete Paul in der Lobby. Im Laufe der Jahre waren sie sich ein paar Mal über den Weg gelaufen.

»Mr Reeves.« Nach einem kurzen unverbindlichen Handschlag begaben sie sich zum Fahrstuhl. Bis sich im vierzehnten Stock die Türen öffneten, wechselten sie kein Wort. Dort angekommen, sagte Gibbs: »Stassen gehört zu den Hochbetagten, bei denen an ein Ableben fast nicht mehr zu denken ist. Ich glaube, er ist vierundneunzig. Doch jetzt wird er tatsächlich zusehends hinfälliger.«

»Dann versuchen Sie, die Karte zu verkaufen, bevor er stirbt?«

»Diese Frage habe ich erwartet. Ja, die Sache ist die: In seinem Testament hat er alle zum Zeitpunkt seines Todes noch in seinem Eigentum befindlichen Karten der New York Public Library vermacht. Der Nachlass würde eine entsprechende Einbuße erfahren. Doch seine Familie würde den Vermögenswert lieber monetarisieren, bevor er stirbt, und den Erlös unbürokratisch unter den Erbberechtigten aufteilen.«

Und wahrscheinlich auch sonst möglichst viele gewinnträchtige Antiquitäten verscherbeln, um den Nachlass zusammenschmelzen zu lassen, ergänzte Paul in Gedanken. »Die haben offenbar lange gebraucht, um diese Entscheidung zu fällen.«

»Nein, Mr Stassen hat sein Testament vor drei, vier Monaten geändert, um diese Option offen zu lassen, und erst seit sein gesundheitlicher Verfall nun wirklich sein baldiges Ableben ankündigt, hat sich die Familie mit dem neuen Testament befasst.«

Das klang wenig überzeugend. »Haben sie ihn für geschäftsunfähig erklärt?«

»Ja.«

»Sie sind sein Anwalt?«

»Ja.«

»Und ist er geschäftsunfähig?«

Gibbs zögerte für einen winzigen Moment, und Paul wusste, dass der wackere Kollege mit der Familie des sterbenden Mannes bei ihren Machenschaften unter einer Decke steckte. »Inzwischen ist er in der Tat geschäftsunfähig, und gemäß seinem Testament bin ich für einen solchen Fall gehalten, die Verfügungen seiner Kinder zu befolgen.«

»Wurde er von einem Richter für geschäftsunfähig erklärt?«, fragte Paul. »Denn ich habe keine Lust, diese Karte zu kaufen und mich hinterher vor einem Gericht oder gegen einen unzufriedenen Erben verteidigen zu müssen.«

»Uns liegt eine richterliche Beglaubigung vor«, sagte Gibbs, »die wir am Donnerstag erhalten haben.«

»Und am Freitag hat mich Ihr Bote bei einer Auktion abgepasst. Sie verlieren keine Zeit.«

Gibbs blinzelte zur Bestätigung. »Gehen wir rein.«

Er klopfte leise an die Tür, und prompt machte ihnen eine Frau in Schwesterntracht auf. Offenbar kannte sie Gibbs, denn sie begrüßte ihn mit einem strahlenden Lächeln. Rechnete wohl damit, dass auch für sie nach dem Tod des alten Knaben eine Scheibe abfiel. Sie nahm ihnen die Mäntel ab und führte sie schweigend durch ein geräumiges Wohnzimmer und von dort durch einen Flur, dessen Wände gerahmte Briefe und Fotografien schmückten. Gouverneure, Präsidenten, Handshake-Termine in Washington, D. C., Rockefeller, Ronald Reagan, bevor sich sein Hirn vernebelte, Bush senior. In einem weiteren Flur hingen Fotos zahlreicher hübscher Kinder vor malerischer Landschaft oder im Talar bei Abschlussfeiern; Dutzende Zeugnisse von der schonungslosen Macht des Alterns. Sie kamen an eine Tür, die nur zu Stassens Schlafzimmer führen konnte.

»Schläft er?«, fragte Gibbs.

»Oh ja«, antwortete sie. »Inzwischen die meiste Zeit.«

Zu dritt betraten sie einen riesigen Raum, locker neun mal neun Meter, mit drei Bogenfenstern auf einer Seite. An der gegenüberliegenden Wand stand ein antikes Bett, und Paul brauchte einen Moment, bis er begriff, dass in den Bergen aus Decken und Kissen ein menschliches Wesen lag: Mr James McKinley Stassen, in der Blüte seiner Jahre Regierungsbeamter unter Nixon und unter Reagan, noch mit über siebzig Vorstandsmitglied bei einem Dutzend Firmen, einst ein ansehnlicher Golfspieler, lange für seine volle Haarpracht und seine schneidige Körperhaltung bewundert. Stassen hatte drei Ehefrauen überlebt und mit jeder eine Kinderschar gezeugt. Seinen Stammbaum konnte er bis zu Tabakplantagenbesitzern in Virginia zurückverfolgen, die es schon vor der Amerikanischen Revolution zu Reichtum gebracht hatten. Die Krankenschwester machte für die beiden Männer Platz.

»Wir bleiben nur ein paar Minuten«, sagte Gibbs.

»Ich kann rausgehen, wenn Sie wollen.«

Gibbs schien den Vorschlag einen Moment zu erwägen. »Danke, aber das wird nicht nötig sein.«

Die Schwester zog sich in die hinterste Ecke des Zimmers zurück, setzte sich an einen Schreibtisch und zog einen Papierstoß heran.

Jetzt war Paul so hellwach wie seit Monaten nicht mehr; sein Blutdruck schoss sprunghaft in die Höhe, er hatte heiße Wangen. Hinter Gibbs trat er näher heran. »Da ist sie.«

In der Tat. Vor seinen Augen hing die Karte, die jedes Sammlerherz in Wallung bringen würde, dort über Stassens Bett. Paul schnappte buchstäblich nach Luft. Was er da sah, war ein Stadtplan von New York, den unter König George III. die Britische Admiralität in Auftrag gegeben hatte, als es zwischen den amerikanischen Kolonien und dem Mutterland zu Spannungen gekommen war. Anhand von Vermessungen aus den Jahren 1766 und 1767 durch Bernard Ratzer, einem königlichen Landvermesser, wurde die Karte 1770 per Hand gedruckt und König George überreicht. Es waren noch zwei Versionen bekannt, eine in der British Library und die andere in der Sammlung der New York Historical Society. Inzwischen von militärischem Nutzen, wurde die Karte 1776, zu Beginn der Amerikanischen Revolution, erneut herausgegeben, und von dieser Ausgabe existierten noch insgesamt fünf Exemplare, zwei davon im Besitz der New York Historical Society, eine andere im Museum of the City of New York zu bewundern; ein großes abgerissenes Fragment eines weiteren Drucks im Besitz der New York Public Library und schließlich die fünfte und letzte Ausgabe, diejenige, die er vor sich sah, persönliches Eigentum von Stassen. Auf dem Plan war atemberaubend detailgetreu die bezaubernde junge Stadt inmitten von Äckern und Wiesen, Sümpfen, Teichen, Flüsschen und Wäldern zu sehen, mit den Angaben von Hafenlotungen in Faden. Nur Monate später, im September desselben Jahres, sollte ein beträchtlicher Teil der Südspitze von New York einem verheerenden Feuer zum Opfer fallen, das in einem von Seeleuten frequentierten Bordell ausgebrochen war – der erste von vier großen Bränden in der Geschichte der Stadt. Etwa vierhundertdreiundachtzig Häuser fielen ihm zum Opfer, und viele Frauen und Kinder kamen darin um. Auf der Karte war auch das malerische kleine Dorf Brooklyn zu erkennen, »Brookland« geschrieben, und in der Nähe die sumpfigen Gewässer der Wallabout Bay, in der später zwölftausend amerikanische Gefangene in Gefängnisschiffen, die dort vor Anker lagen, den Tod finden sollten. Die Linien der Karte waren scharf und die Darstellung so anschaulich und fein, dass man die Rauchfahnen aus den Schornsteinen einzelner Häuser erkennen konnte. Eine solche Schönheit und Präzision, ganz zu schweigen von der Provenienz, verliehen dieser Karte einen ganz außergewöhnlich hohen Rang. Dieser Handdruck hatte sich im persönlichen Besitz von Richard Cary Stassen, George Washingtons Adjutanten, befunden, eines Brigademajors der Kontinentalarmee, der Washington vom Juni bis zum Dezember des Schicksalsjahrs 1776 zur Seite stand und im Unterschied zu manch anderem Adjutanten den Krieg überlebte. Wieso hatte Major Stassen die Karte damals mit sich geführt? Weil sie die Höhen des Terrains mit Linien und Maßangaben verzeichnete – eine unschätzbare Hilfe, wenn man die Truppen verbergen wollte. In gewachstes Rindsleder eingerollt und mit einem dunkelroten Band verschnürt, hatte Stassen die Karte am 27. August 1776 in der Schlacht von Long Island auf dem Pferderücken bei sich gehabt – jenem ersten größeren Gefecht im Revolutionskrieg nach einer Reihe blutiger Scharmützel auf dem Gebiet des heutigen Brooklyn, bei dem die britischen Truppen die Amerikaner mit vierunddreißigtausend Mann in einem Überraschungsangriff zum panischen Rückzug zwangen. Als die Vernichtung der gesamten Armee von dreizehntausend Mann drohte, beugten sich Washington und seine Offiziere über *diese Karte hier*, musste Paul voller Ehrfurcht denken, und dann befahl Washington einem Trupp von vierhundert Soldaten des Maryland Corps, ein Steinhaus anzugreifen, in dem die Briten Kanonen in Stellung gebracht hatten, um die Revolutionstruppen zu blockieren. Auch wenn der Angriff den Vormarsch der Briten verlangsamen würde, wäre er ein Himmelfahrtskommando, darin waren sich alle Beteiligten einig. Die Briten richteten ihre Kanonen auf die Soldaten aus Maryland und zerfetzten sie in der Luft. Washington, der das Kommando von einem nahen Hügel aus mit dem Fernglas verfolgte, soll mit melancholischer Schicksalsergebenheit gemurmelt haben: »Gütiger Gott, welch tapfere Männer muss ich heute verlieren.« Etwa zweihundertfünfzig Soldaten fielen, doch das Blutopfer der Maryland-Truppen versetzte Washington in die Lage, seine übrige Armee heimlich zu Wasser nach New Jersey zu verlegen, und verhalf ihr somit zum Überleben und zum Sieg.

Paul hatte feuchte Augen bekommen. In sprachlosem Staunen tastete er mit dem Finger nach dem Glas. Dies hier war die Krönung, der absolute Höhepunkt seiner vierzigjährigen Obsession. Die Karte trug die elegante Signatur von Richard Cary Stassen sowie einen Eintrag zu den Truppenbewegungen in Brooklyn zwischen dem 25. und dem 28. August 1776. Unten rechts hatte Stassen mit flüssiger Hand geschrieben: *Diese Karte bei der Schlacht von Brooklyn, Long Island, 25. bis 28. August 1776 konsultierte Geo. Washington, Befehlshaber.*

Das denkwürdige Dokument war im Besitz Richard Cary Stassens verblieben, der nach dem Krieg Richter in Virginia wurde, das Familienvermögen stetig mehrte und somit die Grundlagen dafür legte, dass es sich im einundzwanzigsten Jahrhundert sein Ururururenkel leisten konnte, im vierzehnten Stock einer Luxusimmobilie an der East Side von Manhattan in Frieden zu sterben. Da Stassen die Karte nie als Leihgabe ausgestellt hatte, war sie auch noch nie in einem Auktionskatalog aufgetaucht, und weil Stassen überhaupt ein verschlossener Mann war, wussten nur wenige von der Existenz dieses geschichtsträchtigen Meisterwerks.

Im Vergleich zu diesem Kleinod erschien Paul seine jüngste Errungenschaft, die Valentine-Karte, wie eine zerknüllte Serviette von McDonald's. *Diese Gelegenheit bekommst du nur ein Mal im Leben,* machte er sich klar. Er holte seine Lupenbrille heraus, um sich die Beschriftung in der unteren Ecke näher anzusehen. Dazu musste er sich über den Sterbenden beugen, der mit fast geschlossenen Augen und weit geöffnetem, verwittertem, schleimverschmiertem Mund reglos dalag. Paul ging nah an die Karte heran und knipste das Stiftlicht der Brille an, um die Stockflecken an den Rändern der großformatigen Karte zu inspizieren, von denen es einige gab. Sie gehörte in die Hände eines darauf spezialisierten Restaurators. Die unschönen braunen Flecken schienen gleichwohl die Struktur des Papiers nicht beschädigt zu haben. Manche Fachleute führten Stockflecken auf Pilzbefall zurück; andere erklärten sie mit der Oxidation von Eisen oder Kupfer im textilen Anteil der Fasermasse. So oder so konnte man sie nicht fälschen, da dieser organische Vorgang Jahrzehnte in Anspruch nahm.

Trotz seiner prekären Verfassung schien Stassen Pauls aufdringliche Gegenwart zu spüren, denn er stöhnte leise, und Paul bekam einen derart fauligen Atem ins Gesicht, dass er heftig zurückzuckte und seine ganze Willenskraft gegen den Würgereiz aufbringen musste. Es schien wie ein letztes Aufbäumen des sterbenden Mannes gegen die Entwendung der Karte über seinem Bett.

Die Krankenschwester, die zweifellos schon viele Dutzend Sterbende begleitet hatte, kam vorsorglich näher.

»Haben Sie sich ein Bild gemacht?«, fragte Gibbs.

Die Gefahr, dass die Karte eine Fälschung sein könnte, ging

gegen null, dennoch zückte Paul sein Handy und machte ein halbes Dutzend Fotos. »Was ist auf der Rückseite?«, fragte er.

»Das wissen wir nicht, die Rückseite hat seit über dreißig Jahren niemand zu Gesicht bekommen«, antwortete Gibbs. »Die Karte ist an die Alarmanlage angeschlossen, und wir bräuchten den Wachdienst, um sie zu deaktivieren.«

Paul beugte sich erneut vor und richtete den Lichtpunkt auf die Kante des antiken Rahmens aus Ahornwurzelholz. Wie erwartet, war die Wandfarbe an diesem Rand frischer, und zwar exakt in der Größe des Rahmens. Bei dieser Feststellung gab der alte Stassen ein gequältes Stöhnen von sich; auf der Brust kamen seine Hände zum Vorschein und zupften an der Decke. Er drehte den Kopf hin und her und entblößte dabei sehr lange, sehr alte Zähne mit fauligen Essensresten in den Zwischenräumen. Er hob den Kopf ein paar Zentimeter und öffnete eins seiner geäderten, wässrig blauen Augen, um zu sehen, wer es wagte, seine Ruhe zu stören. Das Auge irrte umher, bis es Paul erfasste und sich, von der Anstrengung erschöpft, wieder sachte schloss, bevor der Kopf des alten Mannes in die Kissen sank.

Die Schwester eilte heran.

Gibbs und Paul traten vom Bett zurück und wandten sich zum Gehen.

»Sollen wir uns schon mal über einen fairen Preis unterhalten?«

»Die Familie denkt an –« Gibbs schrieb eine Zahl auf einen Zettel und reichte ihn Paul. Eine monströse Summe. Andererseits ein konkreter Betrag für eine Kostbarkeit, die in den Augen des Kenners von unbezahlbarem Wert war. Die beiden Männer kehrten zur Wohnungstür zurück auf demselben Weg, auf dem sie gekommen waren. »Sie wissen, dass die Karte auf dem freien Markt locker diesen Preis erzielen könnte.«

»Woher wollen Sie das wissen?«, fragte Paul.

»Es wurden entsprechende diskrete Auskünfte eingeholt.«

»Und wieso dann das Angebot an mich?«

»Wenn man die Karte bei einer Auktion oder durch einen Händler verkauft, könnte die Public Library darauf aufmerksam werden.«

»Ich dachte, es gäbe keine rechtlichen Probleme.«

»Es gibt auch kein *rechtliches* Problem. Aber eins der Kinder ist eine bedeutende Mäzenin der Bibliothek, und es wäre ihr ausgesprochen peinlich, wenn –«

»Nicht besonders loyal von ihr, nicht wahr?«

»Kein Kommentar. Sie möchte die Karte zügig und diskret veräußern. Die Familie hat eine Liste potenzieller Käufer, insgesamt sieben, und Sie sind Nummer eins. Der Preis ist nicht verhandelbar, Mr Reeves. Sie haben zweieinhalb Werktage Bedenkzeit, um mir verbindlich zu sagen, ob Sie die Stassen erwerben wollen. Damit es keine Missverständnisse gibt: Das ist der kommende Freitagnachmittag, sagen wir, um sechzehn Uhr. Sollte ich bis dahin nicht von Ihnen hören, gehe ich davon aus, dass Sie nicht interessiert sind, und werde anderweitig aktiv. Höre ich von Ihnen, haben Sie danach genau einen Werktag, um den Vertrag unter Dach und Fach zu bringen und das Geschäft per Banküberweisung abzuwickeln, also bis Montagnachmittag. Noch irgendwelche Fragen?«

»Freitag, bis spätestens vier Uhr nachmittags. Wenn ich Sie anrufe und zusage, unterzeichne ich am Montag den Vertrag und überweise elektronisch an Ihre Bank.«

Gibbs nickte feierlich. Sie stiegen in den Fahrstuhl. Paul überprüfte seine eingegangenen Nachrichten. Die alte Nachbarin gegenüber seinem Haus in Brooklyn hatte ihm etwas auf die Mailbox gesprochen. Er hatte seit mindestens fünf Jahren nichts mehr von ihr gehört.

»Melden Sie sich bis Freitag«, mahnte ihn Gibbs noch einmal beim Verlassen der Lobby.

»Ja«, antwortete Paul. Er wartete, bis Gibbs gegangen war, dann rief er die Nachbarin zurück.

»Ist das Mary Reeves' Sohn?«, meldete sich eine ältliche Stimme.

»Mrs Girardi? Hier spricht Paul Reeves.«

»Paul, gut, dass Sie sich melden. Ich hab angerufen, weil ich gesehen habe, dass das Seitentörchen an Ihrem Haus offen steht. Als ich gestern Nachmittag vom Einkaufen zurückkam, war es noch zu. Na ja, ich bin dann ums Haus rumgegangen, an der Stelle vorbei, wo Ihr Vater seine Radieschen gezogen hat, und es sah so aus, als wäre Ihre Küchentür aufgebrochen. Wir hatten in letzter Zeit einige Einbrüche in der Gegend, und ich dachte, ich rufe Sie besser an.«

»Haben Sie gesehen, ob sonst noch etwas beschädigt ist?«

»Nein. An einem Auge hatte ich gerade eine Operation wegen des Grauen Stars, jetzt ist das andere dran.«

»Das heißt, Sie sehen recht gut?«

»Es geht so. Aber ich bin mir sicher.«

»Sonst ist Ihnen nichts aufgefallen?«

»Nein, aber ich hör natürlich auch nicht mehr so gut.«

Er bedankte sich bei ihr und rief in der Kanzlei an, um Bescheid zu geben, dass er sich verspäten würde.

Einer Dreiviertelstunde später sah er Mrs Girardi in die Augen. Tatsächlich war eine Linse getrübt, die andere nicht.

»Mit dem Tor stimmte etwas nicht«, erklärte sie noch einmal. »Ich hab es mit Strickgarn zugebunden, damit es niemand merkt. Hoffentlich hab ich Sie nicht umsonst aufgeschreckt.«

»Keine Sorge.«

Als er die Straße überquerte, wusste er, dass ihm seine Nachbarin aus dem Fenster hinterhersah und sich auf ihre Wachsamkeit etwas zugutehielt. Seine Mutter hatte Mrs Girardi nie gemocht, umso mehr aber seinen Vater, dem sie im Spätsommer oft Tomaten aus ihrem eigenen Garten brachte.

Paul stieß das Tor auf und machte es hinter sich zu. Das Schloss war nicht aufgebrochen, sondern durchtrennt. Dafür kamen nur zwei Werkzeuge infrage; entweder eine Säge, die gerade, wenn auch leicht gefurchte Schnittflächen hinterließ, oder ein großer Bolzenschneider, der das Metall quetschte, bis es brach. Mit einer Eisensäge hätte es ein paar Minuten gedauert, mit einer Benzin- oder einer Elektrosäge fünf, sechs Sekunden, doch das hätte man in der Nachbarschaft gehört. Bolzenschneider waren schnell und leise, setzten allerdings bei der Handhabung Bärenkräfte voraus, ganz zu schweigen von der nötigen Klingenschärfe. Genau damit war dieses Schloss aufgebrochen worden, was etwas über die Statur des Einbrechers sagte und über sein Bestreben, sich nicht bemerkbar zu machen.

Auf dem schmalen Durchgang zur Gartenseite konnte Paul außer einem umgefallenen Rechen nichts Ungewöhnliches erkennen. Dafür war die Hintertür auf. Er trat ein und machte Licht.

Küche und Wohnzimmer schienen in bester Ordnung zu sein.

»Bill?«, rief er.

Nichts. Er warf einen Blick in die Gästetoilette. Alles in bester Ordnung.

»Bill?«, rief er zur Treppe hinauf. Auch diesmal keine Antwort. Er zog fünf oder sechs Schubladen mit seinen Karten auf. Sie waren, soweit er feststellte, unberührt, und so kehrte er in die Küche zurück. Er sah, dass ein paar Töpfe benutzt und abgewaschen worden waren. Im Mülleimer fand er die Verpackung eines Tiefkühl-Fertiggerichts. Mexikanisches Bier, Brot, Milch, Saft. Bill hatte also einen kleinen Einkauf gemacht.

Falls es ein Einbruch gewesen war, waren die Diebe offensichtlich durch die Hintertür gekommen – das einfache Baumarktschloss war ein Kinderspiel –, doch augenscheinlich hatten sie nichts gestohlen. Ich sollte oben nachsehen, überlegte er, doch im selben Moment entdeckte er an der weißen Wandfarbe kurz über der Fußleiste einen kleinen Fleck. Er ging auf die Knie und versuchte, ihn sich genauer anzusehen, hatte jedoch seine Lesebrille nicht dabei. Er zog die Brille bis zur Nasenspitze herunter und sah auf diese Weise gut genug, um festzustellen, dass der Fleck rotbraun und tränenförmig war, was darauf schließen ließ, dass die Flüssigkeit in einem schrägen Winkel an die Wand gespritzt sein musste. Blut? Möglich, aber nicht mit Sicherheit zu sagen. Er schaute sich nach anderen verdächtigen Zeichen um, konnte jedoch nichts finden.

Paul sah auf die Uhr. Als Chef konnte er zwar selbst über seine Zeit verfügen, doch in seinem Büro in Manhattan warteten jede Menge Anrufe, E-Mails und Akten auf ihn, all die Dinge, die sein Leben ausmachten. Deshalb blickte er sich ein letztes Mal um, verschloss, so gut es ging, die Hintertür und überprüfte die Kellertür. Unberührt. Er entfernte das Vorhängeschloss, kehrte zum Gartentor zurück und sicherte es mit diesem intakten Schloss. Somit konnte Bill nicht wieder aufs Grundstück, ohne es zu knacken. Sein Pech, dachte Paul, ein Einbruch ist genug.

Als er sich umdrehte, blickte tatsächlich Mrs Girardi von gegenüber aus dem Fenster. Er nickte, zeigte auf das Ersatzschloss und überquerte die Straße. Ihre Tür ging auf.

»Alles wieder in Ordnung«, rief er munter.

»Und wurde etwas gestohlen?«

»Vielleicht ein paar Gartengeräte«, log er, um sie zufrieden zu stellen.

Sie quittierte die Rücksichtslosigkeit der Übeltäter mit einem vielsagenden Nicken. »Die nehmen, was sie kriegen können.«

»Wie's aussieht, hab ich Glück gehabt.«

»Melden Sie es der Polizei?«

Er tat so, als erwäge er die Möglichkeit. »Ich glaube nicht.«

So schnell ließ sie die Gelegenheit zu einem Gespräch über wichtige Dinge nicht verstreichen. »Brächte wahrscheinlich auch nichts«, sagte sie und trat vor die Tür, »ich hab's gemeldet, als meine Mülleimer gestohlen wurden, und die haben nichts unternommen.«

»Danke, dass Sie mich angerufen haben, Mrs Girardi. Immer schön, mal wieder in die Gegend zu kommen.«

Er machte sich auf den Weg, als er unter einer Eingangstreppe Geräusche hörte.

»He, Mann!«

An der Tür zu einer Souterrainwohnung erschien ein etwa dreißigjähriger Mann. Etwas benommen blinzelte er ins Tageslicht. Zu den Tattoos in Form von Blitzen, die seine Arme von den Handgelenken bis zum Bizeps zierten, passte der nicht ganz frisch rasierte Schädel. »Dir gehört dieses Haus, in das du gerade reingegangen bist, oder?

»Ja.«

Als von drinnen eine rauchige Frauenstimme kam, drehte er sich um. »Ich komm ja schon, gib Ruhe, verdammt!« Er wandte sich wieder Paul zu. »Meine Freundin ist ziemlich spitz, wenn du verstehst, was ich meine.« Er verzog den Mund zu einem abstoßenden Lächeln. »Na, jedenfalls, was ich sagen wollte, letzte Nacht war da drüben ein Höllenlärm, echt krass. Hast du Mieter in der Bude oder was?«

»Ich hatte einen Freund dort untergebracht.«

Von drinnen kamen Geräusche. Der Mann spähte zur Tür hinein und nahm, während er sprach, unbewusst durch die Hose seine Genitalien in die Hand. »Die ist läufig, Mann, kann nicht genug kriegen, die macht mich platt.«

»Ihr beide kokst nicht zufällig?«, fragte Paul.

Der Mann lachte und entblößte behandlungsbedürftige Zähne.

»Sie schon. Das ist ja teilweise das Problem.«

»Offenbar macht ihr zwei gerne einen drauf.«

Er zuckte mit den Achseln. »Schon, manchmal, ein bisschen von diesem und jenem. Sie hat diese Abfindung von dem Autounfall, und klar, machen wir davon einen drauf. Sie tut mir nämlich leid, ja? Sie hat ihren Fuß verloren, bei dem Unfall, und einer muss sie trösten. Sie spürt ihren Fuß immer noch, auch wenn er gar nicht mehr da ist, das macht sie fertig. Sie braucht ganz speziellen Trost, verstehst du? Richtig guter Stoff ist nicht immer so leicht so bekommen, und ich mach eben mit.«

»Und letzte Nacht?«

»Kann schon sein. Sie hatte ihr Döschen Partypillen. Ich glaub, ich bin überhaupt nicht ins Bett gegangen.«

Der Mann hatte – hyperwach, aufgeputscht – die ganze Nacht durchgemacht.

»Ich glaube nicht, dass ich mir das wegen den Drogen eingebildet habe.« Er überlegte noch mal. »Obwohl, möglich wär's schon.«

»Sagen Sie mir einfach, woran Sie sich erinnern können. Hab schon verstanden, dass Ihr Hirn ein bisschen benebelt ist.«

Zumindest war er offensichtlich auskunftsfreudig. »Klar, wieso nicht. Also, ich und meine Freundin amüsieren uns richtig gut, und sie ist diejenige, die weiß, was diese Drogen so mit einem machen, klar? Ich meine, ich bin kein Unschuldslamm, aber sie steht nun mal drauf, okay? Ich passe also mal für 'ne Runde und geh raus, um ein bisschen Luft zu schnappen, und da höre ich eine Menge Lärm und ohne Scheiß –« Als er den Moment noch einmal durchlief, schossen seine Augenbrauen hoch. »Ein Mordsgeschrei, aber nur vielleicht zwei Minuten lang, nicht mehr, dann war es wieder still. Und ich frag mich, was los ist, ich meine, hör ich das wirklich oder kommt es eben nur von den Drogen, und dann, vielleicht eine Stunde später oder meinetwegen auch nur eine halbe, vielleicht aber auch zwei, keine Ahnung, steht da ein roter Pick-up vor deinem Haus, und ich sehe, wie so'n bulliger Typ einsteigt. Im Haus waren sämtliche Lichter aus, auch die im Wagen. Dann seh ich, wie er die Bremsen löst, weil nämlich die Rücklichter ausgehen, und er einfach im Leerlauf die Straße runterfährt, lautlos, ohne Scheinwerferlicht, und weg ist er. Ich meine, das war wie geschmiert, Mann, und das war's auch schon. Hast du deine Hütte inspiziert?«

»Hab ich. Jemand hat ein Schloss geknackt und ein paar Gartengeräte gestohlen.«

»Weiter nichts? Mann, ich dachte, der Terminator ist da drin oder so.«

»Hat mich auch gewundert.« Paul wandte sich zum Gehen. »Hören Sie, vielen Dank für die Info.«

Der Mann grinste und strich sich mit der Hand über den ungewaschenen Kopf. »Ich hatte eigentlich gehofft, Sie würden sich vielleicht irgendwie erkenntlich zeigen, für die Nahaufklärung sozusagen.«

»Verstehe.« Paul zog ein Bündel Bares aus der Tasche und zog drei Zwanziger heraus. »Sind wir damit quitt?«

Der Mann nahm die Scheine und schien im Kopf ihren pharmazeutischen Gegenwert zu berechnen. »Quitter als quitt.« Er verzog das Gesicht zu einem schiefen Grinsen und erstarrte für einen Moment. »Warte, mir ist da grad noch was eingefallen.«

»Was denn?«, fragte Paul.

»Du weißt, wer dieser bullige Typ ist, oder? Du hast mich nicht gefragt, wie er aussah oder was er anhatte oder so.«

Paul musterte das Gesicht des jungen Mannes und attestierte ihm im Stillen eine schnelle Auffassungsgabe, vielleicht nicht gerade von lauteren Motiven geleitet, gleichwohl zu messerscharfen Schlussfolgerungen fähig. Und er nahm den Mund recht voll.

»Was meinen Sie? Sollte ich vielleicht die Polizei rufen und den Vorfall melden?«

Damit hatte er nicht gerechnet. »Hm, verflucht, keine Ahnung.«

»Also«, sagte Paul, »dann müsste ich die Cops natürlich zu

Ihnen rüberschicken, damit Sie denen noch mal schildern können, was Sie gesehen haben und was da in der Nacht los war. Die wollen bestimmt eine vollständige Zeugenaussage haben.«

Die Aussicht auf Polizisten, die in seiner Wohnung herumlungerten, schien dem Mann nicht zu behagen.

»Vielleicht können wir das vermeiden?«

»Sind Sie sicher?«

»Wenn's dir nichts ausmacht.«

»Sagen Sie's mir«, antwortete Paul. »Halten Sie die Vorkommnisse letzte Nacht für so wichtig, dass die Detectives hier in Brooklyn mit Ihnen und Ihrer Freundin reden sollten?«

»Nein, nein, auf keinen Fall, Mann, das muss wirklich nicht sein.«

»Bestimmt?«

»Bitte! Ich bin mir ja nicht mal sicher, was ich gesehen habe. Ich war zugedröhnt, okay? Geistig weggetreten. Wer weiß, was für einen Irren ich da gesehen habe!«

11

51. STRASSE, ECKE FIRST AVENUE, BROOKLYN

Ratten! Ferris kannte sie, er brauchte sie, er liebte sie, aber hallo! Und zwar aus zweierlei Grund: erstens, weil er sich mit ihnen identifizierte. Sie waren das Unterste vom Untersten, und das in New York, Mann. Sie rangierten noch unter den dreckigen Tauben, die den Leuten vor die Füße flatterten, um einen Krümel aufzupicken. Unter den Kakerlaken. Was wäre dir lieber, Ratten oder Kakerlaken? Die Antwort lautete, Kakerlaken, egal, wen du fragst. Und wieso? Weil man Kakerlaken spielend ausmerzen kann. Leg ein bisschen Borsäure oder Fipronil aus, und die Viecher fallen darüber her wie übers Büffet.

Menschen waren cleverer als Kakerlaken. Aber nicht klüger als Ratten. Und das wussten die Menschen. Daher der Respekt vor ihnen. Egal, in jedem Baumarkt gingen das Rattengift und die Fallen weg wie nichts. Er kannte sämtliche Methoden, Ratten loszuwerden – das Gift, die mechanischen Fallen, die Leimruten, die Begasungsmittel, die Hochfrequenz-Krachmacher. Nichts davon funktionierte zuverlässig. Am wirkungsvollsten waren immer noch Blutverdünnungsmittel wie Warfarin, die zu inneren Blutungen führten, und Calciferole, die die inneren Organe mineralisierten. Aber verlassen konnte man sich auch darauf nicht, Pech, Boss. Das Neueste an chemischen Bekämpfungsmitteln auf dem Markt waren Köderfallen mit zuckrig schmeckendem Vinylcyclohexendioxid, was das Kotvolumen verringerte und die männlichen Ratten unfruchtbar machte. Funktionierte manchmal sogar, nur dass Hauskatzen, die diese Ratten fingen und fraßen, krank davon wurden. Um Ratten unter Kontrolle zu bekommen, gab es nur eine todsichere Methode, nämlich, die Menschen unter Kontrolle zu bekommen, nur dass Menschen nun mal unkontrollierbar waren. Erklär denen mal, dass sie ihren Abfall bis zur nächsten Müllabfuhr in festverschlossenen Behältern verwahren müssen. Was jedem Erstklässler einleuchtete! Aber für Erwachsene war das offenbar zu hoch, denn quer durch die Stadt ließen sie ihre Eimer überquellen oder warfen ihren Unrat einfach auf die Straße, oder sie machten die Haufen ihrer Hunde nicht weg, und die Ratten fraßen den Kot. Mit Heißhunger sogar. Und wenn Menschen in die U-Bahnen schissen, was vorkam, fraßen die Ratten auch das. Tja, die Wahrheit schmerzt, Kumpel. Die Leute dachten einfach nicht nach. So genau wollten sie es gar nicht wissen. Sie dachten die Sache nicht zu Ende, weil es ihnen unangenehm war. Wenn die nur wüssten! Von den Ratten in den Krankenhäusern und Schulkantinen und Restaurants. In den Schönheitssalons (sie fraßen Fingernägel und Haar und sonstiges Gewebe, an dem menschliche Hautpartikel hafteten), und erst mal die schickimicki Hundepensionen! Das Problem beschränkte sich wahrlich nicht auf die U-Bahnen oder die Straßen! Ratten fraßen Seife, Leder, Hühnerknochen, Süßigkeiten, Schnecken, Tiefkühlkost, lebende Vogelküken, Regenwürmer und ihre eigenen Artgenossen. Sie fraßen jeden Tag die Hälfte ihres Körpergewichts, das entspricht bei einem ausgewachsenen Mann drei riesigen, fetten Truthähnen alle vierundzwanzig Stunden! Die New Yorker Stadtverwaltung ließ sich die Bekämpfung der Nager jährlich fünfzig Millionen Dollar kosten, und das war nichts gegen die Unsummen, die die Industrie und die Privathaushalte dafür hinblätterten. Aber die Ratten waren immer noch da.

Genau wie er. Auch er war immer noch da. Er dachte gar nicht daran zu verschwinden. Als staatlich geprüfter städtischer Kammerjäger war er der letzte Dreck, dabei gab es keinen sichereren Job als den eines Rattenbekämpfers. Das war der zweite Grund für seine Zuneigung zu den Tierchen. Sie ernährten ihn. Die Stadtbewohner ernährten die Ratten und die Ratten ihn. Es war ein Teufelskreis, eine feine Sache. Seine Brotgeber waren nicht totzukriegen. 2012 hatte Hurrikan Sandy sämtliche U-Bahnstationen bis zu den Eingangsstufen geflutet und tausende Ratten ersäuft, doch nach Schätzung des städtischen Nagetierexperten hatte sich die Population längst vollständig erholt. Was wollte man dagegen machen?

Er arbeitete schon so lange im Amt, dass er keinen Straßendienst mehr zu schieben brauchte. Für Wohngebäude, auch schon mal ernstere Fälle, waren andere zuständig. Für eine Weile konnte man die Leute motivieren, mit ihrem Müll verantwortungsvoller umzugehen, und vorübergehend besserte sich das Rattenproblem – es wurde aber nicht gelöst, sondern verlagerte sich bestenfalls auf den nächsten oder übernächsten Block. Den Job überließ das Amt den Neulingen, zum Beispiel den Mädchen aus der Karibik, die sich in adretter Uniform, mit freundlichem Umgangston und einem Klemmbrett in der Hand die Klagen der Bewohner über Vorladungen und Bußgeldbescheide geduldig anhörten und die Leute beschwichtigten.

Sein Job sah anders aus. Er war der Mann fürs Grobe, für die Aufgaben, die sonst keiner übernehmen wollte, Fälle von ernstem Befall. Tunnel, in denen sich ganze Heerscharen von Ratten mit ihren schrillen, quiekenden Stimmen verständigten. Teuflisches Rattengeschrei. Ein Fall für Ferris. Autowracks, in denen es von Nagern wimmelte, die sich in den Sitzen eingenistet hatten. Ratten in Müllcontainern voll mit gärendem, schleimigem Futterbrei; Ratten, die sich dutzendweise durch Zementmauern nagten, um in Fleischkühlräume zu gelangen, in denen über ein verlängertes Wochenende der Strom ausgefallen war und keiner hat's gemerkt. Ein Fall für Ferris. Ratten im Keller eines Bestattungsinstituts. Ja, auch das hatte er schon zu Gesicht bekommen, Ratten, die sich an der Leiche auf dem Tisch des Bestatters gütlich tun. Und natürlich Ratten in den gigantischen Wassertunneln, die dreihundert Meter unter der Erde lagen, wo die Essensabfälle der Arbeiter lockten. Wie sie dort hinunterkamen? Natürlich genau wie die Männer mit dem Aufzug. Ratten im Fischgeschäft, wo sie das Zellophan zerfetzen und über Lachs und Schwertfisch herfielen, bis ihnen das nasse rosa Fleisch an den Schnurrhaaren klebte. *Das ist was für Ferris.* Er hatte das berühmte Ausbildungsvideo gesehen, das sie im Amt den Neulingen zeigten, auf dem Dutzende quiekender, hungriger Ratten aus einem Entlüftungsrohr in die Waschküche eines großen Luxushotels in Manhattan einfallen und sich in einem Labyrinth von unterirdischen Versorgungsräumen bis zur Vorratskammer des Hotels durchschlagen, um sich dort mit trockenen Nahrungsmitteln wie Keksen und Pasta sowie den Kanistern mit Schmalz die Bäuche voll zu schlagen. Das Hotelpersonal verstand die Welt nicht mehr. Wie um Himmels willen waren sie da reingekommen? Also installierte das Amt Infrarot-Bewegungsmelder. Die Ratten huschten mit Vorliebe die Wände entlang. Sie prägten sich dreihundert Abbiegungen, Ecken, Stufen, Schlupflöcher ein. Am besten konnte man die Spur von Ratten bei Neuschnee verfolgen. Wenn sie im Schnee aus ihren Gängen kamen und wieder darin verschwanden, hinterließen sie mit ihren klebrigen Hängebäuchen schmale dunkle Spuren. *Was für Ferris,* sagten sie, und er dann so: *Geht klar, Chef, wird erledigt. Her mit den scheiß Viechern.* Für den heutigen Tag stand ein kleines Abenteuer in der Nähe der alten Docks am Sunset Park auf seinem Dienstplan. Von der Müllabfuhr gemeldet, also wohl was Ernstes, da die Burschen täglich Ratten zu Gesicht bekamen und nicht zimperlich waren.

Und so parkte er sein blaues städtisches Fahrzeug gut einen Block vom Wasser entfernt und machte sich auf die Suche nach Erdlöchern oder Kötteln. Zuvor hatte er sich im Büro Fotos von diesem Bereich angesehen und einen Blick in die Datenbank geworfen, die sie sich mit der Feuerwehr und dem

Bauamt teilten. Auf dem verwilderten Grundstück fand sich vieles, was für Ratten eher uninteressant war, alte Reifen, ein entsorgter Kinderwagen, die Achse eines Lkw, Flaschen, verrostete Dosen. Doch als er weiter durchs hohe Gras lief, entdeckte er die Ursache für den Rattenbefall: zwei dunkle Gestalten, in wucherndem Unkraut bei einem Zaun. Wahrscheinlich befanden sich die Leichen dort schon seit ein, zwei Tagen, jedenfalls lange genug, um in der Hitze des Tages zu reifen. Das ging schon nach ein, zwei Stunden los. Bei Tage die Fliegen, bei Nacht die Ratten. Er trat nahe genug heran, fand seinen ersten Eindruck bestätigt und holte sein Döschen weiche Fruchtbonbons heraus, steckte sich je eins in die Nasenlöcher und stopfte sich dann ein halbes Dutzend in verschiedenen Geschmacksrichtungen in den Mund, um darauf zu kauen. Er roch rein gar nichts. Künstliches Kirscharmoma und Lakritz. Er pirschte weiter heran. Die Fliegen schwärmten auf. Zwei Männer, vielleicht zwischen dreißig und vierzig. Mit dem Gesicht nach unten. Einer war kahl. Der andere hatte dunkles Haar. Beide waren dunkelhäutig. Latinos? Eher nicht. Irgendwas anderes. Auf jeden Fall groß und stämmig. Gut im Saft, muskelbepackt. Gestorben waren sie woanders und hier entsorgt worden, mit Sicherheit. Bei einem von ihnen hatten sich die Ratten in die Hose gefressen, das ganze Bein rauf und runter. Rauf zum Anus, der weichsten Körperstelle. Ferris ging im Halbkreis um die beiden Leichen herum. Einer trug eine Armbanduhr am linken Handgelenk, ein tuntenhaftes Goldkettchen ums rechte. Das Fleisch war aufgedunsen. Er suchte sich einen Stock und hob damit das Jackett an. Eine Brieftasche. Prall gefüllt. Er streifte sich seine Gummihandschuhe über – die bei jeder näheren »Inaugenscheinnahme« vorschriftsmäßig zu tragen waren – und unterzog die Brieftasche einer eingehenden Überprüfung. In einem Fach fanden sich seltsam aussehende Scheine in irgendeiner fremden Währung und im anderen rund eintausendneunhundert Dollar. Er vergewisserte sich, dass er im Gestrüpp von keiner Seite aus zu sehen war, und nahm eintausendsiebenhundert an sich. Dann steckte er die Börse wieder in die Tasche der Leiche und zog das Jackett herunter. Prüfte, ob er auch keine Fußabdrücke hinterlassen hatte. Alles paletti.

Er stand auf, ging ein paar Schritt zurück, machte eine Reihe Fotos, trat noch weiter zurück. Die Männer, fiel ihm nun auf, waren gut gekleidet. Teure Schuhe, auch wenn sich die Ratten bereits durch eine Spitze durchgefressen hatten. Er machte mehr Aufnahmen als nötig, schließlich musste er alle der Polizei überlassen. Dann kehrte er zum Wagen zurück und setzte über Funk eine Meldung ab. Nach Vorschrift durfte er den Fundort bis zum Eintreffen der Cops nicht verlassen, weil sie seine Aussage brauchten. Doch zuerst schloss er sein Wagenfenster, holte die eintausendsiebenhundert Dollar heraus, faltete die Scheine, zog den linken Schuh aus, schob sich das Bündel in die Socke, unter den Spann, schlüpfte wieder in den Schuh und wartete. Jetzt gab es nichts weiter zu tun, als den Funkverkehr der Cops mitzuhören, bis sie auf der Bildfläche erschienen. Vielleicht würde er das Geld in einem der Casinos in Atlantic City an der Küste von New Jersey verjubeln, ein ordentliches Steak verputzen, sich für ein Stündchen eine Nutte mit Ballontitten aufs Hotelzimmer holen, und er hätte immer noch Knete übrig.

Ratten. Er liebte sie.

12

HOTEL GLOBE, BOWERY, CHINATOWN, MANHATTAN

Jennifer betrachtete ihn gern, wenn er nackt war. Sie kroch unter der Decke hervor und zog die Gardine zurück, nur so weit, dass ihm das Licht über Schultern, Rücken und Beine fiel. Mit den Fingern hatte sie die Narben ertastet, sie jedoch noch nicht gesehen. Jetzt schon. Sie zogen sich wie Spritzer von der Rückseite seines rechten Oberschenkels aus über den Rücken bis zur linken Schulter hinauf. Sie zählte drei lange, fast parallele Furchen über seinen Hintern und im Kreuz, darüber einen münzgroßen Knoten, wo sich eins der Metallstücke schräg ins Fleisch gebohrt hatte und, Gott sei Dank, dicht an der Wirbelsäule stecken geblieben war. Vor Jahren hatte sie sich in einen Jungen verliebt, und jetzt betrachtete sie den Körper eines Mannes. Die Verletzung, hatte er gesagt, sei halb so wild. Drei Wochen in einem amerikanischen Militärkrankenhaus in Deutschland, und das war's. Die besten Ärzte der Welt. Keine nennenswerten Nerven- oder Muskelschädigungen. Nichts im Vergleich zu dem, was er gesehen hatte – die Männer mit Stümpfen, die Männer, die nur noch Matsch in der Birne hatten – nichts im Vergleich mit dem, was er *getan* hatte. Worüber er nicht sprach. Außer einem einzigen Mal. Etwas von Häuserkampf in Somalia. Sorgfältig choreografierte Bad-Guy-Missionen. Die Koordination von Drohnenangriffen. Die meisten hier hätten keine Ahnung, wo wir überall Truppen haben, hatte er gesagt, in einem halben Dutzend Länder, wovon niemand etwas wisse. Sie hatte keine Fragen gestellt. Ehrlich gesagt, war es ihr egal. Natürlich war das nicht sehr schmeichelhaft für sie. Was man über vieles sagen konnte.

Sie beugte sich über ihn und küsste eine der Narben. Ach Billy, was haben sie mit dir gemacht? Was haben sie mit mir gemacht?

Plötzlich nervös, sah sie auf die Uhr. Ihr blieben einundfünfzig Minuten, um zum Fitnesscenter Equinox in Midtown zurückzukehren, wo sie ihre Tasche in einem Spind gelassen und nur den Schlüssel, ihr Handy, seine Uniformjacke und etwas Bargeld zur Bezahlung des Zimmers mitgenommen hatte. Eine Mitarbeiterin des Fitnessclubs hatte ihr gezeigt, wie man unbemerkt durch einen Hinterausgang verschwinden konnte. Ahmeds Männer hatten den Trick noch nicht durchschaut. Sie standen an der Vorderseite, sahen ab und zu auf die Uhr und stellten sich auf eine längere Wartezeit ein. Mit dem Taxi war sie zu einem Stundenhotel in Chinatown gefahren. Neben einem Fischgeschäft mit lebenden Tintenfischen in Becken mit trübem Wasser. Billy war schon vor ihr da gewesen und hatte ungeduldig die Straße abgesucht. Man drückte auf einen Knopf neben der Tür, sie öffnete sich automatisch, und dann ging es eine schmale, steile Treppe hinauf. Ohne Billy würde sie keinen Fuß in ein solches Etablissement setzen, doch bei ihm war sie sicher, bei ihm war sie überall sicher. Der Angestellte hinter dem Tresen verlangte keine Ausweispapiere, sondern nur Cash. Man zahlte, bekam einen mit einer Nummer versehenen Schlüssel ausgehändigt, ging einen schummrigen Flur entlang, der nach Insektenspray roch, bis man an eine Tür mit derselben Nummer wie auf dem Schlüssel gelangte. Sie liebte die billige Absteige, in der niemand beschönigte, dass man sie nur nutzte, um heimlich Sex zu haben, was sie an sich schon aufregend fand. Die Bettwäsche lag gefaltet auf der Matratze. Sie hatte sie an die Nase gehalten und sich davon überzeugt, dass sie frisch gewaschen war.

Billy seufzte und drehte sich auf den Rücken. Was für ein gut aussehender Mann! Die kräftige Schulter- und Brustpartie, der straffe Bauch, die schmalen Hüften, die muskulösen Schenkel. Dieser prächtige Penis mit der vorstehenden Vene. Sie konnte nicht widerstehen und legte sich auf ihn. Im Schlaf schlang er instinktiv die Arme um sie. Sie horchte auf seinen Atem und küsste ihn auf die unrasierte Wange. Er hatte länger nicht geduscht, und es machte ihr nichts aus. Sie fiel in einen leichten Schlaf – was nicht am Xanax lag. Als sie aufschrak, sah sie besorgt auf ihr Handy.

»Kann ich mal eben telefonieren?«, fragte er und holte seine Brieftasche aus der Hose am Boden.

»Wen willst du denn anrufen?«

Bill fand eine Visitenkarte. »Diesen Mann, der mich in seinem Haus schlafen lassen hat.«

»Paul?«

»Er hat mir seine Büronummer gegeben. Meinte, wenn was ist, soll ich mich da bei ihm melden.«

Welchen Reim würde sich Ahmed darauf machen, falls er ihre Telefonate abhörte. »Warum nicht. Ich meine, ich hab ihn da auch schon ein paar Mal angerufen.«

»Ich glaube, ich hab die Gartentür nicht abgeschlossen. Das wollte ich ihm sagen.«

Sie gab ihm ihr Handy. Dann ging sie ins Bad und blickte in den Spiegel, um sich zu vergewissern, dass man ihr nicht ansah, was sie gerade getrieben hatte. Ihr Mascara war verschmiert, und sie brachte es in Ordnung. Sie hörte Billy am Telefon.

»Hast du ihn erreicht?«, fragte sie, als sie wieder hereinkam.

Billy gab ihr das Handy zurück. »Ich hab ihm eine Nachricht hinterlassen.« Er streckte die Hand nach ihr aus, und sie ließ sich zu ihm herunterziehen. »Geh nicht«, sagte er mit belegter Stimme.

»Ich muss.«

Sie neigte den Kopf und küsste ihn auf die Brust, den Hals

und das Kinn. Und er weinte leise und bebte unter ihr, während er sie fest an sich drückte. Ahmed hat nie meinetwegen geweint. Er wüsste gar nicht, wie, dachte sie.

»Es ist viel zu kurz«, sagte er.

»Ich weiß.« Sie beschwichtigte ihn, und er beruhigte sich ein wenig, auch wenn sie seine nassen Wangen spürte.

»In drei Tagen?«, fragte er.

Der Verzicht auf Handykontakt machte die Sache komplizierter, und sie hatten beschlossen, ihren Trick mit dem Fundbüro am Grand Central nicht zu wiederholen. Zu riskant, zu störanfällig. Vielleicht war ihr ja bereits jemand dorthin gefolgt.

»Ich denke schon.«

Stattdessen hatte Billy im Village ein kleines Postfach gemietet. Ein Fach, zwei Schlüssel, perfekt, um ihm eine Nachricht zu hinterlassen – in zwanzig Sekunden war sie wieder draußen.

»Schaffst du es dorthin, ohne dass sie dir folgen?«

»Ich bin hierhergekommen.« Doch sie fragte sich selbst, wie lange sie Ahmeds Männern noch ausweichen konnte.

Er musterte sie. »Hast du drüber nachgedacht?«

Sie hielt seine Finger. »Darüber, wie es weitergehen soll?«

»Ich hab zwei Stunden bis hierher gebraucht.« Er hatte ihr von seinem Verdacht erzählt, Ahmed könnte Leute auf ihn angesetzt haben, weshalb er bei Paul ausgezogen sei und seitdem auf einem überwucherten Müllberg in der Nähe des Flughafens JFK kampiere.

»Billy, ich glaube, ebenso gut könntest du dich in ein billiges Hotel einmieten.«

»Ich find's gar nicht schlecht. Ich liege da und beobachte die Jets im Sinkflug. Außerdem ist es nah genug, um nach dem Wagen zu sehen. Von da oben hab ich den Überblick.«

»Könntest du deinen Wagen nicht in einer Garage in Manhattan unterbringen?«

Er lachte. »Schatz, du unterschätzt, wie groß der Pick-up ist. Führerhaus für drei, überlange Ladefläche.«

»Du kannst nicht ewig da draußen bleiben.«

»Nein, aber so lange wie nötig.«

Sie wusste nicht, was sie antworten sollte.

Er merkte, wie sie zögerte. »Willst du, dass ich bleibe? Auf dich warte?«

»Ja«, sagte sie und hasste sich dafür. »Vorerst.«

Etwas Besseres fiel ihr nicht ein.

Dann wand sie sich sacht aus seinen Armen. Er drehte sich unglücklich auf die Seite, und als er den Blick auf sie richtete, fiel das Licht vom Fenster auf seine blauen Augen. Sie wollte nicht länger bleiben und wollte noch nicht gehen. Sie gab ihm einen letzten hastigen Kuss und zog, ohne sich noch einmal umzusehen, die Tür hinter sich zu.

Er blieb lange liegen. Er roch an seinen Händen, um ihren Duft einzufangen, ein bisschen davon. Er strich sich mit der rechten Hand über das Schamhaar und den Penis und roch erneut daran. Ja, da. Wieder bebte seine Brust, und er wehrte sich nicht dagegen. Er wusste, er war erschöpft und ausgelaugt.

Andererseits hatte er schon ungleich prekärere Situationen gemeistert, und nach einer Weile fasste er sich, atmete wieder ruhig durch und stand auf, um sich Boxershorts, Hose, Socken, Schuhe, T-Shirt und Jacke anzuziehen. Und das Messer einzustecken. Die Klinge war jetzt wieder sauber.

13

MONKEY BAR, 54. STRASSE, ZWISCHEN PARK UND MADISON AVENUE, MANHATTAN

Wie ein buckliger Riese kehrt die Geschichte dem Geschick von Nationen gleichgültig den Rücken. Es sollte lange dauern, bis das ganze katastrophale Ausmaß von Amerikas gescheitertem Krieg in Afghanistan ins allgemeine Bewusstsein drang. Doch trotz des fortgesetzten Chaos in dem zerrütteten Land war die Zeit reif, einen Plan für seine Zukunft zu entwerfen, der nicht zuletzt umriss, wie man dabei Geld verdienen konnte. Ahmed sah auf die Uhr und bestellte sich noch einen Drink. Unter dem Blickwinkel der Rohstofferschließung war Amerikas Militäreinsatz ein riesiger Erfolg, hatte er doch den Öl- und Gas-Fördergesellschaften ihre nicht ganz uneigennützigen Erkundungsexpeditionen und nicht zuletzt die kartographische Erfassung des Pamir-Gebirges nahe der chinesischen Grenze ermöglicht. Im Boden des Landes schlummerten nachgewiesenermaßen Schätze im Wert von elf Billionen Dollar, das Verteidigungsministerium stellte gar die dreifache Summe in den Raum – Zukunftsmusik, vielleicht; nichtsdestotrotz hatte Ahmeds Konsortium zwei Wochen lang mithilfe der Spieltheorie verschiedene Szenarien entworfen und einen CIA-Berater im Ruhestand hinzugezogen, um zu sehen, welchen Verlauf der Kampf um diese Ressourcen in den kommenden dreißig Jahren nehmen könnte. Ihre Berechnungen fußten auf der Annahme, dass das militärische Engagement der USA mit jedem Jahr zurückgefahren würde; dass die untereinander dicht verwobenen Netzwerke der Taliban, Al Kaida, der Klans der Paschtun, der IS-Funktionäre und nicht zuletzt der schlichten Gangster, die die verschiedenen Landesteile kontrollierten, mit der Zeit dem chinesischen Beispiel folgten und firmenähnliche Körperschaften ins Leben riefen, vielleicht sogar mit gut ausgebildeten Führungskräften, und dass die afghanische Regierung für alle Zeiten ein Spiegelkabinett blieb, das Korruption als handelsübliche Sorgfalt und Amtsmissbrauch als Kulanz verkaufte. Außerdem setzte ihr Modell darauf, dass Opium, der Kitt, der die Wirtschaft des Landes zusammenhielt, ein preisstabiles Handelsgut im Tausch gegen Devisen, Waffen, Einweghandys, Plastiksprengstoff, Bergponys, Fahrzeuge, Prostituierte jedweder Nationalität, Diesel, Schutzmittel, Medikamente, Gold und Grundversorgungsgüter weiterhin ungestraft produziert werden konnte. Wie ihre kleine spieltheoretische Übung zeigte, würden die Gruppen der Aufständischen und der Stämme, ungeachtet ihrer logistischen Ausrichtung auf Krieg und Terror, verstehen, dass sie sich mit multinationalen Geschäftspartnern zusammentun mussten, wollten sie über technologisches Know-how Zugang zu den globalen Kapitalmärkten erlangen und die Rohstoffquellen ihres Landes ausschöpfen. So gab es in Afghanistan fast keine Eisenbahntrassen, und als sei das nicht genug, waren in den Anrainerstaaten drei verschiedene Spurweiten in Gebrauch, in Pakistan die indische, in China und Iran die Standardweite und in den zentralasiatischen Republiken die russische Variante.

Beispielsweise eine Kupfermine zu betreiben, mit Dutzenden achtzehn Meter hohen Neunzig-Tonner-Lkw (im Tagebau in Arizona oder in Australien eine Selbstverständlichkeit), hätte das logistische Vermögen der Stammesverbände oder der kriegsmüden Taliban vollkommen überfordert. Ahmeds Konsortium würde einen beträchtlichen Anteil der Finanzmittel für den Aufbau einer Infrastruktur oder die Erschließung von Bodenschätzen gewähren, eine auf Jahrzehnte, wenn nicht gar Generationen angelegte Allianz.

Sein neuer Drink kam, und er nahm einen großen Schluck,

um seine unterschwellige Angst zu besänftigen. Sein Konsortium hatte beschlossen, einen Sitz in Kabul und einen in Kandahar einzurichten, um die Stammesfürsten zu hofieren und zu bestechen. Doch die Schwierigkeiten waren vielfältig, die Hürden enorm. So war das afghanische Bankenwesen bei Devisengeschäften auf die Absegnung großer internationaler Geldinstitute angewiesen, von denen viele wiederum unter amerikanischer oder europäischer Aufsicht standen, die streng über etwaige Geldwäsche aus Drogengeschäften wachten, weshalb einige zu dem Schluss gekommen waren, Geschäfte in Afghanistan lohnten den Aufwand nicht. Wollte man dennoch in Afghanistan investieren, musste man mit einer international aufgestellten Bank zusammenarbeiten, die möglicherweise nicht so genau hinsah. Das sorgte unter den Investoren für Nervosität. Außerdem musste man mit Banken arbeiten, denen die Afghanen trauten, kein leichtes Unterfangen. Als sei das alles nicht genug, wollte die afghanische Regierung beträchtliche Einlagen in afghanischen Banken sehen, bevor ausländische Firmen hoffen konnten, in ihrem Land Geschäfte zu tätigen. Doch man musste schon so blöd sein wie die amerikanische Regierung, um sein Geld afghanischen Banken anzuvertrauen. Das Problem würde einiges Verhandlungsgeschick erfordern. Man war also gut beraten, möglichst bald nach Europa, namentlich nach Genf, zu fliegen, wo sich die afghanischen Warlords ein schönes Leben machten, nicht zuletzt dank ihrer Krügerrand-Goldmünzen – der echten, nicht der hervorragenden Fälschungen made in China –, die sie in ihren Schweizer Schließfächern horteten.

Doch erst einmal – Schönreden half da nichts – sah er sich mit dem sehr realen, schrecklichen Problem namens William Wilkerson jun. konfrontiert. Was sollte Ahmed nur machen? Wilkerson war ein Ärgernis, um das er nicht gebeten hatte. Schließlich hatte er mit der Sache nichts zu tun. Oder? Na ja, wie man's nahm. Ahmed hatte auf die prahlerischen Versprechen der Sicherheitsleute gehört und sie ohne Bedenken losgeschickt, Wilkerson zu einem Gespräch mit ihm herbeizuschaffen – zu einem Gespräch! Doch seitdem war die Sache gründlich danebengegangen. Wilkerson hatte sich wahrscheinlich gewehrt, und es war zu einem Kampf gekommen. Was hatten sie Dummes zu Wilkerson, einem kriegserfahrenen Army Ranger gesagt? Offenbar hatte es gereicht, um tödlich zu enden. Zumindest war das sein Verdacht, die einzige Erklärung, die zu den Fakten passte. Die beiden Leichen waren den Nachrichten zufolge in Brooklyn in Ufernähe aufgefunden worden. In kürzester Zeit hatte die Polizei die an Stichwunden gestorbenen Männer als »ehemalige Mitarbeiter« von Palm Enterprises, einem privaten Sicherheitsdienst mit Sitz im Nahen Osten, identifiziert. Aufgeblasene Schlägertypen, Großmäuler vielleicht, nicht mehr. Gegen den kahlköpfigen, muskulösen Kerl hatte die Polizei in Paris wegen Handgreiflichkeiten gegen einen Hotelangestellten ermittelt. Der andere, Tarek, der besser Englisch sprach, hatte seine Ausbildung bei der Leibwache von Muammar al-Gaddafi absolviert – bis zu dessen Sturz im libyschen Bürgerkrieg. Männer mit internationaler Berufserfahrung, nicht die üblichen kleinen Drogendealer. Die Tatsache, dass jeder der beiden Männer eine lange Spur an Untergrundverbindungen und kriminellen Verwicklungen hinter sich herzog, machte die Sache noch misslicher und rief mit Sicherheit jemanden vom FBI, wenn nicht gar von der CIA auf den Plan.

Dass er, Ahmed, diese Männer de facto nicht umgebracht hatte, half nicht viel. Ihr gewaltsamer Tod blieb trotzdem an ihm hängen. Ahmed machte sich nichts vor, er hatte die beiden am Hals, und er ging davon aus, dass die Polizei die Toten schon bald mit der Sicherheitsfirma in Übersee in Verbindung bringen würde – von Amir erst kürzlich kontaktiert, folglich führte die Spur geradewegs von der Firma zu Ahmeds Neffen. Andererseits befand sich Amir derzeit in Hongkong, mit strengster Anweisung von Onkel Hassan und Ahmed, dort sechs Monate lang unterzutauchen und niemanden zu kontaktieren. Niemanden, null: keine Telefonate, keine E-Mails, keine Briefe. Kein Computer, kein Internet, kein Bankkonto. Jeglicher Zahlungsverkehr hatte in Honkong-Dollar zu erfolgen, von denen Amir jede Woche durch einen Freund von Onkel Hassan ein Bündel ausgehändigt werden sollte. Solange sich Amir bedeckt hielt, floss Geld; sollten sie jedoch von ihm oder über ihn hören, würden sie ihm sofort den Hahn abdrehen. Es war nicht schwer, in Hongkong unterzutauchen; wenn man sich an der Passkontrolle als amerikanischer Staatsbürger und mit einem Rückflugticket ausweisen konnte, kam man, im Unterschied zum übrigen China, ohne Visum hinein. Man stieg einfach in den Hochgeschwindigkeitszug, lief zu Fuß vom Hauptbahnhof zum Star Ferry Dock hinunter und setzte mit der Fähre auf die Kowloon-Seite über. Dort legte man vom Peninsula und den anderen Luxushotels einen guten Marsch hin, bis man im Hongkong der Siebzigerjahre mit den riesigen, von Airconditionern und Wäscheleinen verunstalteten Wohnblöcken untertauchte. Zehntausende illegale Einwanderer aus Ostasien und dem Mittleren Osten fristeten in Hongkong ihr kärgliches Dasein, und Amir musste so tun, als sei er einer von ihnen. Wobei natürlich die Huren und die Bars zu seiner neuen Rolle passten …

Ich grüble zu viel, machte sich Ahmed bewusst, aber wer täte das nicht? Er blickte zur Tür und sehnte seinen Onkel herbei. Nichts. Nur die üblichen Geschäftsleute Manhattans, die sich, wie immer, gegenseitig belogen. Er sah eine Frau in mittleren Jahren, die ihn taxierte. Ihre Blicke trafen sich, und sie warf ihm ein gewinnendes Lächeln zu. Er wandte sich ab und konzentrierte sich erneut auf sein Problem. Das zweite Glied in der Kette, das ihn mit den zwei Toten verband, war natürlich Wilkerson selbst. Fragte sich nur, wie die New Yorker Polizei den Soldaten mit den beiden Leichen in Verbindung bringen sollte. Das war die entscheidende Frage. Bis zu dem Moment, in dem sie ihn in seinem Versteck konfrontierten, hatte Wilkerson nichts von ihnen wissen können, das war die einzige Begegnung zwischen ihnen. Zwar hatten die beiden Sicherheitsleute Wilkerson in diesem Haus in Brooklyn gestellt, doch ihre Leichen hatte man viele Blocks entfernt gefunden. Vielleicht hatte jemand den Kampf zwischen Wilkerson und den zwei Männern mitangesehen. Vielleicht gab es Spuren am Tatort, Blut, Haare, Hautpartikel. Von sämtlichen Angehörigen des US-Militärs verfügte das Verteidigungsministerium über DNA-Profile, die ihnen nötigenfalls bei der Identifizierung sterblicher Überreste Aufschluss gaben. *Vielleicht dies, vielleicht das, Ahmed, vielleicht sonst was.*

Er musste davon ausgehen, dass die Polizei Wilkerson ziemlich schnell auf die Spur kam, binnen ein, zwei Wochen. In der Stadt gab es zehntausende Überwachungskameras. Die Kripo stützte sich auf erkennungsdienstliche Verfahren, die sie nicht an die große Glocke hängte, wie etwa digitale Gesichtserkennung anhand des Filmmaterials aus ihren Überwachungssystemen über einen geostationären Satelliten. Bekamen die Detectives erst einmal Wilkerson in die Finger, würden sie ihn zum Sprechen bringen, besonders, wenn er Notwehr geltend machte, und von da aus führte der nächste Schritt entweder zu Paul Reeves, der wahrscheinlich zu viel wusste, oder zu Jennifer, und damit hätten sie ihn selbst beim Wickel. Für die Presse wäre die Geschichte ein gefundenes Fressen, und binnen weniger Tage wäre seine Karriere – sein Leben! – gelaufen. Ein amerikanischer Soldat im Auftrag eines gelackten, stinkreichen iranischen Geschäftsmanns wegen einer Affäre seiner blonden Frau von zwei libyschen Schlägern attackiert. Es würde den Anschein erwecken, als seien die beiden Männer in Ahmeds Auftrag über Wilkerson hergefallen und er habe sie heldenhaft abgewehrt. Iraner war natürlich gleichbedeutend mit Muslim, und als Muslim fiel man bei den meisten Amerikanern – durch Aussehen, Sitten und Sprache – unter den Generalverdacht, mit Terroristen, die sich überall auf der Welt heimlich unters Volk mischten und Leuten die Köpfe abschlugen, unter einer Decke zu stecken. IS, Al Kaida und wie diese Turbanschurken sich sonst noch nennen mögen. Wahrlich ein Leckerbissen! Und die *New York Post* brachte vielleicht auf der Titelseite eins von den Fotos, die sie auf den Benefizgalas immer von ihm und Jennifer machten. Jennifer strahlend schön, ein heißer Feger. Titelseite *Daily News*. Zweite Seite Lokalteil der *New York Times*. Erste Seite Lokalteil des *Wall Street Journal*. Dabei wären die Printmedien noch langsam verglichen mit dem Flächenbrand, der im Internet in Echtzeit losbrechen würde. Binnen Sekunden würde er wie ein Fetzen Papier zu Asche verbrennen, und die Welt würde sich weiterdrehen. Zwar war er an der Ermordung der beiden Männer nicht schuld, jedoch eindeutig damit in Verbindung zu bringen, wer wollte das leugnen! Sein Arbeitsvertrag enthielt die Kündigungsklausel »bei moralisch verwerflichen Handlungen«; er wäre binnen Stunden gefeuert.

Wie sähe die Situation nun aber aus, wenn man Wilkerson aus der Gleichung striche? Eine schaurige Frage, bei der ihm noch mulmiger wurde und allein schon von dem Gedanken speiübel. Aber rein theoretisch, nur mal angenommen, Wilkerson wäre nicht da, dann könnte man ihn nicht so leicht mit den Toten in Verbindung bringen, richtig? Ahmed wusste, dass Jennifer mit Wilkerson nicht über ihr Handy kommunizierte, und – welche Ironie! – genau dieser Umstand würde Ahmed im Falle von Wilkersons Verschwinden schützen. Die Ermittlungen zögen sich hin, die Einzelheiten würden verblassen. Sie würden Ahmed nicht vernehmen. Er überprüfte seinen Terminkalender. Auf neun Wochen war er ausgebucht, Geschäftsreisen nach Genf, anschließend Paris, dann eine Woche später nach Riad, der Hauptstadt von Saudi-Arabien. Er hatte einfach keine Zeit für dieses Problem. Doch Aussitzen war auch keine Option.

Endlich erschien Onkel Hassan in der Tür und trat, gestützt auf seinen Stock, schweigend ein. Ringe unter den Augen, gebeugt. Ahmed küsste ihn, hielt seine mageren Arme und half ihm auf einen Barhocker hinauf.

»Wie war dein Flug?«

»Ich hab eine Tablette genommen.«

Sein Onkel sah kränklich aus. Sein aus der Mode gekommener Anzug machte es nicht besser. »Hast du Rückenschmerzen?«

»Ist nur das Alter, nichts weiter.« Sein Onkel bestellte einen Drink. »Du hast, wie's aussieht, ein ernstes Problem.«

»Ja.«

»Du hast das Problem nicht heraufbeschworen, aber erheblich verschärft.«

»Das will ich nicht bestreiten.«

»Und natürlich Amir«, fügte sein Onkel hinzu, auch wenn sein Ton sagte, dass Schuldzuweisungen jetzt auch nichts mehr brachten. »Aber der ist aus dem Verkehr gezogen. Amir hat es schon immer an Urteilsvermögen gefehlt. Hat dieser Wilkerson dich persönlich bedroht?«

Ahmed verneinte.

»Oder Jennifer? Hat er sie bedroht?«

»Nicht dass ich wüsste.«

Der Drink kam. »Was will der Mann?«

»Ich vermute, er will, dass meine herzallerliebste Ehefrau mich ihm zuliebe verlässt.«

»Ach, komm schon, Ahmed. Das würde sie nie«, brummte Onkel Hassan.

»Woher willst du das wissen?«

Sein Onkel verzog das erschöpfte Gesicht zu einem amüsierten Grinsen. »Einschlägige Erfahrungen mit Ehefrauen. Soll er sich austoben, das wäre mein Rat.«

»Ist ja auch nicht deine Frau, die sich heimlich davonschleicht und vielleicht mit ihm vögelt«, sagte Ahmed in bitterem Ton, während ihm bewusst wurde, dass sein Onkel wahrscheinlich schon seit zehn Jahren oder länger nicht mehr mit einer Frau zusammen gewesen war.

Sein Onkel winkte müde ab, als wedele er eine lästige Fliege weg. »Soll er sich verausgaben, bis er keinen Cent mehr in der Tasche hat. So was läuft eine Weile und verpufft.«

»Vielleicht. Seinem Verhalten nach wirkt er allerdings ziemlich entschlossen.«

Sein Onkel blinzelte, während er angestrengt nachzudenken schien. »Was sagt Jennifer dazu?«

»So direkt habe ich es nicht zur Sprache gebracht.«

»Wieso nicht?«

»Weil …« Weil Ahmed fürchtete, die Beherrschung zu verlieren. »Wenn die Sache erst mal auf dem Tisch ist –«

»Solange du dich ausschweigst, wird sie sich ständig fragen, was du weißt und was nicht. Und du behältst deine Würde.«

»Ja, genau. Sicher, ich gebe zu, dass ich ihn am liebsten *aus der Welt schaffen* würde, und dann möchte ich ihr Gesicht sehen, wenn sie es erfährt. Sie wäre schockiert.«

Onkel Hassan schüttelte energisch den Kopf. »Lass dich nicht von deinen Emotionen leiten. Solche Entscheidungen erfordern einen kühlen Kopf.«

»Deshalb habe ich auch nicht mit ihr gesprochen. Ich will die Situation unter Kontrolle haben.«

Sein Onkel nippte an seinem Drink. »Jeder wünscht sich Kontrolle, und niemand hat sie. Ich dachte, das wüsstest du. Das ist eine Lektion, die das Leben mit sich bringt, klar?«

Ahmed ließ den Blick durch die Bar schweifen. Erst jetzt fiel ihm wieder ein, dass er mit Jennifer schon einmal hier gewesen war. Sein Onkel sah ihn an. Augenringe kündeten von Krankheit und Alter, seine Miene ließ keinen Zweifel daran, dass er die Lage für äußerst gefährlich hielt, dass Ahmed die Geduld vermissen ließ, die mit den Jahren kam, und dass die Situation durch Untätigkeit nur schlimmer werden konnte.

»Du bist zu begabt, zu intelligent für diesen *kossher.*« Diesen Bockmist. »Du hast sehr hart gearbeitet, aber den Grundstein hat die letzte Generation für dich gelegt.«

»Ich weiß«, sagte Ahmed, »dafür bin ich dankbar.«

»Immer ein *khar* wegen der *cos eh lash*!« Du lässt dich von einer flatterhaften Muschi zum Narren machen.

Ahmed nickte zerknirscht. Der Auftakt zur fälligen Gardinenpredigt. »Jedenfalls geht es hier nicht mehr nur um mein Eheglück«, erwiderte er mit Verve. »Im Moment geht es um die Tatsache, dass die Polizei diese beiden Toten mit *mir* in Verbindung bringen wird, falls sie Wilkerson in die Finger kriegen. Das ist mein Problem. Er ist mein Problem.«

Sein Onkel kniff nachdenklich die Augen zusammen. »Ich kenne hier immer noch ein paar Leute. Und ich bin unter anderem nach New York gekommen, um mit jemandem über deine Cousine Tala zu reden.«

Ahmed hatte Dutzende Cousinen ersten und zweiten Grades. »Du meinst das Mädchen, das vor einem Jahr den College-Abschluss gemacht hat?«

»Sie lebt in einer inakzeptablen Situation auf Staten Island.«

»Wo liegt das Problem?«

»Eine Art Sekte.«

»Sicher, dass es nicht nur eine harmlose Wohngemeinschaft in einem Haus ist?«

Sein Onkel schnalzte mit den Lippen, seine Art, ein Wort auf der Zunge verbrennen zu lassen. Demnach nicht einfach nur eine harmlose Hausgemeinschaft junger Leute.

»Und was gedenkst du dagegen zu unternehmen?«, fragte Ahmed.

Sein Onkel schloss den Griff fester um seinen Gehstock und

klopfte damit, wie um seinen Entschluss zu bekräftigen, auf den Boden. »Wir verfügen über Leute, die uns empfohlen wurden, und ich werde die nötigen Erkundigungen einholen. Du vergisst, dass ich in den siebziger Jahren unter dem Schah gelebt habe und eine Weile unter dem Ajatollah.«

»Das hab ich nicht vergessen. Du hast dein eigenes Haus verwanzt.«

»Ja, widerstrebend.«

»Du solltest meine Wohnung verwanzen. Und die meines Nachbarn, auf demselben Stock.«

»Wozu?«

»Weil Jennifer gerne mit ihm redet. Sie hat ihn heute Nachmittag in der Kanzlei angerufen. Überhaupt, gut möglich, dass sie sich mit Wilkerson über den Nachbarn verständigt! Das ist es wahrscheinlich, deshalb hat es keine direkten Telefonate zwischen ihr und Wilkerson gegeben.«

Sein Onkel schien seinen Drink jetzt zu genießen. »Ist nicht immer so leicht, in ein Gebäude zu gelangen, ich meine, sich Zugang zu verschaffen.«

»Der Hausmeister bei uns ist sehr entgegenkommend«, entgegnete Ahmed. »Wir haben ein Arrangement. Er lässt sich gerne in Casino-Chips vom Foxwoods Resort in Connecticut bezahlen. Nimmt kein Bargeld an.«

»Wieso?«

»Casinos waschen ihre Chips sehr gewissenhaft. Keine Fingerabdrücke.«

»Und was ist mit diesem Bitcoin, diesem elektronischen Geld, das ich nicht verstehe?«

»Nee, nur Chips.«

Sein Onkel atmete langsam aus, als sei er es leid, noch einen weiteren kleinen Schachzug einzuplanen, der auf Gier und Täuschung baute. »Bevor ich ins Hotel zurückgehe, will ich dir noch ein paar Dinge sagen, Ahmed, die du nicht gerne hören wirst.«

»Gut.«

»Auch wenn ich es nicht für nötig halte, werde ich mich erkundigen, ob es möglich ist, in *deiner* Wohnung Überwachungskameras und Abhörgeräte zu installieren. Das ist nicht gesetzeswidrig, da du als Eigentümer selbst darum gebeten hast. Aber das ist alles. Nicht bei deinem Nachbarn. Ich möchte das Risiko so gering wie möglich halten. Denn du kannst im Moment nicht klar denken, Ahmed. Es war ein schrecklicher, dummer Fehler von dir, diesen Wilkerson persönlich zur Rede stellen zu wollen. Einfach nur aus Wut und Stolz. Du bist ein international agierender Geschäftsmann, der rund um den Globus einflussreiche Leute kennt, und nicht irgendein Hitzkopf von der Straße. Oder? Früher sind mir immer wieder solche Männer begegnet, und die sind alle tot, verstehst du? Du musst deine Gefühle besser im –«

»Ja, ich weiß.«

»– Zaum halten. Hör zu: Ich möchte, dass du einfach deiner Arbeit nachgehst. Sei nett zu deiner Frau. Stelle sie nicht zur Rede. Schlaf mit ihr. Geh mit ihr essen. Sei *gut* zu ihr. Gib ihr nicht das Gefühl, dass sie unter Beobachtung steht. Nimm alle deine Termine wahr, mach deine Geschäftsreisen wie geplant, alles so wie immer.«

»In Ordnung.«

»Bleibt eine wichtige Frage zu klären, Ahmed. Falls dieser Mann verschwindet, wird deine Frau schon bald davon erfahren. Was wird sie denken? Was wird sie tun?«

Ahmed überlegte. Ihm war nicht entgangen, dass Jennifer neuerdings eine höhere Dosis Xanax, dazu Klonopin und noch irgendwas einnahm. Außerdem trank sie gerne Wein, im Übermaß. Sie hatte folglich rund um die Uhr irgendetwas Dämpfendes im Blut. »Also, ich könnte mir denken, dass sie innerlich ausflippt und so neben sich steht, dass sie noch mehr Pillen nimmt, weil sie mit niemandem darüber reden kann, wenn sie ihn nicht mehr erreicht. Vermutlich wird es sie destabilisieren, zumindest für eine Weile. Ich sag's nur ungern, aber ich glaube wirklich, dass es so läuft.«

Sein Onkel hörte aufmerksam zu. »Umso wichtiger, dass du sie gut behandelst.«

Eine Minute lang saßen sie schweigen da, jeder in seine Gedanken vertieft. *Hier geht es nicht nur um meine Ehe,* sagte sich Ahmed erneut, *hier steht auch meine Laufbahn auf dem Spiel.* »Aber wie wollt ihr ihn finden?«, fragte er.

»Indem wir Jennifer folgen und nach seinem Fahrzeug suchen.«

»Er fährt einen roten Pick-up.«

»Ich weiß.« Sein Onkel sah ihm, ohne mit der Wimper zu zucken, ins Gesicht, und für einen Moment fragte sich Ahmed, wie es wohl in Teheran vor dem Fall des Schah gewesen sein musste, und was sein Vater und sein Onkel damals für das Überleben der Familie unternommen hatten. Menschen waren bei helllichtem Tage verschwunden, Bargeld und Gold heimlich ins Ausland verschoben, Informanten in Kellerverließen gefesselt und mit Batteriesäure zu Tode gespritzt worden.

»Woher weißt du von seinem Pick-up?«, fragte Ahmed.

»In dieser Sache ist zwischen uns alles gesagt.«

Mit einem Mal kam sich Ahmed wie ein Grünschnabel vor. Das hohe Alter seines Onkels und seine geballte Lebenserfahrung warfen lange Schatten. »Verstehe.«

»Können wir uns gegenseitig darauf verlassen, nichts zu sagen?«

»Natürlich«, versicherte Ahmed.

»Wenn ich es zu einem späteren Zeitpunkt für geraten halte, dir etwas darüber mitzuteilen, wirst du es erfahren. Vielleicht in Jahren, vielleicht auch nie, und nie ist nicht mehr so weit weg. Meine Gesundheit lässt nach. Vielleicht macht es mein Herz noch zwei, drei Jahre.« Er hüstelte leise. »Wenn ich sterbe, nehme ich viele Geheimnisse mit ins Grab. Die meisten sind nicht mehr von Belang. Wundere dich also nicht, wenn die Sache zwischen uns nie mehr zur Sprache kommt.«

»In Ordnung. Danke.«

»Ich mache das für dich und für die Familie und für deinen Vater, für sein Andenken. Ich bleibe ein paar Tage. Ruf mich nicht an. Wir verstehen uns? Man wird sich an mich wenden, nicht an dich.« Als sein Onkel aufstand, machte ihm eindeutig der Rücken zu schaffen. »Ich gehe dann mal, allein.«

»Ich muss noch zahlen.«

»Zahle in bar.« Sein Onkel lächelte ihm noch einmal geistesabwesend zu; in Gedanken hatte er sich schon an die Arbeit gemacht, und dann war er zur Tür hinaus, ein gebeugter alter Mann im Regenmantel und am Stock, ein gebrechlicher, harmloser Greis, genau so, wie er es wollte.

14

51. STRASSE, ECKE FIFTH AVENUE, MANHATTAN

Drei Klienten, viele Probleme. Der erste an diesem Morgen war ein verheirateter koreanischer Bankangestellter, der unbeabsichtigt mit einer franko-kubanischen, in Kopenhagen ansässigen Frau ein Kind gezeugt hatte. Paul fragte nicht nach den näheren Umständen dieser außerehelichen Schwängerung, denn der Koreaner – Stirnglatze, maßgeschneiderter Anzug mit Weste – war so nervös und beschämt, dass er fast im Flüsterton sprach und Paul zwang, sich zu ihm vorzubeugen, wenn er ihn verstehen wollte. Die Frau hatte zweifelsfrei seine Vaterschaft nachgewiesen, und der Klient, Mr Cho, der noch nicht über die amerikanische Staatsbürgerschaft verfügte, wollte nun wissen, wie erfolgreich die Unterhaltsansprüche der Mutter sein würden, solange er noch Südkoreaner war, beziehungsweise, was sich ändern würde, sobald er den ersehnten US-amerikanischen Pass in Händen hielt. Eine eindeutige Antwort konnte Paul Mr Cho insofern nicht geben, als er nicht mit Sicherheit wusste, von welcher Nationalität die Kindsmutter war – Französin? Dänin? Oder doch Kubanerin? Und wo war das Kind zur Welt gekommen? Falls in Frankreich, lag die Sache völlig anders als, sagen wir, in Dänemark. Er wisse es nicht, wo dieses Baby geboren wurde, sagte Mr Cho, sie wolle es ihm nicht sagen. Sie sei der Typ Frau, der wusste, in welchem Land man das Kind am besten zur Welt brachte. Während Paul die Komplexität der Fragen darlegte und ihm klarzumachen versuchte, was bei ihrer Beantwortung alles zu berücksichtigen sei, versank Mr Cho zusehends in seinem teuren Anzug, als ihm dämmerte, dass bis zu einer endgültigen Klärung der Situation Jahre vergehen konnten.

Bei seinem zweiten Klienten handelte es sich um den Justiziar eines Hockeyteams in Buffalo, New York, das einen talentierten Verteidiger unter Vertrag nehmen wollte; der junge Mann lebte in Skandinavien, wo es offenbar viele begabte Hockeyspieler gab. Dabei war er ganz und gar nicht europäischer Abstammung, sondern erstaunlicherweise Brasilianer. Da er jedoch in Norwegen aufgewachsen war, besaß der Brasilianer keinen brasilianischen Pass, sondern reiste innerhalb der EU mit einem norwegischen Pass, an den er nur mit einer gefälschten Geburtsurkunde gekommen war. Nun benötigte der Verein ein rechtmäßiges Arbeitsvisum für den Mann.

Die dritte Klientin schließlich war eine hochgewachsene Frau um die vierzig aus Philadelphia, die in einer Bar in Cozumel, Mexiko, eine Türkin kennengelernt hatte und sie nun als alternative Sexpartnerin quasi dauerhaft nach Amerika holen wollte. Ihr Mann, ein aggressiver, überaus erfolgreicher Anwalt für Strafrecht, war in Philadelphia in Anwaltskreisen recht bekannt, weshalb sie mit dem Zug nach Manhattan gekommen war, um einen New Yorker Anwalt einzuschalten. Während sie sprach, fingerte sie unablässig an ihren Goldreifen herum, die sie an beiden Handgelenken trug, als seien es Handschellen, die sie, obschon durchtrennt, trotzdem nicht abstreifen konnte.

Bis Mittag war Paul mit allen drei Besprechungen durch. Seine Chefassistentin Elauriana Jackson kam in sein Büro und legte ihm einen Lebenslauf mit Begleitschreiben vor. Elauriana war Haitianerin, Mitte fünfzig, brachte zwei Enkelkinder durchs College und war von Paul – nicht nur von Paul, aber von ihm ganz besonders – angetan, womit sie sich in seinen Augen empfahl.

»Ich muss diesen Gibbs heute Nachmittag um drei anrufen.«

Sie machte sich eine entsprechende Notiz auf ihrem Block. »Gibbs? Ein Klient?«

»Seine Kontaktdaten liegen auf Ihrem Tisch. Geht um eine Karte.«

»Ich kümmere mich drum. Ach so, haben Sie die Nachricht von Bill Wilkerson gesehen? Er hat gestern Nachmittag angerufen. Er will sich früh um sieben an einem Langzeitparkplatz am JFK mit Ihnen treffen. Morgen.«

»Du liebe Güte, das ist eine Stunde Fahrt da raus.«

»Er hat keine Nummer hinterlassen.«

Paul seufzte. Natürlich nicht.

»Wer ist das?«

Er schüttelte nur den Kopf.

»Soll ich für morgen um sechs ein Taxi bestellen?«

»Mit Wartezeit und Rückfahrt.«

Elauriana machte sich einen Vermerk und zeigte dann auf den Brief und den Lebenslauf. »Denken Sie dran, dass Sie für heute mit diesem jungen Anwalt von der Kanzlei Gracken und Rothstein zum Lunch verabredet sind?«

Die kleine, aber feine Kanzlei, die sich wie er auf Einwanderungsprobleme spezialisiert hatte, ein direkter Konkurrent. »Hab ich das wirklich zugesagt?«

Sie zuckte mit den Achseln. »Ja, im Spätsommer. Er wartet schon lange darauf.«

»Jeder Irrtum ausgeschlossen?«

»Sieht so aus.«

Paul warf einen Blick auf den Lebenslauf. Der junge Kollege hieß James Marone. Er war seit knapp zwei Jahren bei Gracken.

»Soll ich absagen?«, erbot sich Elauriana.

»Zwanzig Minuten vor dem Essen?«

»Stimmt«, erwiderte sie. »So was Schreckliches machen nicht mal Sie.«

Im nur wenige Blocks entfernten Restaurant schüttelte er Marone die Hand, einem großen, untersetzten jungen Italiener, der in Brooklyn aufgewachsen war und an der St. John's Law

School studiert hatte. Sobald Paul erfuhr, dass Marone aus Brooklyn stammte, wusste er, wo der Schuh drückte.

»Lassen Sie mich raten«, sagte er, als der Kellner die Vorspeisen brachte. »Gracken Rothstein ist ein hochnäsiger Haufen. Sehr exklusive Klientel. Sie fühlen sich ein wenig eingeschüchtert, ein bisschen aus dem Tritt.«

Marone ließ den Kopf hängen und stieß einen Seufzer aus. »Das trifft es recht gut, Mr Reeves.«

»Außerdem sind einige der Partner da ein bisschen zu sehr von sich eingenommen, hab ich recht? Die Gespräche drehen sich für Ihren Geschmack etwas zu viel um den Jachtclub von Larchmont, die Gebühren für Privatschulen und dergleichen?«

Marone nickte missmutig. »Ich hab meine Verlobte zum Betriebsfest mitgebracht, und ein paar von den Ehefrauen haben sie in Stücke gehackt. Sie hat sich geschworen, nie wieder zu so was mitzukommen.«

»Wie steht's mit Ihrem Arbeitspensum?«

»Ich habe lange Arbeitszeiten, aber der Partner streicht meine Stunden zusammen.«

»Wann steht Ihre nächste Beurteilung an?«

»In ungefähr drei Monaten.«

»Angst davor?«

»Ja, schon.«

»Wenn Sie Ihre Schwierigkeiten selbst einschätzen sollten, so objektiv wie möglich, was würden Sie sagen?«

Marone überlegte. »Übereifrig. Stimme zu schnell zu. Sage etwas, bevor ich einer Sache auf den Grund gegangen bin. Außerdem sind mir, als ich noch neu war, bei den Verweisen auf vergleichbare Urteile ein paar Fehler unterlaufen. Dem Richter, der die Verteidigungsschrift gelesen hat, sind sie nicht entgangen, woraufhin er den Anwalt, dem ich zugearbeitet habe, zusammengestaucht hat. Und der wusste natürlich nicht, wie ihm geschah.«

»Sie sind also auf ein paar Landminen getreten und haben einige Zehen eingebüßt.«

»Kann man so sagen.«

»An welcher Highschool waren Sie?«

»Xaverian in Brooklyn.«

»Katholische Schule, ziemlich gute Football-Mannschaft.«

Marone huschte ein Lächeln übers Gesicht. »Und ob.«

»Waren Sie drin?«

»Ja, Defense-Line-Spieler.«

»Wann haben Sie angefangen?«

»In der Abschlussklasse. Der Typ vor mir spielte an der Rutgers. Ich brachte damals fast zwanzig Kilo mehr auf die Waage.«

»Stimmt es, dass all diese Highschool-Kids Steroide nehmen?«

»Wir haben uns eingeworfen, was wir kriegen konnten, Mann. Protein. Kreatin. Testosteron-Präparate.«

»Haben Sie ein Football-Stipendium bekommen?«

»Nein. Beim letzten Spiel im Abschlussjahr hab ich mir Schienbein und Wadenbein gebrochen. So'n Kerl hat mich von der Seite erwischt. Wurde mit Schrauben und Platten fixiert. Das war's dann für mich.«

Paul sah einen ernsthaften jungen Mann, der noch reifen musste und sich das nötige Know-how aneignen konnte, während er für Paul eine Menge Kleinkram erledigte. Falls Marone der geborene Verteidiger war, würde er einiges wegstecken können. Paul glaubte an die Strategie, Junganwälte nach den Positionen einzustellen, die sie im Sport innegehabt hatten, denn jede forderte und förderte bestimmte Persönlichkeitsmerkmale. Bis zum College-Abschluss hatte eine Athletin oder ein Athlet mehr Zeit in dieser Rolle verbracht als bei irgendetwas sonst. Zu seinen besten Anwälten gehörte eine Frau, die an der University of Wisconsin Eishockey gespielt hatte und allein deswegen von ihnen angeheuert wurde. Wenn sich Defense-Line-Spieler Marone einen besser sitzenden Anzug kaufte, ein bisschen älter und vor allem entspannter wurde, konnte er ihm in ein paar Jahren wertvolle Dienste leisten.

»Also«, sagte Paul. »Ich glaube, ein Neuanfang täte Ihnen gut. Aber im Moment kann ich noch nicht sagen, ob, und wenn ja, wann ich Sie brauchen kann. Fürs Erste kann ich Ihnen nur empfehlen: Reißen Sie sich weiter den Arsch auf, und wenn Sie um Ihre juristische Meinung gebeten werden, dann sehen Sie demjenigen in die Augen und nicken, damit er sieht, dass Sie sich Ihre Antwort ernsthaft überlegen. Warten Sie ein paar Takte. Das fördert das Denken. Hören Sie auf, sich zu sorgen, ob ein Klient Sie mag oder nicht. Er möchte sich bei Ihnen in sicheren Händen fühlen. Ein bisschen Show gehört schon dazu.«

»Verstehe.«

Marone, das stand ihm ins Gesicht geschrieben, dämmerte gerade zum ersten Mal, worum es in einer Kanzlei in Wahrheit ging. Das ahnungslose Publikum stellte sich darunter stabile, monolithische Gebilde vor, doch dieses Image war weit von der Wirklichkeit entfernt, auch wenn die Zunft, von den kleinsten bis zu den größten Playern, diesen Mythos selbst verbreitete und bemüht war, den äußeren Anschein zu wahren: eine gedämpfte Atmosphäre dank Schreinen aus Nussbaumwurzelholz, Bücherregalen mit juristischer Fachliteratur, alle mit passendem Schutzumschlag; kostspielige, wertlose Kunst an den Wänden; edel bedrucktes Briefpapier mit den Namen der Partner wie auch den Niederlassungen in Chicago oder Miami oder Shanghai – ein globales Netzwerk, das immensen juristischen Einfluss suggerieren sollte. In Wahrheit waren Kanzleien fragile Gebilde, Hexenkessel mit einem Gebräu aus Wut, Hass, eifersüchtiger Gier, Auflehnung, Egomanie, sexuellen Intrigen, Verrat shakespeareschen Ausmaßes, Alkoholismus, Spielsucht, Drogenmissbrauch, Diebstahl und waghalsigen Gipfeltouren mit einkalkuliertem Todesrisiko.

Kanzleien brachen auseinander, verfielen in bürgerkriegsähnliches Chaos, fügten sich neu zusammen, florierten, wuchsen, schrumpften, brachten neue Ableger hervor, die irgendwann die Firmenmutter schluckten. Sie metastasierten, abszedierten, nekrotierten. Sie warben einander Talente ab, wurden von Massenkündigungen heimgesucht, waren, kurz gesagt, Höllenlöcher erster Güte.

»Ich nehme an, unser kleines Lunch soll vertraulich behandelt werden?«

Marone sah ihn eindringlich an. »Das würde ich zu schätzen wissen.«

Sie schüttelten sich die Hand, und Paul gab dem jungen Mann einen aufmunternden Klaps auf die Schulter. »Keine Sorge«, sagte er. »Das wird schon.«

Kurz nach zwei rief Rachel an. »Ich wollte nur eben fragen, ob ich heute Abend auf ein juristisches Beratungsgespräch vorbeikommen könnte.«

»Nicht sicher, ob ich es einrichten kann.«

»Es wäre ein Dringlichkeitstermin. Die Sache duldet keinen Aufschub.«

»Leider, Miss, verfüge ich vielleicht nicht über die Fachkenntnisse, die Sie so dringend suchen.«

»Da seien Sie ganz unbesorgt. Mein Anliegen fällt genau in Ihr Spezialgebiet.«

Okay, dachte er, ich grinse übers ganze Gesicht. »Wie wollen Sie das wissen?«

»Weil Ihre *kürzlichen* Beratungen so überzeugend gewesen sind.«

»Und Sie fühlen sich gut bedient?«

»Oh ja, ganz bestimmt. Jedes Mal aufs Neue.«

»Exzellenten juristischen Beistand kann man gern über einen langen Zeitraum in Anspruch nehmen, wissen Sie. Expertise und Urteilsvermögen sind wichtig.«

»Ganz Ihrer Meinung, und ich weiß Ihr Durchhaltevermögen sehr zu schätzen.«

»Wenn ich mich recht entsinne, wurde kürzlich ein Verstoß gegen die Kleiderordnung bemängelt, die falsche Hose zu einem förmlichen Anlass.«

»Das war allerdings ein schwerer Missgriff, den ich Ihnen aber großzügig nachsehen will.« Rachel stieß einen Seufzer aus, die Frotzelei war beendet. »Okay, ich muss in ein Meeting, Schatz. Danach steht noch ein Arbeitsessen an, und das am Freitag. Komm einfach bis zehn Uhr zu mir, einverstanden?«

»Alles klar.« Paul legte auf. Er summte Elauriana an. »Bitte rufen Sie Gibbs sofort an. Und das Taxi soll mich morgen früh bei Rachel abholen.«

»Die Dame hält Sie ganz schön auf Trab, Mr Reeves.«

»Da mögen Sie richtig liegen.«

»Sie ist um einiges jünger als Sie.« Elauriana lachte. »Sie wissen schon.«

»Was weiß ich schon?«

»Sie wird Sie fertigmachen. Das ist so mit den jungen Dingern. Sie ist zu jung für einen alten Mann wie Sie«, kicherte sie. Es blinkte in einer anderen Leitung. »Moment.« Er blieb dran. »Okay, ich hab jetzt Mr Gibbs in der Leitung.«

Das wichtigste Ereignis des Tages! Mit dem Telefon am Ohr stand er auf, um den Fensterblick nach Süden zu genießen, das Empire State Building achtzehn Blocks entfernt, die Schleife, die der East River um Manhattan beschrieb, die Brooklyn und die Manhattan Bridge – alles viel später als die Stassen-Ratzer-Karte entstanden.

»Mr Reeves, was kann ich für Sie tun?«

Das klang ein wenig seltsam. »Ich bin bereit, die Stassen-Karte zu erwerben. Ich habe die Zahlung vorbereitet.«

»Ich hatte befürchtet, dass Sie das sagen würden, doch leider steht die Karte nicht mehr zur Verfügung.«

»Was? Aber wieso? Haben Sie sie anderweitig verkauft?«

»Ja.«

Paul sackte auf seinen Stuhl. »Was? Ich melde mich eine Stunde vor Ablauf der Frist.«

»Es tut mir aufrichtig leid, Mr Reeves. Aber wir hatten noch einen weiteren Interessententermin am selben Tag, an dem Sie da waren. Dieser Käufer hat unseren Preis überboten und drei Bedingungen gestellt, nämlich dass wir keine anderen Angebote in Erwägung ziehen, dass wir den Namen vertraulich behandeln und dass wir uns innerhalb einer Stunde entscheiden. Also haben wir uns entschieden. Wir haben das Angebot angenommen. Die Karte hat die Wohnung von Mr Stassen bereits gestern verlassen und wird derzeit gereinigt und restauriert.«

Paul traute seinen Ohren nicht. »Aber Sie sind zu *mir* gekommen!«

»Wir hatten eine mündliche Vereinbarung getroffen, aber noch keinen Vertrag geschlossen.«

Anwälte, wie er sie alle hasste. »Wir hatten eine *klare mündliche* Vereinbarung getroffen. Wir hatten einen Preis und einen verbindlichen Zeitrahmen festgesetzt. Ich muss schon sagen, das klingt verdammt nach Vorspiegelung falscher Tatsachen.«

»Mr Reeves, ich muss doch bitten.«

»Sie können mir nicht sagen, wer?«

»Nein.«

»Können Sie mir wenigstens sagen, ob sie von einem Händler erworben wurde?«

»Ja. Die Antwort ist nein.«

»Wurde sie von einer öffentlichen Einrichtung wie dem Smithsonian oder der New York Library gekauft? Das wäre zumindest ein Trost.«

»Nein.«

»Ein Privatsammler also.«

»Ein Privat*käufer*.«

Kein Sammler, was auch immer das heißen sollte. »Woher wusste der Käufer von der Karte?«

»Offenbar von dritter Seite.«

Ging es vielleicht noch ausweichender? Es machte ihn wütend. »Klingt mir ganz danach, dass Sie dem potenziellen Käufer gesagt haben, ich sei interessiert und falls er sie haben wolle, müsse er sich beeilen. Stimmt's? Verdammt, Sie haben dem Käufer von meinem Besuch erzählt und von unserer Abmachung, mich wieder bei Ihnen zu melden, und um ihm ein bisschen auf die Sprünge zu helfen, haben Sie ihm klargemacht, ich würde mich höchstwahrscheinlich positiv entscheiden. Sie haben mich benutzt, Herr Anwalt!«

»Niemand wurde benutzt«, sagte Gibbs leise und in abwehrendem Ton.

»Na schön, niemand wurde benutzt, aber jemand wurde hereingelegt!« Paul mahnte sich zur Ruhe. »Schon gut, schon gut. Mir ist die beste Karte, die ich je gesehen habe, vor der Nase weggeschnappt worden.«

»Es tut mir leid. Ich *persönlich* hätte mir gewünscht, Sie hätten sie bekommen.«

»Wären Sie dann wenigstens bereit, *persönlich* eine Nachricht von mir an den Käufer zu übermitteln?«

»Kommt drauf an«, erwiderte Gibbs.

»Zwei Dinge. Die Stassen ist also nicht an einen Sammler gegangen. Diese Karte hat dringenden Restaurierungsbedarf. Nichts, was sich nicht beheben ließe, aber nur von einem ausgewiesenen Fachmann. Sie sagten, die Karte werde bereits gereinigt. Aber niemand in der ganzen Stadt kann das so gut wie Sally Watanabe. Sie hat ein Restaurationsatelier im Village.«

»Danke für diese Information. Und das Zweite?«

»Bitte sagen Sie dem Käufer, ich würde ihm die Karte gerne zu einem höheren Preis abkaufen, als er dafür bezahlt hat.«

»Das kann ich nicht«, gab Gibbs prompt zurück. »Daraus

könnte er schließen, ich hätte mit Ihnen über den Preis gesprochen, was ich nicht habe, und das würde dem Käufer sehr missfallen.«

»Aber ihm muss doch wohl klar gewesen sein, dass ich von dem Deal erfahre?«

»Sicher. Aber das ist etwas anderes, als wenn ich mit Ihnen darüber spreche.«

»Und was raten Sie mir dann?«

»Sie sind raus, Mr Reeves.«

»Sie hätten mir wenigstens die Höflichkeit erweisen können, mich anzurufen und mir zu sagen, wie die Dinge stehen.« Paul packte wieder die Wut. »Aber offenbar hat es nicht einmal zu diesem Mindestmaß an Sitte und Anstand gereicht.«

»Also bitte –«

»Ich habe mich an Ihre Spielregeln gehalten, Gibbs, aber Sie haben sie geändert, ohne mir auch nur etwas davon zu sagen! Da ich selbst Anwalt bin, hätte ich vielleicht mit so etwas rechnen müssen. Schreiben wir es also den schlechten Gepflogenheiten unseres Berufsstands zu.« Ihm kam die Galle hoch. »Wissen Sie, in Sammlerkreisen wird die Nachricht von dem Verkauf auf einiges Interesse stoßen. Es war Ihnen doch sicher klar, dass sich die Sache herumsprechen wird? Eine seltene Karte? Aus der Amerikanischen Revolution? General George Washington? Sie haben mich keine Geheimhaltungsklausel unterschreiben lassen. Richtig? Richtig! Wieso? Nun, ich will Ihnen sagen, was ich glaube, Gibbs! Weil Sie es offenbar schon vergessen haben! Sie haben – zu Recht – darauf gezählt, dass ich die ganze Angelegenheit wie ein Gentleman behandeln würde, nicht wahr? Ich würde das Problem mit der New York Library nicht zur Sprache bringen, ebenso wenig wie die Tatsache, dass einem im Sterben liegenden Mann sein Eigentum unter dem Hintern weggezogen wird. Und dann legen Sie mich rein? Ist das die Kunst, beliebt und einflussreich zu sein, Gibbs?«

»Ähm, nun ja, ich kann nur sagen … ähm«, stammelte Gibbs gequält, »dass die Familie des Verkäufers schon aus einem, ähm, früheren Zusammenhang mit dem Käufer bekannt war und dass dabei eine Freundschaft eine Rolle spielte, die vor der Vereinbarung mit Ihnen Vorrang hatte.«

»Sie sprechen in Rätseln.«

»Das kann ich nicht leugnen.«

»Ist Stassen noch am Leben?«

»Er wird im Weill Cornell Medical Center künstlich beatmet.«

»Und es gibt nicht zufällig einen Zusammenhang zwischen dem Umstand, dass man ihn mit einem Beatmungsgerät künstlich am Leben erhält, und der Hast, mit der eine ganze Wohnung voller unschätzbarer Antiquitäten und seltener Sammlerstücke verscherbelt wird?«

»Paul, man hat mich vor Ihren Ausfällen gewarnt. Nochmals, es tut mir leid. So etwas passiert nun mal. Ich entschuldige mich im Namen des Verkäufers. Ach so, diese Restauratorin, die Sie erwähnten, die wäre in dieser Angelegenheit als … sachkundig zu betrachten.«

Immerhin. Ein verklausulierter Hinweis. Interessant. Demnach war die Restauratorin Sally Watanabe Gibbs bekannt. Paul legte auf. *Ich hatte recht,* dachte er. Im Lauf der Jahre hatte er gelernt, sich auf sein Bauchgefühl zu verlassen, wenn es um Karten ging. Mit seiner Blitzkalkulation beim ersten Anblick einer Karte lag er selten falsch, und er führte eine Liste von Exemplaren, auf die er verzichtet oder bei denen er zu lange gezaudert hatte, während sie sich ein anderer unter den Nagel riss. Schon einige Male war dieselbe oder eine ähnliche Karte später wieder aufgetaucht, und er hatte freudig zugeschlagen. Hatte er es diesmal vergeigt? Vielleicht. Ja, vielleicht hätte er Gibbs sofort zusagen sollen, sodass nur noch die Zahlungsabwicklung blieb. Andererseits hatte es einige Tage gekostet, das Geld flüssig zu machen. Der Käufer dagegen kannte den Verkäufer schon von früher und hatte sich die Stassen geschnappt, kaum dass Paul zur Tür hinaus war. Wie hätte er da mithalten können?

Er stand auf, trat betrübt näher ans Fenster und ließ den Blick von Norden nach Süden über Manhattan, diese Insel der Getriebenen, gleiten. Die gelben Taxis schoben sich Stoßstange an Stoßstange wie Spielzeugautos durch eine riesige Spielzeugwelt. Für den Rest des Tages war ihm jeder Arbeitswille vergangen. Ein Mann, der in die Jahre gekommen ist und der die Schallmauer der Fünfzig durchbrochen hat, weiß, ob es ein guter Tag gewesen ist oder nicht, ob er aus einer Mine genügend Erz gefördert hat. An diesem Tag jedenfalls war die Ausbeute äußerst mager. Auch wenn er allem Anschein nach bei dem, was er tat, recht erfolgreich war – immerhin der Gründer und alleinige Eigentümer einer kleinen Kanzlei –, so war es doch ein bescheidener Erfolg, eine dünne Wassersuppe, jawohl, eher der Lohn des Fleißes (was für ein armseliges, fades Wort), ein Esel auf ausgetretenen Pfaden, der das Glück hatte, in einer Sparte zu landen, die begabtere Anwälte links liegen ließen. Die größten juristischen Begabungen seiner Generation hatten sich auf Politik oder Körperschaftsrecht verlegt, auf Unternehmenszusammenschlüsse oder gar Verfassungsrecht, er sich dagegen auf förmliche Anträge bei Regierungsstellen, auf Rechtsberatung für kleine deutsche Bankangestellte, die in den USA arbeiten wollten, oder eben für brasilianische Eishockeyspieler. Unterm Strich war in dieser Nische nicht das große Geld zu holen, denn die Wachstumsspanne war begrenzt. Bei einem Immigrationsfall waren die Honorare überschaubar – mal weniger, mal mehr – ein bisschen, wie Teppiche zu weben und einen nach dem anderen zu verkaufen. Er hatte überlebt, weil er sich gute, junge Mitarbeiter ausgesucht hatte, Leute wie James Marone. Er hatte ihnen eine Chance geboten und sie dann so lange wie möglich gehalten. Beim letzten Umsatzrückgang hatte er vorübergehend Bürofläche verpachtet und nie expandiert. In den mageren Jahren hatte er meist den eigenen Gürtel enger geschnallt, um die begabtesten Junganwälte zu halten.

Aber war es das wert gewesen? Irgendwann so um Mitte vierzig war ihm gedämmert, dass er schon alles erreicht hatte, was es für ihn zu erreichen gab. Er würde niemals Jura unterrichten, niemals einen großen Prozess gewinnen. Wie viele Berufstätige hatte er eine Wendemarke erreicht, ab der in seinem Leben höchstwahrscheinlich keine großen Veränderungen mehr zu erwarten waren, sondern nur ein endloses Weiter so. Dass er sich langweilte, konnte er eigentlich nicht sagen, und Berechenbarkeit hatte auch ihr Gutes. Während es beruflich wie ein Uhrwerk lief, privat dafür zwei Ehen den Bach hinuntergegangen waren, hatte er sich zunehmend mit Karten getröstet. Wohin hatte ihn diese Sammelleidenschaft geführt? Natürlich nirgendwohin. Seine Karten bewahrten ihn ebenso wenig vor dem Tod, wie sie ihn dem Himmel näher brachten, einem Ort nebenbei gesagt, von dem schon viele Gläubige Karten angelegt hatten. Und jetzt war ihm die beste durch die Lappen gegangen, die er je zu Gesicht bekommen hatte.

Doch ein guter Anwalt, rief er sich ins Gedächtnis, hängte sich ans Telefon, und so rief er Sally Watanabe an, die sich in so abgeklärtem Ton meldete, als sei sie in eine andere Raumzeit entrückt.

»Was gibt's, Paul?«

»Ich versuche, den neuen Eigentümer einer großen Karte von New York, der sogenannten Stassen-Ratzer-Karte, ausfindig zu machen. Sie wurde 1768 gedruckt, ein Exemplar der seltenen Ratzer, und sie hat –«

»Ein ernstes Stockflecken-Problem.«

»Ja. Vermutlich jahrzehntelang nicht restauriert.«

»Erfordert viel Arbeit und noch mehr Fingerspitzengefühl.«

»Ja. Die ist nicht zufällig bei dir gelandet?«

Sie stieß einen leisen Seufzer aus. »Ich bin zu beschäftigt und werde ständig um Rat gefragt. Wenn ich mich nicht täusche, wird die in der Mulberry Street restauriert.«

Noch ein exklusives Atelier. »Wem gehört die Karte?«

»Ich weiß nur, dass es eine reiche Dame mit rot lackierten Fingernägeln ist, die auf der Suche nach passendem Wandschmuck für ihre neue große Wohnung war, so was in der Art.«

»Nicht dein Ernst.«

»Doch.«

»Da kann einem ja übel werden.«

»Tut mir leid, Paul. Wie ich höre, hast du diese große Valentine ergattert, auf der Lincoln und Charles Dickens vermerkt sind?«

»Ja.«

»Ist da was dran zu machen?«

Die Antwort lautete nein, nicht wirklich. Die Karte konnte man unbeschadet noch fünfzig Jahre so belassen. Doch er antwortete: »Weißt du, ich dachte, ich bringe sie mal vorbei, damit du dir ein paar ausgedünnte Stellen ansehen kannst, und die Ränder könnten eine Verstärkung vertragen.«

»Wunderbar. Mach ich gern.«

»Ach, und eine Bitte, Sally: Solltest du rein zufällig und völlig unerwartet erfahren, wie die Käuferin der Stassen heißt, lässt du es mich wissen, ja?«

Er legte auf und kehrte ans Südfenster zurück. Vielleicht würde er es von Sally erfahren. Nicht heute, nicht morgen, aber früher oder später. Er war so nah dran gewesen! Seine Stimmung schlug von Trübsinn in blanken Frust um. Ich muss diese Karte haben, fauchte Paul innerlich, während er sich auf die Fensterbank lehnte und auf die pulsierende Stadt hinunterblickte. Er hatte Kopfschmerzen und er fühlte sich seltsam, als fieberte er. Vor seinem geistigen Auge drehte sich die Stassen-Ratzer-Karte in dieselbe Nord-Süd-Richtung, in die er blickte, dehnte sich aus und senkte sich passgenau auf das Straßenraster vor seinen Augen. Die feinen Linien, die ein Landvermesser 1766 gezogen hatte. Die unregelmäßig Buchstabe für Buchstabe gesetzte Beschriftung. Die getreue Wiedergabe von kleinen Buchten, in denen man Schiffe verstecken, der Anhöhen, auf denen man Kanonen aufstellen konnte. Die enorme Sorgfalt, die kein Detail ausließ, war eine versteckte Botschaft an den König von England: Dieses prächtige, großartige Manhattan wird mit Zähnen und Klauen verteidigt, an New York wird sich das Schicksal entscheiden. Meine Stadt, dachte Paul. Das hier ist meine Stadt, wo sich mein Leben abspielt, und das ist meine Karte. Irgendwie würde er herausfinden, wer sie hatte. Und wenn es so weit war, würde er alles daran setzen, sie doch noch in seinen Besitz zu bekommen.

15

ST. PATRICK'S CATHEDRAL, 51. STRASSE OST, ECKE FIFTH AVENUE, MANHATTAN

Gottlos, aber in einem Gotteshaus. Die Kathedrale war eine riesige, überwältigende Kaverne, in der die Touristen selbst während der katholischen Messen gafften. Hassan beobachtete, wie der Priester, ein kleiner dicker Mann, mit feierlicher Miene ansagte, welches Kirchenlied als Nächstes zu singen war. Dieselbe wichtigtuerische Miene hatte er als Junge bei den Imamen in der Moschee in Teheran gesehen. Und jetzt predigten Männer – es waren ja niemals Frauen –, die für sich in Anspruch nahmen, die echtesten Muslime zu sein, die den Heiligen Krieg ausriefen, die Apokalypse herbeisehnten und eine Grausamkeit an den Tag legten, neben der Al-Kaida-Kämpfer wie Chorknaben aussahen. Hassan hatte von allen Religionen genug, von all den aufgeblasenen Männern mit ihren Roben und Rauschebärten. Wenn man selbst ein Greis war, wusste man, dass Alter allein nicht weise macht. Wie hatte noch Shakespeare gesagt? »Der Weise weiß, dass er ein Narr ist.« Hassan glaubte an Blutsbande – nur Familien überlebten Regime und Heilige Kriege und Imperien. Als ein hochgewachsener Ägypter im Fußballtrikot in seine Bank trat und sich neben ihn setzte, sah Hassan auf. Der Mann war jung, mit schmalen, sehnigen Gliedern.

»Sie haben mich hereinkommen gesehen?«

»Ich habe einen alten Muslim hereinkommen gesehen, ja.«

Hassan griff zum Gesangbuch und fand die richtige Seite. »Sie heißen Omar?«

»Für Sie heiße ich Omar.«

»Ich habe zwei Fragen, die ich mit Ihnen erörtern will«, sagte Hassan und sprach, trotz des Gemeindegesangs, gedämpft. »Die erste ist wichtig. Ich habe eine Enkeltochter, Tala, die in einer Kommune lebt, wie die jungen Leute das heute nennen.«

»Einer Kommune?«

»Ja, ein großes Haus mit vielen unverheirateten Leuten, die mit einem spirituellen Lehrer zusammenwohnen, Drogen nehmen und ein zügelloses Leben führen.«

»Wurde sie entführt?«

»Nein, nein, nicht so was. Es war ihre eigene Entscheidung. Sie ist jung und naiv. Sie ist an ein amerikanisches College gegangen, das Sarah Lawrence. Für intelligente, reiche amerikanische Mädchen. Sie ruft ihre Mutter nicht zurück, weigert sich, mit ihrem Vater zu reden.« Hassan forschte in Omars Gesicht, um festzustellen, wie weit er ihm folgen konnte. »Die Familie ist besorgt. Das Haus, die Kommune, ist auf Staten Island. Sie versuchen, ohne moderne Technik zu leben, ohne Handy, ohne Internet, ohne alles. Wieso auf Staten Island, weiß ich nicht.«

»Wo all die Italiener wohnen?«

»Viele, aber meine Familie sagt, das ändert sich, mehr Afrikaner, Chinesen, Spanier, querbeet. Alle durcheinander. Die Jugendlichen sind in einem Haus an der Van Pelt Avenue.« Hassan reichte Omar einen Ordner. »Der Hauseigentümer ist nicht glücklich über die Gruppe, und auch die Nachbarn mögen sie nicht. Ich möchte, dass Sie Tala da rausholen und ins Auto meines Mitarbeiters Shalib verfrachten. Sämtliche Kontaktdaten finden Sie in dem Ordner. Sitzt sie erst mal bei Shalib im Wagen, ist für Sie das Problem erledigt. Shalib bezahlt Sie auf der Stelle in bar, sobald es erledigt ist.«

»Und woher *weiß* ich, dass sie dort ist?«

»Sie ist dort.«

Sie sahen sich einen Moment lang ein Foto von Tala an. Das hübsche Mädchen hatte schönes dunkles Haar und große, arglose, sehnsuchtsvolle Augen.

»Ich habe zwei Töchter«, sagte Omar. »Ich kann Sie gut verstehen.«

»Umso besser.«

»Und dann dieser Amerikaner, der zwei meiner arabischen Brüder getötet hat?«

»Wir wissen, wo er steckt.«

»Ich höre.«

»Das werden Sie, sobald Sie dieses verwöhnte kleine Mädchen da rausgeholt haben.«

»Dieser Fall interessiert mich persönlich. Erzählen Sie mir jetzt, worum es geht.«

Hassan schüttelte langsam den Kopf. Er war nicht umzustimmen. »Wenn ich es Ihnen erst mal gesagt habe, denken Sie an nichts anderes mehr.« Er sah, dass Omar über diese Antwort verärgert war. Gut so. »Bringen Sie Shahlib dieses Mädchen, dann sage ich Ihnen, wo Sie diesen Mann finden können.«

»Welches Honorar schlagen Sie vor?«, fragte Omar.

»Für die zwei Aufträge zahlen wir drei für den kleinen Job, fünfundzwanzig für den großen.«

»Sie werden mir fünf und vierzig zahlen.«

Hassan blickte zu den Gewölberippen der Kirche auf. Eine Taube schoss von einer Seite zur anderen, ein verschwommener Fleck zwischen Licht und Schatten. Mein Leben geht zur Neige, dachte er. »Drei und dreißig.«

Omar schüttelte den Kopf.

»Vier und zweiunddreißig«, sagte Hassan. »Am Ende haben Sie sechsunddreißig in der Tasche.«

Omar zuckte mit den Achseln – meinetwegen.

»Aber wie erfahren wir, dass Sie den zweiten Job erledigt haben?«

»Ich werde Ihnen keine Beweise bringen. Zu gefährlich.«

»Wie erfahren wir es dann?«

»Indem Sie nach ihm Ausschau halten und er nie wieder auftaucht.«

Hassan dachte darüber nach. »Niemand wird ihn finden?«

»Richtig, niemand wird ihn jemals finden.«

Hassan nickte. »Wenn es erledigt ist und niemand ihn finden kann, rufen Sie mich unter dieser Nummer an.« Er reichte ihm einen Zettel. »Dann schicke ich jemanden mit dem Geld zu Ihnen. Sie reden mit niemandem darüber.«

Jetzt hob auch Omar den Blick zum Rippengewölbe der Kathedrale. So erhaben. »Niemand braucht davon zu erfahren«, bekräftigte er.

Drei Stunden später, als der Nachmittag langsam der Abenddämmerung wich, parkte Omar auf Staten Island an der Van Pelt Avenue. Das mit Holzschindeln verkleidete Haus war groß und in einem erbärmlichen Zustand. Er beobachtete zwei junge Frauen, die in langen Röcken Einkaufswagen bis oben voll mit Lebensmitteln die Einfahrt hinaufschoben. Sie wechselten mit jemandem ein paar Worte, dann öffnete sich das Tor, und im nächsten Moment waren sie außer Sicht. Verrückte amerikanische Kids, hassten ihr Land, ihre Eltern, sich selbst, alles Mögliche. Er konnte es ihnen nicht verübeln. Vielleicht war es nicht mehr so gut, Amerikaner zu sein. Omar lebte gern in diesem Land. Ein Unterschied wie Tag und Nacht zum Leben in Kairo, wo er aufgewachsen war. Und seine Töchter würden es hier einmal viel besser haben, das stand fest, tausend Mal besser als in einem konservativen islamischen Land. Sie liebten die Schule und brachten gute Noten heim. Es machte ihn stolz, seine Grundsteuer zu zahlen.

Es wurde dunkel. Shalibs Auto stand einen Block entfernt. Omar stieg aus und beschloss, zur Rückseite des Hauses herumzugehen. Das war nur über das Grundstück eines Nachbarn möglich, das mit Fahrrädern und Sportausrüstung zugemüllt war, mit Baseballhandschuhen, Lacrosseschlägern und dergleichen. Er wartete, um zu sehen, ob Bewegungsmelder irgendwelche Lampen angehen ließen. Als das nicht der Fall war, huschte er um den Zaun der Kommune und hatte von dort aus eine hervorragende Sicht auf das Haus. Er hörte Stimmen und sah ein großes Zimmer mit vielen Leuten. Er zog ein kleines deutsches Fernglas aus der Tasche und schob einen der Strahlengänge zwischen die Latten eines Zauns. Zwanzig bis dreißig Personen saßen bei einer gemeinsamen Mahlzeit. Sie wirkten ungewaschen. Ein paar weiße Jugendliche trugen Dreadlocks. Die jungen Männer machten auf den ersten Blick einen verweichlichten Eindruck. Man brauchte nicht viel Fantasie, um sich die Slogans vorzustellen, mit denen sie um sich warfen: keine Gerechtigkeit, keinen Frieden. Nieder mit dem System. Der Raum war mit Kerzen erleuchtet. Er inspizierte den Zaun und fand eine lose Latte und stemmte sie vorsichtig heraus, um besser sehen zu können. Die Frauen waren in der Überzahl. Er entdeckte Tala am Tisch, wo sie etwas aus einer großen Schüssel auf Teller schöpfte. Sie sah entspannt und glücklich aus. Wozu musste er das hier tun? Was war so verkehrt daran, wie sie lebte? Doch diese Frage hatten andere zu beantworten. Vielleicht hätte er diesen Auftrag ablehnen sollen. Andererseits brachte ihm dieser Job den anderen, lukrativeren ein.

Unter Omars wachsamem Blick kam noch jemand zum Eingangstor herein und wurde, wie er sehen konnte, ebenfalls ins Haus gelassen von einem jungen Mann, der auf einem Stuhl neben dem Tor hockte. Der Junge war dick und wirkte gelangweilt. Hatten diese Mädchen Sex mit diesen faulen, dicken Typen?

Vielleicht gab es noch einen anderen Zugang zum Haus. Er stapfte zur gegenüberliegenden Seite des Anwesens herum. Fehlanzeige. Er ging zur Straße zurück. In sicherer Entfernung saß Shalib im Auto und wartete auf sein Signal. Omar lief zur Eingangsfront des Hauses, blieb am Tor stehen und zog ein paar Zwanzig-Dollar-Scheine aus der Tasche. Er wusste, dass der Wachmann direkt hinter dem Zaun saß.

»Hallo?«, meldete sich eine Stimme.

Omar hob seine Hand über den Zaun und ließ das Geld fallen. »Ich unterstütze Ihre Ziele und möchte etwas spenden«, rief er.

»Was?« Der Junge raffte sich auf und sammelte die Scheine ein. »He, danke!«

Omar trat das Tor ein. Es gab sofort nach. Drinnen war der Junge zu Boden gegangen und rieb sich den Kopf. Omar beugte sich über ihn und versetzte ihm einen Faustschlag gegen die Schläfe. Dann holte er sich sein Geld zurück, drehte den Jungen auf den Bauch und fesselte ihn mit einem Kabelbinder. Er beugte sich über den Jungen und schlug noch einmal zu. Und noch einmal. Zuletzt noch ein Tritt mit der Schuhspitze in die Magengrube. Er holte sein Handy heraus und rief Shalib an. Nur ein Klingelzeichen. Shalib würde unauffällig vorfahren. Omar schlüpfte zur Haustür hinein und kam in eine altmodische Stiefelkammer, die zur Küche führte. Als er sie betrat, drehten sich mehrere Leute zu ihm um. Er ging schnurstracks zu Tala hinüber, die einen Löffel über eine Schüssel Tabouleh-Salat hielt, und packte sie am Handgelenk.

»He!«

Er legte ihr eine Handschelle an und ließ das andere Ende um das eigene Handgelenk zuschnappen.

»Du stehst unter Arrest«, sagte er. »Komm mit.«

Er zog Tala, ein Fliegengewicht, zur Tür. Wo ihm ein breitschultriger junger Schwarzer mit langem Bart den Weg verstellte.

»Was zum Teufel soll das werden?«, fragte er. »Sie können nicht einfach –«

Omar schlug dem Mann mit dem Unterarm ins Gesicht, zog mit derselben Hand ein Messer aus der Tasche und hielt dem Jugendlichen die Klingenspitze unters Kinn. »Tot oder lebendig?«, fragte Omar leise.

Der junge Mann riss in Panik die Augen auf. »*Lebendig*«, wisperte er, bevor er zur Seite trat.

Omar wandte sich an die Runde der fassungslosen jungen Leute. »Das ist eine Familienangelegenheit, Kinder. Wenn ihr die Polizei ruft, wird es die Kleine hier zu spüren bekommen. Und wenn ich mit meinen Freunden zurückkehre, bekommt ihr es alle zu spüren.«

Er zog Tala zur Seitentür heraus und durch das Tor, neben dem der Wachposten stöhnend am Boden lag. Unterdessen war Shalib dicht herangefahren. Tala wirkte wie benommen und leistete keinen Widerstand. Shalib hatte die Wagentür geöffnet. Omar schloss seine Handschelle auf und ließ sie Tala so unsanft um die Linke zuschnappen, dass sie schrie. Dann übergab er den Schlüssel Shalib.

Der drückte das Mädchen auf den Rücksitz, zog eine Kette durch die Handschellen und verschloss die Kette an einer Ringschraube am Boden.

»Bezahlung«, forderte Omar.

Shalib kramte in seiner Jackettasche und zog einen Umschlag heraus.

Während er die viertausend Dollar abzählte, warf Omar einen kurzen Blick auf den davonfahrenden Wagen.

Er kurvte noch ein paar Minuten auf Staten Island herum. Was für eine hässliche Gegend. Als hätte Brooklyn mit New Jersey gevögelt, und das hier wäre dabei rausgekommen. Ob die Kommunen-Kids die Polizei riefen? Wohl kaum.

Erst jetzt meldete er sich bei Hassan.

»Erledigt«, sagte er. Doch das wusste der alte Mann bereits von Shalib. »Sie müssen mir sagen, wo ich den Amerikaner finde.«

»Sein Pick-up steht draußen auf dem Langzeitparkplatz des JFK, Nummer neun, am Lefferts Boulevard. In der Nähe des südlichen Zauns. Ein angerosteter roter Ford F-250. Er kommt alle ein bis zwei Tage zwischen eins und drei Uhr nachmittags dorthin.«

»Wie haben Sie den Wagen gefunden?«

»Wir haben Freunde unter den Parkplatzbetreibern. Manchmal bitten wir sie, nach Fahrzeugen Ausschau zu halten, weil wir den Platz selber nutzen.«

»Danke.«

»Ihnen muss klar sein, dass niemand weiß, was Sie vorhaben. Niemand hat Ihnen irgendeinen Auftrag erteilt. Sie könnten etwas unternehmen oder auch nicht. So oder so habe ich nichts damit zu tun. Und auch in meiner Familie weiß niemand etwas davon. Im Fall einer Festnahme werden wir sagen, dass wir von Ihrem Plan keine Ahnung hatten. Ist Ihnen das klar?«

»Selbstverständlich.«

»Es ist wichtig, dass Sie nicht zum Pick-up gehen oder ihn gar anfassen. Unsere Freunde sagen, dass ihre Überwachungskameras jedes Fahrzeug auf dem Platz erfassen.«

»Ich werde ihn aus mindestens hundert Metern Entfernung observieren und ihm folgen, wenn er wieder geht.«

»Ausgezeichnet. Sonst noch was?«

»Nein. Wenn ich Sie das nächste Mal anrufe, geht es um die Bezahlung.«

Omar trennte die Verbindung. Er würde etwas zu essen, Wasser und eine Flasche, um sich darin zu erleichtern, benötigen. Er würde den Pick-up ein, zwei Tage lang observieren, keine große Sache. Er würde ein Ersatzpaar Kontaktlinsen mitnehmen, sein Handy abschalten und sich im richtigen Moment anpirschen.

Als er zu Hause in New Jersey eintraf, kam ihm seine Frau schon entgegengelaufen und wedelte mit den Armen, als stünde sie in Flammen. »Es ist ein Notfall! Wo hast du gesteckt?«

»Bei der Arbeit.« Er konnte nicht sagen, ob sie wütend oder nur aufgeregt war.

»Hast du meine SMS nicht gelesen?«

Um nicht erreichbar zu sein, hatte er sein Handy nicht eingeschaltet.

»Mrs Doyle kann die Mädchen nicht fahren! Ihre Gallenblase ist geplatzt, und sie wird noch heute Abend operiert. Die Mädchen brauchen einen Fahrdienst! Ihr Mann fliegt gerade aus Dallas zurück, um ihr beizustehen! Das Turnier in Virginia fängt schon morgen früh an! Sie hätten schon vor Stunden losfahren müssen! Das Mannschaftstreffen im Motel ist heute Abend! Wir können den Minivan der Doyles benutzen! Ich habe angerufen, und sie werden die Reservierung auf deinen Namen umschreiben! Das Turnier dauert drei Tage!«

Die Haustür flog auf, und seine beiden Töchter stürmten in ihren blauen Fußballtrikots heraus. Lia, die Jüngere, zwölf, hatte mehr Talent, dafür legte sich Mia, vierzehn, mehr ins Zeug.

»Daddy, Daddy! Du musst uns fahren! Wir müssen los! Drei von den anderen Mädchen wissen auch noch nicht, wie sie hinkommen sollen!« Flehend und schluchzend sanken sie ihm an die Brust und schlossen ihn in die Arme. Die Mischung aus Ratlosigkeit und Hoffnung, dass er sie nicht hängen lassen würde, war ihnen von den schönen, dunklen Augen abzulesen. »Du musst! Bitte!«

Das ist Allah, der mich vor die Wahl stellt, dachte Omar. Das ist ein Moment, in dem du dich entscheiden musst. Bin ich ein Killer? Ja. Liebe ich meine beiden Töchter von ganzem Herzen? Ja. Liebe muss stärker sein als Hass. So steht es im Koran. Ich will nicht, dass meine Töchter eines Tages in einer Sekte landen. Im Geiste sah er vor sich, wie er von einem Teil des dicken Bündels in seiner Brieftasche der ganzen Fußballmannschaft Pizza spendierte.

»Schon gut, schon gut, schon gut«, sagte er und beflügelte sie damit zu einer zweiten Runde tränenreicher, dankbarer Umarmungen und Küsschen. »Wir fahren in zehn Minuten.«

»Ich hab dir eine Tasche gepackt«, sagte seine Frau.

In diesen zehn Minuten rief er nicht Hassan an, um ihm mitzuteilen, dass er in den nächsten Tagen verhindert sei, Wilkerson aufzulauern und zu liquidieren. Für diese lange und unangenehme Unterhaltung blieb ihm keine Zeit. Außerdem wollte er immer noch die zweiunddreißigtausend Dollar kassieren und einen guten Teil davon behalten. Daher rief er statt Hassan einen Bekannten namens Lorenzo an, der in Queens an der Roosevelt Avenue in einer Autowerkstatt arbeitete, und erklärte ihm, er habe einen Job zu vergeben, etwas für einen eiskalten Profi. Einen Mann, der keinen Scheiß baut, machte er klar, ich brauche jemanden, der in meiner Liga spielt. Zehntausend Dollar, davon dreitausend Anzahlung auf die Hand.

»Bleib dran«, hieß es am anderen Ende, und für eine Weile waren nur Verkehrslärm, das Sirren von Schlagschraubern und Stimmen im Hintergrund zu hören. In der Roosevelt Avenue war alles zu haben: Kleinbusse mit Prostituierten direkt am Straßenrand, Spielzeuggeschäfte, in denen unter der Ladentheke jede Menge gefälschter Medikamente angeboten wurden, all die Pillen indischer Pharmakonzerne; Geschäfte, die gegen Bares Sozialversicherungskarten, Green Cards, Führerscheine, sogar gefälschte Gewerbescheine für Möchtegern-Installateure vertickten.

»Ja, ich hab den perfekten Mann dafür!«, rief Lorenzo, als habe er ein seltenes Ersatzteil für eine Autoreparatur aufgetan. »Der Typ ist Mexikaner. Schlimmer Finger. Ich glaube, er hat mal für El Chapo gearbeitet. Du weißt schon, den Drogenboss. Bin ziemlich sicher, dass der zu haben ist. Ich regle das persönlich mit ihm.«

Omar sah zu, wie seine Frau zwei große Netzbeutel mit rotweißen Fußbällen und passende Mannschaftstaschen im Kofferraum verstaute, während die Mädchen glücklich ums Auto flitzten. Wieso trugen sie schon ihre Trikots, wenn die Spiele erst morgen begannen? Wieso? Weil die Sachen neu waren und sie so aufgeregt. Dann las er leise, langsam und deutlich die Informationen vor, die er sich zu Wilkerson auf einer Karte notiert hatte. Er musste sie ein paar Mal wiederholen. Den Namen, die Personenbeschreibung, den Standort des Pick-ups am JFK. Nichts anfassen, nicht einmal in die Nähe des Fahrzeugs gehen. Die Leiche so verschwinden lassen, dass sie nie gefunden würde. Alles verstanden? Wiederhol alles noch mal.

Omars Fahrt führte ihn nach Süden. Doch Geld war Geld, und sie arrangierten ein Treffen in etwa einer Stunde an einer Raststätte am New Jersey Turnpike, die nach jemandem namens Alexander Hamilton benannt war. Von seinem heutigen Job blieben ihm dann immer noch tausend Dollar. Omar trennte die Verbindung, zerriss die Karte in kleine Schnipsel und warf sie – am Abend, bevor die Müllabfuhr kam – in die Tonne. Die Mädchen sprangen in den Wagen, seine Frau kam noch einmal heraus und gab ihm durchs Fenster einen Kuss auf den Mund, bevor sie ihm atemlos bescheinigte: »Was für ein guter Vater du bist!«

16

APARTMENT 618, THE GREENBRIER, WEST END AVENUE, ECKE 96. STRASSE, MANHATTAN

Sie hatte ihn noch nie so verärgert gesehen, noch nie! »Ich muss rausbekommen, wer meine Karte hat.« Paul zeigte ihr die Handyfotos, die er gemacht hatte. »Ich habe sie gesehen, ich habe davor gestanden, ich habe sie studiert, mir wurde ins Gesicht gesagt, ich könne sie kaufen, und jetzt ist sie weg.«

»Du hast mir kein Wort davon erzählt«, antwortete Rachel. Sie konnte nicht überspielen, wie verletzt sie war – ein weiteres Beispiel dafür, wie wenig sie im Grunde von Paul wusste. Er war an diesem Abend wie geplant zu ihr in die Wohnung gekommen, und sie hatte ihm augenblicklich angesehen, dass ihn etwas bedrückte. »Du sagst, die Käuferin kannte Stassen, den Verkäufer?«

»Behauptet zumindest Stassens Anwalt. Von der Restauratorin, mit der ich befreundet bin, weiß ich, dass es eine Frau ist, die diese Karte für ihre neue Wohnung haben wollte. Wahrscheinlich ist sie derzeit zur Restauration in einem Atelier in der Mulberry Street.«

»Vielleicht verraten die dir den Namen?«

»Das bezweifle ich.«

»Klingt danach, als hätte die Dame jemanden aus der Familie gekannt.«

»Gut möglich. Stassen selbst liegt schon seit Wochen im Sterben. Inzwischen wird er künstlich am Leben erhalten.«

Rachel zückte ihr Handy und loggte sich in die Datenbank ihrer Firma ein. Es folgten ein paar Passwörter, dann war sie drin. »Weißt du, wir haben diese neue Such-Software, die rauskriegt, wie wer mit wem vernetzt ist – natürlich ein himmelschreiender Eingriff in die Persönlichkeitsrechte. Also, wie noch mal? James Stassen?« Sie tippte den Namen ein, dann die Adresse in der Park Avenue. »Es ist eine Kombination aus normalen Kundendaten, dem eingeschränkten, geschützten Datenpool, den politische Parteien bei Präsidentschafts-Wahlkampagnen nutzen, und maßgeschneiderter Venndiagramm-Analytik, die, wie wir vermuten, irgendein Genie bei der CIA privat an Israel verkauft hat und die dann dort gestohlen wurde. Die Frau hat eine neue, teure Wohnung? In Anbetracht des Preises für die Karte denke ich an eine zweite Ehefrau, die mit einer Menge neuem Geld um sich wirft und zwischen fünfunddreißig und sechs- oder siebenundvierzig ist, je nach Alter des neuen Ehemanns.« Sie starrte auf das Display. »Lädt noch.«

»Ich staune nur, dass du das noch nicht an mir ausprobiert hast.«

»Woher willst du das wissen?«

Auf dem Display erschien das Ergebnis ihrer Suche. »Also, James Stassen, vierundneunzig Jahre alt, wohnhaft 1074 Park Avenue, hat keinerlei Online-Präsenz. Null. Warte, da kommen Artikel in der *New York Times* aus den Achtzigerjahren, der Reagan-Ära. Ansonsten taucht sein Name in ein paar öffentlich zugänglichen, alten Behördendateien auf, und das soll alles sein? Diesem Programm nach kennt Mr Stassen keine Menschenseele.« Sie schüttelte den Kopf und lachte. »Da hat die Firma einige Millionen in diese Software gesteckt, und schon versagt sie grandios.«

»Er ist ganz einfach schon seit dreißig Jahren aus dem Verkehr. Außerdem hat er seine Privatsphäre geschützt.«

Auf dem Display tauchte eine Information auf. »Dafür wohnen vier seiner Kinder im selben Gebäude!«

»Ich hab eine Menge alte Kinderfotos an den Wänden gesehen.«

»Wir haben es also mit einem reichen alten Knaben zu tun, der seinen Kindern reihenweise Wohnungen gekauft hat.«

»Vier weitere Wohnungen im selben Haus?«

»Ja, er hat offenbar vier *Töchter*. Vier Frauen, zweiundsechzig, sechzig, fünfzig und achtundvierzig Jahre alt.«

»Großer Altersabstand zwischen Nummer zwei und drei«, bemerkte Paul. »Aus verschiedenen Ehen vermutlich. Und eine der Töchter hat die Karte gekauft?«

»Nein, ich wette, eine der Töchter hat sie verhökert. Aber das ist reine Spekulation.«

»Und? Hast du?«, fragte Paul kurz darauf.

Rachel sah auf. »Habe ich was?«

»Diese geradezu unheimlich smarte Software benutzt, um mich unter die Lupe zu nehmen?«

Sie verdrehte in gespielter, in Wahrheit echter Verlegenheit die Augen. »Ja.«

»Was hast du rausgefunden?«

»Kaum etwas, das ich nicht schon vorher wusste.«

»Na ja, weil du schon vorher privilegierten Zugriff hattest.«

»Bist du mir böse?«

»Ach was. Ich fühle mich sogar ein bisschen geschmeichelt, dass du dir die Mühe gemacht hast.«

»Das meiste war langweiliger Anwaltskammerkram.«

Paul nickte. »Der ödet mich selber an.«

»Aber zu deinen Ex-Frauen schweigt sich die Software aus.«

Er musterte sie stumm. *Wieso fange ich immer wieder davon an?*, dachte Rachel. *Bringt doch nichts. Er rückt nie damit heraus.*

»Ich konnte auch nicht in Erfahrung bringen, was dieses kleine Glaskästchen auf deinem Nachttisch zu bedeuten hat, das mit den Scherben und verkohlten Überresten von einem Feuer vor Jahrzehnten.«

Paul wandte den Blick ab, seine Züge entspannten sich. »Nein, hätte mich auch gewundert.«

»Genauso wenig hab ich rausbekommen, was du *ganz ehrlich* von mir hältst.«

»Ich halte dich ganz ehrlich für eine unglaublich attraktive Frau.«

Rachel legte den Kopf schief. »Jetzt versuchst du nur, mich ins Bett zu kriegen.«

Paul stand auf. »Wie recht du hast.«

»Und du glaubst, das klappt? Du spulst irgendwas Nettes ab, das mir gefällt, und schon springe ich mit dir in die Kiste?«

Er sah ihr gerade ins Gesicht. »Genau das glaube ich.«

Sie war nicht ganz sicher, ob sie ihm böse sein sollte. Vielleicht. Nein. Wie denn, wo sie doch hoffte, von ihm schwanger zu werden? »Und was macht dich da so sicher?«

Er trat auf sie zu, beugte sich vor und gab ihr einen zarten Kuss auf die Lippen. »Mein privilegierter Zugriff, meine maßgeschneiderte Analyse.« Dann ging er zielstrebig ins Schlafzimmer voraus.

Sie stand auf und folgte ihm.

Sie taten es schon Minuten um Minuten, hatten, rein und raus, den perfekten Takt gefunden, rein und raus, die Zeit stand still, Stoß um Stoß – Rachel war so unglaublich feucht –, nur das leise Geräusch des tiefen Stoßes und dann raus, rhythmisch, instinktiv und weiter und weiter und immer noch weiter, sodass ihm der Schweiß vom Rücken auf die Brust rann, weiter und weiter, so wie einst bei seinen Marathonläufen, unfassbar, rein und raus, tief hinein, ihre Nässe zwischen ihnen beiden, ihre gespreizten Finger, zuerst um seinen Hintern, glitten zu seinen Oberschenkeln hinab, zogen an ihm, drängten, beschleunigten den Rhythmus. Er hatte das Kinn an ihrer Stirn, sie drückte ihm die Lippen in die Halsgrube zwischen seinen Schulterblättern, stieß mit jedem Atemzug unverständliche geflüsterte Worte aus, was brauchte er mehr als diesen Laut, hier in diesem gedehnten, zeitlosen Moment ekstatischer Vergessenheit, Ein- und Auftauchen, Senken, Heben, hinein, heraus, langsamer eine Weile, dann schneller, langsamer, jetzt wieder schneller so wie ihrer beider Atem, und dann vielleicht viel schneller, nicht mehr lange aufrechtzuerhalten, doch noch nicht vorbei, ihr beschleunigter Atem, beinahe erstaunt, dass es noch nicht zu Ende war, dass er den Rhythmus hielt, und obwohl er sie im Lauf der letzten Minuten immer wieder angesehen hatte, blickte er ihr jetzt noch einmal neugierig ins Gesicht, sah ihre halb geöffneten Lider, den glasigen, unverwandten Blick, nach innen gekehrt, auf das unablässige Trommelfeuer der Lust – die Tier-Frau, die, ganz im Hier und Jetzt, nicht mehr ganz wusste, wo sie ihre Arme und Beine hatte, die nur noch im reinen, nassen Takt, in den immer noch nicht erschöpften Stößen aufging, Blick verschleiert, Denken aufgehoben in der Lust, keuchender Atem, Lippen schlaff, Augen nach oben gerichtet, während er tat, wozu sie ihn so dringend brauchte.

Später, im Dunkeln drückte sie ihr Gesicht in Pauls Achsel und zog gierig den Atem ein. Sein Duft. Etwas daran machte sie verrückt, schwindelig beinahe. Sie atmete ein. Er war männlich. Es war ein Geruch, wie ihn nur ein großer, gesunder, sauberer *Mann* verströmte. Ein guter Geruch, vielleicht der beste, den es gab. Sie hätte es nicht erklären können, nicht einmal sich selbst, wozu auch, wenn sie ihn nur haben konnte. Dieser Geruch stieg ihr in die Nase, und sie war voll davon. *Ach, Paul.* Sie konnte nicht genug davon bekommen und ertappte sich dabei, wie sie am Übergang zwischen Bizeps und Schulter an seiner Haut knabberte, vielleicht sogar ein wenig daran sog, während sie die ganze Zeit seinen Duft in der Nase hatte. Dabei fühlte sie sich so geborgen, so weiblich, ein wenig verlegen und über sich selbst amüsiert, was sie keineswegs davon abbringen konnte. Sie spürte seine Hand unter ihrem Kopf, er streichelte ihr das Haar, fand ihr Kinn, koste ihr den Hals. Sie sog heftiger. *Bitte,* meldete sich eine Stimme irgendwo in ihrem Innern, *bittebittebitte* … Seine Hand glitt sanft von ihrem Nacken zu den Schultern und wieder zum Nacken; sie atmete tiefer, ihre Lippen erschlafften. Dann umfing er mit der Hand ihre Kehle. Sie stöhnte begierig. Seine Hand glitt über die Halsmulde herunter zu ihrer linken Brust und streichelte den Nippel, sodass er wieder hart wurde, während er langsam den Weg zur anderen Brust fand. Sie wollte ihn noch einmal, merkte jedoch an den Bewegungen seiner Hände, dass er mit den Gedanken weit weg war.

»Was ist?«, flüsterte sie im Dunkeln.

Paul räusperte sich. »Also gut, Rachel, ich erzähl dir von meiner ersten Frau oder was es mit den verbrannten Fetzen in dem Glaskästchen auf sich hat. Du hast die Wahl. Ich erzähle dir eins von beidem, und dann muss ich schlafen. Mein Wagen kommt um sechs Uhr früh.«

»Aber ich möchte auch noch etwas über deine zweite Frau erfahren.«

»Das steht heute Nacht nicht auf der psychobiografischen Speisekarte.«

»Verstehe, schon gut«, flüsterte sie in seine Achselhöhle. Sie hielt zärtlich seine Hand fest. »Erzähl mir von … von deiner ersten Frau.«

Er antwortete nicht.

»Ja?«, setzte sie nach.

Er räusperte sich. »Ich erzähl's dir, und dann musst du mich schlafen lassen. Du kannst die halbe Nacht wach bleiben und darüber nachdenken, Schatz, aber ich brauche meinen Schlaf. Ich bin ein alter, alter, *alter* Mann.«

»Du wirst es mir wirklich erzählen?«

»Ja, wenn du mir einen großen Sambuca holst und wieder ins Bett kommst.«

Nichts lieber als das. Wenig später lehnte er sich in die Kissen und nippte an seinem Drink. Sie lag an seiner Brust. Doch Rachel – sie konnte nicht anders – rutschte wieder zur Seite und schmiegte ihre Nase in seine Achselhöhle.

»Ich bringe das in einem Zug hinter mich, Rachel, falls du Fragen hast, spar sie dir fürs Ende auf, okay?«

»Ich werd's versuchen.«

Er stockte, weil er wohl überlegte, wo er anfangen sollte. »Meine erste Frau, Rebecca Stein, war im Prinzip ein Kontrollfreak. Sie kam zu dem Schluss –«

»Nein, warte, wie sah sie aus?«

»Und schon fällst du mir ins Wort.«

»Nur dieses eine Mal. Ich muss nur wissen, wie sie aussah.«

»Lockiges, dunkelbraunes Haar, blaue Augen, physisch kerngesund, sie strotzte vor Energie.«

»Hatte sie hübsche Brüste?«

»Ja, glaub schon.«

»Solche Dinge möchte man als Frau wissen.«

»Meinetwegen.«

»Warte. Hatte sie einen richtig umwerfenden Vorbau?«

»Sie konnte sich nicht beschweren.«

»Das ist ein Ja, stimmt's? Und war sie sehr, ähm, war sie super orgasmisch?«

»Du liebe Güte.«

»Auch das muss ich wissen.«

»Nein, musst du nicht.«

»Oh doch, ich muss.«

»Ich hatte dich gebeten, eventuelle Fragen für hinterher aufzusparen.«

»Nur diese eine.«

»Das weiß ich nicht mehr so genau.«

»Als ob!« *Je weniger er rauslassen will, desto schlimmer ist es,* dachte sie. »Komm schon, ein Mädchen interessiert sich nun mal für so was.«

Als Paul tief Luft holte, hätte sie die Frage am liebsten zurückgenommen.

»Und?«, drängte sie.

Er nahm einen Schluck Sambuca. »Darauf lasse ich mich

nicht ein. Ich hab dich auch nicht nach deinen glorreichen früheren Liebhabern ausgefragt. Nicht, dass ich nicht neugierig wäre, aber ich werde mich hüten. Ich bin hier mit dir zusammen und du mit mir, das ist alles, was zählt.«

»Ich *hasse* sie.«

Er seufzte.

Was ist eigentlich los mit mir?, dachte sie. *Wieso tue ich so was?* »Ach, erzähl einfach weiter«, sagte sie resigniert.

»Wieso hörst du dir nicht erst mal an, was passiert ist, und entscheidest danach, ob du sie hasst?«

»Meinetwegen, aber jetzt bist du stinksauer wegen meiner Reaktion, hab ich recht?«

Paul sagte nichts.

»Stimmt doch, oder?«

Sie hörte ihm an, dass er sich beherrschte und nicht sagte, was er dachte.

»Rachel, hatten wir gerade Sex?«

»Ja.«

»Geschlechtsverkehr?«

»Ja.«

»Und du hast es genossen?«

Sie drückte seine Hand fester. »Ja.«

»Hat es an Dauer und Qualität deinen Ansprüchen genügt?«

»*Ja.*«

»Und, wechseln wir zur dritten Person, dein Liebhaber war zufriedenstellend versiert und engagiert?«

»Aber ja.«

»Er hat mit dir etwas angestellt und du mit ihm?«

»Ja, und ob, was man sich nur wünschen kann.«

»Hat er es genossen?«

»Schien mir so, ja.«

»Hattest du an irgendeinem Punkt das Gefühl, dass er nicht ganz bei der Sache oder gar abgelenkt ist oder –«

»Nein, nein, ganz und gar nicht.«

»Hat er gegähnt oder auf andere Weise Desinteresse gezeigt?«

»Nein, ich glaube nicht.«

»Hat er während der … Lustbarkeiten seine Nachrichten überprüft? Oder sich über die geopolitische Lage ausgelassen?«

»Nein, er schien –«

»Hat er im Kopf große Summen addiert?«

»Ich denke nicht.«

»Er schien sich darüber zu freuen, bei dir zu sein, nicht wahr?«

»Ja.«

»Zurück zur ersten Person Plural. Sind wir hier zusammen im Bett?«

»Ja.«

»Und das gefällt dir?«

»*Ja.*«

»Und ich halte dich in den Armen und –«

»Also, ich –«

»Wo sind all die Ja-Antworten von eben geblieben?«

»Ach, keine Ahnung«, sagte sie zufrieden.

»Wir sind hier offenbar recht glücklich miteinander, und du meinst, du musst unbedingt alberne Fragen über jemanden stellen, den ich seit zwanzig Jahren nicht mehr gesehen habe?«

»Ja.«

»Du meinst, du musst diese Fragen stellen?«

»Schon gut, ich verstehe schon, was du mir sagen willst!«, wehrte sie ab. »Danke! Du bist sehr fürsorglich, und ich weiß das wirklich zu schätzen. Ehrenwort! Aber jetzt erzähl mir bitte, bitte trotzdem von dir und ihr und so. Du hast gesagt, sie war ein Kontrollfreak, ja? Klingt schon irgendwie seltsam, so was über seine erste Frau zu sagen.«

»Mag sein«, nahm Paul den Faden wieder auf, »aber es

stimmt. Rebecca beschloss, dass ich in einer Kanzlei Sprosse für Sprosse die Karriereleiter erklimmen sollte, während sie eine Familie gründete und –«

»All diese Or-*gas*men hatte.«

»Himmel.«

Doch natürlich bekam er mit, dass sie darüber nicht ernstlich besorgt war, wenn man bedachte, dass sie selbst keinen Mangel an Orgasmen hatte, allein gerade eben sechs oder sieben oder auch acht, da war mächtig was los in diesen Momenten, sie hatte nicht wirklich mitgezählt, hätte sie, selbst wenn sie gewollt hätte, gar nicht gekonnt – und jetzt wälzte er sie einfach in seinen Armen herum und fuhr fort, als habe es die Unterbrechung nie gegeben. »Das war der Plan, Rebeccas Plan. Sie erklärte mir, sie wünschte sich vier Kinder, und wenn sie die haben könnte, bräuchte sie nicht viel mehr. Sie hatte mit dem Gedanken gespielt, selbst einen Beruf zu ergreifen, aber sie wollte eben Kinder. Sie hatte an der Columbia Biologie und Chemie studiert, um mit Medizin weiterzumachen, und auch ein paar Jahre gearbeitet, nur eben immer gewusst, dass sie Kinder haben wollte. Ihre Eltern waren enttäuscht, dass sie nicht weiter studierte. Aber so war sie eben, sehr resolut. Wir waren noch gar nicht so lange zusammen, als sie mich mit einer Latte von Fragen konfrontierte, die ich ihr beantworten musste, wenn das mit uns etwas Ernstes werden sollte.«

»Ehrlich? Was denn zum Beispiel?«

»Na ja, weißt du, wie man einen Baseball wirft? Hat in deiner Familie jemand das Tay-Sachs-Syndrom, diese genetisch bedingte Hirnkrankheit, die in einigen jüdischen Familien vorkommt, obwohl ich nicht mal Jude bin. Hast du jemals homosexuelle Erfahrungen gemacht? So was in der Art.«

»Und? Hast du?«, hakte Rachel in einem Anflug von Neugier nach.

»Nein.«

»Und was wollte sie noch von dir wissen?«

»Na ja, zum Beispiel, ob ich mich ernsthaft mit dem jüdischen Leben in Amerika beschäftigt hätte. Die Antwort war nein. Dann musste ich ihr die Ergebnisse meines Hochschul- und meines Jura-Zulassungstests nennen.«

»Eine Tauglichkeitsprüfung, für die Familienplanung.«

»Wir haben geheiratet, und ich habe die ganze Zeit gearbeitet. Wir rechneten damit, dass sie schwanger wird. Wurde sie aber nicht. Sie bestand darauf, dass ich mich untersuchen lasse. Sie haben mein Sperma überprüft, um –«

»Und? Wie war es?«, platzte sie heraus.

»Gut, alles in Ordnung. Ihr Arzt hat ihr geraten, es gelassener anzugehen, es könne durchaus ein Jahr dauern. Nach dem Sex zog sie die Beine an, bis zur Brust.«

»Ach.«

»So wie du neulich, Miss.« Doch bevor sie etwas erwidern konnte, fuhr er fort. »Das Jahr geht rum, sie unterzieht sich selbst einigen Untersuchungen und erfährt von ihrem Gynäkologen und dann vom Kinderwunschspezialisten, dass sie keine –«

»Oh Gott.«

»– Kinder bekommen kann. Es war nicht nur unwahrscheinlich, sondern unmöglich. Ihr Uterus war verkorkst, deformiert. Es hätte sich kein Ei einnisten können. Spendereier, künstliche Befruchtung, das hätte alles nichts gebracht. Ich habe damals rund um die Uhr geschuftet und wohl nicht begriffen, wie schwer sie die Sache traf. Ich hab ihr vorgeschlagen, Kinder zu adoptieren. Ich hab alles versucht, um sie zu trösten. Auch wenn mir die Tragweite nicht ganz klar war, habe ich alles gesagt, was es in der Situation zu sagen gab.«

»Aber …?«

Paul kippte den Rest seines Sambuca herunter. Er hatte ihn ziemlich schnell geleert.

»Im Nachhinein weiß ich, was ich hätte tun sollen. Der

traurige Ausdruck im Gesicht von Rebeccas Vater hätte mir zu denken geben sollen.«

»Wieso das?«

»Er wusste, was auf dem Spiel stand. Er hatte sein kleines Mädchen zu einer jungen Frau heranwachsen gesehen. Er hatte Probleme mit Depressionen und, wie er mir gestand, schon immer gefürchtet, dass es auch sie treffen könnte, und er sollte recht behalten.«

»Wie ging es weiter?« Rachel empfand Mitleid mit der ersten Frau, aber seltsamerweise freute sie sich auch, denn wenn die erste Frau nicht schwanger werden konnte, schützte das Rachel nicht irgendwie davor – zugegeben, das war unlogisch und abergläubisch –, dass sich Rebeccas Schicksal bei ihr wiederholte?

»Sie nahm ab, wanderte nachts schlaflos durch unsere Wohnung. Sie suchte Ärzte auf … bekam Medikamente. Ich meine, wir haben alles versucht. Alle therapeutischen Möglichkeiten ausgeschöpft. Es half nichts. Sie verlor das Interesse am Sex, und wenn wir es doch versuchten, fing sie plötzlich mittendrin zu weinen an. Nicht besonders erotisch, wenn du deine Frau nur zum Schluchzen bringst.«

Er verstummte. Sie wagte nicht, etwas zu sagen. In früheren Jahren hatte sie selbst ein paar Mal beim Sex plötzlich losgeflennt und wusste daher aus eigener Erfahrung, welchen Schrecken man einem Kerl damit einjagen konnte. Von einem Moment zum anderen wird er zu einem Fremden an einer Haltestelle, der auf dem Fahrplan nachsieht, wann der nächste Bus fährt. Sie war fest entschlossen, so etwas niemals bei Paul zu machen.

»Aber ich hab sie schon irgendwie verstanden«, erzählte er weiter. »Weil es untrennbar damit zusammenhing, dass sie keine Kinder bekommen konnte. Irgendwann fing sie an zu schreien und nach mir zu schlagen. Einmal hatten wir Sex, und ich war einfühlsam und rücksichtsvoll, dachte ich jedenfalls, bis sie sich diese chinesische Bronzefigur auf dem Nachttisch griff und mir damit auf den Kopf schlug.«

»Gott! Warst du verletzt?«

»Sicher, ja. Jedenfalls benommen. Ich sackte einfach zusammen und blieb liegen. Dann schlug sie noch einmal zu, und ich musste ihr das Ding aus der Hand winden. Das war's dann mit dem Sex. Ich war noch so jung, ich verstand die Welt nicht mehr. Ein paar Tage später schnitt sie sich ihre Haar mit der Schere ab. Sodass nur noch Büschel übrig waren, unregelmäßig, wie Stacheln. Sie stopfte die abgeschnittenen Haare in einen Beutel und verbrannte den Beutel im Spülbecken in der Küche. Als ich heimkam, zog mich der Hausmeister in der Eingangshalle beiseite und eröffnete mir, in meiner Abwesenheit sei der Rauchmelder losgegangen und die Feuerwehr sei angerückt.«

»Frauen können s-o-o verrückt sein«, entfuhr es Rachel mit einem nervösen Lachen.

»Männer sind auch nicht besser.«

»Ja, mag sein, aber man muss sich das immer wieder vor Augen führen.«

»Von da an benahm sie sich immer seltsamer. Zum Beispiel ließ sie sich irgendeinen arabischen Spruch aufs Handgelenk tätowieren. Weigerte sich, mir zu sagen, was es hieß. Danach etwas auf Griechisch, dann Aramäisch, dann Altfranzösisch. Als ich sie bat, damit aufzuhören, sich irgendwelche Geheimbotschaften eintätowieren zu lassen, sah sie mich nur an, als sei ich der letzte Idiot. In der U-Bahn wurde sie andauernd von Hipstern angesprochen, die ihr bescheinigten, wie cool das sei. Ich hatte Angst, dass ich eines Tages heimkommen würde und sie hätte sich das Gesicht tätowiert. Das Tattoo am Arm wurde immer länger, bis es wie eine Schlange aussah, die sich um ihren ganzen Unterarm kringelte. So ging es eine Weile, bis sich ihre Eltern einschalteten. Vielleicht ein bisschen zu viel. Aber sie meinten es gut. Ich wusste nicht, was ich machen sollte, wo eine Grenze überschritten wurde. Ich war ja erst siebenundzwanzig, und aus heutiger Sicht ist das sehr, sehr jung …«

Sie hörte den traurigen Unterton heraus. »Und dann?«, ermunterte sie ihn, weiterzuerzählen.

»Eines Tages kam Rebecca mit strahlenden Augen, beinahe manisch, nach Hause. Was gibt's?, habe ich gefragt. *Was? Ich weiß, was ich machen werde, sagte sie, ich gehe nach Afrika und kümmere mich um kranke Babys. Das ist das einzig Sinnvolle, was ich tun kann, und ich werde es für den Rest meines Lebens tun.* Da lebten wir also in einer Wohnung an der 71. Straße in der Nähe des Hudson. Trump hatte noch nicht all diese Hochhäuser am Riverside Boulevard gebaut. Ich war einfach nur ein junger Mann, der jeden Tag in eine Kanzlei zur Arbeit ging. Ich hatte keine Ahnung, was ich davon halten sollte, aber ich versuchte, mit der Situation verantwortungsvoll umzugehen. Also rief ich bei Rebeccas Eltern an. Ja, ja, Afrika, die Babys, wir wissen davon, sagten sie. Ich habe mich mit ihrem Vater in einer Bar getroffen, 68. Straße Ecke Lexington, O'Malley's. Ist immer noch da. Bin seitdem schon so oft dran vorbeigekommen und bring's einfach nicht über mich, noch mal reinzugehen. Die Bar ist für mich radioaktiv verseucht, mir wird geradezu schlecht bei der Erinnerung. Na jedenfalls, ich gehe rein, und er kauert in einer Nische am hinteren Ende, starrt auf sein Whiskyglas und eröffnet mir, er habe sich schon immer um die seelische Verfassung seiner Tochter gesorgt und wisse auch keinen Rat. Er habe schon vor langer Zeit begreifen müssen, dass Dinge passierten, die man sich nicht erklären könne. Und dass sich manchmal etwas, das wir zunächst schrecklich fänden, als letztlich heilsam erweise. Er wirkte aufgewühlter als ich, wahrscheinlich weil ich noch glaubte, das alles sei nur ein böser Traum und mit den richtigen Pillen oder sonst irgendwie wieder hinzukriegen. Er dagegen hatte diese Frau großgezogen. Er hatte sie als Baby auf dem Arm gehalten. Er blickte auf, und ich sah, dass er vom Weinen ganz rote Augen hatte, er wusste, dass ich seine Tochter liebte und bereit war, alles für sie zu tun, dass ich ein paar Jahre zuvor meinen eigenen Vater verloren hatte und einen väterlichen Rat dringend brauchen konnte. Und dann sagte er so etwas wie: ›Paul, bei dem, was da passiert, bist du machtlos. Dir ist klar, dass du der Ehemann bist, der sie nicht schwängern konnte, oder? Natürlich liegt es an ihr, aber du bist der Mann, der diese Wahrheit zutage gefördert hat. In gewisser Weise hasst sie dich, Paul.‹ Er war ein kluger Mann, kannte sich mit Menschen aus. Es kostete ihn Überwindung, mir das zu sagen. Dann sagte er noch sinngemäß: ›Ich glaube, sie ist nicht mehr zur Vernunft zu bringen, aber die ganze Sache hat eine gewisse Logik, das kann man nicht leugnen.‹ Er fügte hinzu, wir – er und seine Frau sowie ich – hätten die Möglichkeit, Rebecca zwangsweise in eine Heilanstalt einzuweisen, doch das erscheine ihm grausam und ganz und gar unrecht. Der Plan, nach Afrika zu gehen, mache sie glücklich. Sie hatte tatsächlich wieder zu essen angefangen und kam zu Kräften. Ihr geradezu manische fixe Idee sei ihm immer noch lieber als die tiefe Depression. Und da dämmerte mir, dass ich dabei war, meine Frau zu verlieren, dass meine Vorstellung von Ehe eben nichts weiter war als das, eine Vorstellung, die sich durch eine andere gerade in Nichts auflöste. Ich hatte geglaubt, für immer verheiratet zu sein. Wenn wir keine eigenen Kinder haben konnten, na schön, dann blieb uns die Adoption, irgendetwas würden wir uns schon einfallen lassen. Doch das alles war unwiederbringlich vorbei. Er sagte: ›Wir geben dir nicht die geringste Schuld. Es ist wichtig, dass du das verstehst. Du bist noch jung, du hast eine glänzende Zukunft vor dir. Für uns ist das eine Tragödie, nicht nur für Rebecca und uns, sondern auch für dich. Wir haben reiflich darüber nachgedacht, meine Frau und ich, und wir glauben, es wäre für alle das Beste, wenn du sie gehen lässt.‹«

Paul lehnte sich zurück und sprach zur dunklen Zimmerdecke. »Dann sagt er: ›Die Scheidungsformalitäten sollten keine Schwierigkeiten bereiten. Da euer Zugewinn minimal ist, erübrigt sich die Teilung. Ich sage dir nur, wie wir als Eltern dazu stehen. Wir sind eine Generation älter als du, wir haben ein bisschen mehr Lebenserfahrung.‹ Ich sah ihm sehr lange ins Gesicht. Er war ein anständiger Mann. Ein aufrichtiger Mann, er war Realist, kein Eiferer. Bedächtig. Das Ganze brachte ihn an den Rand der Verzweiflung. Hätte er auch nur die geringste Hoffnung gesehen, hätte er sein letztes Hemd hergegeben, um sie zu Psychiatern oder Therapeuten zu schicken. Doch er sah keinen Ausweg mehr. Er war Skeptiker – eine Frage der Weltanschauung. Vielleicht war sie gar nicht verrückt, vielleicht hatte sie sich nur zu einem kühnen Schritt entschlossen, der von Größe zeugte. Ich meine, ausschließen konnte man das nicht. Und wenn man sie liebte, so wie er und wie ich, dann konnte man wohl gar nicht anders, als zu sagen: Na schön, immerhin möglich, dass ihr Plan ihr die Erfüllung bringen wird. Ich stellte mir Rebecca in einem weißen Kittel vor, afrikanische Neugeborene im Arm. Sie wäre bestimmt gut darin. Wer hätte sagen können, das sei nur ein Hirngespinst? Daher sagte ich zu ihrem Vater, wenn sie nach Afrika gehen wolle, sei ich bereit, eine Weile zu warten, um zu sehen, ob sie tatsächlich bleiben würde.«

»Und dann?«

»Er schüttelte den Kopf. ›Warte nicht‹, sagte er. ›Warte auf keinen Fall. Die Jahre gehen zu schnell vorbei. Such dir ein anderes Mädchen, die Stadt ist voll von großartigen jungen Frauen, lass einfach los …‹«

Rachel wartete, bis er weiterreden konnte.

»Und so habe ich sie losgelassen, habe in die Scheidung eingewilligt, die ihre Eltern von vorn bis hinten abwickelten. Sie übernahmen sogar die Kosten.«

»Was passierte, als du ihr Lebewohl gesagt hast?«, fragte sie.

Er schwieg.

»Paul?«

»Ich hatte nie die Gelegenheit, ihr Lebewohl zu sagen.«

»Was?«

»Inzwischen war sie wieder zu ihren Eltern gezogen. Sie sagte, ich solle dann und dann zum JFK rauskommen. Ich bin von der Arbeit mit dem Taxi zum Terminal gefahren, und sie war nicht da.«

»Nicht da?«

»Sie war einen Tag früher geflogen und hatte mir nichts davon gesagt. Wollte mich nicht sehen.«

»Hatten die Eltern eine Erklärung dafür?«

»Sie wussten davon und entschuldigten sich. Sie hatten protestiert und sich am Ende gebeugt.«

»Hast du sie je wiedergesehen?«

»Nein.«

Rachel saß senkrecht im Bett. »Du hast sie buchstäblich nie im Leben wiedergesehen?«

»Kein einziges Mal.«

»Du warst mit ihr verheiratet, du wolltest mit ihr eine Familie gründen und hast sie seitdem nie wiedergesehen?«

»Manchmal frage ich mich, ob ich sie überhaupt wiedererkennen würde.«

»Wo steckt sie heute?«

»Keine Ahnung.«

»Könntest du es herausbekommen?«

»Wahrscheinlich schon. Ihre Eltern sind vor etwa zehn Jahren gestorben. Vielleicht ist sie zur Beerdigung nach Hause gekommen. Ich hab erst viel später davon erfahren.«

»Und du warst nie neugierig, wo sie war und wie es ihr ging?«

»Doch, neugierig war ich jahrelang. Aber ich wollte nichts unternehmen, um es herauszufinden. Ich habe mir geschworen, es nie zu tun, denn egal, was passiert wäre, es hätte so oder so nur traurig enden können. Irgendwann hoffte ich nur noch für sie, dass sie Glück, Liebe, was auch immer gefunden hatte …« Er wechselte die Stellung. »Ich muss aufs Klo.«

Paul stand auf und ging zum Bad. Rachel nahm sein Glas und trank den letzten Tropfen Sambuca aus.

»Alles in Ordnung?«, fragte sie, als er zurückkam.

»Ja.« Er sank ins Bett.

»Das ist eine traurige Geschichte, Paul.«

»Aber lange her.« Er zog die Decke hoch. »Aus und vorbei.«

Sie beugte sich über ihn. »Danke, dass du es mir erzählt hast«, flüsterte sie und küsste ihn. »Danke, danke, danke.«

»Mmm. Ja.«

Im Dunkeln an ihn geschmiegt lauschte sie auf seinen Atem und versuchte, herauszuhören, wann genau er einschlief. Wieso war er plötzlich bereit gewesen, ihr von seiner Frau zu erzählen? Wurde er am Ende doch noch zugänglicher? Oder hatte sie ihn nur mürbe gemacht? Sie hatte keine Ahnung. Doch was für eine traurige Geschichte! Es stimmte natürlich, die meisten Menschen schleppten die eine oder andere Last mit sich herum. Sie selber auch. Sie hatte gelernt, dass Männer ihre Persönlichkeit schnell offenbarten, umso langsamer aber ihre Geschichten. Da waren sie nicht besonders mitteilsam. Paul gehörte zu dem Typ Mann, der mit zunehmendem Alter einsilbiger wurde. All die Jahre allein. Frauen, die kamen und gingen, nahm sie an. Würde sie sich am Ende nur unter seine Verflossenen einreihen? *Ich werde diese blöde alte Karte für ihn finden*, schoss es ihr wie ein Gedankenblitz durch den Kopf. *Wenn ich diese Karte für ihn auftreibe, wird er bei mir bleiben.*

17

LANGZEITPARKPLATZ, BEREICH NEUN, LEFFERTS BOULEVARD, JOHN F. KENNEDY INTERNATIONAL AIRPORT, QUEENS, NEW YORK

Nach dem allzu frühen Aufstehen hing er seinen Träumen nach. Die Fahrt führte ihn ans andere Ende der Stadt, und vor seinem geistigen Auge verfolgte er die Route quer über das Hadernpapier der Ratzer-Karte, auf der in Queens anno 1768 nur Feldwege und vereinzelte Gebäude zu sehen waren, in Reichweite einer Stadt, die aus Kirchtürmen und Holzhäusern bestand und mit den umliegenden Dörfern durch unbefestigte, schmale Straßen verbunden war, sonst nichts, keine Schienen, keine Autobahnen, kein kleiner Flughafen für den Nahverkehr mit dem gemütlichen Namen Idlewild, dem Vorläufer der späteren nach John F. Kennedy benannten Monstrosität. Da die Fahrt nach Süden führte, zur Einfahrt des New York Harbor und dem Atlantischen Ozean, fiel Paul die frühmorgendliche Sonne seitlich ins Gesicht. Das Licht pulsierte rot durch seine geschlossenen Lider, während er den seichten Meerwasserkanal vor sich sah, durch den die Schiffe über vierhundert Jahre lang auf kürzestem Weg bis zur Insel Manhattan kamen. Fregatten, Schoner, Kriegsschiffe, Panzerschiffe, Schaluppen und Catboote, Klipper und Galeonen. Während der Prohibition hatten Alkoholschmuggler in den flachen Gewässern vor der Küste geankert, bis ihre kostbare Fracht aus kanadischem Gin und Rum auf kleinere Schiffe geladen war. Später lauerten U-Boote der Nazis am sandigen Grund, und durchs Periskop spähten die Offiziere in die blendenden kreisenden Lichter von Coney Island.

»Wir sind da.« An der Einfahrt zu einem weiträumigen Parkplatz inmitten eines Gewirrs aus Straßen, Auffahrten und

Zäunen hielt der Fahrer an. Über ihnen stieg ein Düsenflugzeug in den Himmel. »Und Sie sind sicher, dass ich Sie hier absetzen soll?«

»Ja, sagte Paul und ließ sein Jackett sowie seine Aktentasche im Wagen. »Kurven Sie einfach ein bisschen herum und seien Sie in einer halben Stunde wieder da.«

Dann entdeckte er Bill etwa dreißig Meter entfernt auf dem Dach eines roten Truck und ging hinüber.

»Also«, rief er, als er auf wenige Schritte herangekommen war. »Was gibt es, weswegen Sie mich hier treffen wollen?«

Bill sprang lässig, in blauer Jeans zum Army-T-Shirt, herunter und streckte Paul die Hand entgegen. »Gibt ein paar Dinge, die ich mit Ihnen besprechen muss. Ich weiß, dass die Gartentür zu Ihrem Haus aufgebrochen wurde.«

»Wie wär's, wenn wir uns in Ihren Wagen setzten?«

»Sir, wie wär's, wenn wir das bleiben ließen?«

»Wäre bequemer, oder?«

»Geht nicht.« Stattdessen ließ Bill die Heckklappe herunter, und sie setzten sich auf die Ladefläche. »Der Truck ist mein Refugium.«

»Okay, meinetwegen.« Paul dachte an seine Unterhaltung mit dem zugedröhnten Nachbarn in Brooklyn. »Also, nach allem, was ich gehört habe, ist Dienstagnacht jemand in mein Haus eingebrochen und hat Sie überfallen. Es gab einen Kampf. Es war laut, und dann wurde es still. Später sind Sie mit Ihrem Truck vorgefahren.«

»So in etwa.«

»Was soll das heißen?«

Bill wandte den Blick ab. »Das heißt, ich hatte nicht mit ihnen gerechnet.«

»Ihnen?« Paul warf einen prüfenden Blick auf Bills Hände. Nicht der kleinste Kratzer von dem nächtlichen Kampf. Auch nicht im Gesicht. »Was waren das für Männer?«

»Weiß ich nicht.«

»Irgendeine Ahnung?«

»Sie haben sich nicht vorgestellt.« Bill glitt von der Ladefläche und wippte, bereit für einen Kampf, auf dem Vorderfuß.

»Was wollten sie?«

Bill hatte die Knie leicht angewinkelt und vollführte mit den Armen ein paar Kampfsportbewegungen. »Sie wollten, dass ich mitkomme, um jemanden zu treffen.«

»Haben sie gesagt, wen?«

»Nee.« Bill schüttelte trotzig den Kopf, machte auf den Fußballen eine Kehre und hob zur Verteidigung die Hände. »Ich hab ihnen gesagt, ich dächte nicht daran, irgendwohin mitzukommen, und das war's.«

»Und dann kam es zu dem Handgemenge?«

Die eine Hand schlug in Zeitlupentempo zu, während die andere parierte. »Ja, Sir, dann gab es ein Handgemenge.«

»Aber Sie sind nicht zu Schaden gekommen?«

Die andere Hand setzte einen gezielten Treffer. »Sehe ich so aus?«

Der aufmüpfige Ton war nicht zu überhören. »Nein«, sagte Paul bedächtig. »Offenbar ist Ihnen nichts passiert. Und den anderen?«

»Sind abgehauen«, antwortete Bill. Er ließ die Hände sinken und richtete sich auf. »Hatten wohl genug.«

Paul registrierte, wie vage diese Auskunft war. Junge Männer, die einen Kampf siegreich bestehen, waren normalerweise auskunftsfreudiger. »Haben Sie die Polizei gerufen?«

»Nee.«

»Und wieso nicht?«

»Wir hatten unsere kleine Meinungsverschiedenheit, und dann sind sie verschwunden.«

»Aber vielleicht kommen sie zurück, Bill.«

»Schon möglich, aber da mach ich mir keine allzu großen Sorgen.«

»Wie sahen sie aus?«

»Nichts Besonderes. Einfach zwei Männer.«

Natürlich war das glatt gelogen. »Ich glaube«, antwortete Paul, »als wir am Montagabend da mit dem Taxi rausgefahren sind, ist uns jemand gefolgt.«

»Hatte mir schon so was gedacht. Ich halte mich von Ihrem Haus fern. Die finden mich nicht noch einmal.« Damit zog Bill Pauls Hausschlüssel aus der Brusttasche und übergab sie ihm. »Tut mir leid, dass Sie meinetwegen Ärger hatten. Ich hab versucht, sauber zu machen –«

»Jetzt hören Sie mir mal gut zu«, fiel ihm Paul ins Wort, vom Verlauf des Gesprächs zunehmend verärgert. »Ich habe Ihnen einen Gefallen getan, und zum Dank bricht jemand in mein Haus ein. Da hat sich jemand richtig Mühe gemacht. Die haben das Schloss durchtrennt. Ich hab's mir angesehen. Sie haben einen Bolzenschneider benutzt. Das war geplant, damit geht man nicht spazieren. Sie hatten eine tätliche Auseinandersetzung und wollen mir nicht erzählen, was passiert ist?«

Bill stand reglos da – allzu reglos, fand Paul. Ein Akt der Selbstbeherrschung.

»Sie kennen in New York niemanden außer Jennifer, nicht wahr?«

»Nein, Sir.«

»Fragt sich also, wer außer Ihnen beiden und mir davon weiß, dass Sie sich mit ihr treffen.« Paul wartete auf eine Antwort, doch Bill schüttelte nur den Kopf. »Ich vermute, ihr Mann Ahmed hat es mitbekommen. Ich kenne ihn zwar nicht besonders gut, aber er ist ein ziemlich aggressiver Mann, angespannt, steht unter enormem Druck, ständig im Rampenlicht. Und er ist sehr besitzergreifend. Ich würde sagen, das ist eine ziemlich verfahrene Situation, und es kann nur schlimmer werden. Fragt sich nur, für wen.«

»Sie halten mich wahrscheinlich für einen Trottel, der irgendeinem reichen Mädchen hinterherrennt.«

»Wollen Sie wirklich wissen, was ich denke?«

Bill starrte auf seine Fingerknöchel. »Nein, eigentlich nicht.«

»Hören Sie, Mann, Sie haben sich da in etwas reingeritten, das Sie nicht verstehen. Sie werden beschattet. Sie sollten in Ihren Truck steigen und das Weite suchen.«

»Sie muss sich nur entscheiden, das ist alles.«

»Und bis dahin wollen Sie hier rumsitzen und warten?«

»Ich hab jede Menge Zeit, Mann. Und ich hab meine Gründe. Bei der Army bin ich ganz schön rumgekommen, und es ist gut gelaufen, aber jetzt gehe ich nach Hause. Ich kann früher heimfahren oder auch später. Es hat keine Eile. Jenny hat mir fast die ganze Zeit gefehlt. Und sie hat mir geschrieben.«

»Im Ernst?«

»Klar.« Er zog ein paar Briefe aus seiner Jackentasche und hielt sie Paul hin. Paul stellte fest, dass auf den Umschlägen kein Absender stand.

»Keine E-Mail?«

»Briefe sind mir lieber. Außerdem hielt sie es für sicherer.«

»Werden Sie die Army vermissen? Geht wohl manchen so.«

»Teils ja, teils nein.«

»Was davon nicht?«

»Darüber spreche ich lieber nicht.«

Paul sah auf die Uhr. Obwohl noch früh am Samstagmorgen, war mit dichtem Verkehr zu rechnen, sobald es die Leute in die Einkaufszentren oder nach Long Island trieb. Er beschloss, eine der taktischen Fragen zu stellen, zu denen er bei seinen Klienten zuweilen griff. »Sagen Sie, Bill, was erhoffen Sie sich unterm Strich?«

»Ein Kumpel von mir legt überall im Westen von Texas Hausfundamente, er sagt, er hat genug Arbeit für zwei. Außerdem haben meine Eltern eine kleine Ranch mit dreihundert Morgen, die mal mir gehören wird, und ich hab noch das ganze Leben vor mir. Ich will durchstarten, und ich möchte, dass sie mitkommt.«

»Sie hat sich hier an einen bestimmten Lebensstil gewöhnt.«

»Das ist nicht wichtig.«

»Ihnen vielleicht nicht, aber ihr.«

»Werden wir ja sehen.«

»Sie hat einen sehr arrivierten Ehemann.«

Bill sah auf und folgte einem startenden Jet. »Sir, beim Militär hab ich jede Menge wichtige Leute erlebt. Wenn Sie mich fragen, ist ein Mann einfach nur ein Mann. Ich hab gesehen, wie alte Hasen im Geschäft schon, wenn es ein bisschen ungemütlich wurde, völlig abgebaut haben, und andere Männer, klein und dünn, nichts auf den Rippen, den ganzen Tag durchgehalten haben, viel besser als die Großen, Starken, die schon lange dabei sind und die jeder für was Besseres gehalten hatte.«

»Zu welcher Gruppe gehören Sie?«

Er lachte. »Ein bisschen von beidem.«

»Und wenn Jennifer nun nicht mitkommen will?«

»Dann sollte sie anfangen, sich entsprechend zu verhalten.« Er drehte sich zu Paul um, und der Blick in seinen blauen Augen war nicht unbedingt freundlich. »Sie ist nicht glücklich mit ihm, das sieht jeder. Mit mir kann sie ein gutes Leben haben, und das weiß sie. Wir haben ein – wir haben einiges gemeinsam und können einfach noch mal von vorn anfangen.«

»Sie ist verheiratet, zählt das?«

»Nicht für mich.« Bill zuckte mit den Achseln. »Sie haben keine Kinder, ist also letztlich keine große Sache. Sie lässt sich scheiden, blickt nach vorne. Wir sind jung. Das ist alles schnell vergessen.«

Paul konnte nicht sagen, ob der junge Mann ein hoffnungslos naiver Romantiker war oder ob er einen schönen, nicht ganz und gar abwegigen Traum verfolgte, der mit ein bisschen Glück in Erfüllung gehen konnte. Die Grenzen waren oft fließend. »Und wie lernt ein Mann aus Texas ein Mädchen aus Pennsylvania kennen?«

Bill lächelte. Die Geschichte war ihm von den Augen abzulesen, doch er schien nicht sicher zu sein, ob er sie erzählen wollte. »Ich hab viel Baseball gespielt, wissen Sie. Ich war in einer verteufelt guten Jugendmannschaft im Uvalde County, Texas, als rechter Außenfeldspieler, auch ab und zu als erster Malspieler. Und wir hatten einen unglaublich starken Sommer, wo wir ein großes Turnier gewonnen haben, das war in Georgia. Danach wurden wir zu einem Turnier nach Reading, Pennsylvania, eingeladen, wo es eine Jugendmannschaft und ein Baseballstadion gab. Wir sind mit dem Flieger nach Philadelphia und von da mit dem Bus nach Reading, wo wir in einem Motel abgestiegen sind. Wir haben ein paar Spiele gewonnen, und in dem Diner, in dem wir Mittag gegessen haben, ein Denny's oder so, hab ich dieses Mädchen gesehen. Wir haben uns ein bisschen unterhalten, sie hat mich gefragt, ob wir alle zu dieser Auswärtsmannschaft gehören, ich sag ja, ich komme aus Texas, und sie sagt, wenn du Lust hast, kann ich dich ein bisschen rumfahren, raus aus der Stadt, dir die Gegend zeigen.«

»Das war Jennifer«, sagte Paul staunend. »Noch ein junges Mädchen.«

»Ja, Sir. Sie hatten einen Wagen, und wir sind durch diese grünen Getreidefelder gefahren, stundenlang, und dann haben wir gemacht, was Teenager eben so machen, und als sie mich danach zurückgefahren hat, war ich verliebt und sie auch, und sie versprach, am nächsten Tag zum Spiel zu kommen. Was soll ich sagen, ich kannte ihren Vornamen, aber ihren Nachnamen hatte ich nicht verstanden oder mir nicht gemerkt, weil ich mir ja sicher war, dass ich sie am nächsten Tag wiedersehe. Aber dann mussten wir zum Spiel, und ich schaffte, glaube ich, zwei Strikeouts, und na ja, ich musste mich auf das Spiel konzentrieren, und danach wartete schon unser Bus mit dem ganzen Gepäck draußen vor dem Platz. Wir sind also gar nicht mehr ins Hotel zurückgekehrt. Ich war ziemlich aufgelöst, Mister, ich hatte gerade das schönste Mädchen auf der

Welt kennengelernt, jedenfalls war sie das für mich, und als ich in den Bus stieg, ohne sie wiederzusehen, war ich am Boden zerstört. Danach sind wir nach Dallas zurückgeflogen, und das war's.«

Bill hielt inne. Für ihn war es eine alte Geschichte, zweifellos immer wieder schön, sie zu erzählen. »Ich hab das Mädel schrecklich vermisst, aber ich kannte nun mal ihren Nachnamen nicht, und ich hatte auch keine Möglichkeit, alleine nochmal hinzukommen, außerdem ging kurz danach die Schule wieder los. Da war ich also im letzten Jahr der Highschool und hatte keine Ahnung, wo sie steckte, ich wusste nur, dass sie mir fehlte, und hoffte, sie wiederzusehen, und darüber verging die Zeit. Ich sagte mir, dass es für sie ein Leichtes wäre, auf dem Spielplan den Namen meiner Mannschaft in Erfahrung zu bringen und mit mir Kontakt aufzunehmen, sie kannte nämlich meinen Namen, sie wusste, dass ich Außenfeldspieler war, wäre also ein Kinderspiel gewesen, stellte ich mir vor. Aber sie hat mich nie angerufen und mir nie geschrieben. Eines Tages fand ich tatsächlich die Telefonnummer von dem Diner, in dem wir uns zum ersten Mal begegnet waren, und ich hab da angerufen, aber da kannte sie keiner, also Fehlanzeige. Dann wurde ich direkt von der Highschool weg eingezogen, und mein erstes Spiel in der A-Klasse der Rekrutenmannschaft war in Delaware. Ich hatte ein paar Tage frei, und so bin ich von da aus nach Reading rauf, nur ein paar Stunden Fahrt, und hab mich dort nach ihr umgehört. Ob sie dieses schöne Mädchen Jenny kennen, hab ich die Leute gefragt, und ob Sie's glauben oder nicht, ich hab sie tatsächlich gefunden, und es war, als wären wir nie getrennt gewesen, und von da an sind wir ständig in Verbindung geblieben, aber so richtig, kann ich Ihnen sagen.« Bill schwieg und versuchte geistesabwesend, einen Rostflecken von der Heckklappe abzukratzen. »Dann, ein Jahr danach, ich war immer noch in der A-Mannschaft, hab ich mir, als ich in die Home Plate rutschte, den Daumen gebrochen, und der Arzt meinte, ich hätte mir auch sämtliche Bänder gerissen, so eine Verletzung bräuchte zwei Jahre, um zu verheilen, wenn überhaupt. Das war's also vorerst mit dem Baseball. Konnte nicht mal mehr mit dem Schläger ausholen. Und während du hoffst, dass es besser wird, stehen all die jüngeren Typen in den Startlöchern und warten nur darauf, deine Position zu übernehmen. So läuft das nun mal. Abgesehen davon wird man in der Regionalliga lausig bezahlt, wenn man nicht gerade die erste Wahl ist, vielleicht gerade mal tausend im Monat.« Er griff sich in die Tasche und zog ein langes, sehr scharfes Messer heraus. Er betrachtete eindringlich die Klinge, schnitt damit ein, zwei Mal durch die Luft und steckte das Messer wieder in die Scheide. »Nachdem ich den Gips an der Hand los war, bin ich zur Army, und ein paar Jahre lang hab ich Jenny so oft wie möglich gesehen, aber dann kamen diese langen Einsätze. Wir haben uns jedes Mal, wenn ich zurückkam, und sei es nur für ein paar Tage, getroffen. Irgendwie haben wir uns in der Zeit entfremdet, auch wenn wir uns Briefe geschrieben haben, und irgendwann stellte ich fest, dass ich sie volle anderthalb Jahre nicht gesehen hatte, am Ende, glaube ich, sogar zwei, und ich hatte nicht die leiseste Ahnung, was bei ihr lief. Ich vermutete, dass sie einen anderen gefunden hatte, und wenn ich ganz ehrlich bin, gab es bei der Army jede Menge Frauen, die nach Liebe oder Sex oder was weiß ich Ausschau hielten. Man war also nicht gerade einsam. Aber deshalb war das mit Jenny noch lange nicht vorbei. Ich hätte sie anrufen können, aber sie wäre wahrscheinlich nicht rangegangen, und dann hörte ich irgendwann, sie sei von zu Hause weg und nach New York. Das war vor ungefähr fünf Jahren. Ich wusste nicht, was ich davon halten sollte. Und dann, vor ein, zwei Monaten bin ich zu dem Schluss gekommen, dass es Zeit für uns beide war, wieder zusammenzukommen.«

»Woher der plötzliche Sinneswandel?«

»Sir, das ist etwas zwischen ihr und mir, aber ich hab mir die

Sache reiflich überlegt, und an meinem Entschluss ist nicht zu rütteln.« Bill sah Paul eindringlich in die Augen. »Was ich sagen wollte: Ich komme Ihnen vielleicht wie irgend so ein durchgeknallter Cowboy vor, der nicht bis drei zählen kann, aber die Sache ist um einiges komplizierter, Mister.«

Paul rutschte von der Ladefläche. Sein Fahrer war zurückgekehrt und machte sich mit Lichthupe bemerkbar. Paul winkte ihm zu. Dann drehte er sich noch einmal zu Bill um. »Ich finde, das ist eine schöne Geschichte, ganz im Ernst. Sehr romantisch. Aber –« Als er den Blick in Bills Augen sah, stockte er. »Ich kann nur hoffen, dass Sie trotz allem so klug sind, aus New York zu verschwinden.«

Mit Unbehagen auf beiden Seiten schüttelten sie sich zum Abschied die Hände.

Als sich sein Wagen eine Stunde später durch den Verkehr im nördlichen Manhattan schlängelte und im Radio die Warnung vor einem Hurrikan in Florida durchgegeben wurde, musste Paul an den Moment denken, als Jennifer Bill im Auktionssaal von Christie's stehen gesehen hatte – wie sie hörbar die Luft einzog, aufstand und ihm in die Arme fiel. Er war erstaunt, und das nicht zum ersten Mal, wie wenig er im Grunde über andere wusste.

18

FITNESS ULTIMATUM, QUEENS BOULEVARD, QUEENS, NEW YORK

Die Geschichte der Einkaufszentren in Long Island folgt einem Muster neuer Trends und ihrer Verdrängung durch den nächsten. Die ersten autozugänglichen Anlagen mit Grundflächen von vierzigtausend Quadratmetern und mehr, die sich am Rand der City und darüber hinaus in den boomenden Vorstädten angesiedelt hatten, warfen gerade einmal rund zwanzig Jahre lang Gewinne ab, bevor sie von fünfzigtausend Quadratmeter großen Kolossen mit dreitausend Stellplätzen sowie Absatzgiganten wie Sears, JCPenney oder Kmart, dazu Banken, Spezialbekleidungsgeschäften und »familienfreundlichen« Restaurants abgelöst wurden. In den achtziger Jahren kam das Konzept der »Einkaufserlebnis-Shopping-Center« auf: ein einziger riesiger Bau mit drei oder gar vier Geschossen, einem großzügigen Atrium in der Mitte, der Filiale einer großen Buchladenkette, gehobenen Fachgeschäften und einem Kino. Bei ihren horrenden Fixkosten mussten diese baulichen Ungetüme den Löwenanteil ihrer Umsätze in den Wochen zwischen Thanksgiving und Weihnachten einfahren, mit einem Aufgebot an Sprühdosen-Schnee, rotwangigen Pappweihnachtsmännern made in China und anderen nostalgischen Symbolen für ein glückliches Amerika, das so nie existierte. Diese endlosen Variationen vorstädtischer Einkaufslust wurden schon bald von ihrem eigenen unaufhaltsamen Vormarsch in die Landschaft untergraben sowie von ihrer Tendenz, rund um die Uhr zunehmend fettleibige, tätowierte Teenager anzuziehen; außerdem Arbeitslose, preisbewusste Senioren, die eine Abwechslung vom Fernsehkonsum suchten; kleine lokale

Drogendealer und eine Reihe anderer Bevölkerungsgruppen auf der Suche nach sicheren, kostenlosen Aktivitäten unter Aufsicht schlecht ausgebildeter, unterbezahlter Betreuer: entwicklungsgestörte Erwachsene, psychisch kranke Jugendliche, ehemalige Drogenabhängige und schließlich an Demenz leidende alte Menschen, die oftmals in Rollstuhl-Konvois durch die Menge geschoben wurden. So boten diese Malls statt ein paar Stunden kurzweiliger Flucht aus der Großstadtödnis eine Verdichtung der düsteren Realität. Als die Einkaufskolosse mehr und mehr an gestrandete Wale erinnerten, brüteten die Trendsetter das nächste Windei aus: Die Big Box, nochmals eine Nummer größer und allein auf weiter Flur, bot die gesamte Palette von Produkten in spezifischen Kategorien: Werkzeug und Eisenwaren; Einrichtung und Renovierungsmaterial, Sportartikel, Haushaltsgeräte, Elektronik, Autoteile und so weiter. Doch auch dieses Modell wurde schon bald durch eine manische Expansionswut, ganz zu schweigen vom Internethandel, der jetzt an Fahrt aufnahm, zum Auslaufmodell, womit einmal wieder bewiesen war, dass sich der Kapitalismus in den eigenen Schwanz biss.

Unter dem unablässigen Sperrfeuer der Marketing-Revolutionen blieben zahlreiche Shopping-Center und veraltete, kleinere Malls auf der Strecke und sahen sich im Überlebenskampf gezwungen, ihre Mieten zu senken und bescheidene Pizzerien, Nagelstudios, Textil- und Autoersatzteil-Discounter, Head Shops, China-Restaurants mit mexikanischen Köchen, Herrenoberbekleidungsgeschäfte für XXL plus, Tattoostudios, Massagesalons, in denen wie Sklavinnen gehaltene Asiatinnen ihre Dienste anboten, und nicht zuletzt knallharte Bodybuilding-Studios wie Fitness Ultimatum am Queens Boulevard zu beherbergen.

Hier traf man auf eine höchst spezialisierte Klientel, unter Ausschluss der folgenden Gruppen: verheiratete Frauen; gebildete Frauen; geschiedene Frauen; ältere Frauen; alleinstehende, berufstätige Frauen; junge Mädchen, die es nicht mochten, wenn ihr Make-up verlief; auch nur ansatzweise attraktive Personen weiblichen Geschlechts zwischen vierzehn und sechzig Jahren; Personen beiderlei Geschlechts, die sich für eine der zahlreichen Hybridformen von Yoga, Pilates, CrossFit-Training, Radfahren und Aerobic oder Zumba interessierten; bekennende schwule Männer; Männer über fünfzig; gebildete asiatische Männer; Männer mit körperlichen Behinderungen; Männer mit einem hohen Einkommen aus nicht-illegalen Quellen; Männer, die in einem Fitness-Club nach attraktiven, nicht gebundenen Frauen Ausschau hielten; Männer, die nichts für Sport übrig hatten; Männer, die nichts für Football übrig hatten; Männer, die keine Arbeitsschuhe besaßen, und Männer, die gegen Benzingeruch allergisch waren. Die nach diesem Ausschlussverfahren verbleibende Gruppe ließ sich weiter untergliedern in aktive Highschool-Football- und -Baseballspieler, die hier außerhalb der Saison trainierten; ehemalige Highschool-Football- und -Baseballspieler, die aus Gewohnheit und zur sportlichen Selbstbestätigung trainierten; Ex-Sträflinge, zu einem beträchtlichen Anteil schwarz, die im Knast Muskelpakete aufgebaut hatten und sich nach ihrer Entlassung von dieser Qualifikation Vorteile auf dem Arbeitsmarkt erhofften; Arbeiter, Lieferanten und Zusteller, die nach Feierabend Gewichte hoben, nicht selten in ihren gestreiften Fed-Ex- oder khakibraunen UPS-Uniformen; Männer aus knallharten Motorradgangs, häufig in T-Shirts mit den Insignien ihrer Ortsgruppen oder Clubs – Varianten eines anzüglich grinsenden Totenschädels, dem aus den Schläfen Flügel wuchsen. Eine weitere Bevölkerungsgruppe stellten mexikanische Männer, die sich mit verbissener Beharrlichkeit von den untersten Sprossen der sozialen Leiter hochgehangelt hatten und in der Leitkultur soweit heimisch fühlten, dass sie einen bio-amerikanischen Körperbau erstrebten – dicht bepackte Oberarme, geschwellte

Brust, breite Rücken- und Schultermuskulatur, von Kniebeugen gestählte Pobacken und Schenkel, durch Beinpressen definierte Waden, während sie Stützbänder an den Handgelenken und Trainingshandschuhe aus schwarzem Leder beim Reißen der Gewichte trugen. Sie blieben unter sich und sprachen Spanisch. Die letzte Gruppe der Gewichtheber schließlich stellten die Hulks: Hardcore-Bodybuilder und Muskelprotze, die ihren Brustumfang von hundertvierzig und ihren Bizeps von fünfundfünfzig Zentimetern entweder in hautengen Muskel-T-Shirts präsentierten, in denen auch die um die Arme gewundenen, kunstvollen Tiger- oder Drachen-Tattoos bestens zur Geltung kamen, oder sich – buchstäblich – in dunkle Kapuzensweater hüllten, die zwar den gigantischen Brustkasten und das unfassbar breite Kreuz erahnen ließen, das Gesicht dagegen verbargen. Wie Anhänger einer Geheimsekte mittelalterlicher Henker oder Schurken aus einem Gothic Video-Game würdigten diese Männer andere Geschlechtsgenossen, die nicht wie sie bepackt und gekleidet waren, kaum eines Wortes. Dass sie ihre strotzende Kraft zu einem guten Teil Steroiden wie Stanozolol, Norbolethon oder Tetrahydrogestrinon verdankten, lag auf der Hand, vielleicht einer der Gründe für ihr zugeknöpftes Benehmen außerhalb ihrer Zunft.

Der Aufteilung des Studios, für das ungeübte Auge eher chaotisch, lag in Wahrheit ein ausgeklügeltes Organisationsprinzip zugrunde. Hatte man den Empfangstisch mit dem Angebot an nutzlosen Protein- und Energydrinks sowie Quellwasser-Flaschen passiert, öffnete sich der Raum zum eigentlichen Sportbereich, mit Standrädern, Laufbändern und Ellipsentrainern. Es folgten etwa hundert Krafttrainingsgeräte, auf die sich der Benutzer setzt und die Gewichte mithilfe eines Stahlstifts arretiert. Diese Apparaturen waren schlecht gewartet, beschädigt und angerostet und trugen oftmals das eingestanzte Logo eines gehobeneren Clubs, der sie auf dem

Gebrauchtmaschinenmarkt verscherbelt hatte, um seinen Parcours aufzurüsten.

Dahinter folgten die Geräte, bei denen man lose Stahlscheiben in einer Bandbreite von fünf bis fünfundsiebzig Kilogramm Gewicht auflegen musste, die Domäne der kräftigeren Männer. Am hinteren Ende des Raums fanden sich schließlich die freien Gewichte, ständerweise Lang- und Kurzhanteln jedweder Größe und gestaffelten Gewichts. Dies war das Reich der Hulks, die zwei, wenn nicht gar drei Zentner mageres Fleisch auf die Waage brachten und vor dem staunenden Blick des Betrachters eine gewaltige Zahl an Scheiben hoben und scheppernd zu Boden krachen ließen. Hier machten die Stärksten ihre Hackordnung untereinander aus. Hier wölbten sich die Latissimi dorsi wie Schildpanzer unter den Armen der Männer, wanden sich die Adern bleistiftdick über Bizeps und Deltamuskeln, um zwischen Schlüsselbein und Brustwarzen in ein pulsierendes Geflecht zu münden. Einer der Stärksten unter den Protzen, im Studio als Jesus Spook oder auch nur J-Spook bekannt, den ein seltsam mittelalterlich anmutender Spatenbart zierte, war gerade in das Ritual aufwändiger Vorbereitungen vertieft, bei dem er sich lange schwarze Elastikbinden um die Knie wickelte und dabei fromme Lobpreisungen murmelte. Seine Waden schmückten Tattoos mit irischen und chinesischen Inschriften von zweifelhafter Bedeutung. Schließlich trat er an eine Langhantel, die auf einem Gestell in Schulterhöhe ruhte. Diese Hantel war mit so wahnwitzig schweren, riesigen Scheiben bestückt, dass er zwei Helfer benötigte, die ihre Pflichten mit feierlichem Ernst erfüllten. Das hier war wirklich schwere Kost, und selbst der Stärkste konnte sich bei so einer Mörderhantel verletzen, einen Wirbel brechen, die Darmwand zum Platzen oder die Sehnen an den Kniegelenken zum Reißen bringen. J-Spook schnaubte und hyperventilierte sich in einen Zustand grimmiger Entschlossenheit, bis er mit puterrotem Gesicht »Gelobet sei Gott!« in die Manege brüllte, das immense Gewicht auf die fleischigen Schultern hievte, einen Ausfallschritt nach hinten machte, eine tiefe Hocke folgen ließ, bis sein Hintern unterhalb der Knie war, und die Übung vier Mal wiederholte. Dies war ein Squat, Teil des Kraftdreikampfs. Nachdem J-Spook fertig war, hängte er die Hantel klirrend wieder ein. Die anderen zollten ihm mit Faustchecks den gebührenden Respekt. Er war unheimlich und riesig, wahrscheinlich auch irgendwie gestört, und niemand wollte es sich mit ihm verscherzen.

Im Studio war es grundsätzlich zu warm, weshalb die Brandschutztür an der Rückseite mit einer Fünf-Kilo-Scheibe offen gehalten wurde, um kühlere Luft hereinzulassen und den Geruch nach Schimmel, Schweiß und deftigen Blähungen zu vertreiben. Direkt hinter diesem Ausgang lag die abgewandte Seite der ganzen Mall, mit einer von Schlaglöchern übersäten Zulieferstraße rings um den ganzen Gebäudekomplex, ein Grund, weshalb sich diese Stelle unter der Kontrolle der Gewichtheber als inoffizieller Umschlagplatz für die wirkungsvollsten muskelaufpumpenden Drinks empfahl, die man weder übers Internet noch über die Ladentheke bekam, und zuweilen auch für andere diskrete Geschäfte. Dass eine Überwachungskamera genau auf diesen Außenbereich gerichtet war, wussten und ignorierten alle. Die Kamera machte keine Tonaufnahme, hing zu hoch und war so museal, dass auf ihren verschwommenen Schwarzweißaufnahmen kaum etwas zu erkennen war. Außerdem gelangte das Filmmaterial auf einen Monitor an der Eingangstheke, wo es bei den Mitarbeitern, wenn diese nicht gerade im Kundengespräch waren, mit den drei Kabelfernsehsendern, darunter einem dezent versteckten Softporn-Stream, nicht konkurrieren konnte.

Und so war der rissige Asphalt hinter der Brandschutztür des Fitness Ultimatum im Lieferantenbereich der Mall der ideale Ort für ein kurzes, geschäftliches Treffen. Hector Ruiz hatte sein Handy, seine Schlüssel und seinen Proteindrink dabei, als er in die Dunkelheit hinaustrat und die kühle Luft an der verschwitzten Haut genoss. Drei Schritte, und er stand an der Fahrerseite eines halb restaurierten Oldtimers, einer Corvette Baujahr 1978, unter deren haifischartiger Haube der altersschwache Motor brummte.

»Hey, Hector«, rief eine Stimme am Fenster. Lorenzo, mit Yankees-Kappe. Es folgte eine Ghettofaust zur Begrüßung.

»Was liegt an, *mi hermano*?«

»Das ist der Kerl.« Lorenzo hielt ihm einen Zettel hin, auf dem stand:

Billy Wilkerson. Ungefähr eins neunzig. Blond. Zwei Zentner. 25–30 Jahre alt. Ford-F250, 2011 (rot, texanisches Kennzeichen), parkt auf dem Langzeitparkplatz, JFK, Bereich 9, Nr. 88, kommt alle 1–2 Tage nachmittags zum Truck. TRUCK NICHT ANFASSEN, VON FLUGHAFENKAMERAS FERNHALTEN, OBSERVIEREN AUS ENTFERNUNG. Trägt Messer bei sich. Leiche für immer verschwinden lassen.

Hector nahm den Zettel entgegen. Achttausend Dollar für ein paar Tage Arbeit. »Bis wann soll das erledigt sein?«

»Ginge es sofort?«

»Okay, ich mach mich dran und leg mich auf die Lauer, bis *el hombre* kommt.«

»Vielleicht hast du Glück und brauchst nicht lange zu warten.«

»Und vielleicht bist du ein scheiß *pendejo* mit einer Bierdose in *tu culo*.«

»Hier.« Lorenzo hielt ihm eine Papiertüte hin. »Zweitausend Anzahlung. Der Rest, wenn es erledigt ist, *mi nigger*.«

»Wieso sagen Mexikaner neuerdings eigentlich *mi nigger* zueinander?«

»Weil wir jetzt cool sind.«

»*No me gusta*, Mistkerl.«

Im Schatten des Wagens zuckte Lorenzo mit den Achseln »Ich geb dem Typen Bescheid, dass es eine Woche dauern kann.«

»*Si, pero* ich häng mich rein.«

Auf dem Weg in den Trainingsbereich zurück, tankte Hector mit seinem Proteindrink die nötige Energie. Er sah nicht noch einmal zurück. Nach einer Minute fuhr der Wagen ohne Licht davon.

Für Hector stand Bankdrücken an. Er hatte seit einigen Tagen keine Gewichte mehr gehoben, wieso also nicht ein paar zusätzliche Trainingseinheiten dranhängen? Er holte sich einen Helfer, legte sich auf der gepolsterten Bank auf den Rücken, stellte die Füße schulterbreit und flach auf den Boden, legte die Hände an die Stange, fühlte den gerillten Stahl zwischen den Fingern, holte fünf Mal tief Luft, sagte zum Helfer: »Kann losgehen«, hob die Stange und machte zwölf Sätze mit hundertfünfundvierzig Kilo, den letzten mit Ach und Krach.

»Nicht übel, Mann«, sagte einer der Hünen mit kahl rasiertem Kopf und tätowierten Schultern. Er war schätzungsweise eins neunzig groß, hundertdreißig Kilo schwer und hatte in der Canadian Football League gespielt, bis sein vorderes Kreuzband im Arsch war.

»Erst recht für einen mexikanischen Wicht«, brummte J-Spook, der neben den anderen Mann getreten war.

Hector stand auf und steckte die Schlüssel, das Handy, die Flasche, den Zettel ein, ohne J-Spook eines Blickes zu würdigen.

»Hey«, sagte der Hulk, »das war ein Witz, Mann. Im Ernst, echt klasse.«

Hector sah zu J-Spook auf, und lächelte breit und ließ dabei alle Zähne sehen, die dunklen Augen von Falten umgeben. Ich dich auch, dachte er, *pero* leider lässt dafür niemand achttausend Dollar springen.

19

416, 66. STRASSE WEST, MANHATTAN

Umgetrieben vom Wunsch nach etwas, das er nicht besaß, betrachtete Paul die Wände seiner Kartengalerie, in die sich die Stassen-Ratzer als Herzstück des ganzen Raums perfekt einpassen würde. Er überlegte, Gibbs noch einmal anzurufen und über ihn der neuen Eigentümerin ein Angebot auf gut Glück zu unterbreiten, fünfundzwanzig Prozent über ihrem Kaufpreis, und dann abzuwarten, was geschah. Wie wär's, wenn er sofort anrief und ihm eine Nachricht hinterließ, die er am Montagmorgen vorfand? Gibbs' Kanzleinummer stand in seiner E-Mail, und Paul tippte sie ein.

»Hallo? Hallo?«

»Gibbs?«

»Wer ist da?«, meldete sich die Stimme.

»Paul Reeves. Ich weiß, es ist Wochenende. Ich dachte, ich spreche einfach eine Nachricht –«

»Nein, nein, schon in Ordnung … die Anrufe im Büro werden zu mir umgeleitet, für den Fall, na ja, für den Fall, dass Stassen heute Nacht stirbt.«

»Ich dachte, ich versuch's mal mit einem Schuss ins Blaue und mache dem neuen Eigentümer der Karte ein Angebot.«

»Verstehe.« Eine verhaltene Reaktion.

»Ich würde daher gerne ein Angebot fünfundzwanzig Prozent über unserer Vereinbarung unterbreiten.«

»Ich fürchte, das bringt nichts.«

Paul wanderte zum Fenster. Die Tage wurden kürzer, es dämmerte schon. »Was soll das heißen, das bringt nichts?«

»Da schon etwas Zeit verstrichen ist, könnte ich das Angebot wohl übermitteln, aber das ist wirklich nicht annähernd genug.«

Paul sah sich zu der leeren Stelle an seiner Wand um. »Dann hundertfünfzig Prozent? Damit sattle ich noch mal die Hälfte drauf.«

»Nein, das ist aussichtslos, wünsche einen schönen Abend, Mr Reeves.«

O Trübsal. Sogar noch mehr als davor, da er zum zweiten Mal gescheitert war. So stand er geistesabwesend an seinen Fenstern mit den heruntergelassenen Jalousien, als er plötzlich bemerkte, dass in Ahmeds und Jennifers Wohnung das Licht anging. Wieder ein Besuch von Bill? Er drückte mit dem Finger eine Lamelle herunter und sah, wie auf der anderen Seite zwei Männer in Anzug das Schlafzimmer inspizierten. Einer deutete mit einem kleinen Gerät auf die Lampen. Er überprüfte etwas auf seinem Gerät, schraubte die Schaltplatte ab, setzte etwas ein und brachte die Platte wieder an. Denselben Vorgang wiederholte er in Jennifers und Ahmeds geräumigem Wohnzimmer – Paul verfolgte sie durchs angrenzende Fenster – und überprüfte erneut das elektronische Gerät in seiner Hand. Die Wohnungseinrichtung war exklusiv und durchgestylt, mit pastellfarbenen Ensembles, an denen das Auge verweilen konnte, und erlesenen Zierobjekten, unaufdringliche Zeugnisse von Weltläufigkeit und Geschmack – für Paul zu perfekt, zu professionell und vor allem keine Karten. Aber wieso sollte jemand Ahmeds und Jennifers Wohnung verwanzen, es sei denn, Ahmed wüsste von Bills Besuch?

Der Mann trat ans Fenster, zückte eine leistungsstarke Taschenlampe und richtete den starken Strahl auf Pauls Fenster. Der ließ die Lamelle fallen und trat ein paar Schritte zurück, während der gestreifte Lichtkegel über seine Karten wanderte, dann verschwand und im nächsten Moment in seiner Küche nebenan wieder erschien. Da er diese Fenster nicht abdunkelte, boten sie einen ungestörten Einblick, nur dass es hier nichts weiter zu sehen gab als eine typische Einbauküche mit hochwertigen Geräten aus Edelstahl und ein paar Töpfen und Pfannen, die über dem Herd an einer Stange hingen. Auch hier erlosch der Strahl.

Wenig später hörte er Schritte vor seiner Wohnungstür. Er schlich hinüber und blieb neben der Tür stehen. Jemand drehte am Knauf. Abgeschlossen. Jemand rüttelte daran. Stimmen beratschlagten sich, tiefe Männerstimmen. Auch wenn er sie kaum hören konnte, klang es zumindest nicht nach Englisch.

Paul entriegelte das Schloss und riss die Tür auf. »Was wollen Sie?«

Zwei jüngere Männer in Anzug und mit Aktenkoffer. »Oh, Irrtum, Entschuldigung.«

»Wieso haben Sie gerade versucht, meine Tür zu öffnen?«

Sie standen einfach nur da, ohne etwas zu sagen.

»Sie meinen, Sie haben sich in der Wohnung geirrt?«

»Ja, ja, ist so.«

»Es gibt aber nur zwei Wohnungen auf diesem Stock.«

»Ja, falsche Wohnung.«

Das Handy des einen Mannes klingelte. Er meldete sich in irgendeiner fremden Sprache. Es folgte kurzes Zögern, dann stöhnte der Mann und sah dabei seinen Partner an, bevor er den Fahrstuhlknopf drückte.

»Aber in der anderen Wohnung waren Sie doch bereits.«

»Nein, nein, wir sind zu falsche Tür gekommen.«

Der Mann drehte sich zum Fahrstuhl um.

»He!«, sagte Paul. »Sie *waren* in der anderen Wohnung. Ich hab Sie dort gerade gesehen.«

»Nein, nein, Sie irren.«

»Verschwinden Sie von hier!«, sagte Paul. »Na los, raus hier, sonst rufe ich die Polizei.« Er holte sein Handy aus der Tasche und hielt es hoch. »Bitte mal recht freundlich –«

Der Mann schlug Paul auf die Hand, sodass sein Handy über den Boden rutschte.

»Jetzt reicht's!«

Die Fahrstuhltüren gingen auf, und die beiden Männer stiegen hastig ein. Paul war erleichtert. Er überlegte, ob er unten am Empfang anrufen sollte, aber vielleicht war das keine gute Idee. Falls Ahmed davon erfuhr, würde er den – richtigen – Schluss daraus ziehen, dass Paul etwas im Schilde führte. Wieso ihn also darauf stoßen?

Paul stand noch in seiner Wohnungstür und überlegte, was er machen sollte, als sich mit einem Pling die Türen des anderen Fahrstuhls öffneten und, einfach so, Jennifer heraustrat. Das blonde Haar zu einem kessen Pferdeschwanz hochgebunden, Armreifen und Ringe, grünes Kleid bis zum Knie, flache Schuhe. Als sie ihn sah, lächelte sie. »Ah, hallo! Hast du treu und brav auf mich gewartet?« Sie hatte einen dicken Stoß Post in der einen Hand und je eine leuchtend bunte Einkaufstragetasche in beiden.

»Komm rein«, forderte Paul sie auf. »Sofort, in meine Wohnung.«

Verblüfft folgte sie ihm und verstaute ihre Post und die Taschen auf der Küchentheke. »Was ist?«, fragte sie, »Paul?«

Er zog die Tür zu und schloss ab.

»Setz dich.«

Sie tat auch diesmal, was er sagte. »Also, jetzt machst du mir Angst.«

»Ich glaube, gerade eben haben zwei Männer eure Wohnung verwanzt.«

»Was?«

Er erklärte ihr, was er gesehen hatte. Jennifer ließ es sinken. »Allmählich flippe ich aus. Ich werde nämlich auch verfolgt.«

»Und ich habe mich heute Morgen mit Bill getroffen.«

Sie nickte. »Ich weiß. Du hast ihm geraten, die Stadt zu verlassen.«

»Und er möchte, dass du Ahmed verlässt und mit ihm weggehst.«

Jennifer antwortete nicht, doch ihr Gesicht sagte ihm, dass

es so weit gekommen war – eine Frau, die sich, notgedrungen, zwischen zwei Männern entscheiden musste.

»Ich glaube, er ist in eine handgreifliche Auseinandersetzung geraten.«

Jennifer blickte erstaunt auf. »Wann?«

»Dienstagnacht, in meinem Haus.«

»Ihm fehlt nichts, jedenfalls sieht er nicht so aus, als hätte er sich mit jemandem geprügelt.«

Paul musterte Jennifer und merkte, dass er sauer war nach all dem Ärger, den er wegen ihr hatte, aber auch wegen Bills misslicher Lage. »Hör zu, korrigiere mich, wenn ich falschliege, aber mir stellt sich das Ganze so dar: Du gehst mit mir zur Auktion bei Christie's. Da ist Ahmed gerade auf einem Ozeandampfer mitten auf dem Atlantik. Bill taucht überraschend auf. Du bringst ihn hierher und springst sofort mit ihm in die Kiste.«

»Du hast uns gesehen?«, rief Jennifer.

»Ja.«

»Du hast uns zugesehen?«

»Nur für einen Moment.«

Sie maß ihn mit einem kalten Blick. »Das ist doch abartig, Paul.«

»Und kam für mich völlig unerwartet. Darf ich bitte fortfahren?«

Doch sie hatte sich wütend von ihm abgewandt.

»Ich hab mir das alles hier nicht ausgesucht, Jennifer.«

Sie atmete langsam aus. »Ich weiß.«

»Jedenfalls kommt Ahmed nach Hause, vielleicht hat er einen Verdacht, vielleicht aber auch nicht, jedenfalls am nächsten Abend, am Montag, folgt jemand meinem Taxi, als ich den betrunkenen Bill zu meinem Haus in Brooklyn bringe. Auf deine Bitte hin, nicht zu vergessen. Am Mittwochmorgen dann rufen mich Nachbarn an, und ich erfahre, dass es in meinem Haus einen brutalen Kampf gegeben hat! Offenbar hat

Bill seine Angreifer überwältigt, aber er will nichts sagen, zumindest nicht mir. Jetzt hängt er in seinem Truck da draußen am JFK rum und wartet darauf, dass du Ahmed verlässt, was du, wie ich vermute, nicht vorhast.«

Ich darf nicht vergessen, wie jung sie noch ist, rief sich Paul in Erinnerung, es gibt Dinge, von denen sie keine Ahnung hat. Doch Jennifer sagte nichts, sondern strich nur in Gedanken versunken mit der Hand über die Küchentheke.

»Bill und du, ihr kennt euch schon eine Ewigkeit ... er hat mir die ganze romantische Geschichte erzählt. Und dann sind da auf einmal Männer in eurer Wohnung, die so aussehen, als brächten sie Wanzen an. Siehst du, was da läuft?«

»Wie könnte ich nicht!«, antwortete sie patzig. »Ahmed spielt mit mir Katz und Maus! Er tut so, als hätte er keine Ahnung, und gibt mir gleichzeitig zu verstehen, dass er Bescheid weiß.«

Paul ließ ihr Zeit, sich zu beruhigen. Dann sagte er: »Wieso sagst du Bill nicht einfach, das sei alles ein großer Irrtum, und lässt ihn ziehen?«

»Weil das alles nicht einfach nur ein großer, verfluchter Irrtum ist, verstehst du?« Jennifer sah ihm in die Augen. Sie war wütend, den Tränen nahe. »Also gut, tut mir leid.«

Paul zuckte lächelnd mit den Achseln, und sie schien sich zu entspannen.

»Hättest du vielleicht ein Glas Wein?«

»Sicher.« Er hatte ein bescheidenes Weinregal und fand eine Flasche Merlot.

»Wo ist Ahmed?«

»Irgendwo in New Jersey. Trifft sich mit irgendwelchen Leuten beim Golf, kommt bestimmt nicht vor ... was weiß ich, wann er zurückkommt.«

»Ich bestelle uns was zu essen.«

»Jetzt habe ich ein mulmiges Gefühl, in die Wohnung zurückzugehen.«

Er stellte die Flasche und zwei Gläser hin. »Verständlich.«

»Kommt Rachel heute Abend her?«, fragte Jennifer.

»Wir sehen uns morgen.«

»Ist schön, das mit euch beiden.« Es klang weniger wie eine Feststellung als eine Frage.

»Ja«, bestätigte er der Einfachheit halber.

»Du weißt schon, dass sie total in dich verliebt ist.«

Das wusste er nicht, jedenfalls nicht, was es bedeutete, selbst wenn es stimmte. Doch natürlich diente die Bemerkung nur als Ablenkungsmanöver. Er schlug Jennifer vor, ins Wohnzimmer rüberzugehen, und bestellte etwas vom Inder um die Ecke. »Bill hat mir erzählt, wie ihr euch kennengelernt habt.«

»Das ist lange her.« Sie lehnte sich in ihren tiefen Sessel zurück, und ihr Blick ging in die Ferne. »Ich kannte ihn als junges Mädchen, damals in Reading ... ich weiß wirklich nicht, ob ich darüber reden kann, Paul. Es gibt eine Menge aus der Zeit, an das ich mich lieber nicht erinnere.«

Sie saßen schweigend da. Auf einer weit entfernten Straße verhallte eine Sirene – die vertraute Geräuschkulisse der nächtlichen Großstadt. Jennifer goss sich Wein nach. »Du musst dir klarmachen, was für eine Kindheit ich hatte, verstehst du?« Sie forschte in seinem Gesicht. »Meine Mutter war, na ja, ein *richtig* gut aussehendes Mädchen. Hab ich dir, glaube ich, schon mal erzählt. Sie wurde schwanger und brachte mich zur Welt. Sie und mein Vater heirateten, und er arbeitete als Zeitarbeiter auf diesen Ölbohrinseln im Golf von Mexiko. Drei Monate dort, einen Monat zu Hause. Die beste Art, Geld zu verdienen. Sie hatten ein kleines Haus, drei Zimmer, nichts Besonderes. Mit Garten und einer Schaukel. Da bin ich aufgewachsen. Als ich vier war, bekam meine Mutter einen Anruf von einem Subunternehmen der Bohrinsel und erfuhr, es habe ein Unglück gegeben ... Offenbar hatte sich eine Ladung Rohre gelöst, war auf eine der unteren Plattformen gerollt und hatte meinen Vater erschlagen. Jedes

Rohr wog acht Zentner. Sie schickten seinen Leichnam heim. Das war also mein Daddy. Ich kann mich noch schwach an eine Beerdigung erinnern, auch wenn ich mir nicht sicher bin, ob es nur das ist, was ich später darüber gehört habe. Ich denke, ich weiß immer noch nicht – ich kann's bis heute nicht einordnen, ich war ja noch so klein.« Sie starrte auf ihren Wein und hob das Glas an die Lippen. »Meine Mutter bekam einen Job als Kellnerin in einer Bar, und dann sagte eines Tages ihr Zahnarzt, er wolle ein bisschen Werbung für seine Praxis machen und hätte da so eine Idee. Und von da an machte sie im Sommer bei den Phillies-Baseball-Spielen in Reading in der Halbzeit Werbung für den Zahnarzt. Sie schlüpfte in ein weißes Feenkostüm – super kurz natürlich –, nahm so eine über einen Meter lange Zahnbürste und putzte damit die Bases, als wären es Zähne. Zuerst war es ihr ziemlich peinlich, aber dann fand sie Geschmack daran, jeder kannte sie, und sie motzte das Ganze noch ein bisschen auf. Als Nächstes steckten sie mich in das passende Outfit in Klein, und ich begleitete sie, mit meiner eigenen passenden Zahnbürste, und die Leute waren begeistert.«

Sie schwieg einen Moment. Jennifer, wurde Paul bewusst, war so jung, dass sie ihre Gefühle aus der Kindheit, die für Paul längst verblasst waren, noch deutlich heraufbeschwören konnte.

»Wir hatten in unserer Küche das Radio an und hörten die Übertragung des Spiels. Beim zweiten Inning zogen wir uns um und fuhren zum Park hinüber, der nur ein paar Minuten entfernt war. Wir gingen durch den Presseeingang hinein, von dort durch die Tunnel nach hinten und kamen an der heimischen Spielerbank raus, sobald die Musik zur Halbzeitpause losging. Die Leute liebten uns und sie johlten, und die Scheinwerfer waren auf uns gerichtet, und es war die glücklichste Zeit, die ich je mit meiner Mutter hatte. Die glücklichste Zeit *überhaupt*. Sie war jung und schön, und sie hatte mir die Haare gebürstet, mit Kämmchen frisiert, und es waren einfach magische vier Minuten.«

»Klingt schön.«

Jennifer wirkte etwas angeheitert.

»War es auch. Sie ging zuerst raus und machte sich daran, die erste Base zu bürsten. Dabei beugte sie sich aufreizend nach vorn, und wenn sie über Lautsprecher die Werbung für den Zahnarzt einspielten, wackelte sie mit dem Hintern. Sobald sie zur zweiten Base weiterging, kam ich aufs Spielfeld gerannt und schrubbte noch ein bisschen an der ersten herum. Dann holte ich sie an der zweiten fast ein, von der dritten an blieben wir zusammen und liefen von da aus Hand in Hand entlang der dritten Baseline zur Home Plate weiter, um sie gemeinsam zu putzen. Es war eine tolle Show, es gab jede Menge Hochrufe, und wir winkten jedem zu, bevor wir auf demselben Weg, den wir gekommen waren, wieder hinaus stolzierten. Wir mussten so schnell wie möglich durch die Reihen der heimischen Spieler verschwinden. Von dort aus ging es zur Pressestelle, wo uns der Stadiondirektor Hotdogs und Cola spendierte, und dann fuhren wir wieder nach Hause. Alle paar Tage wusch meine Mutter unsere Kostüme und hängte sie zum Trocknen an die Wäscheleine, meins neben ihrem, haargenau gleich, nur kleiner.«

»Das ist eine anrührende Geschichte.«

Jennifer lächelte bei der Erinnerung. »Das haben wir drei Jahre lang jeden Sommer bei jedem Heimspiel gemacht. Während der Saison zahlten sie ihr zweihundert Dollar die Woche. Das kam natürlich auch dem Geschäft in der Bar zugute, weil die Männer, die sie vom Spielfeld kannten, sie aus der Nähe sehen wollten. Und die Spieler, die den Sommer über in der Stadt waren, kamen und ließen sich ihre Telefonnummer geben. Sie war älter als die meisten von ihnen, die Jungs waren neunzehn, zwanzig und sie schon achtundzwanzig, aber das spielte keine Rolle. Sie war scharf. Ich weiß, das klingt seltsam von einer Tochter, aber es stimmt! Gewöhnlich hatte sie jeden Sommer einen neuen Kerl. Und ich kann dir sagen, ich hab damals eine Menge über Baseball gelernt. An der Highschool hab ich die Mannschaft der Jungs gemanagt.«

»Warst du mal mit Ahmed bei einem Spiel der Yankees oder der Mets?«

»Er macht sich nichts aus Baseball. Er geht nur zu einem Spiel, wenn es mit der Arbeit zu tun hat, sonst nicht.«

»Weiß er von deiner Leidenschaft?«

»Oh ja. Aber es erinnert ihn daran, wo ich herkomme, und das passt ihm nicht.«

Ihr Essen traf ein, und sie setzten sich an den Tisch. »Und Bill hast du schon als Teenager kennengelernt?«, fragte er.

»Als wir uns das erste Mal begegnet sind, war ich sechzehn, richtig zusammen waren wir aber erst zwei Jahre später, im Sommer vor meinem Abschlussjahr an der Highschool. Er war ein bisschen älter, vielleicht neunzehn. In dem Sommer spielte er in einer Mannschaft in Delaware. Zu der Zeit hat sich meine Mutter nicht mehr sonderlich um mich gekümmert. Als ich zwölf war – sie arbeitete in der Bar, da wurde sie von so einem Typen schwanger, einem Hypothekenmakler in der Stadt, der ihr mächtig den Hof gemacht hat. Sie bekamen also ein Kind, ein Mädchen, und als ich älter wurde, hatte meine Mom alle Hände voll mit ihm zu tun. Sie heißt Stephanie, sie ist wirklich lieb. Sie fehlt mir. Aber meine Mutter arbeitete richtig gern in der Bar und machte weiter, was der Beziehung wahrscheinlich nicht so gut getan hat, sodass die Sache mit dem Hypothekenmakler nicht funktionierte, und es gab Probleme mit dem Sorgerecht und so, und, na ja, sie trank zu viel, sogar in der Bar, und es wurde ungemütlich für sie. Der Makler heiratete eine andere Frau und wollte das Sorgerecht für Stephanie. Ich denke nicht gerne an das alles zurück, verstehst du? Ist alles nicht sehr erfreulich. Ich ging also noch zur Schule, und in dem Sommer kommt ein gewisser Bill Wilkerson aus Texas. Ich hab gebetet, dass er nicht in dieser Saison in die AA-Klasse wechselt. Der A-Spielplan ist ziemlich kurz. Na, jedenfalls lief da was zwischen mir und Bill. Er war Außenfeldspieler, war laufstark und hatte einen kräftigen Schlag. Den richtigen Arm fürs rechte Außenfeld.«

»Und als er später nach Übersee ging, seid ihr in Verbindung geblieben?«

»Nicht von Anfang an.«

Paul hatte das Gefühl, dass ihr die Chronologie ein wenig durcheinander geriet, hakte jedoch nicht nach. »Und woher wusste er dann, wo –«

»Von meiner Familie«, fiel sie ihm ins Wort. »Ich glaube, sie riefen mich an und sagten, er sei in der Stadt, um mit mir zu reden. Ich wollte ihn eigentlich nicht wiedersehen, aber er hat wohl im Telefonbuch nachgeschaut und meine Adresse rausgefunden und ist mir unbemerkt gefolgt. Ich bin an dem Tag zu Fuß zu deiner Kanzlei gekommen, einfach nur, weil das Wetter so schön war.«

Er hörte einen Ton heraus, der ihm so vorkam, als höre sie sich selber zu, um zu taxieren, wie ihre Geschichte für andere klang. Offenbar hatte Jennifer schon vergessen, dass Paul bei Christie's neben ihr gesessen und ihre heftige Reaktion auf Bills plötzliches Erscheinen aus erster Hand mitbekommen hatte. Dabei konnte er keinerlei Zurückhaltung, kein vorsichtiges Abwarten erkennen. Vielmehr war sie ihm, ohne nach links und rechts zu schauen, direkt in die Arme gefallen und war schnurstracks mit ihm zu ihrer Wohnung gefahren. Ihre Version hüllte die wahre Abfolge der Ereignisse in Nebel – für den Fall, dass jemand, genauer gesagt, Ahmed, danach fragen sollte.

»Wann bist du nach New York gekommen?«

»Ich war neunzehn, knapp zwanzig.«

Ihm dämmerte, dass er sich nicht wirklich klargemacht hatte, was es für ein junges Mädchen bedeutete, nach New York zu kommen und es dort zu etwas zu bringen. Selbst für eine Schönheit wie sie gehörte zweifellos mehr dazu, sich eine halbwegs gesicherte Lebensgrundlage zu erkämpfen.

»Was wusste ich denn schon?« Jennifer lehnte sich zurück und starrte durchs Fenster auf die nächtlichen Lichter. »Natürlich gab es jede Menge Leute in meinem Alter, aber ich wusste nicht, wie die Dinge laufen.«

Bei ihrer Ankunft, erzählte sie weiter, hatte sie ein Zimmer in einem billigen Touristenhotel in Chinatown gefunden und sich auf die Suche nach einem Job gemacht. »Ich hatte genau sechshundert und zwölf Dollar. Das weiß ich noch ganz genau. Und mir war nicht einmal klar, wie wenig das ist.« Sie schönte ihren dürftigen Lebenslauf und behauptete, zwei Jahre am Penn State College studiert zu haben, Eventmanagement im Hauptfach. Doch ein hübsches Mädchen ist ein hübsches Mädchen. Der Mann, der das Bewerbungsgespräch führte und zweifellos schon jede Tatsachenverdrehung und jede Ausflucht in- und auswendig kannte und es dennoch schaffte, den täglichen Menschenstrom in vernünftige Bahnen zu lenken, vermittelte Jennifer eine Stelle bei einer Catering-Firma. Sie hatte in weißer Bluse, schwarzer Hose und schwarzen Halbschuhen zu erscheinen. Und ihr Haar aufzustecken. Nachdem sich der Vermittler ihre Personendaten notiert hatte, gab er ihr eine Adresse am Central Park West, wo sie sich am nächsten Abend melden sollte.

In den nächsten Wochen, erzählte Jennifer, verdiente sie genug Geld zum Essen, für ihre Wäsche und ihr Zimmer im Hotel. Dann entdeckte sie die Second-Hand-Bekleidungsgeschäfte im Village und in Brooklyn und legte sich mit sorgfältiger Planung eine bescheidene Garderobe zu, darunter ein schickes Cocktailkleid, das sie in der warmen Jahreszeit tragen würde. Als ein paar Kollegen von ihr eine Wohngemeinschaft in Williamsburg gründeten, fragten sie Jennifer, ob sie interessiert sei. Sie sagte zu. Binnen eines Jahres hatte sie als Kellnerin, als

Catering-Server und schließlich als »persönliche Assistentin« eines der zahlreichen verblassenden Filmstars gearbeitet, die in Manhattan lebten. Sie nannte Paul seinen Namen, doch der sagte ihm nichts. »Er war über sechzig, spindeldürr, wie ein wandelndes Skelett. Meine Aufgabe bestand darin, jeden Morgen dieselbe Nummer anzurufen und seinen Heroinnachschub sicherzustellen. Netter Job, nicht wahr? Irgendwann klingelte dann ein Typ mit einer Papiertüte, in der Marihuana und eine Spritze steckten. Es war ein täglicher Service. Dann besorgte ich meinem Arbeitgeber in einem Laden um die Ecke seinen Mittagssnack, der immer aus einem Käsesteak mit Kartoffelsalat bestand, kehrte in seine Wohnung zurück und weckte ihn. Danach fläzte er sich auf dem Sofa und setzte sich einen Schuss. Das war ziemlich beängstigend, und ich hab mich ständig gefragt, wie lange er es noch macht. Eines Tages rief er mich in sein Schlafzimmer, in dem es schrecklich roch, und ich musste ihm dabei helfen, ihm den Schuss in den Penis zu geben. Weil er sonst keine guten Venen mehr fand. Ich musste die Spritze halten, weil ihm die Hände zitterten. Es war absolut widerlich. Ich hab noch am selben Tag gekündigt.«

»Klingt nach einer klugen Entscheidung.«

Jennifer lachte. »Danach hab ich den Job als ›Werbehostess‹ bei Rockkonzerten bekommen, wo ich Warenproben der Sponsoren verteilen musste. Ganz und gar dämlicher Job.«

Doch bei einer Veranstaltung, sagte sie, habe sie ein älterer Brite angesprochen und sie nach ihrem Namen gefragt. Irgendwann fand sie sich in seiner Wohnung wieder und konnte sich an dem Panoramablick aus seinem Schlafzimmerfenster nicht sattsehen. »Ich wusste nicht, ob ich mit ihm Sex hatte oder mit seiner Wohnung«, lachte sie. »Es war absurd, der achtundsechzigste Stock oder so. Schon vom Runtersehen konnte einem schwindelig werden.«

Binnen weniger Wochen hatte der Mann ihr ein kleines Apartment in Morningside Heights gemietet. Er war verheiratet, seine Familie lebte in London. Sie hatten drei Kinder, der Jüngste war Autist, seine Frau klinisch depressiv. Die Bank, bei der der Mann arbeitete, bestand auf seiner Anwesenheit in New York, und er verriet Jennifer, dass er über viel Geld und wenige Freunde verfügte. In seine Wohnung in Manhattan konnte Jennifer nicht einziehen, da ihn seine Familie dort alle ein, zwei Monate besuchte und ihr Kommen und Gehen darüber hinaus von Nachbarn im Gebäude nicht unbemerkt bleiben würde. Doch er schlug ihr ein Arrangement vor: Sie würde, nach seinem Belieben, mehrere Nächte die Woche mit ihm verbringen und mit keinem anderen schlafen. Er mache kein Hehl daraus, dass er körperlich in keiner Weise anziehend sei, was er wettzumachen gedenke, indem er sie in die besten Restaurants ausführte und ihr auch sonst ein abwechslungsreiches Unterhaltungsprogramm bot.

»Du hast ihn sicher wenigstens ein bisschen gemocht«, sagte Paul.

»Hab ich auch. Er war *nett*, weißt du? Liebevoll. Ausgesucht freundlich. Er lud mich zu Broadway-Shows und in Feinschmeckerlokale ein und ging mit mir ins Museum. Er tat mir irgendwie leid, und ich hatte sowieso gerade keinen festen Freund«, dachte Jennifer laut nach, »also hab ich mitgespielt. Ich hab ihn gefragt, wie er die Bezahlung regeln wolle. Viertausend Dollar pro Monat, das weiß ich noch genau, denn die Miete betrug tausend dreihundert, und für alles Übrige blieben mir ungefähr sechshundert die Woche. Damit kam ich aus.

Er hieß Philip. Er hat sich mir gegenüber wirklich anständig verhalten, das muss man ihm lassen. Natürlich kann man das ganze Arrangement unanständig finden, aber ich hab mich dafür entschieden. Er war einsam, und nach einer richtigen Beziehung stand mir damals nicht der Sinn. Auch wenn wir natürlich eine Beziehung hatten. In meiner Wohnung kochte ich für ihn. Er kaufte mir Kleider. Er war ziemlich aus der Form gegangen und rauchte zu viel. Dafür war er witzig und nahm sich selbst nicht so ernst. Liebte es, sich europäische Fußballspiele auf Kabel-TV anzusehen. Und er las mir gerne Artikel aus der Zeitung vor, was ich ebenfalls mochte. Zugegeben, es war so ein Daddy-Ding. Einmal rief ihn seine Frau an, und ich hörte die Kinder im Hintergrund schreien, mit ihren schrillen Stimmen und diesem britischen Akzent. Er lebte in einem anderen Land, um für sie zu sorgen.« Bei der Erinnerung zuckte sie mit den Achseln. »Er war unglücklich, und ich hab ihn ein bisschen glücklicher gemacht.«

»In New York gibt es jede Menge solcher Arrangements.«

»Ja, vermutlich.« Sie sah zu Paul auf. »Hast du schon mal so was gemacht?«

»Nicht direkt.«

»Raus damit!«

»In der Zeit zwischen meinen beiden Ehen hatte ich Freundinnen. Manchmal haben sie mich um finanzielle Hilfe gebeten … und ich hatte nichts dagegen. Die Stadt macht es einem nicht immer leicht. Wie endete es mit Philip?«

»Ach so, das hab ich ja noch nicht erzählt.« Bei der Erinnerung saß sie einen Augenblick lang reglos da. »Der kleine Junge, der Autist, hatte irgendetwas aus dem Schrank unter dem Spülbecken getrunken, Rohrreiniger oder so, und er musste mit dem Krankenwagen in die Notaufnahme. Philip kam am nächsten Tag zu mir und sagte, es tue ihm schrecklich leid, aber er müsse nach England zurück, wahrscheinlich für immer. Seine Frau war wohl in einer furchtbaren Verfassung. Ich glaube, er hatte ein schlechtes Gewissen wegen seiner Beziehung mit mir, als sei es seine Schuld, dass der Junge sich vergiftet hatte. Es war August, wo die Leute scharenweise die Stadt verlassen. Wir machten einen Spaziergang im Central Park, er lud mich in ein italienisches Restaurant an der Amsterdam Avenue ein, und wir kehrten in seine Wohnung zurück. Er hatte ein paar Fotos von seiner Frau und seinen Kindern herausgeholt und sich angesehen. Ich hatte sie noch nie gesehen. Seine Frau war schön, genau wie seine Kinder. Ich fasste es einfach nicht. Da hatte dieser Mann so eine tolle Frau und so tolle Kinder und war trotzdem einsam genug, um sich mit mir zu trösten.«

»Na ja, du bist, sagen wir mal, eine attraktive Frau.«

»Freut mich, dass dir das nicht entgangen ist, Paul. Ich dachte, ich lass dich kalt.«

Sie warf ihm ein zartes, verführerisches Lächeln zu, und er wusste nicht, wie er es deuten sollte, wenn es überhaupt etwas besagte. Wie es schien, brauchte Jennifer immer noch die Selbstbestätigung durch männliche Blicke. Dass sie mit Ahmed verheiratet war, mochte ihr einen Moment als unumstößliche Tatsache erscheinen und dann wieder als unwesentliche Kleinigkeit. Er konnte verstehen, wieso die Erinnerung an sie und die Hoffnung auf eine Zukunft Bill dazu brachte, für diese Frau in den Ring zu steigen.

»Erzähl die Geschichte mit Philip zu Ende.«

»Ach so, okay. Ich bin mit ihm einfach durch die Wohnung gegangen. Die Fenster waren auf, und es war heiß – New York im August. Er sagte, sein Flieger ginge am nächsten Tag und er hätte seine Rückversetzung nach London beantragt. Seine Vorgesetzten wären davon nicht begeistert, und wahrscheinlich würde seine Karriere ein bisschen Schaden nehmen, aber sie würden ihm nicht im Wege stehen. Wir saßen auf dem kleinen Balkon. Ich war ratlos. Ich mochte ihn. Mit ihm ins Bett zu gehen, war okay, ich meine, einigermaßen. Aber er war meine Einkommensquelle, und ich hatte nichts gespart. Ich war also ein bisschen in Panik. Aber natürlich konnte ich nicht wirklich etwas sagen, schließlich hatte er mit seiner Familie genug um die Ohren. Wir saßen also einfach nur da. Er würde mich emotional mehr vermissen als ich ihn. Er sagte, ich solle nicht weiter an unsere Beziehung denken, sondern nur nach vorne schauen. Und ihm sei klar, dass ich Geld brauche und er mich hängen lasse. Ich versuchte, ihn zu beruhigen, um mich brauche er sich keine Sorgen zu machen. Ich hatte etwa siebenhundert Dollar auf der Kante, und die Miete wurde fällig. Er meinte, er hätte überlegt, wie er mir helfen könne. Dann nahm er seine Armbanduhr ab. ›Das ist eine Patek Philippe‹, erklärte er. ›Sie ist ein Jahr alt und kostet derzeit neu achtunddreißigtausend Dollar. Ich hab sie mir gekauft, als ich diesen Job bekam. Ich habe immer, wenn ich auf dich gewartet habe, auf diese Uhr gesehen. Immer wenn ich auf den Minuten- und den Sekundenzeiger schaue, denke ich an dich. An unser nächstes Wiedersehen. Wenn ich diese Uhr mit nach Hause nehme, muss ich nur an New York und an dich denken. Das täte mir nicht gut. Das würde mich nur traurig machen. Deshalb hab ich mich mit dem hiesigen Händler in Verbindung gesetzt. Heute Morgen. Ich hab ihm erklärt, dass ich sie wieder an ihn verkaufen will, und er meinte, sie bekämen dafür vielleicht fünfundzwanzigtausend im Verkauf und er würde mir siebzehntausend geben. Ich habe zugesagt und ihn informiert, dass ich die Uhr dir schenke und er das Geld dir geben soll. Er stellt einen Scheck auf deinen Namen aus.«

»Nicht dumm«, bemerkte Paul. »So tritt er selbst nicht in Erscheinung.«

»Natürlich war ich erstaunt. Ich hatte noch nie von solchen Geschäften gehört. Dann gab er mir die Visitenkarte des Händlers und sagte, ich solle am nächsten Tag um zwei Uhr mit der Patek Philippe dort sein. Ich hab die Uhr also angenommen und in meine Tasche gesteckt. Wir saßen noch bis in die Nacht hinein da draußen auf dem Balkon. Dann hab ich ihm gesagt, dass ich noch ein letztes Mal mit ihm schlafen will. Haben wir dann auch. Es war traurig. Es fiel ihm schwer. Danach hat er geweint, und es war alles ganz schrecklich. Ich schlug vor, den Kontakt für immer zu beenden, und er stimmte zu. Ich verließ die Wohnung noch in der Nacht, nahm ein Taxi. Ich fühlte mich einsam. Am nächsten Tag bin ich zu diesem Händler gegangen, und er behauptete, da liege ein

Missverständnis vor, er könne mir maximal neuntausend anbieten.«

»Er hat dich über den Tisch gezogen.«

»Im großen Stil. Aber ich hab das Geld genommen.«

Mit dem Geld, erzählte sie weiter, konnte sie, wenn sie sparsam damit umging, ein paar Monate lang über die Runden kommen. Natürlich musste sie sich zuallererst um einen Job bemühen.

»Es war beängstigend, andererseits auch spannend. Niemand von früher wusste, wo ich war. Ich konnte tun und lassen, was ich wollte, ich konnte hingehen, wo ich wollte. Ich hätte mich häufiger zu Hause melden sollen.«

»Wie hast du Ahmed kennengelernt?«

»Das ist eine lange Geschichte. Machst du noch eine Flasche auf?«

Er ging in die Küche, fand eine Flasche sowie guten Käse im Kühlschrank und kehrte ins Wohnzimmer zurück. Jennifer hielt ihm ihr Glas hin. Es war nicht zu übersehen, dass sie die kleine Atempause von ihrer misslichen Situation genoss. Tatsächlich schien sie Bill für den Augenblick völlig vergessen zu haben.

»Danke, Paul. Schätze, ich bin ein bisschen betrunken, aber das macht nichts. Also, ich war einundzwanzig Jahre alt, ganz und gar auf mich gestellt und ich wusste, dass ich eine Arbeit finden musste, bevor mir das Geld ausging. Ich wusste zwar noch nicht, *was* ich machen sollte, nur dass die nächste Miete bald fällig war. Also hab ich erst mal eine günstige Bleibe gesucht und ein WG-Zimmer an der 106. Straße, Ecke Amsterdam gefunden. Meine Mitbewohnerin hieß Allison. Sie hing ständig mit ihrer Mutter am Telefon, und wenn sie sich nicht mit ihr zoffte, jammerte sie ihr etwas vor. Sie hatte eine Essstörung, kaufte sauteure gefüllte Pralinés, kaute sie und spuckte sie dann in den Mülleimer, statt sie herunterzuschlucken. Sie schob sich glatt zehn hintereinander in den Mund und spuckte sie dann aus. Irgendwie abartig. In dem Block wurde außerdem mit Drogen gedealt, doch damals kannte ich mich in der Stadt noch nicht besonders gut aus, und so bin ich eines Tages einfach den Broadway entlang gelaufen und hab den Campus der Columbia entdeckt. Natürlich war mir die Universität ein Begriff, aber ich war noch nie auf dem Campus einer Elite-Uni gewesen und fasste es kaum, dass ich einfach so da hineinspazieren konnte. Niemand hielt mich auf, niemand sagte mir, ich hätte da nichts zu suchen. All diese genialen Leute um mich herum. Man sah einfach, wie klug die Mädchen waren, so wie sie redeten und sich gaben und sich kleideten.«

»Na ja, klug kann vieles heißen.«

»Ich weiß, aber ich fand das faszinierend. Ich trieb mich häufiger dort herum und wurde eingeladen. Den Jungs war es herzlich egal, dass ich nicht an ihrer Uni studierte. Dabei rissen sie fiese Witze über die Mädchen vom Barnard College, von wegen Bar-Nerds und so.«

»War zu meiner Zeit dasselbe«, sagte Paul.

»Ach, ich wusste gar nicht, dass du an der Columbia warst.«

»Und ein Mistkerl. Aber erzähl weiter.«

An der Columbia, sagte sie, traf sie junge Männer, deren Eltern Ärzte und Rechtsanwälte und Firmenbosse waren und in der Back Bay von Boston oder in Chevy Chase in Maryland oder in Hyde Park, Chicago wohnten. Sie hatte ein untrügliches Gespür für die Anzeichen und Verhaltensmerkmale von Reichtum entwickelt und war sich dessen bewusst, dass die Schar von Leuten, unter die sie sich jetzt mischte, zur künftigen Elite gehörte. Sie kaufte sich bessere Kleider, Röcke, Pullover und Schuhe und brachte sich durch kulturelle Assimilation sowie Selbstaufklärung für die nächste Aufstiegschance in Stellung. Sie zwang sich, regelmäßig die *New York Times* zu lesen, dann literarisch anspruchsvolle Romane; sie sah den Damen, die beim Einkauf bei Bergdorf Goodman einkauften, über die Schulter.

»Hast du in der Zeit je deine Familie wiedergesehen?«, fragte Paul. »Bist du mal nach Hause gefahren?«

»Kaum. Zu Thanksgiving. Aber es war mühsam. Wir hatten uns entfremdet.«

Da war es wieder, dieses kurze Stocken, dieses Zögern, das er von seinen Klienten kannte, wenn ihre Vergangenheit zur Sprache kam. Jeder hatte Gründe, einen Teil seiner Geschichte zu verschweigen, niemand konnte behaupten, einen anderen Menschen ganz zu kennen.

»Aber dann ist etwas richtig Gutes passiert«, sagte Jennifer und strahlte plötzlich, und sei es nur, um davon abzulenken, in welches Licht sie ihre Geschichte rückte. »Vollkommen unerwartet.« Eine ihrer Freundinnen schwärmte ihr davon vor, wie viel Geld sie bei einem Immobilienmakler verdiente, und dass man, um als angestellte Maklerin einzusteigen, lediglich einen zwölfstündigen Kurs und einen anschließenden Test absolvieren müsse. Man arbeitete lang, verdiente dafür aber richtig gutes Geld. Schnell war ein zehnminütiger Termin am Spätnachmittag vereinbart, eigentlich nur um Hallo zu sagen. Die leitende Maklerin, eine beinharte Blondine, die in der Branche zweifellos schon so einiges Auf und Ab gemeistert hatte, begrüßte sie in ihrem riesigen Büro hinter gläsernen Wänden, und da die Dame wohl bei Jennifer in Sekundenschnelle das richtige Mischungsverhältnis von Schönheit, Hunger, Verzweiflung, Illusionen, Biss und aufkeimender Gier ausgemacht hatte, wurde aus den veranschlagten zehn Minuten eine ganze Stunde. Ja, die ersten Symptome von Gier, dem Drang nach mehr und noch ein bisschen mehr und dreimal so viel, *die* treibende Kraft in Manhattan. Sie hieß Ms Kate Riven. »Ich fand sie umwerfend«, sagte Jennifer, offenbar froh, eine Weile nicht über sich reden zu müssen. »Sie war mörderisch gut, ehrlich und clever. Sie kleidete sich perfekt, sie trank zu viel, sie hatte tolle Beine, sie war einfach phänomenal!«

Ms Kate Riven lud sie auf einen Drink ein, fuhr Jennifer mit ihrer Erzählung fort, und machte ihr klar, der Immobilienmarkt in New York sei eine von den Chancen, die sich nur einmal im Leben böten. In dieser Stadt liege das Geld auf der Straße, wirbelte durch die Drehtüren des Rockefeller Center, falle einfach vom Himmel. Sie selbst habe vor, so schnell wie möglich so viel wie möglich einzusacken, weil der nächste Crash nicht lange auf sich warten lassen werde. Im Vorgriff auf den Peak der Marktentwicklung habe sie schon mal ihre Titten machen lassen. »Ich hoffe, sie bleiben so lange oben wie der Markt!«, kreischte sie vor Vergnügen. Doch bis dahin brauche sie Hilfe, schließlich sei sie nur eine Person mit halt »drei Telefonen, zwei Händen und einer Muschi.« Und sie, Ms Riven, hatte sich Jennifer als die Person ausgeguckt, die ihr helfen und dabei selbst gutes Geld verdienen würde. Dafür sollte Jennifer auf Ms Riven hören, ihre Anweisungen befolgen, jederzeit verfügbar und loyal sein. »Ich hab die Frau angebetet, verstehst du? Sie war ausgebufft und cool und furchtlos und ganz schön fies. Sie tratschte liebend gern über sämtliche anderen Makler – wer gerade in einer Scheidung steckte, wer ein Alkoholproblem hatte. Ich wusste, ich würde alles von ihr lernen.«

Endlich, dämmerte Jennifer, bot sie New York die Stirn und packte die Herausforderung beim Schopf, um es dieser Stadt zu zeigen. »Wenn Sie loyal zu mir sind«, erklärte ihr Ms Riven ganz offen, »dann bringen Sie es zu was. Wenn nicht, lasse ich Sie wie einen nassen Waschlappen fallen, haben Sie mich verstanden? Ich erwarte, dass Sie vor mir kriechen und sich in die Hose machen. Ich mein's ernst. Ich kann richtig fies sein, klar? Hören Sie sich nur um. Aber ich werde Ihnen alle meine Geheimnisse verraten, wenn auch immer hübsch eins nach dem anderen. Sie sind ein schönes Mädchen, aber wir werden Sie noch schöner machen. Fürs Erste kriegen Sie sechstausend Dollar im Monat. Mit der Zeit verdienen Sie mehr. Sie brauchen lediglich noch dieses Jahr ein paar Abschlüsse reinzuholen, und wir haben die Investition wieder drin. Ich weiß, dass Sie keine Bildung haben. Ihnen unterlaufen Rechtschreibfehler, vor allem Ausdrucksfehler. Aber das kriegen wir alles hin. Sie klingen, als kämen Sie nicht direkt aus New Jersey, aber irgendwo … Pennsylvania? Ja, dieses Näseln, das hört man dort gelegentlich. Das ist hässlich. Hier wird man Sie danach taxieren, okay? Außerdem bitte keine sichtbaren Tattoos oder Piercings! Wenn Sie sich eine Nadel in den Nabel stecken wollen, nur zu! Ich will sie nur nicht *sehen*! Wenn ich so was an Ihnen sehe, sind Sie gefeuert.

Die meisten Kunden, mit denen Sie zu tun haben werden, sind luxusverwöhnte Frauen. Die *Ehefrauen*, verstehen Sie? Die Frauen suchen die Wohnungen aus. Glauben Sie mir, im Immobiliengeschäft dreht sich alles um Familienbeziehungen. Was will ich damit sagen? Ich will damit sagen, dass der Käufer, der Kunde das Bedürfnis hat, Sie irgendeiner Familienrolle zuzuordnen. Ich weiß, das klingt bizarr, also hören Sie gut zu: Für Frauen im mittleren Alter sind Sie eine *Tochter*. Sie tun Ihre Pflicht, zeigen Respekt und stellen keine allzu persönlichen Fragen. Bringen Sie nie den Ehemann ins Gespräch, bevor sie es tut. Zeigen Sie nicht das geringste Interesse an dem Ehemann! Für die jüngeren Frauen – besonders die mit einem attraktiven Ehegespons oder Partner oder was weiß ich –, für die sind Sie die Vertraute, okay? Die Freundin. Das ist leicht. Für ältere Männer, über sechzig – davon kriegen Sie nicht viele zu sehen, weil sie entweder schon tot oder zu reich oder zu beschäftigt sind oder sich nicht die Bohne interessieren –, sind Sie die Enkelin. Und jetzt zum kniffligen Teil, den jüngeren Männern. Für die Männer um die Fünfzig sind Sie entweder die blutjunge Vorzeigefrau oder die Mätresse. Verstehen Sie mich nicht falsch! Sie müssen nicht unbedingt mit den Schwachköpfen in die Kiste springen. Ich kann Ihnen sagen, die können ganz schöne Trottel sein, mein Gott, ich war mal mit einem zusammen, bei dem genau im falschen Moment das

Toupet verrutschte! Darf gar nicht dran denken! Jedenfalls stehen Sie da in dieser Wohnung, und Sie müssen dafür sorgen, dass sie diese plötzliche Eingebung haben: Eine scharfe Braut wie diese steht auf genau so eine Wohnung wie diese! Sie verleihen ihr erst den richtigen Glanz, okay? Verstanden?

Also, jeder hat eine andere Rolle! Für mich sieht die Sache schon wieder ganz anders aus. Für die sechzigjährigen Männer bin ich die zweite Frau, vielleicht die dritte. Sie wissen, dass gerissene Luder wie ich den Ring, das Geld, das Landhaus wollen. Für Frauen zwischen vierzig und fünfundvierzig bin ich die Schwester, klar? Ich mache Vorschläge, ich höre zu, ich weiß, was sie durchmachen. All die Probleme. Für die jüngeren Frauen bin ich die ältere Schwester, etwas weltläufiger vielleicht, meinetwegen wie eine jüngere Tante. Jemand mit Lebenserfahrung. Das wissen sie zu schätzen. Den jüngeren Männern vermittle ich immer das Gefühl, attraktiv zu sein. Ich suggeriere ihnen, dass ich gerne jünger wäre, um für sie interessant zu sein. Und manchmal – jetzt passen Sie gut auf! – kreuzt ein so ultimativer Typ auf, dass es einem die Socken auszieht. Ob Geschäftsmann, selbstständig oder in der Unternehmensleitung oder ein erstklassiger Arzt, wahrscheinlich Chirurg. Bei dem setzt man alles dran, den Deal abzuschließen. Denn der Bursche hat einen Blick für Menschen. Der ist nicht zufällig dahin gekommen, wo er jetzt steht, Süße. Der weiß, wo das Geld zu finden ist, und wenn ihm gefällt, was er sieht, ist er schnell entschlossen. Man sollte unbedingt auf *seine* Liste kommen. Bringen Sie den Verkäufer – nur für diesen einen Burschen – dazu, mit dem Preis runterzugehen. Bei dem …« Kate Riven hielt einen Moment die Luft an. »Bei dem bringt man vollen Einsatz, wenn Sie verstehen, was ich meine?

Und nun zum letzten Punkt – ein sehr heikles Thema. Sie haben wahrscheinlich keinen blassen Schimmer, aber ich sprech's trotzdem an. Das gehört zu meinen Berufsgeheimnissen, okay? Wenn eine Frau über dreiundvierzig ist, über den Daumen gepeilt, dann versuchen Sie, rauszufinden, ob sie schon nah an den Wechseljahren ist! Das müssen Sie in Erfahrung bringen, denn das hat Einfluss auf Ihr Geschäft. Haben Sie auch nur die geringste Vorstellung davon, was in der Menopause passiert? Nein? Machen Sie mir nichts vor, ich seh's Ihnen an, dass Sie keine Ahnung haben. Wie die meisten jungen Mädchen. Sie sind einfach zu jung! Es ist wie dieses schreckliche Geheimnis, über das keiner reden will! Ihr Hormonhaushalt bricht ein. Diese Frauen stecken in der Krise. Der äußere Schein mag trügen, aber ihre Hormone spielen verrückt. Sie bekommen üble Hitzewallungen und schwitzen die ganze Nacht. Ihre Brüste spannen, weil sie fünf Wochen am Stück ihre Periode haben. Sie sind ohne ersichtlichen Grund von null auf achtzig, ich meine, sie flippen richtig aus, fangen ständig an zu flennen, können nicht schlafen, sind erschöpft. Ihr Angetrauter hat auch nicht viel zu lachen. Sie machen sich keine Vorstellung, Schätzchen! Bei Ihnen ist noch alles im Saft und eng, läuft wie geschmiert, aber für diese Frauen sieht es in punkto Sex nicht so rosig aus, wird eine trockene Angelegenheit da unten, sie haben auf einmal seltsame Schmerzen. Sie haben keine Lust. Was ihren Männern nicht gefällt. Die Männer üben sich in Geduld, dabei ist ihnen klar, dass es nur schlimmer wird! Und jetzt raten Sie mal, was passiert! Ein neues Heim muss her! Warum? Vielleicht hofft das Paar, ein Tapetenwechsel wirkt Wunder. Wahrscheinlich hat der Ehemann sich breitschlagen lassen, weil sie ihm damit auf den Wecker geht. Da kann alles Mögliche zusammenkommen. Diese Frauen sind ziemlich unberechenbar! Sehr emotional. Himmelhoch jauchzend, zu Tode betrübt. Das ist kein Witz! Sie haben ständig Stimmungsschwankungen, Zickenalarm, Alarmstufe Rot! Die sagen Ihnen ins Gesicht, dass Sie nur ihre Zeit verschwendet haben, dass Sie nicht verstehen, wonach sie suchen, dass Sie sowieso nur Bruchbuden im Angebot haben. Sie werden gemein und rüde und ändern tausend Mal ihre Meinung. Die nennen Sie *Fotze* – alles schon erlebt! Wenn eine andere Frau Sie so beschimpft, ist das ganz was anderes, okay? Das ist Knochenarbeit für Sie, und wissen Sie, wieso? Die *hassen* Sie! Dafür, dass Sie noch jung sind, so wie sie es selbst früher mal waren. Sie sind jung, sie selbst sind alt. Sie haben gesunde Eier, sie selbst haben … was weiß ich, wer will das schon so genau wissen? Diese Frauen glauben, dass Sie ihre Probleme nicht verstehen, und soll ich Ihnen was sagen? Sie haben recht! Sie dürfen das nicht persönlich nehmen! Junge Frauen nehmen immer alles schrecklich persönlich! Ich war auch mal so. Doch man lernt dazu. Tun Sie einfach Ihre Arbeit, sehen Sie zu, dass die Damen unterschreiben, und bleiben Sie am Ball. Und wenn es Ihnen die Sache leichter macht, denken Sie dran, dass diese Frauen Kinder haben, die sie in den Wahnsinn treiben, Teenager, die trinken oder sonst irgendwelchen Blödsinn treiben, Ehemänner, denen alles zum Hals raushängt, okay?

Und morgen unterhalten wir uns dann vielleicht über die ausländischen Käufer, die Chinesinnen, die Russinnen, die können richtige Biester sein. Und schwule Männer, wieder eine völlig andere Situation! Aber eins nach dem anderen. Fürs Erste reicht das, denke ich. Sie sind an meiner Seite, Jenny – nein, grundsätzlich *Jennifer*, klingt wie ein Parfüm, hat mehr Klasse, Jenny klingt nach sechzehnjährigem Cheerleader-Gör – Sie werden sich dieses hübsche kleine Popöchen für mich aufreißen, Sie bringen mir Geld und verdienen selbst dabei recht gut. Ich möchte, dass Sie jeden Morgen um halb neun hier im Büro erscheinen. Ist mir egal, ob Sie bis vier Uhr früh Manhattans getrunken haben oder ob der Junge echt nett zu Ihnen war. Ist mir auch egal, ob Sie Streit hatten oder ob Ihre Mitbewohnerin Selbstmordgedanken hat oder ob Sie ein bisschen Fieber haben oder Migräne oder eine Pilzinfektion. Ich will Sie hier im Büro haben, und zwar taufrisch. Mascara,

Mascara, Mascara. Schon sexy, Mascara, was? Lipgloss, Parfüm, ein Halskettchen, dezente Perlenohrstecker vielleicht. Bei Tiffany's kriegen Sie schon ein hübsches Paar für neunhundert Dollar. Und Sie sind so lange hier, bis die Arbeit *erledigt* ist. Treffen Sie keine Verabredungen vor acht Uhr abends, klar? Zum Dinner oder sonst was. Wir sind hier, um Geld zu verdienen, Schätzchen, vergessen Sie das nicht!«

Und so habe sie ein halbes Jahr später Ahmed kennengelernt, erzählte Jennifer, bei dem Versuch, Geld zu verdienen. Er war auf der Suche nach einer Wohnung, Ms Kate Riven hatte mit dem untrüglichen Riecher für einen potenten Kunden gleich mehrere Besichtigungstermine angesetzt, von denen sie den letzten aufgrund einer allergischen Botox-Reaktion nicht persönlich wahrnehmen konnte. Daher griff sich Jennifer die Visitenkarte und empfing ihn im fraglichen Objekt, einem alten Gebäude in einer der siebziger Straßen östlich vom Central Park. Er kam zwanzig Minuten zu spät, und als sie diesen selbstbewussten, hochgewachsenen Mann in dem eleganten Anzug zur Tür hereinkommen sah, war sie plötzlich nervös. »Er hatte mit jemand Älterem gerechnet, und als er mich nach meiner Qualifikation fragte, musste ich ein bisschen lügen. Die Wohnung schien ihn kein bisschen zu interessieren. Dafür lud er mich für den Abend zum Essen ein. Ich glaube, wir sind vier Abende hintereinander essen gegangen. Dann musste er geschäftlich nach London, wo ich noch nie gewesen war, und er hat mich mitgenommen. Ich musste mir innerhalb eines Tages einen Pass besorgen, und ich musste es Kate Riven erklären. Sie war eigentlich recht verständnisvoll, und dann hat er mich praktisch übernommen.« Sie kicherte. Vom Wein glühte ihr ganzes Gesicht. »Zwar nicht gerade feindlich, aber eine Übernahme war es schon.«

»Und wie lange hat es gedauert, bis ihr geheiratet habt?«

»Das ist eigentlich das Verrückteste daran. Ganze drei Monate. Ich war noch keine dreiundzwanzig.«

»Wow.«

»Ja, verrückt. Es musste zwischen zwei Geschäftsreisen sein. Seine Familie mochte mich nicht, das war offensichtlich. Für die war ich nur eine berechnende Goldgräberin, die er irgendwo aufgegabelt hatte. Als ich seine Mutter zum ersten Mal sah, sagte sie, Zitat: ›Oh Gott, nicht schon wieder.‹«

»Was sollte das denn heißen?«

»Keine Ahnung. Was soll's. Ich meine, Ahmed war so forsch und auch sonst alles, was man sich nur wünschen kann, dass ich einfach nur dachte, dieser Mann will mich wirklich, und ich weiß nicht, wo ich hingehöre, und so eine Gelegenheit bekommt man nur einmal im Leben. Ich weiß, wie krass das klingt, aber so war es nun mal.« Jennifer warf einen Blick auf ihr Handy. »Er kommt bald heim.«

Sie fing an, mit dem Daumen ihre SMS durchzugehen, so unbewusst und automatisch, wie es für ihre Generation typisch war. Drei Monate. Nicht lang genug, um jemanden gut genug zu kennen. Sie hatte sich Ahmed praktisch verkauft. Auch wenn das keiner zugegeben hätte. Seine Firma, so viel wusste Paul, verfügte über ein Kapitalvolumen von nicht weniger als zweihundertneunundfünfzig Milliarden Dollar, eine so gigantische Größenordnung, dass es in zahlreiche kleinere Beträge heruntergebrochen werden musste, um es sinnvoll anzulegen. Dabei war der Investitionshorizont buchstäblich grenzenlos; es gab keinen Ort der Erde, wo die Gelder nicht hinfließen konnten, wenn es sie dorthin zog. Die Firma managte hunderte Investitionen und musste dabei stets die politischen Gegebenheiten vor Ort, die Rahmenbedingungen von Handelsabkommen und gesetzlichen Bestimmungen, die Volatilität der Produkte, eigene Fehlkalkulationen, technologische Veränderungen und nicht zuletzt die Überschneidung von Märkten und Interessenskonflikte mit Konkurrenten im Blick behalten. Ahmed hatte all diese Koordinaten so weit wie menschenmöglich im Kopf, indem er fast jeden Abend

Berichte und Updates las und tagsüber von frühmorgens an einen Marathon an Meetings absolvierte. Was bedeutete Ahmed, hätte Paul gern gewusst, unter diesen Umständen seine Ehe mit Jennifer? Während Ahmed über Arbeitsmangel wahrlich nicht zu klagen hatte, war nicht zu übersehen, dass sich Jennifers Pflichten in überschaubaren Grenzen hielten. Natürlich konnte sie sich mit den neuesten Fitnessprogrammen und Schönheitsbehandlungen, mit Einkaufen, Reisen, Lesen, Kino, Musikunterricht und vielem mehr die Zeit vertreiben. Doch in dem Moment, als sie plötzlich im Auktionssaal von Christie's Bill Wilkerson vor sich stehen sah, war wie bei einem Polsprung ihre innere Passivität und Willfährigkeit einer konzentrierten, trotzigen Leidenschaft gewichen. Immerhin hatte das Wiedersehen in aller Öffentlichkeit stattgefunden, gut möglich, dass dort jemand Ahmed kannte, und doch hatte der Anblick und die Gegenwart von Wilkerson sämtliche Bedenken dieser Art hinweggefegt. Da fragt sich doch, spann Paul den Gedanken zu Ende, ob Menschen überhaupt so etwas wie eine Kernidentität besitzen, stimmig, gleichsam aus einem Guss, oder eher ein ganzes Bündel an Identitäten, nicht unbedingt im Widerstreit, aber doch klar geschieden und erstaunlich unabhängig voneinander. Hatte Bill Wilkersons plötzliches Erscheinen Jennifers Selbstverständnis als Ahmeds Frau und gesellschaftliche Stütze vorübergehend außer Kraft gesetzt und ein anderes, älteres, vielleicht aber auch authentischeres Ich aus der Versenkung geholt? Dass sie zwischen beiden Persönlichkeitsanteilen mühelos hin und her wechseln konnte, war nicht von der Hand zu weisen, für Paul kein Grund zu moralischer Entrüstung. Vielleicht war ja jeder Mensch so. Es hatte zumindest den Anschein. Jennifer beugte sich gerade konzentriert über ihr Handy und simste. Ihr blondes Haar fiel ihr wie ein glänzender Schleier übers Gesicht und verdeckte ihre Augen. Sie war jeden Tag rund um die Uhr einfach schön, ohne es darauf anzulegen, und einen Moment lang konnte Paul begreifen, weshalb Bill so bedingungslos hinter ihr her war.

In diesem Moment blickte Jennifer auf. Vielleicht hatte sie seinen Blick gespürt. »Ach, Paul, ich geh besser rüber, bevor er nach Hause kommt.« Etwas unsicher stand sie auf, er half ihr zur Tür und stellte sicher, dass sie in ihre Wohnung kam.

»Gute Nacht«, sagte er.

In der Tür drehte sie sich noch einmal um und gab ihm einen freundschaftlichen, doch von Herzen kommenden Kuss und umarmte ihn dabei so fest, dass er ihre Brüste spürte. »Danke, danke, danke dafür, dass du mir zugehört hast, Paul«, sagte sie dicht an seinem Gesicht, und er roch den Wein. »Du kennst mich einfach so gut.«

Das wage ich zu bezweifeln, erwiderte er stumm, als er seine Wohnungstür verschloss, das wage ich sehr zu bezweifeln. Erst jetzt bemerkte er, dass Jennifer nicht nur ihre Einkaufstaschen, sondern auch das dicke Bündel Post bei ihm hatte liegen lassen. Die Tüten konnten bis morgen warten, die Briefe eher nicht. Aus Neugier blätterte er darin. Rechnungen, Werbebroschüren teurer Ladenketten, Reiseveranstalter und Autohändler, Bankauszüge, der übliche Krempel, der die Briefkästen der Reichen verstopfte. Morgan Stanley, American Express, Louis Vuitton, Cunard Kreuzfahrten, Mercedes-Benz. Unter einer Hochglanzbroschüre für einen Kurort in der Schweiz fand sich, an Ahmed adressiert, ein dicker brauner Umschlag von einem Anwalt aus Ocean City, einem Kaff in Maryland. Prall gefüllt mit Dokumenten, so prall, dass die Lasche vorsichtshalber zusätzlich mit Tesafilm verklebt worden war. Paul hatte in seinem Berufsleben schon tausende Umschläge mit Rechtsdokumenten zu Gesicht bekommen, und dieser hier hatte ein verdächtiges Gewicht. Was hatte ein Geschäftsführer von Ahmeds Format mit einem obskuren Anwalt in Maryland zu schaffen? Und wieso ließ derselbe Mann von windigen Leuten, die überdies versucht hatten, in Pauls Apartment einzubrechen, die eigene Wohnung verwanzen? Er wusste es nicht, auch wenn der Schluss nahelag, dass Ahmed sich für Geheimnisse interessierte – entweder die Geheimnisse anderer Leute, wie zum Beispiel von Jennifer, oder aber darum bemüht war, seine eigenen zu bewahren. Wieder wog Paul das Gewicht des Umschlags in der Hand. Da steckten Dutzende Seiten drin, so viel stand fest. Das geht dich nichts an, mahnte er sich. Das ist eine streng vertrauliche Angelegenheit zwischen einem Anwalt und seinem Klienten. Unantastbar. Das Öffnen dieses Umschlags wäre ein Verstoß gegen Bundesrecht. Und davon abgesehen ein eklatanter Verstoß gegen das Berufsethos. Wirklich keine gute Idee. Andererseits vielleicht auch keine schlechte.

Er war drauf und dran, den Umschlag dreist und frech aufzuschlitzen, als ihm ein besserer Gedanke kam.

20

HAPPYTIME APARTMENTS, TEMPLE ROAD, KOWLOON, HONGKONG

Prostitution war in Hongkong legal, solange jede Frau ihrem Geschäft allein und nicht in einem Bordell nachging, was Amir mit großer Freude zur Kenntnis nahm, nur noch übertroffen von der erstaunlichen Entdeckung, dass in dieser Stadt ganze heruntergekommene Mietshäuser von oben bis unten Sexarbeiterinnen beherbergten, die zu Hunderten ihre Dienste im Internet oder in den lokalen Zeitungen anboten. Zu sagen, er habe sich etwas verwöhnen lassen und seine neu gewonnene Freiheit genutzt, wäre maßlos untertrieben gewesen. Eigentlich hatte er geplant, seinen unerwarteten Aufenthalt in Hongkong sinnvoll zu gestalten, indem er neue geschäftliche Kontakte sondierte, endlich ins Fitnessstudio ging und zwanzig Kilo abspeckte oder seriöse Bücher zu seriösen Themen las. Er hatte noch nie viel Glück bei Frauen gehabt, vielleicht, weil er schon immer ein bisschen dick gewesen war, mit besonders adipösem Gewebe um die Brustwarzen herum, das unvorteilhaft kegelförmig vorquoll, doch all seine Komplexe, die er wegen dieser und gewisser anderer messbarer Unzulänglichkeiten gehegt haben mochte, waren in Hongkong wie weggeblasen. Solange von Onkel Hassan weiter Geld floss. Schon in den ersten fünf Tagen seit seiner Ankunft hatte er sechs Sexarbeiterinnen, allesamt Chinesinnen, bestiegen und dabei nicht nur mit ihrem angenehmen, wollüstigen Gurren, sondern auch mit ihren etwas obskureren, doch unvergesslichen Praktiken Bekanntschaft gemacht, wie etwa einem Strang Jadesteinen, der mit perfektem, ekstatischem Timing aus seinem intimen Versteck herausgezogen wurde.

Auf diese Weise hatte er sich über den Schock der plötzlichen Strafversetzung aus den USA hinweggetröstet, auch wenn zwischen seinen Höhenflügen bei den Nutten und Streifzügen durch die Bars seine Gedanken sofort wieder um die besorgniserregenden Ereignisse kreisten. Für Amir gab es eine Reihe Fakten, die zu *klären* waren, und mehrere Dinge, die er im Gedächtnis behalten musste. Doch seine aufrichtigen Bemühungen in diese Richtung erwiesen sich als zunehmend schwierig, nachdem er sich von einer seiner Gespielinnen dazu hatte beschwatzen lassen, seine erste Opiumpfeife zu rauchen. Der Kleinen war es wahrscheinlich nicht entgangen, dass er nie verhandelte, sondern ohne zu zögern den geforderten Preis für ihre Dienste hinblätterte, als ob Geld für ihn keine Rolle spielte und er jederzeit mit Nachschub rechnen könnte. Dass sie für eine chinesische Triade arbeitete, stand von vornherein außer Zweifel. Trotz seiner einstigen legendären Verfügbarkeit war Opium inzwischen in seiner reinen Form im Unterschied zu Heroin nur unter großem Risiko in China zu beschaffen und in Hongkong an den Mann zu bringen. Doch was taten die Leute nicht für einen, der mit genügend Cash um sich warf.

Schon nach den ersten Pfeifen war Amir jegliches Interesse an Sex vergangen. Diese dünnen chinesischen Nutten mit ihrem schlechten Atem und den Candy-Nippeln brachten ihm nicht annähernd diese Befriedigung; Opium brachte ihm *Frieden*. Sein anfänglicher Tageskonsum von drei Pfeifen erhöhte sich bald auf zehn. Im Gebäude an der Temple Road gab es, wie er bald erfuhr, eine Wohnung nur für Pilger wie ihn, in der er hinter verdunkelten Fenstern auf Russen, Amerikaner, Briten, Deutsche, Südamerikaner, Australier und Pakistani stieß. Auf ihrem Weg ins Nirwana nahmen sie die anderen Reisegefährten nur am Rande wahr und wechselten kaum einmal ein Wort. Amirs Geist unternahm jetzt Höhenflüge, schwang sich zu den beglückendsten Orten auf, und mit einem Mal begriff er, wie nichtig und angespannt, wie schal und freudlos sein früheres

Leben gewesen war – eine höchst befriedigende Offenbarung. Und doch kamen ihm kurz nach dem Erwachen Erinnerungsfetzen von Dingen hoch, die ihm zwischenzeitlich entfallen waren; zum Beispiel – kurz bevor das Mädchen ihm die gestopfte Pfeife brachte – diese Sache mit der handgezeichneten Karte. Plötzlich dämmerte ihm wieder, dass der libysche Agent bei dem Planungstreffen zur Entführung von Bill Wilkerson Ahmeds Namen auf Arabisch und seine Handynummer auf diesem Zettel mit der Wegbeschreibung aufgeschrieben hatte. Amir konnte Arabisch lesen, Ahmed nicht. Der bullenstarke Libyer war natürlich leider Gottes erstochen auf einem verwilderten Grundstück in der Nähe der alten Docks von Brooklyn gefunden worden. Doch was, fragte sich Amir, als die Pfeife behutsam vor ihm abgesetzt wurde, war aus diesem Papier geworden? Es standen auch noch einige andere Dinge darauf, zum Beispiel Teile des Plans. Ahmed hatte doch noch gesagt, dass es verbrannt werden sollte, oder? Hatte Amir das richtig in Erinnerung? Durchaus möglich, dass der Libyer den Zettel an dem fraglichen Abend als Gedächtnisstütze behalten hatte. Stellte sich nur die Frage, wo sich dieser Zettel, falls er noch existierte, derzeit befand. Hatte ihn die Polizei in die Finger bekommen? Die handgezeichnete Karte konnte theoretisch von Bedeutung sein. Oder? Vor allem für Ahmed. Nicht vergessen!, schärfte Amir sich ein, während er den ersten Zug an seiner Pfeife nahm. In dem Bestreben, sich eine entsprechende Notiz zu machen, griff er zu einem Stift und einem zusammengefalteten Bar-Flyer, den er in seiner Tasche fand.

Doch als er zwei Tage später an der grünweißen Reling der Star Ferry stand, der Fähre zwischen der Insel Hongkong und Kowloon, und eben diesen Flyer in der Hosentasche entdeckte, konnte er sich nicht erinnern, was ihn zu diesem unleserlichen Gekritzel darauf bewogen hatte, und so zerknüllte er kurzerhand das Papier und warf es in das aufgewühlte, smaragdgrüne Wasser.

21

DRITTER STOCK, 381, 5. STRASSE SÜD, WILLIAMSBURG, BROOKLYN

Die wenigsten Menschen kannten sich mit der Geschichte von Klebeband aus. Wer wusste schon, dass es anfänglich aus Baumsaft, tierischen Bestandteilen, insbesondere gekochten Fischgräten, also natürlichen Klebstoffen hergestellt worden war, die man auf Streifen aus Aalhaut, Gewebe und Lumpenpapier auftrug? Die Erfindung von Zellophanklebeband – mit polymerem Haftkleber überzogener Zellulosekunststoff – in den Dreißigerjahren war der große Durchbruch. Jeder liebte Klebeband. Man kaufte es, pappte es auf alle möglichen Objekte und dachte nicht mehr daran. Obgleich dafür gemacht, etwas zu flicken oder zusammenzuhalten, konnte Klebeband auch ziemlich destruktiv sein, und klebte es erst einmal lange genug an einem historischen Dokument – wie zum Beispiel einer Karte –, ließ es sich praktisch nicht mehr entfernen, ohne die darunter liegenden Papierfasern zu beschädigen, ganz zu schweigen von der Tinte, die sich so fest mit der Klebschicht verband, dass man sie mit abzog. Entfernte man ein Klebeband von einem Papier, hinterließ es fast immer untrügliche Spuren. Als sei das für den Restaurator nicht schon genug, waren bei der Herstellung von Klebeband im Lauf der Jahrzehnte immer neue Komponenten verwendet worden.

In der Tat gab es nur wenige, die etwas von Klebeband verstanden, doch Paul kannte einen von ihnen: Rollie Martin. Er arbeitete in Williamsburg, einem Viertel in Brooklyn, in einem Loft, einem weiß getünchten offenen Studio mit hohen Decken. Rollie trug tagein, tagaus einen weißen Overall und für Anrufe oder Besucher hatte er täglich nur eine Stunde am späten Nachmittag reserviert. Dann fanden Landkarten und andere Dokumente aller Art ihren Weg zu ihm, und ihre Eigentümer flehten ihn an, irgendwie das kreuz und quer verklebte Band von ihrem kostbaren Papier zu entfernen, ohne dass das Dokument selbst Schaden nahm. Rollie war groß, kahlköpfig und sah ganz und gar seltsam aus – wahrscheinlich zuträglich fürs Geschäft. Es hieß, Rollie habe einen Auftragsstau von drei Jahren. Doch Paul war ein so alter, treuer Kunde, dass er ihn zwischendurch reinschob. Jeden Morgen, selbst sonntags, wählte Rollie zu den melancholischen Klängen von George Winston die Dokumente für sein Tagespensum aus, inspizierte das Papier, das Klebeband und die Tinte oder Tinten, bevor er das zu entfernende Band in einem Randbereich mit chemischen Reagenzen testete, um sicherzugehen, dass er die chemische Zusammensetzung getroffen hatte. Es ging darum, so hatte er Paul mit monotoner Stimme erklärt, den Klebekomponenten mit der passenden Chemie beizukommen. Ging alles nach Plan, was selten der Fall war, legte er das Blatt einfach unter einer speziell für ihn angefertigten Abzugshaube in eine große, flache Schale mit der ermittelten Lösung. Er streifte Gummihandschuhe über, zog das Dokument ein paar Mal hin und her, tauchte es unter und beobachtete, was passierte. Manchmal verflüssigte sich das Klebeband sofort, dann wieder schwamm es in Fetzen über dem Dokument oder war zumindest so stark aufgeweicht, dass Rollie das Papier ablösen und sofort danach ablöschen sowie glätten konnte, um in einem nächsten Schritt mit Lupe und Pinzette die Stückchen zu entsorgen. Es war eine akribische Arbeit, die absolute Konzentration verlangte und keine Unterbrechung duldete. Andere Dokumente erforderten einen größeren Aufwand. Wenn das Blatt zum Beispiel zerknittert, brüchig *und* mit Klebeband versehen war? Die Antwort: Das Blatt zuerst hydratisieren, um es aufzufalten und zu glätten, dann entsäuern und erst danach das Band entfernen. Und wenn man nach dem Ablösen des Bands ein Papier in vielen Einzelteilen in Händen hatte? Die Antwort: Man nehme ein billiges Dokument von ähnlicher Beschaffenheit und ungefähr dem gleichen Alter, schneide einzelne Streifen davon ab, wässre und zerstoße sie zu einer Paste und verbinde die Stücke des ursprünglichen Dokuments mit der Paste, indem man die Riss- oder Schnittstellen damit ausfüllt. Auch dazu war Rollie imstande. Er konnte zaubern.

Doch das war *Restaurierung*. Papierrestauratoren konnten aber auch bei einer *List* von Nutzen sein. Ha! Paul erschien bei Rollie mit dem dicken, braunen Brief, den Ahmed von dem Anwalt in Maryland erhalten hatte.

»Ich nehme mal an, Sie wollten den nicht einfach über Wasserdampf öffnen«, witzelte Rollie.

»Das hab ich mich nicht getraut. Außerdem kann sich davon die Umschlaglasche wellen. Aber lässt sich so überhaupt das Klebeband entfernen?«

»Theoretisch schon, aber das wird eine Schweinerei. Und die polymere Klebeschicht der Lasche ist praktisch unbrauchbar, wenn man ihn wieder verschließen will.« Rollie steckte einen Fingernagel unter die Laschenkante und fand bestätigt, dass sie sehr fest klebte. »Dachte ich mir. Die wollten nicht, dass der Umschlag unterwegs von selbst aufgeht.« Dann maß er Länge und Breite des Bands mit einem Lineal und machte sich eine Notiz. »Aber das wussten Sie natürlich. Und ich nehme mal an, Ihnen ist das hier sehr wichtig.«

»Ja.« Das heißt, möglicherweise, korrigierte er sich innerlich. Schließlich wusste er nicht, was drin war.

Rollie sah auf einer Spindel nach, auf der sich mindestens fünfzig verschiedene Arten durchsichtiges Klebeband aneinander reihten, suchte eins aus, vergewisserte sich, dass es zu dem am Umschlag passte, und merkte an: »Wir brechen hier das Gesetz.«

»Ja«, sagte Paul.

Rollie zog sich ein frisches Paar Latexhandschuhe an. »Und Sie, mein Anwaltsfreund, könnten die Anwaltslizenz verlieren.«

»Nur, wenn ich mich erwischen lasse, Rollie. Ich bin sicher, ich bin nicht der Erste, der mit so etwas zu Ihnen kommt.«

»Ich muss doch sehr bitten.« Rollie verzog das Gesicht zu einem breiten Grinsen. »Sie würden staunen, was für unglückliche Ehemänner und Ehefrauen mir die Bude einrennen. Briefe von Liebhabern, Kreditkarten-Abrechnungen, Arztrechnungen, Telefonrechnungen, Testamente.« Er nahm den Umschlag, hielt ihn gegen ein äußerst helles Licht, führte an der rechten Ecke ein nadeldünnes, langes Instrument in die winzige Öffnung an der Oberkante, zwischen Lasche und Brief ein und schob es behutsam weiter, sodass es sich zwischen der Rückseite des Umschlags und dem Dokument darin bewegte. Das Licht diente dabei als eine Art Röntgengerät für die Schichten Papier. Dann trat die hauchdünne Nadel an der entsprechenden Öffnung auf der anderen Seite wieder aus, sodass der Umschlag praktisch daran aufgespießt war.

Jetzt drückte Rollie das Ende der Nadelvorrichtung herunter, und das hauchdünne Metallstängchen bog sich in zwei Stücken nach außen, sodass es die Dokumente um zwei bis drei Zentimeter vom Umschlag trennte. Anschließend griff er zu einem Fläschchen mit einer stinkenden Lösung, tunkte einen flachen Pinsel darin ein und bestrich damit das Klebeband und die angrenzenden Flächen des Papiers. »Zählen Sie bis dreißig«, wies er Paul an. »Und streifen Sie sich diese Handschuhe über.« Er zeigte auf ein unbenutztes Paar. »Achten Sie darauf, dass Sie das Papier nicht berühren.«

Bei achtundzwanzig fiel das nasse Band ab, die Lasche kräuselte sich ein wenig an der Kante und ging auf. Rollie zog den Inhalt des Umschlags heraus und reichte ihn Paul. »Anschreiben mit der Vorderseite zur Rückseite des Umschlags, mit der Unterschrift nach unten.«

»Und wie weiter?«

»Machen Sie vorsichtig die Büroklammer ab und schieben Sie sie hinterher genau an derselben Stelle wieder drauf. Lesen Sie nichts davon. Sie haben fünfundvierzig Sekunden. Sonst muss ich die Lasche neu verkleben, und das ist riskanter.«

Paul war mit drei Schritten an Rollies Kopierer und legte den Stoß ein, ohne das Anschreiben zu lesen. Die Kopien schossen erfreulich schnell heraus. Er überzeugte sich davon, dass sie lesbar waren, und gab die Originale Rollie zurück, der auf die Uhr sah. »Das Anschreiben war mit der Vorderseite zur Rückseite des Umschlags, mit der Unterschrift nach unten«, wiederholte er. Er faltete den Brief wieder zusammen, steckte ihn in den Umschlag, während er zugleich den Metallbügel zusammenzog und den Umschlag schließlich unter eine Abzugshaube legte, um den restlichen Geruch nach Lösemittel zu vertreiben. Zuletzt legte er ihn in eine hydraulische Presse, überprüfte die verschlossene Lasche, schnitt ein abgemessenes Stück des bereitliegenden Klebebands ab, beugte sich über den Brief, um das Band an einer Ecke präzise an der alten Stelle anzusetzen, wischte es mit dem Daumen glatt, dann gegenläufig und hielt sein Werk zu einer letzten Überprüfung hoch.

Paul nickte. »Unglaublich.«

Rollie steckte den Umschlag in eine größere Klarsichthülle. »Denken Sie dran«, warnte er, »lassen Sie den Brief aus der Hülle fallen, ziehen Sie ihn nicht mit den Fingern raus.«

»Meine Fingerabdrücke sind sowieso schon überall da dran.«

»Ach so, dann lassen Sie sich eine Erklärung einfallen, auch wenn der Umschlag höchstwahrscheinlich einfach weggeworfen wird.«

Paul zahlte Rollie sein Honorar – fünfhundert Dollar in bar – und war in einer Minute unten. In den Nebenstraßen von Williamsburg waren die gelben Taxis von Manhattan nicht leicht zu bekommen. Daher nahm er den Wagen eines chassidischen Fahrdienstes, und während er Richtung Manhattan Bridge schlingerte, las Paul das Anschreiben der Kanzlei Burdett & Rush:

Sehr geehrter Mr Mehraz,

seit wir das letzte Mal Kontakt hatten, sind zwar viele Jahre vergangen, doch ich habe Ihren bemerkenswerten beruflichen Werdegang mit großer Genugtuung verfolgt.
Ich schreibe Ihnen heute, um Sie davon zu unterrichten, dass wir von Zeit zu Zeit unsere Klientenakten sichten, um unser Archiv zu entlasten. Auch wenn wir alle unsere Klienten vorsorglich davon in Kenntnis setzen, dass es in unserem Ermessen liegt, ihre Akten nach zehn Jahren zu vernichten, geschieht dies nicht notwendigerweise in jedem Fall, besonders, wenn Klienten noch arbeiten und möglicherweise zu einem künftigen Zeitpunkt auf unsere rechtliche Beratung zurückkommen könnten. Bei einer kürzlichen Sichtung, auch im Hinblick auf meinen näher rückenden Ruhestand, habe ich festgestellt, dass wir immer noch den Papierordner zu Ihrem Fall haben, der im letzten August bereits zwölf Jahre zurücklag. Statt die entsprechenden Dokumente zu vernichten, schicke ich sie Ihnen zu, damit Sie sie nach eigenem Belieben vernichten oder behalten können. Ich habe eine vollständige Kopie einbehalten, die ich, falls Sie es wünschen, an Mr Roger Metcalfe in Manhattan schicken kann – unseren Unterlagen nach ist er nicht im Besitz einer vollständigen Kopie. Bitte teilen Sie unserem Büro im Lauf der kommenden vier Wochen per E-Mail oder Anruf mit, ob Sie dies wünschen. Andernfalls vernichten wir meine Kopie, und die Angelegenheit ist abgeschlossen.

Es war mir ein Vergnügen, Ihnen vor so vielen Jahren behilflich gewesen zu sein, und ich freue mich, dass wir ein zufriedenstellendes Ergebnis erzielen konnten.
Weiterhin mit allen guten Wünschen für Ihre bemerkenswerte berufliche Laufbahn,

hochachtungsvoll,
Edward M. Burdett III.

Ein routinemäßiger Brief eines Kleinstadtanwalts mit ein wenig Schmeichelei, an die Privatadresse und nichts ans Büro adressiert, was den Schluss nahelegte, dass die beigefügten Seiten keinen Eingangsstempel von Ahmeds Firma bekommen und nicht dort in der Ablage landen sollten – oder auch in den Händen einer neugierigen Sekretärin. Aber wieso? Roger Metcalfe war ein älterer, hochgeachteter Einwanderungsanwalt, der bei einer der Full-Service-Kanzleien Einbürgerungsfälle verhandelt hatte, möglicherweise jedoch bei einer der Einsparungswellen gegangen war und natürlich seine Klienten mitgenommen hatte. Paul war nicht sicher, wo er derzeit arbeitete. Er machte sich daran, die Akte durchzugehen, die chronologisch geordnet und allem Anschein nach vollständig war, einschließlich Gerichtsformularen, behördlichen Schreiben, Rechnungen sowie Briefen von den Büros in Los Angeles und einem von einem gewissen Hassan Mehraz, offenbar einem Angehörigen von Ahmed. Auf den ersten Blick schienen die Dokumente darauf hinzudeuten, dass ein bedauerlicher persönlicher Vorfall rechtliche Konsequenzen nach sich gezogen hatte, die den massiven Einsatz einer gut vernetzten Anwaltskanzlei erfordert hatten. Offenbar hatte dieser Hassan Mehraz die Kosten dafür übernommen.

Als Paul die entscheidenden Dokumente fand, las er sie aufmerksam. In jenem Sommer hatte der zwanzig Jahre alte Ahmed viel Zeit an den Stränden und mit den Sehenswürdigkeiten von Ocean City, Maryland, verbracht und war eines Abends einer jungen Frau namens »Miss Colleen Jacobs« vom Strand zu einem Lokal und von dort in eine Bar namens »Sand Pit« gefolgt. Was sich zwischen den beiden abspielte, war in den Dokumenten nicht konkret benannt, führte jedoch zu einer Belästigungsklage von Colleen Jacobs wegen »wiederholter anstößiger und höchst anzüglicher Bemerkungen«, welche die junge Frau offenbar keineswegs für den jungen Ahmed einnahmen. Doch es kam noch schlimmer. Als er versuchte, das Sand Pit zu betreten, wurde er vom Personal aufgefordert, sich auszuweisen, woraufhin er einen gefälschten kalifornischen Führerschein vorzeigte, auf dem sein Alter mit dreiundzwanzig angegeben war. Ein Polizist in Zivil, der neben dem Eingang zur Bar stand, stellte Ahmed zur Rede, um ihm einen Strafzettel zu übergeben. Doch aus irgendeinem Grund – vielleicht durch Ahmeds gutes Aussehen oder, wer weiß, sein großspuriges Auftreten oder auch nur durch seine teure Kleidung provoziert, verpasste er ihm eine Vorladung wegen Trinken in der Öffentlichkeit, Falschaussage und Störung einer Amtshandlung. Es folgte ein Handgemenge, das bei strenger Auslegung den Straftatbestand von Widerstand gegen die Staatsgewalt erfüllte, ein wirklich ernstes Vergehen. Ahmed wurde festgenommen, über Nacht im Gefängnis von Ocean City festgehalten und am nächsten Tag, nachdem er einen Wust an Formularen ausgefüllt hatte, auf freien Fuß gesetzt. Sein Verwandter Hassan Mehraz, den er zweifellos auf der Stelle anrief, beauftragte umgehend Edward M. Burdett III. Den übrigen Dokumenten nach hatte der Onkel der Kanzlei aufgetragen, dafür zu sorgen, dass der ganze Vorfall nicht aktenkundig würde. Nach zähen Verhandlungen Burdetts mit dem Gericht erklärte sich Ahmed damit einverstanden, ein Bußgeld von zehntausend Dollar zu zahlen und zweihundert Stunden gemeinnützige Arbeit zu leisten, mehr als das Fünffache der üblichen Strafe. Burdett schrieb dieses strenge Strafmaß der beharrlichen Klage des Polizisten zu, Ahmed habe ihn und die beistehenden Kollegen allesamt als »armselige Cop-Mimen« und »Weißärsche« beschimpft.

Die Klage von Miss Colleen Jacobs wiederum wurde fallen gelassen, nachdem sich Hassan Mehraz zu einer Spende von hundertfünfzigtausend Dollar bereiterklärt hatte, und zwar an eine Wohltätigkeitsorganisation nach Wahl der Familie Jacobs. Des Weiteren musste sich Ahmed zu einer dreimonatigen, staatlich überwachten Psychotherapie verpflichten und in einem notariell beglaubigten Brief förmlich entschuldigen. Bei den Jacobs handelte es sich um eine Familie, die in Cedar Rapids, Iowa, in hohem Ansehen stand, und so ging die Spende an die katholische Kirche vor Ort. Der Leistungsbericht der Kanzlei ließ auf einen intensiven Austausch zwischen Edward Burdett III. und Conrad Jacobs, dem Vater der jungen Frau, schließen, der in dem Vorfall eine öffentliche Demütigung seiner Tochter durch einen betrunkenen Harvard-Studenten mit einem fremdartigen Nachnamen sah. In einem Brief an Burdett schrieb der Mann: »Auf mein Drängen gab meine Tochter Wort für Wort einen Teil der abscheulichen Dinge wieder, die dieser verzogene junge Mann in aller Öffentlichkeit zu ihr gesagt hatte und die sich um seine Genitalien und ihre Körperöffnungen drehten. Bei der Erinnerung an diese Äußerungen standen ihr die Tränen in den Augen, und wir sahen uns gezwungen, sie nach dieser traumatischen Erfahrung einem Psychotherapeuten anzuvertrauen. Ihre akademischen Leistungen und ihr Selbstvertrauen im Umgang mit Menschen haben sehr gelitten, und wir sind hinsichtlich der langfristigen Folgen besorgt.«

Die dürften sich in Grenzen gehalten haben, dachte Paul. Gut möglich, dass eine attraktive College-Studentin den Aufstand gegen ein allzu behütendes Elternhaus im Mittleren Westen probte und am fraglichen Abend dem reichen jungen

Ahmed zumindest ein aufmunterndes Lächeln geschenkt hatte, bevor sich Ahmed, anders konnte man es nicht bezeichnen, wie ein komplettes Arschloch benahm.

Als Paul nach Hause kam, schloss er die Akte in seinen Safe ein und führte eine schnelle Internetsuche nach Colleen Jacobs aus Cedar Rapids, Iowa durch. Wie sich herausstellte, hatte sie wenige Jahre nach dem Vorfall in Ocean City, Maryland, einen Herzchirurgen am Universitätskrankenhaus im nahegelegenen Iowa City geheiratet; später hatte sich das Paar in Chicago niedergelassen, wo ihrer beider Namen bei verschiedenen Wohltätigkeitsinitiativen auftauchten. Auf dem professionellen Foto zur Heiratsanzeige, das in der *Gazette* von Cedar Rapids erschienen war, strahlte ihm eine schöne Blondine mit klarem, offenem Blick und vollkommenen, ebenmäßigen Gesichtszügen entgegen. Sie entsprach, stellte Paul fest, eindeutig einem bestimmten Typ – genau demselben Typ wie Jennifer, der sie frappierend ähnlich sah.

Am nächsten Morgen klingelte Paul auf dem Weg zur Arbeit an Jennifers Tür. Ahmed musste um diese Zeit längst im Büro sein. Als sie öffnete, wirkte sie verschlafen, ein wenig benommen, mit ungekämmtem Haar.

»Du hast gestern Abend deine Post bei mir liegen gelassen.« Er reichte ihr den Stoß Broschüren und Rechnungen, mitten drin der Brief aus Ocean City.

»Ach so, danke«, sagte sie. »Wir werden mit dieser ganzen dämlichen Werbung überschwemmt.« Sie warf die Post in einen Korb auf einem Wandtisch, trat in den Flur und zog die Tür hinter sich zu. »Können wir reden?«

»Klar.«

»Ich denke«, sagte Jennifer im Flüsterton, »ich lasse mich von Ahmed scheiden.«

»Im Ernst?«

»Ich hab's mir gründlich überlegt.«

Er glaubte ihr nicht ganz.

»Ich wollte nur, dass du es erfährst.« Sie öffnete die Tür, und bevor sie dahinter verschwand, drehte sie sich noch einmal um. »Kann ich auf deine Hilfe zählen?«, fragte sie leise.

»Sicher, aber wie?«

»Du weißt schon, mit den Anwälten und so.«

»Und du bist dir sicher?«

Statt zu antworten, starrte sie ihn nur an, bis sich ihre schönen blauen Augen mit Tränen füllten, dann schüttelte sie den Kopf und verschwand in ihrer Wohnung.

22

EAGLE STREET ECKE MCGUINNESS BOULEVARD, GREENPOINT, BROOKLYN

Sie müsste es inzwischen doch wissen, oder? »Du hast gesagt, du hättest es binnen zwei Tagen gemerkt«, sagte Rachel am Telefon zu ihrer Schwester. »Ich merke gar nichts.«

»Na ja, dann hat es diesmal eben nicht geklappt.«

»Du *verstehst* mich nicht. Ist ja nicht so, dass wir zusammenleben und es jede Nacht treiben.« Sie musste an Pauls Bemerkung denken, seine erste Frau habe nach dem Sex wie sie die Knie angezogen. »Meinst du, er kommt dahinter, dass ich es drauf angelegt habe?« Ihr Taxi fuhr auf der Suche nach einer Adresse im Schneckentempo. Dieser Teil von Brooklyn war ihr unbekannt wie wohl den meisten New Yorkern.

»Woher soll ich das wissen, Rachel. Männer können wirklich seltsam sein. Manches kriegen sie mit, anderes nicht mal, wenn man sie mit der Nase drauf stößt. Vielleicht hast du ja selber widersprüchliche Gefühle. Vielleicht bist du dir nicht ganz sicher, ob du es willst.«

»Was?«

»Manche Ärzte sagen, wenn die Frau nicht dafür offen ist, schwanger zu werden, also emotional, sinkt die Wahrscheinlichkeit, dass es dazu kommt.«

Genau deshalb hasste sie ihre Schwester manchmal. »Das ist totaler Quatsch. Ich *will* schwanger werden!«

»Das beweist noch gar nichts!«

»Tut es doch. Tschüs.«

Das Taxi setzte sie vor einer Reihe heruntergekommener Gebäude ab, die so oft renoviert und umgebaut worden waren, dass ihre ursprüngliche Funktion kaum noch zu erkennen war. Vor einem Eingang mit einer schweren Eisentür stand etwa ein Dutzend Leute, die meisten in schwarzen Outfits, ein paar Mädchen in kurzem Kleid. Rachel glich die Adresse ab. Sie wusste sofort, dass sie für das, was sie hergeführt hatte, falsch angezogen war. Sie lächelte den Leuten am Eingang freundlich zu, darunter einem schlaksigen Hipster mit Männerdutt und skinny Jeans, die zehn Zentimeter über seinen Knöcheln endeten.

»Die Ausstellung ist da drinnen?«, fragte sie.

»Ja« antwortete er in einem Ton, der ihr sagte: *Und so uncoolen Leuten wie dir sollte der Zutritt verboten sein.*

Als echter Hipster-Gentleman kam es ihm nicht in den Sinn, die schwere Tür für sie zu öffnen, also legte sie selbst Hand an und blickte drinnen auf eine Industriestahltreppe, während ihr aus dem Obergeschoss laute Musik entgegenpulsierte. Sie stapfte hinauf und fand sich in einer abgedunkelten riesigen, höhlenartigen Halle wieder, in der sich mindestens zweihundert Männer und Frauen tummelten, die meisten zwischen zwanzig und dreißig, viele mit Zigarette und etwas Alkoholischem in der Hand, fast alle obsessiv mit ihren Handys beschäftigt, was sie nicht daran hinderte, die Szene abzuchecken. Der Coolness-Faktor war mega, spitzenmäßig. OMG, ich bin wirklich alt, simste sich Rachel in Gedanken, während sie vorwärts strebte. Nach einem zehnminütigen Erkundungsgang durchs Gedränge wusste sie, dass es zwei riesige Ausstellungshallen gab, in denen jeder Zentimeter Wandfläche mit Kunst behängt war. Darüber hinaus befand sich im zweiten Stock noch ein DJ-Bereich mit tiefen Sesseln, in denen eine Reihe Mädchen saßen, die offensichtlich nicht wegen der Kunst, sondern wegen der für später angesagten Party gekommen waren, der die jungen Leute entgegenfieberten. Die Mädchen saßen mit zusammengedrückten Knien in ihren kurzen Röcken da und wiegten sich zur Musik oder unterhielten sich, während sie aufgeregt qualmten. Die Hälfte von diesen Küken hüpft heute Nacht in die Kiste, und sie wissen alle noch nicht, mit wem. Na ja, in ihrer Jugend hatte sie so was auch gemacht, sie hatte keine Dummheit ausgelassen und mit mehr Glück als Verstand alle überlebt. Doch dabei hatte sie einige Lektionen über Männer gelernt und im Lauf der Jahre eine sehr klare Vorstellung davon entwickelt, was sie bei einem Mann suchte. Paul, so viel stand fest, war der Richtige. Er war es einfach, er hatte keine Ahnung, wie *perfekt* er für sie war, was ihn in ihren Augen nur noch perfekter machte.

Im dritten Stock befand sich eine weitere Ausstellungsfläche sowie ein Bühnenbereich, in dem eine Band gerade ihre Vorbereitungen traf, und dahinter schloss sich eine nicht ganz legale Bar an, in der zwei junge Männer in Fedora und weißem T-Shirt Drinks mixten.

Dank der Firmen-Software war Rachel auf der Suche nach einem Kunstwerk von Enid Silvera. Sie hatte »Mulberry Street Restauration« eingegeben und binnen weniger Sekunden über einige Dutzend Leute im Umfeld des Ateliers mehr erfahren, als sie wissen wollte, darunter auch über die Büroleiterin, Enid Silvera. Wie Rachel inzwischen begriffen hatte, erwies sich die Software bei den jungen Leuten, die fast alle unbekümmert breite Datenspuren hinter sich herzogen, als besonders ergiebig. Wo also hingen Enid Silveras Bilder? Bei den hunderten Gemälden, die sich auf drei Geschossen vom Boden bis zur Decke drängten, konnte Rachel kein Ordnungsprinzip erkennen. Das Meiste war von äußerst bescheidener Qualität – Fingerübungen von Kunststudenten, Collagen aus Zeitschriftenbildern … politische Slogans auf Leinwand … Pseudo-Bondagezeichnungen von Mädchen … Gemälde von Frauenschuhen … mit dem Handy aufgenommene, digital aufbereitete Fotos. Doch einige wenige Stücke zeugten von echtem künstlerischem Talent, darunter ein schönes, doch nicht signiertes Gemälde von einem Orientteppich, auf dem der Künstler in opulentem Detail jeden Knoten des handgeknüpften Teppichs nachgeschaffen und auf diese Weise die gewellte Oberfläche, die abgewetzten Stellen und sogar die Struktur des Wollgarns eingefangen hatte. Preis neunhundert Dollar. Wow, dachte Rachel, in einer Galerie im Zentrum von Manhattan würde das glatt zehntausend bringen.

Doch die Stücke hingen so eng, dass sie sich gegenseitig erschlugen, erst recht, wenn hinter dem Besucher eine plappernde Menschenmenge vorbeiströmte. Wie sollte sie da Enid Silvera finden? Nirgends konnte sie jemanden entdecken, der sich hier zuständig fühlte. Rachel arbeitete sich langsam durch den Raum und las dabei jedes gedruckte Kärtchen neben den Werken, bis sie den ganzen Saal einmal abgeschritten hatte. Die ganze hektische, lärmige Situation war ein wenig deprimierend, abgesehen davon, dass sie, wenn sie später wieder ging, nach Zigarettenrauch riechen würde.

Doch sie gab nicht auf, bis sie endlich, im dritten Stock, zwei kleine Gemälde von »E. Silvera« entdeckte, beides Darstellungen von Katzen, die zum Fenster hinaus auf eine Feuerleiter blickten. Farbenfroh, aber grottenschlecht. Rachel beugte sich vor, um die Karte zu lesen. Jedes Bild sollte dreihundertfünfundzwanzig Dollar kosten, ein lachhaft überzogener Preis. Sie blieb eine Weile stehen und sah sich die Leute an, die an den Wänden vorbei defilierten.

»Kennen Sie die Künstlerin?«, fragte sie einen jungen Mann.

»Nee«, sagte er. »Sie?«

Sie erkundigte sich bei ein paar anderen jungen Besuchern, bis eine Frau sagte: »Ich glaube, Enid ist da drüben.«

Sie zeigte auf ein großes, unscheinbares Mädchen in schweren Stiefeln, die ihren maskulinen Körperbau unterstrichen. Rachel schlängelte sich zu ihr durch.

»Hi, sind Sie Enid?«

Das Mädchen sah sie misstrauisch an. »Ja.«

»Ich hab gerade Ihre Gemälde bewundert.«

»Oh, wow, danke.«

Wickel sie ganz langsam ein, dachte Rachel. »Ja, die sind mir ins Auge gesprungen.«

»Oh, wirklich, das freut mich. Eins hab ich gerade erst fertig bekommen.«

»Ich wollte fragen, ob ich das eine vielleicht kaufen kann, das mit der orangefarbenen Katze.«

»Ja, sicher.«

»Vielleicht können wir uns irgendwo hinsetzen?«

Sie fanden ein Fleckchen am Rand der illegalen Bar.

»Was machen Sie beruflich?«, fragte Rachel.

»Na ja, ich hab vor ein paar Jahren meinen Abschluss an der Cooper Union gemacht«, gab Enid Auskunft.

»Eine großartige Kunstakademie.«

»Ja, vermutlich.«

»Aber?«

»Ich hab eigentlich immer nur an meinen Sachen gearbeitet.«

Einer der Kellner mit Hut und T-Shirt kam herüber. »Tut mir leid, aber dieser Tisch ist für Leute reserviert, die etwas zu trinken bestellen.«

»Dann werden wir etwas zu trinken bestellen«, sagte Rachel beschwingt. »Das geht auf mich.«

Ein paar Minuten später tranken sie beide Wodka und Orangensaft.

Rachel wartete, bis sich Enid ein wenig entspannte. »Also, wie kann ich das Katzengemälde kaufen?«

»Hm, Sie geben mir einfach das Geld, und dann können Sie es von der Wand nehmen.«

»Im Ernst? Das ist ja toll. Also, Enid, ich möchte dieses Bild kaufen, aber ich hätte auch gerne eine kleine Auskunft von Ihnen.«

Das Mädchen wirkte verwirrt. »Als da wäre?«

»Na ja, Sie sind Büroleiterin bei Mulberry Street Restorations?«

»Und?«

»Ich benötige eine Information über eine große Karte, die kürzlich bei Ihnen eingeliefert wurde.«

»Wegen Stockflecken?«

»Ja, eine große alte Karte von New York.«

Enid starrte sie an. »Darüber wollen Sie was wissen?«

»Ich wüsste gerne, wem sie gehört.«

Enid sah sie entgeistert an. »Das ist eine absolut vertrauliche Information.«

Rachel nickte. »Ja, natürlich.« Sie wartete einen Moment. »Ich möchte mich mit dem Eigentümer in Verbindung setzen.«

Enid trank begierig an ihrem Glas. »Ich könnte meinen Chef danach fragen.«

»Das wäre mir nicht so lieb.«

»Und Sie wollen mein Gemälde kaufen?«

»Ja, heute Abend. Auf der Stelle.« Rachel öffnete ihre Handtasche, als kramte sie nach ihrem Portemonnaie. »Ich habe es sogar in bar dabei.«

»Oh, toll.«

»Aber ich möchte gerne den Namen der Person wissen, der die Stassen-Ratzer-Karte von Manhattan aus dem Jahr 1768 gehört, die letzte Woche, möglicherweise am Mittwoch, bei Ihnen in Arbeit gegeben wurde.«

»Oder –?«

»Oder ich kann leider Ihr Gemälde nicht kaufen.«

»Wirklich?«

Rachel lächelte. »Tja, so sieht's aus.«

»Bin gleich wieder da«, sagte Enid und stand so abrupt auf, dass sie ein wenig schwankte. Fünf Minuten verstrichen, dann zehn. Rachel trank ihren Wodka aus und bestellte noch einmal dasselbe, um den Tisch zu halten, während sie fürchtete, Enid könnte abgesprungen sein.

Doch sie kam, mit einem jungen Mann im Schlepptau.

»Ich hab uns noch eine Runde besorgt«, sagte Rachel freundlich.

Enid sah den jungen Mann an, der ein in Papier verpacktes, flaches Objekt in den Händen hielt. »Ich hab's mitgebracht«, sagte Enid. »Das ist mein Freund Paco.«

»He«, sagte Rachel und schüttelte Paco die Hand.

Paco zog sich einen Stuhl heran. »Enid sagt, Sie wollen ihr Gemälde haben?«

»Und eine Auskunft.«

Paco durchbohrte sie mit seinem Blick. »Ich glaube, da gibt es ein ernstes Problem.«

»Nämlich?«

»Sie zahlen für ein Bild, nicht für einen Namen.«

Rachel sog die Luft ein. »Also –«

»Und ich – und wir sind der Meinung, dass Sie für den Namen extra zahlen sollten.«

»Ach so, wie viel?«

»Wir dachten, so fünfzig Dollar obendrauf.«

Rachel sah von einem zum anderen. »Klingt fair«, sagte sie. »Ja, machen wir's so.«

»Ich hab die Info, die Sie brauchen, in einer meiner Büro-E-Mails«, sagte Enid. »Hier auf dem Handy.«

Rachel zählte dreihundertfünfundsiebzig Dollar ab und reichte sie Paco.

»Okay«, sagte sie und nahm das Päckchen von ihm entgegen. Enid scrollte durch ihre E-Mails. »Hier ist der Auftragseingang.« Sie vergrößerte das Dokument auf ihrem Display.

Rachel zückte ihr eigenes Handy und machte ein paar Fotos. »Und Sie sind sich ganz sicher?«

»Lesen Sie's.«

Die Beschreibung passte. Der Kostenvoranschlag für die Restauration belief sich auf achttausendfünfhundert Dollar, und die Eigentümerin war Mrs Hillary Larabee Morton mit einer Adresse an der 74. Straße Ost.

»Danke«, sagte Rachel und stand auf. »Ich halte Sie für sehr talentiert«, fügte sie an Enid gewandt hinzu, die dankbar lächelte und Paco einen scheuen Blick zuwarf. »Also, dann macht sich diese alte Dame mal auf den Heimweg, bevor es hier richtig gemütlich wird.«

»Verständlich«, sagte Paco verständnisvoll.

Klar, habt ihr verstanden, dachte Rachel im Taxi zurück nach Manhattan. Ich auch. Obwohl sie sich leicht beschwipst fühlte, überlegte sie, wie sie die Sache mit Mrs Hillary Larabee Morton an der 74. Straße Ost am besten angehen sollte. Der Wagen hielt vor ihrem Wohngebäude, sie bezahlte die Fahrt und ließ, in voller Absicht, das verpackte Gemälde auf dem Rücksitz liegen, dann stieg sie, mit sich und der Welt zufrieden, aus.

23

DIE HIGH LINE, MEATPACKING DISTRICT, MANHATTAN

Du musst hier weg. Konnte sie das nicht einfach sagen? Billy, du musst hier weg, oder alles wird nur noch schlimmer. *Ich bin im Moment wirklich nicht besonders stark.* Oder sie sagte ihm, sie wolle bei Ahmed bleiben. Aber das stimmte nicht. Billy, bitte geh ganz einfach. Verlass mich und vergiss mich. Ich hatte meine Chance vor langer Zeit, bevor –

»Jenny?«

Die High Line war sonderbar, nur eine ehemalige Güterzugtrasse, die man zu einem schmalen Park oberhalb der Straßen umgewandelt hatte. Sie konnte nicht nachvollziehen, was die ganze Aufregung sollte, die vielen ausländischen Touristen, die begeisterten Besucher, die alle paar Meter stehen blieben und mit ihren Handys Fotos schossen. Billy hatte eine Ansichtskarte davon gekauft, auf der sie etwas besser rauskam, als sie wirklich war. Aber egal, sie genoss es, dort spazieren zu gehen. Natürlich war Ahmeds Mann irgendwo hinter ihnen, das heißt, nicht unbedingt, da sie schnell in ein Taxi gesprungen war.

»Ich soll für fünf Tage mit ihm verreisen.« Nach Genf, von dort aus würde Ahmed nach Paris weiter fliegen und sie wieder zurück.

»Ihr fliegt, bevor der Hurrikan morgen Abend die Küste erreicht?«

»Ja, vermutlich. Und du? Willst du bei dem Wetter trotzdem da draußen ausharren?«

»Eigentlich freue ich mich darauf.«

Nichts wäre für sie weniger verlockend. Während Billy im

Starkregen bibbern würde, wäre sie in Genf. In einem schönen Hotel, mit einer so riesigen emaillierten Badewanne mit Klauenfüßen, dass sie sich vollständig hineinlegen konnte, und jeden Abend würde eine winzige Tafel Schweizer Milchschokolade auf dem Kopfkissen warten. Orchideen vor dem Fenster. Zum Frühstück freie Wahl zwischen französischen, deutschen, italienischen, englischen, spanischen, japanischen und chinesischen Zeitungen. Die Stadtarchitektur, der Hafen, die Seeuferpromenade, der Einkaufsbummel in der Rue du Rhône. Italienische Lederhandtaschen. Schuhe. Ahmed hatte auch schon zum Abendessen einen Tisch in einem Restaurant bestellt, das sie liebte. »Wenn ich im letzten Moment sage, ich komme nicht mit, wird er erst recht misstrauisch.«

Billys kantiges Gesicht wirkte bedrückt. Er durchbohrte sie mit seinem Blick. »Na und? Wenn du mit mir kommst, ist es egal.«

»Ich weiß«, sagte sie.

Seine Züge entspannten sich. »Ich versuche hier, das Richtige zu tun, Mädchen. Ich hatte eine Menge Zeit, drüber nachzudenken.«

»Ich muss morgen los.«

Er fasste sie an den Schultern. »Ich kann warten.«

Billy schien sich seiner Gefühle so sicher zu sein. »Zeigst du mir das Foto noch mal?«, fragte Jennifer zerstreut.

Er zog seine Brieftasche heraus. »Behalte es«, sagte er.

Sie betrachtete das Bild, fürchtete sich aber davor, es einzustecken. »Ich war noch so jung.«

»Es ist nicht zu spät, noch mal neu anzufangen.«

Sie versuchte, sich vorzustellen, wie es wäre, Ahmed zu verlassen, versuchte, sich den radikalen Einschnitt in ihrem Leben vor Augen zu führen. Aber es schien unwirklich, geradezu unmöglich. Ihr Mann war so besitzergreifend. Und? Besaß er sie? Sie war Miteigentümerin der Wohnung, sie hatte Kundenkonten bei den besten Geschäften, sie hatte Schränke voll mit schönen Kleidern. Zählten diese Dinge? *Ja.* Nein. *Doch.* Ihr fiel wieder ein, wie ihre Mutter früher nach einem Ausflug zu McDonald's die restlichen Fritten mitgenommen und im Tiefkühlfach aufbewahrt hatte. So knapp waren sie bei Kasse gewesen. Mom, dachte sie, ich hätte mich besser um dich kümmern sollen, statt dich allein zurückzulassen.

»He«, riss sie Billy aus ihren Gedanken.

»Was?«

»Du machst dieses Gesicht.«

Sie sagte nichts.

»Dieses Gesicht, wenn du an deine Mutter denkst.«

»Ich muss los«, sagte sie.

Er griff nach ihrer Hand und hielt sie fest. Sie ertappte sich dabei, wie sie auf seinen Unterarm starrte und staunte, wie kräftig sein Handgelenk war.

»Aber wenn du zurückkommst«, sagte Billy mit fester Stimme, »will ich eine Antwort, die endgültige Antwort.«

»Das ist nur fair«, sagte Jennifer. »Das ist mehr als verständlich.«

Er hielt immer noch ihre Hand fest, und sie versuchte gar nicht erst, sie aus seinem Griff zu lösen. »Dann will ich *wissen*, dass du mit mir kommst«, sagte er in mühsam beherrschtem Ton und ließ dabei den Blick keine Sekunde von ihren Augen. »Du brauchst nichts weiter zu tun, Jenny, als in meinen Truck einzusteigen, und wir fahren los. Einen Koffer und eine Brieftasche, mehr brauchst du nicht. Kein Gesetz zwingt dich, mit jemandem verheiratet zu bleiben. Alles, was er dir geben kann, Mädchen, das bekommst du auch von mir. Ich hab fast neunzigtausend Dollar auf der Bank, mein Truck ist abgezahlt, und eines Tages erbe ich die Ranch.« Er ließ ihre Hand los. »Das ist mehr als reichlich, um über die Runden zu kommen, aber wir haben Ölrechte für die Farm, und Angebote für den Grund und Boden, vielleicht verkaufe ich eines Tages.«

Jennifer sah ihn in einer Mischung aus Liebe, Mitleid und Traurigkeit an. Was konnte die Ranch maximal wert sein? Eine Million Dollar? Zwei? Für sie war das nicht mehr sehr viel. Sie drehte sich zur Seite, um zu gehen.

»Und in fünf Tagen kommst du zurück?« Ein alarmierter Unterton.

»Ja.«

»Dann treffen wir uns hier in genau einer Woche. Genau an der Ecke. Um dieselbe Zeit wie heute.« Er zeigte die Straße entlang. »Da, wo das Taxi gerade steht, da unten parke ich meinen Truck, und wir sind auf und davon. Ich mein's ernst. Vollgetankt, Thermoskanne Kaffee, Schlafsack auf dem Rücksitz. Wir brauchen drei Tage. Und wir haben das alles hier hinter uns.« Er glaubte wirklich daran, und seine Augen leuchteten auf, dieselben tiefliegenden blauen Augen, die gesehen hatten, was Männer im Krieg tun, was er selbst getan hatte. »Du machst dir keine Vorstellung davon, wie schön die Berge in Texas sind.«

Sie nickte energisch und versuchte, nicht zu weinen. Der Gedanke war lächerlich, aber auch verlockend. Ungebunden. Frei. Frei von Ahmed. Sie wäre wieder Jenny. Endlose Stunden in der Fahrerkabine, Country- und Western-Musik im Radio, die Nächte in Highway-Motels, Frühstück in der Raststätte, wo all die schweren Kerle Rührei und Würstchen essen. Nur für alle Fälle würde sie ihren Schmuck sicher verstauen.

»Okay«, sagte sie. Aber meinte sie es auch? Sie konnte es nicht beschwören.

»Du willst also definitiv, dass ich auf dich warte?«, fragte Billy. »Ich muss wissen, woran ich bin, Schatz. Ich sehe dir in die Augen. Das ist der Moment.«

Sie brauchte eine Xanax, um sich zu beruhigen. Sie hatte in der Handtasche welche dabei. Sie beugte sich vor und küsste ihn auf die Wange. »Ja, ja, ja, ich schwör's dir, ich will, dass du auf mich wartest«, flüsterte sie ihm ins Ohr. Dabei wurde er immer schwach, ein wenig verrückt. Sie küsste ihm die Stirn und sah, wie er unter ihrer Berührung genüsslich die Augen schloss. Dann küsste sie ihn wild, stieß ihm die Zunge in den Mund, drang tief in ihn ein, sodass er ihr völlig ausgeliefert war und wusste, dass er zu ihr gehörte, nur ihr.

Dann drückte sie ihm die Hand. »Bye, Billy«, sagte Jennifer.

24

AQUEDUCT ROAD, JOHN F. KENNEDY INTERNATIONALE AIRPORT, QUEENS, NEW YORK

Mi madre würde mich nicht wiedererkennen, dachte Hector Ruiz, als er rittlings auf seiner Harley-Davidson FXB Sturgis saß. Aber sie war tot wie so viele aus seiner Kindheit und Jugend. Er beobachtete, wie das Ziel die Tür zu seinem roten Pick-up öffnete und darin verschwand. Hector zählte die abhebenden Flieger. Etwa alle dreißig Sekunden einer. Fünf Minuten verstrichen, dann ging die Tür wieder auf, das Ziel stieg aus und machte sich mit langen, federnden Schritten auf den Weg. Der Mann ist schon weite Strecken gelaufen, erkannte Hector. Das Ziel bog auf die Ausfahrt zur Schnellstraße ab, und Hector startete sein Motorrad. Zwischen der Straße und dem Wasser erhob sich ein Hügel, eine mit Mutterboden bedeckte und mit jungen Bäumen bepflanzte ehemalige Mülldeponie. Das Ziel joggte den Maschendrahtzaun entlang und verschwand. Hector prägte sich die Stelle ein. Er würde in einem großen Bogen auf der Straße zurückkommen müssen, somit wäre das Ziel dann weiter entfernt. Nicht zu ändern. Er fuhr vierhundert Meter nach Westen, schwenkte an der Ausfahrt ab, machte kehrt und kam – auf der Suche nach der Stelle, an der das Ziel verschwunden war – in östlicher Richtung wieder zurück. Dann wurde er fündig. In den zwei Meter vierzig hohen Zaun war ein großes Rechteck eingeschnitten. Ungeachtet des rasenden Verkehrs in beide Richtungen stieg Hector ab, bog das lose Stück Zaun zurück und schob sein riesiges schwarzes Motorrad so schnell wie möglich hindurch. Kaum war er im Gebüsch in Deckung, sah er sich um und vergewisserte sich, dass niemand angehalten hatte. Ein holpriger Trampelpfad führte durchs Unterholz. Zwar war die FXB Sturgis eine Monstermaschine, eine der übelsten Straßensäue, die je in Serie gegangen waren, aber ein Geländerad war sie nicht. Außerdem wollte er vermeiden, dass das Ziel, falls es noch in der Nähe war, hörte, wie er den Motor anwarf. Daher schob er die Maschine tiefer ins Gebüsch und lehnte sie behutsam an einen Baum. Er trug seine Ledermontur, die seine Bewegungsfreiheit einschränkte. Er zog sich bis auf Jeans und T-Shirt aus, holte seine Armbrust aus dem Kasten, setzte sie zusammen und nahm vier Bolzen mit. Jeder Carbonschaft-Bolzen war fünfzig Zentimeter lang und mit einer 125-Grain-Breitkopfspitze bestückt, die sich beim Auftreffen öffnete und einen tiefen, rasierklingenscharfen, fünf Zentimeter breiten Schnitt verursachte.

Eine Minute später war er zu Fuß auf dem Trampelpfad, der durchs Dickicht den künstlichen Hügel hinauf führte. Dank der Begrünung gab es überall Stellen, an denen man sich unentdeckt auf die Lauer legen konnte. So folgte er dem Pfad noch etwa hundert Meter die Böschung hinauf, ohne dass er damit rechnete, das Ziel schon so schnell zu erspähen. Doch da war der Mann. Er saß auf einem Betonstein und aß aus einer Schüssel. Hector zog sich vorsorglich zurück. Nicht leicht, sich an dieser Stelle anzuschleichen. Also kauerte er sich hin und beschloss zu warten.

Als er sich drei Stunden später wieder erhob, war die Sonne hinter dem Wolkendunst schon bis zum Horizont gesunken. Im Nordwesten erhoben sich wie eine gläserne Chimäre die Türme von Manhattan. Hector hatte steife Glieder und schüttelte die Beine aus. Ihm prickelte ein schwacher Geruch in der Nase, das konzentrierte Parfüm von tonnenweise Müll, das durch die Erdschicht aus dem Hügel aufstieg, Methan und Ammoniak. Geduckt pirschte er sich im Schneckentempo durchs niedrige Gras an das Ziel heran. Er legte einen Bolzen in die Armbrust ein, nahm durchs Zielfernrohr Maß. Wenn irgend möglich, sollte er sich bis auf dreißig Meter nähern. Noch zehn Schritt und das Ziel war in Reichweite. Vorerst war es nahezu windstill, was sich bald ändern würde. Das Ziel ging in seinem Lager hin und her. Es kam aus einem kleinen Zelt und wechselte das Hemd. Der Bursche war bestens in Form, stellte Hector fest, von Natur aus muskulös, besonders an Schultern und Rücken. Dann kam ihm eine Idee. Er pirschte noch ein winziges Stück weiter hinauf, bis er nunmehr das Zelt im Fadenkreuz hatte. Der aerodynamische, zielgenaue Bolzen, der sich mit einer Geschwindigkeit von neunzig Metern pro Sekunde bewegte, würde die straff gespannte Nylonplane wie nichts durchtrennen. Mit angelegter Armbrust arbeitete er sich noch zehn Meter näher heran, ging in Schießstellung und spannte den Bolzen.

Das Ziel ging ins Zelt, Hector hob die Armbrust, und als er das Zelt genau im Fadenkreuz hatte, löste er aus. Das Geschoss traf die Plane etwa fünfzehn Zentimeter tiefer als geplant, drang jedoch mühelos ein. Er hörte ein qualvolles Stöhnen und sah, wie etwas heftig gegen die Zeltwände schlug. Augenblicklich legte Hector einen zweiten Bolzen ein und rannte den Hügel hinunter, um die Zeltöffnung ins Visier zu bekommen. Jetzt war nichts mehr zu hören. Falls er nicht gerade in den Kopf oder die Brust getroffen hatte, wäre das Ziel immer noch am Leben, eine Weile jedenfalls. Hector hatte mit eigenen Augen gesehen, wie Weißwedelhirsche, denen der Bolzen ganz durch die Lunge gedrungen war, noch vierzig Meter weitergelaufen waren, bevor sie zusammenbrachen. Er hatte auch Männer gesehen, die noch wegzurennen versuchten, obwohl ihnen das Ding dreißig Zentimeter tief in der Leiste steckte. Heilige Scheiße, das tat schon beim Hinsehen weh!

Jetzt warf das Zelt heftige Wellen, das Ziel stürzte heraus und rollte sich über den Boden. Hector hatte keine klare Schusslinie, doch die Hose des Ziels war blutgetränkt. Der Bolzen war in den hinteren Oberschenkelmuskel gedrungen und hatte das Bein durchbohrt. Das Ziel kroch erstaunlich flink über den Boden, und Hector rannte näher heran. Dann spannte er erneut, doch bevor er lösen konnte, rollte sich das Ziel ins Gebüsch.

Hector lief noch zwei Schritt weiter und ging lautlos auf ein Knie. Plötzlich kam das Ziel auf ihn zugekrochen. Vor Schreck löste Hector den Bolzen und wusste im selben Moment, dass er sein Ziel verfehlen und irgendwo im Dickicht landen würde.

Jetzt krabbelte das Ziel den Hügel hinter dem Zelt hinauf, und Hector konnte nur raten, was der Mann plante. Eine Schusswaffe hatte er offenbar nicht, sonst hätte er längst davon Gebrauch gemacht. Hector kam auf fünfzehn Meter heran, dann zehn. Das Ziel befand sich hinter dem Zelt.

»Na los, Scheißkerl! Krieg mich, wenn du kannst!«

Sollst du haben, dachte Hector. Mit gespanntem Bolzen stand er da.

Das Ziel hielt den Rucksack wie ein Schutzschild vor sich und spähte darüber.

»Komm schon, komm her, Arschloch. Lass uns ein bisschen Spaß miteinander haben!«

Tapfere Worte von einem blutenden Mann. Hector antwortete nicht. Vielmehr stützte er sich auf ein Knie, zielte auf die Oberkante des Rucksacks und wartete darauf, dass das Ziel sein Gesicht wieder zeigte. Doch nichts geschah. Dann bewegte sich der Rucksack, und Hector löste den Bolzen. Er drang fünfzehn Zentimeter tief in den Rucksack ein, wo er auf etwas Hartes traf. Mist, dachte er, ich hab nur noch einen Bolzen übrig. Er rannte den Hügel hinauf und stellte fest, dass das Ziel irgendwie auf die Beine gekommen war und zügig, wenn auch ungelenk den Hang hinunter Richtung Highway hinkte. Hector rannte hinterher und holte mühelos auf. Dabei näherte er sich dem Ziel in einem solchen Winkel, dass er ihm den Weg zur Öffnung im Zaun abschnitt. Das Ziel hielt an und blieb vorgebeugt auf einem Bein stehen.

Hector spannte seinen letzten Bolzen ein, zog bis zum Anschlag zurück und zielte tief. Dann erst löste er. Der Carbonschaft-Bolzen flog in einem Bogen – das Ziel hatte sich umgedreht und, als es sah, was passierte, zu Boden geworfen. Der Schuss hatte ihn verfehlt! Oder? Hector hörte ein Stöhnen und ging näher heran. Jetzt verstand er. Der Bolzen hatte das Ziel von hinten am Hals gestreift und war ihm dort zwei Zentimeter tief ins Fleisch gedrungen. Da war die Halsschlagader. Es kauerte auf Händen und Knien und versuchte, aufzustehen, konnte aber den Kopf nicht heben. »Oh, Gott, Scheiße, bitte!«

Er knickte seitlich weg, und Hector sah, wie ihm das Blut aus dem Hals spritzte.

Und *deine* Mutter würde dich auch nicht wiedererkennen, dachte Hector.

»Oh, nein! Jenny!« Der Ton war schroff und verzweifelt zugleich, die Stimme wurde schwächer. »Nein.«

Hector hatte achtunddreißig Stück Hochwild, neun Wildschweine, zwei Pferde mit Informanten drauf, die ihrem Schicksal zu entkommen hofften, und einen Schwarzbären erlegt. Und wer weiß, wie viele streunende Hunde zu Übungszwecken, da kamen locker hundert zusammen. Er wusste somit aus Erfahrung, dass Tiere manchmal langsam sterben. Doch er hatte es nicht eilig. Er sah auf die Uhr. Er ging in die Hocke. Das Ziel versuchte zu kriechen, dann hustete es ziemlich viel, dann legte es sich hin. Jetzt würde es nicht mehr lange dauern.

Hector inspizierte das Lager des Ziels, den Schlafsack, die Wasserflaschen, die Instantnahrung, den winzigen Gaskocher auf der Suche nach belastenden Gegenständen wie zum Beispiel dem Bolzen. Er hob ihn auf und steckte ihn in seinen Köcher. Dann fand er den verschossenen Bolzen, machte vier. Innen war das Zelt blutverschmiert. Er rollte es auf und warf es zusammen mit sämtlichen anderen persönlichen Gegenständen in die Feuergrube. Er stieß auf ein Foto, irgendein Kind, und warf es dazu. Er fand eine Army-Jacke mit einer Brieftasche und einem Schlüsselbund. Die Brieftasche landete ungeöffnet im Feuer, die Schlüssel steckte er ein, weil sie nicht brennbar waren. Das Feuer war klein, unwahrscheinlich, dass es jemand in der Abenddämmerung bemerkte.

Erst einmal gab es einiges zu tun. Hector eilte zum Motorrad, um die am Morgen gepackte Allzwecktasche zu holen, dann kehrte er zur Leiche zurück. Sie hatte nur zwei Wunden, die am Bein und die tödliche am Hals. Er riss ein paar große Heftpflaster auf, reinigte die Wunden, wischte sie trocken und pflasterte sie zu. Zwar würden sich die Körperflüssigkeiten weiter absetzen, doch auf diese Weise sickerten sie nicht durch. Das Wichtigste war jetzt, die Leiche in die richtige Position zu bringen, bevor die Starre eintrat. Dazu musste er sie erst einmal in die Lederkluft bekommen. Er zog der Leiche die blutige Hose aus. Zusammen mit den Pflasterhüllen und den Mullkompressen kamen sie ins Feuer. Um einen Unterschenkel hatte die Leiche ein hervorragendes Jagdmesser in einer Lederscheide geschnallt. Das entfernte er und schnallte es sich um. Er schlitzte die Boxershorts auf und entblößte einen ansehnlichen Penis und die Hoden. Mit einem kleinen Messer, das er in der Brusttasche hatte, schlitzte Hector schnell das Skrotum auf und entnahm die Hoden. Sie kamen in einen kleinen Behälter aus rostfreiem Stahl. Den Einschnitt im Skrotum schloss er mit einem Stück Klebeband. Dann zog er der Leiche die großzügig bemessene Lederhose über die Füße und über Unter- und Oberschenkel, Hüften bis zur Taille hoch und machte den Reißverschluss zu. Die Knie der Hose waren mehrfach verstärkt. Die Leiche trug ein blutgetränktes wollenes Arbeitshemd, zu mühselig, es ihr auszuziehen. Als Nächstes kam das Oberteil der Motorradkluft dran, die Ärmel zuerst, dann über die Schultern und die Brust, und als er es vorne schloss, stellte er sicher, dass der

Kragen das Pflaster an der Halswunde verdeckte. Nun waren die großen schwarzen Lederstiefel an der Reihe, die er beim Ramschverkauf eines Motorradclubs erstanden hatte, zuletzt die Handschuhe, fertig. Die Leiche sah jetzt wie ein toter Motorradfahrer aus, was bald den Tatsachen entsprechen würde. Hector drehte die Leiche auf den Rücken, packte sie an beiden Armen, richtete sie in Sitzstellung auf, beugte sich herunter und legte sie sich über die Schulter. Das Gewicht als solches war kein Problem – schließlich schaffte er Squats mit mehr als zweihundert Kilogramm –, doch bevor er die Leiche quer geschultert hatte, gab es einen kritischen Moment, als er die Füße in die richtige Stellung bekommen musste, um sie hochzuheben. Er trug die Leiche bis zu seinem Motorrad und lud sie mit dem Gesicht nach oben auf dem Boden ab. Dann rollte er eine Schutzweste aus, die er in der Satteltasche mit sich führte, und legte sie der Leiche an. Dieses Gurtzeug verfügte über Nylontunnel für biegsame Fiberglasstäbe. Er schob die gebogenen Stäbe von den Schultern bis zur Taille in das Rückenteil der Weste, dann noch welche in die Ärmel, so dass die Arme wie bei einem Zombie-Schlafwandler nach vorne ausgestreckt waren. Schließlich zog er die Weste fest um die Brust und schnallte sie zu. Nun kam die Zervikalstütze, unverzichtbar. Er hatte in mehreren Sanitätshäusern mit verschiedenen Varianten experimentiert, und diese hier war perfekt, nur leider weiß. Mit schwarzem Sprühlack hatte er sie passend gemacht. Sie kam um den Hals der Leiche, damit der Kopf immer aufrecht blieb. Der Helm, ein mattschwarzes Modell mit abgedunkeltem Visier, glich Hectors wie ein Ei dem anderen. Als er den gepolsterten Riemen unter dem Kinn festschnallte, kam er mit den Fingern an das kalte, stoppelige Kinn.

Auf dem Boden lag, in voller Montur, mit schlaffen Beinen, seltsam steifem Oberkörper und gerade ausgestreckten Armen ein Motorradfahrer, bereit für eine Tour.

Hector zog die FXB Sturgis aus dem Gebüsch und hievte sie auf den Ständer, gar nicht so leicht bei dem unebenen Boden. Dann beugte er sich über den Kopf der Leiche, wuchtete sie an der Jacke hoch, schlang ihr die Arme unter die Achseln, hob sie auf die Beine und schleifte sie zum Rücksitz des Rads. Die Sturgis hatte einen riesigen King&Queen-Doppelsitz mit erhöhter Rückenlehne; bei Biker-Rallies im Westen hatte er schon Frauen mit Riesenärschen auf dem King&Queen gesehen, manche davon bis auf die Stiefel nackt. Einmal hatte er beobachtet, wie ein Mann eine Frau von hinten bumste, *während sie fuhr*. Egal, das Geschäft ruft, achttausend Dollar, *muchacho*. Er hob ein Bein der Leiche über den Doppelsitz und stützte den Oberkörper an der Rückenlehne ab. Sie schwankte bedenklich, doch der Kopf blieb oben. Er rückte jedes Bein auf der entsprechenden Seite zurecht, klappte die Beifahrerfußrasten aus und schob jede Raste durch einen Textilsteigbügel, der raffiniert an der Unterseite in die beiden Stiefel eingenäht war. Mehr oder weniger unsichtbar für den flüchtigen Blick. Jetzt waren die Beine in der natürlichen Beifahrerposition an den Knien angewinkelt.

Fast fertig. Er griff zu dem kleinen Stahlbehälter mit den blutigen Hoden und steckte ihn in einen geriffelten Einschubschlitz oberhalb des Auspuffkrümmers. Als Nächstes holte er seine eigene Ledermontur hervor, passend zu der der Leiche. Er zog sie an, schlüpfte in die Handschuhe, befestigte den Helm unterm Kinn. Er stieg aufs Rad, ruckte nach vorn, bis der Ständer hochklappte, und hielt es mit den Beinen aufrecht. Jetzt nahm er die linke Hand der Leiche und befestigte sie mit Klettverschluss an einer vorne in seine Jacke eingenähte Schlaufe. Dann dasselbe mit der rechten Hand. Anfänglich hatte er immer nur die Hände miteinander verbunden, wenn aber doch einmal etwas verrutschte, lösten sich gleich beide Hände, sodass die Leiche auf dem Doppelsitz nach hinten oder zur Seite taumelte, Abflug vorprogrammiert. So aber blieb die

Leiche für den Fall, dass sich ein Klettverschluss löste, aufrecht sitzen.

Hector drehte den Schlüssel, und die Armaturen leuchteten auf. Im vorderen Fach der Maschine hatte er Proteinriegel und eine Spritzflasche mit einem koffeinhaltigen Energydrink. Die Maschine verfügte über ein Navi, doch für diese Tour hatte Hector es ausgeschaltet. Er kannte den Weg.

Inzwischen wurde es dunkel, genau wie geplant. Die Maschine rumpelte los. Bis zum Loch im Zaun ging es gemächlich über den holprigen Grund. Dort manövrierte er das Rad mitsamt der Leiche durch und achtete darauf, dass er sich am Draht nicht den Auspuff oder das Schutzblech beschädigte. Er gelangte auf den Haltestreifen, wartete auf eine Lücke im Verkehr, fädelte sich ein und schaltete den Scheinwerfer ein. Er kannte diese Straße. Er wusste auch, wie er aus der Stadt kam. Sechzehn Minuten später sauste Hector über die Whitestone Bridge Richtung Norden. Er hatte eine elektronische Maut-Abrechnungskarte, die per Dropbox in Miami abgerechnet wurde, und echte Nummernschilder auf den Namen seines Neffen Tino. Der Knabe wohnte im Haus seiner Mutter und hing an der Sauerstoffflasche. Sollten sie je das Kennzeichen zurückverfolgen, würden sie das Motorrad in Tinos Garage finden, eine abgewrackte Honda 350, Baujahr 1989, absoluter Schrott, platte Reifen, Getriebe im Eimer.

Wohingegen die Harley-Davidson FXB Sturgis das geilste, abgefahrenste Bike aller Zeiten war. Monstermäßige zwei Meter vierzig lang. In den Achtzigern nur ganze drei Jahre gebaut. Entwickelt, als Benzin billig und Stahl noch angesagt war. Ein großes Motorrad für ein großes Land, aber hallo. Primär- und Sekundär-Antriebsriemen, Big-Spoke-Felgen. Zweihundertsechsundsiebzig Kilogramm schwer. Tiefliegend, schwarz, mit goldenen Rädern. Shovelhead-Motor ordentlich aufgemotzt. Imposant, grandios, eins sechzig Radstand, 31,4 Grad Neigung, 12,5-Zentimeter-Spur. Von null auf hundertfünfzig Stundenkilometer nach vierhundert Metern, Spitzengeschwindigkeit von hundertachtzig. Benzinfresser, darauf kannst du einen lassen. Nicht kleckern, sondern klotzen.

Er raste nach Norden, ohne zum Tanken, zum Pinkeln oder zum Essen haltzumachen. Die Maschine war so stark, dass sie die zusätzlichen neunzig Kilo kaum spürte, dennoch achtete er streng darauf, nie über sechzig Meilen zu fahren, schon, weil die Leiche nicht wusste, wie sie sich in die Kurven legen sollte. Auch die Überholspur verkniff er sich für den Fall, dass da irgendwelche Arschlöcher von der Staatspolizei lauerten. Irgendwo auf weiter Strecke zog er den Schlüsselbund aus der Tasche und warf ihn im hohen Bogen ins dunkle Gras neben dem Highway. Nördlich von Albany, Bundesstaat New York, geriet er in einen Stau und musste auf Schneckentempo runtergehen. Ein Sattelschlepper fuhr rechts auf gleiche Höhe heran, und der Fahrer ließ das Fenster herunter.

»Sauscharfes Gerät unterm Hintern, Alter!«

Hector hielt ihm den Daumen hoch.

Später hatte er einen Toyota Minivan mit kreischenden jungen Mädchen neben sich, die zwei knallharte Biker in voller schwarzer Ledermontur – auch wenn einer davon keine Notiz von ihnen nahm – ziemlich aufregend fanden und abwechselnd das T-Shirt hochzogen und die Brüste an die Scheibe drückten oder Kussmündchen machten. Hey, Jungs! Hector nickte zum Dank, doch die Situation gefiel ihm nicht, da die Leiche sich nicht umdrehen und reagieren konnte. Er gab Gas und hängte sie so mühelos ab, als stünden sie still. Kurz vor Rouse's Point, New York, dreihundert Meilen nördlich von New York City, bog er von der 87 ab und fand sein Fahrtziel, ein verlassenes Industriegelände mit Hunderten leeren Tonnen, die sich auf einem sumpfigen Gelände unweit des Lake Champlain türmten. Er holperte über die Schlaglöcher im Boden und achtete auf Metall- oder Betonstücke im Gras.

Schließlich hielt er an, löste die Arme der Leiche, zog die Stiefel von den Beifahrerrastern und ließ die Leiche vom Rad fallen. Hector zog ihr Stiefel, Lederhose, Helm, Nackenstütze, Handschuhe, Jacke aus und vermied es, sich dabei mit Blut zu beschmieren. Das ganze Zeug kam in eine offene Tonne. Aus einer abgefüllten Plastikflasche goss er Benzin hinein und zündete es an. Die Flammen züngelten hoch, doch nicht bis an den oberen Rand. Einen Meter entfernt lag mit geöffneten Augen, als sondierte sie die Lage, in der sie sich befand, die Leiche auf der Seite. Aus seiner Allzwecktasche holte Hector eine Flasche Chlorbleiche hervor und goss das Zeug über sämtliche Partien des Körpers, die er angefasst hatte, und zum Schluss über das Gesicht. Die Chemikalie würde jede DNA wegätzen. Zum Schluss zog er von unten und von oben je einen gewerblichen Müllsack über die blutige Leiche, verklebte in der Mitte alles mit Isolierband und hob sie auf wie ein Mann, der seine Braut über die Schwelle trägt. Das steife Paket trug er zu einer anderen Tonne, halb gefüllt mit stinkendem Wasser. Der Trick bestand darin, die Leiche mit dem Hintern zuerst reinzuschieben, denn dann klappte sie an der Taille wie ein Taschenmesser zusammen, und der Kopf fiel mit den Armen nach vorn. Dann mussten nur noch die Beine hinterher, die sich an den Knien anwinkeln ließen, und das war's. Er hämmerte den Deckel auf die Tonne, überprüfte zum Schluss noch einmal, ob er schön fest saß, kippte sie dann auf die Seite, rollte das Ding ein paar Meter weiter und stapelte ein paar leere Fässer darauf. So würde die Tonne glatt zehn Jahre lang rumstehen, und bis dahin wäre längst alles Fleisch abgefault.

Er überprüfte das Feuer, warf die leere Säureflasche hinein und stocherte in den letzten Kleidungsstücken herum, damit sie vollständig verbrannten. Er hasste es, einen guten Helm zu verlieren, doch was sein musste, das musste sein. Endlich eilte er zum Motorrad zurück, genau in dem Moment, als leichter Regen einsetzte. Erst jetzt würde er sich die Delikatesse gönnen, auf die er sich schon die ganze Zeit gefreut hatte. Erst *jetzt*. Er holte den Metallbehälter aus dem montierten Einschubschlitz am Auspuffkrümmer, der sich immer noch ziemlich warm anfühlte, und schraubte den Deckel ab. Die beiden gebratenen Eier waren da drin. Mit Lederhandschuhen nahm er eins heraus, schob es sich in den Mund und kaute genüsslich, bevor er es mit dem Energydrink herunterspülte, und dann das zweite. Ein unnachahmlicher Geschmack. Pikant wie Wild, mit einer herben Note und zart wie gedünstete Muscheln. Und voller Bedeutung.

Der Regen wurde heftiger, von Süden kam ein Gewitter auf. Mit dem Motorrad auf nasser Fahrbahn unterwegs zu sein, war immer gefährlich, doch an diesem Abend unvermeidlich. Er hatte einen Poncho dabei und knöpfte ihn sich über. Ein paar Meilen fuhr er bei geringem Tempo auf dem Highway ohne Licht. Es waren nicht viele Autos unterwegs. Der nasse Poncho flatterte wie monströse Fledermausflügel im Wind. Schließlich schaltete er den Scheinwerfer an, gab ein wenig Gas und donnerte los, sodass die Maschine zwischen seinen Beinen den ganzen Körper vibrieren ließ. Niemand kennt mich, dachte Hector. Niemand außer der Leiche. Nur die Leiche weiß, wer ich bin.

25

METROPOLITAN CLUB, 16. STRASSE OST, MANHATTAN

»Ganz reizend von Ihnen, es so kurzfristig einzurichten«, sagte Rachel, als sie und Mrs Hillary Larabee Morton zum Tee Platz nahmen. Sie kamen beide aus dem strömenden Regen, der dem Wetterbericht zufolge noch zwei Tage andauern sollte. »Ich weiß, mein Anruf muss überraschend für Sie gekommen sein.«

Im Bewusstsein ihrer überlegenen gesellschaftlichen Stellung schenkte ihr Mrs Morton ein nachsichtiges Lächeln. Sie war um die sechzig, und dank der üblichen Gesichtsbehandlungen war ihr glattes, faltenfreies Gesicht zu einem permanenten Staunen erstarrt. »Sie klangen am Telefon ziemlich mysteriös.«

»Tatsächlich? Das tut mir leid. Ich wollte nur gerne persönlich mit Ihnen reden.« Immer schön vorsichtig vorantasten, dachte Rachel. »Wie gesagt, war ich bei Mulberry Restorations, um mir etwas anzusehen, und bei der Gelegenheit ist mir eine sehr große, schöne Karte von New York ins Auge gesprungen.«

»Haben die Ihnen gesagt, wem sie gehört?«

»Nein, *nein*«, beteuerte Rachel. »Ich hab sie mir nur zufällig angesehen, und da war ein Namensschildchen dran.«

»Das war nachlässig vom Atelier.«

»Ganz und gar meine Schuld, ich schwör's!« Rachel lächelte. »Aber ich muss schon sagen, so etwas Schönes, Spektakuläres hab ich mein Lebtag noch nicht zu Gesicht bekommen!«

»Danke.« Ihrem staunenden Gesicht nach konnte es Mrs Morton selbst nicht fassen. »Sie befand sich über Generationen im Besitz einer prominenten New Yorker Familie, und ich hatte großes Glück, dass ich sie erwerben konnte.«

»Dann waren Sie mit der Familie bekannt?«

»Oh, ja, ich bin mit Mimi, einer der Töchter, zur Schule gegangen.«

»Verstehe.«

Einer Eingebung folgend erklärte Rachel der Kellnerin, da es schon auf den Feierabend zugehe, sei ihr nach einem Gläschen Wein, und Mrs Morton war so höflich, es ihr gleich zu tun.

»Dann haben Sie die Karte gesehen und gedacht, die muss ich haben?«, gab ihr Rachel das nächste Stichwort.

»Wir haben gerade unsere Scheune in Bridgehampton restaurieren lassen, wissen Sie, und wir waren auf der Suche nach etwas, na ja, etwas Besonderem, etwas, das ins Auge springt, um eine der leeren Wände zu füllen.«

Um die leere Wand in einer *Scheune* zu füllen! Paul würde mit Heulen und Zähneknirschen auf diese Auskunft reagieren. »Ja, klingt sehr schön. Haben Sie Fotos davon?«

Es folgten zwanzig Minuten iPad-Foto-Show vom Anwesen in Bridgehampton, der Scheune mit den alten Sichtbalken; dem himmelblauen Pool und der Terrasse in Mahagoni, beides so makellos sauber, dass man meinen konnte, jedes unerlaubte Blättchen wurde in flagranti ertappt und mit der Pinzette entfernt; den Gartenanlagen mit Taglilien in einundachtzig Sorten; dem restaurierten Haupthaus; der Garage, in der vier Oldtimer zu Hause waren; den Enkelkindern bei Sport und Spiel; dieser *absolut hinreißenden* alten Quilt-Decke, die sie auf einem Antiquitätenmarkt in Maine aufgestöbert hatte; dem Segelboot; der Armbanduhrensammlung ihres Mannes Bernie und der Vollständigkeit halber Bernies Sammlung antiker Herrenschuhe, der Auftakt – ja, gerne noch ein Glas, danke – für eine eingehende Schilderung von Bernies künstlerischen Fotografien von Jungen, die stark an

Mapplethorpes »klassische« Arbeiten erinnerten, die ideale Überleitung zu Bernies atemberaubender Karriere als Modefotograf, zum Gästehaus auf dem Anwesen, in dem Bernies junger Assistent residierte, den Partys, die sie da draußen feierten, der Polizei, die bei solchen Gelegenheiten im Lauf des Sommers schon drei Mal angerückt war, den wilden Spielchen, welche die Jungs so trieben, und in was für einem schockierenden Zustand sie am Morgen danach immer den Pool vorfand, den, ähm, Artikeln, die sie rings ums Schwimmbecken liegen ließen; sicher, das alles sei ein bisschen ordnungswidrig, aber was sollte sie in ihrem Alter schon machen, Künstler wie Bernie, wissen Sie, müssen sich artikulieren. Und dann, durch Rachels vertrauenerweckenden Blick, ihre großen, seelenvollen Augen ermuntert, durch die zarte, doch mitfühlende Berührung ihrer Hand auf dem Unterarm sowie das dritte oder vierte Glas Wein ermutigt, fügte sie noch hinzu, als Bernie den Preis für die Karte erfahren habe, sei er vollkommen ausgerastet und habe geschimpft, sie habe sich über den Tisch ziehen lassen, nie im Leben sei die Karte so viel wert und sie sei eine Idiotin, sich auf so etwas einzulassen, und übrigens seien er und der Assistent, er hieß Shaquelle Jones, für eine Woche beruflich in Übersee, vielleicht Marokko, Genaueres später. Wodurch sich Mrs Morton doch ein wenig missverstanden fühlte, schließlich war das nicht irgendeine Karte – sehr historisch, wissen Sie – und es hatte sie so viel Mühe gekostet, sie zu erwerben.

»Ich habe einen Freund, der Karten sammelt«, warf Rachel beiläufig ein, »ich meine, nur für den Fall, dass Sie doch irgendwann einmal daran denken, sich wieder davon zu trennen.«

Mrs Mortons Miene hellte sich auf. »Na ja, irgendwie ist sie schon ein ziemlicher Zündstoff zwischen mir und Bernie … ich hätte nicht gedacht … Aber … ich müsste einfach nur wieder rausbekommen, was ich reingesteckt habe, zuzüglich der

Kosten für die Restauration natürlich, plus Verpackung und Versand.«

»Versteht sich«, schnurrte Rachel. »Darf ich Ihnen meine Karte geben?«

»Die Restauration müsste bald fertig sein«, fügte Mrs Morton hinzu. »Ich glaube, alles in allem beläuft es sich dann ungefähr auf –«

Rachel lehnte sich vor und hing an Mrs Mortons Lippen.

»– eine Million Dollar.«

Woraufhin Rachel zurückschreckte und ihren Wein austrank.

Das kann ich ihm nicht antun, dachte Rachel, als sie ein paar Stunden später in seiner Wohnung saß. Aber er muss es erfahren.

»Übrigens, Mister, ich hab Neuigkeiten, mit denen du vielleicht etwas anfangen kannst.«

Er beugte sich gerade mit seiner lächerlichen OP-Lupe über die D.-T.-Valentine-Karte, die er bei Christie's ersteigert hatte. Die Karte lag auf einem absolut planen Zeichentisch, jede Ecke war mit einem Gewicht in einem Filzbeutel beschwert. »Das ist ein sehr schönes Stück«, sagte er, ohne aufzusehen. »Unter anderen Umständen würde ich mich wahrscheinlich richtig darüber freuen.«

»Verstehe.« Draußen trommelte der Regen an die Fenster. Im Gefolge des Hurrikans, der vor der Küste nach Norden wirbelte, waren schwere Überschwemmungen vorhergesagt, auch wenn vorerst nicht klar war, in welcher Region er auf die Küste treffen würde. Rachel mochte es, wenn es so schüttete. Es war gemütlich. Sie goss Paul ein Glas Sambuca ein. »Da. Ich möchte, dass du mir von deiner zweiten Frau erzählst.«

»Du liebe Güte, nicht schon wieder.«

Mit einem verschmitzten Lächeln nahm sie seine Hand. »Komm schon!«

»Ich hab dir von meiner ersten erzählt. Eine leidvolle Geschichte muss genügen.«

»Aber ich möchte wissen, was für ein Mensch sie war.«

»Was hältst du davon, dieses Thema bis nach der nächsten Präsidentschaftswahl zu vertagen?«

»Paul!«

»Es ist langweilig. Unterm Strich geht es dabei immer nur um die Fehler eines unverbesserlichen Dummkopfs namens Paul Reeves.«

»Ich will es trotzdem wissen. Eben weil es dabei um dich geht.«

Er antwortete nicht.

»Also gut«, warnte Rachel, »du zwingst mich, mit harten Bandagen zu kämpfen.«

»Nur zu, Miss.«

»Ich weiß ... zufällig ... wer die Ratzer-Karte hat.«

»Was?« Jetzt hatte sie seine ungeteilte Aufmerksamkeit. »Wer?«

»Tut mir leid, Kumpel.« Sie schnippte mit den Fingern. »Das kostet dich was.«

Paul starrte sie, offensichtlich verärgert, an. Sie empfand einen Anflug von Satisfaktion.

»Ich fass es nicht.« Er funkelte sie an. »Du bekommst nur die Kurzversion.«

»Aber mit der ganzen emotionalen Komplexität!«

»Emotionale Komplexität bekomme ich im Moment nicht hin.«

»Tu einfach dein Bestes.«

Mit einem Seufzer stand Paul auf und wechselte mit seinem Glas zu seinem Lesesessel. »Sie hieß Gretchen Scarborough. Sie als ambitioniert zu bezeichnen wäre hoffnungslos untertrieben. Gretchen arbeitete härter, als es die Polizei erlaubt. Mit neununddreißig Jahren war sie bereits stellvertretende Geschäftsführerin bei einer großen Versicherungsgesellschaft, zuständig für den Vertrieb. Sie war die Klügste in dem ganzen Laden. Bei weitem. Ihr Chef hatte Angst vor ihr. Der Vorstandsvorsitzende wollte, dass sie noch fünf Jahre Erfahrung sammelt, und dann die Firma übernimmt. Sie war unglaublich –«

»Was fandest du attraktiv an ihr?«

»Wenn ich das noch wüsste.«

»Ach, komm schon!«

»Sie hatte ein offenes Lächeln und schönes Haar. Sie war sportlich. Sie war eigenständig.«

»Ich bin auch eigenständig, nicht wahr?«

Paul nickte artig. »Das kannst du schriftlich von mir haben.«

»Höre ich da eine kleine Gemeinheit heraus?«

»Nein. Willst du nun den Rest hören oder nicht?«

»Ja.«

»Sie reiste natürlich ständig in der Weltgeschichte herum. Sie wollte keine Kinder. Ich damals schon. Kinder wären für sie das Karriere-Aus, sagte sie. Aber das Zeitfenster geht zu, sagte ich. *Ich kann damit leben*, erklärte sie. Ich hab mich nur noch mehr in meine Karten vertieft, was ihr nicht gefiel. Sie fand es morbid und deprimierend. Es sei so vergangenheitsversessen, das hat sie wirklich gewurmt. Wir bekamen wegen irgendetwas Streit, und sie sagte, wie wär's, wenn ich hier und jetzt einfach eine Karte zerreiße?«

»Oha.«

»Oh ja. Auf *mich* kann man sauer sein, Rachel, das ist in Ordnung … aber nicht auf meine Karten.«

»Das hab ich begriffen, glaub mir.«

Sie waren beide ein wenig gereizt.

»Und wie ging es weiter?«, fragte sie.

»Sie hat die Karte in ungefähr fünfzig Schnipsel zerfetzt.«

»Was?«

»Ich hab einfach zugesehen, wie sie zum Fenster rausflatterten.«

»War sie wertvoll?«

»Nein.« Paul grinste boshaft. »Aber das wusste sie nicht.«

»Und dann?«

»Als sie beruflich in London war, habe ich auf einer idiotischen Party eine Soziologieprofessorin von der NYU kennengelernt. Sie war geschieden, hatte zwei kleine Kindern. Sie brauchte eine Vaterfigur für ihre Kinder – und ein zweites Einkommen. Ich hatte die Kinder wirklich gern. Richtige Engel. Sie war sehr nett. Aber ich war nicht mit dem Herzen dabei ...«

»Ein anderer Teil von dir schon, nehme ich an.«

Paul stöhnte und wischte die Lupe an seinem Hemdzipfel sauber.

»Und wie lange lief *das*?«, fragte Rachel. »Von der Geschichte höre ich zum ersten Mal.«

»Da gibt's nicht groß was zu erzählen.«

»Wie hieß sie denn?«

»Ich halte mich an die Geschichte mit Gretchen.«

Rachel seufzte. Er hatte keine Ahnung, wie interessant das alles war.

»Also gut, die Soziologin kam zu dem Schluss, dass das alles zu chaotisch sei, und hat sich mit ihrem Ex zusammengerauft. Ich sagte, na schön, kein Problem. Aber der Mann musste unbedingt Gretchen anrufen, um ihr zu stecken, was da gelaufen war. Ich konnte mir also ausrechnen, was als Nächstes geschehen würde. Als dann die Scheidung anstand, ließ mich Gretchen wissen, sie lehne zwar grundsätzlich die Schuldfrage ab und glaube an das Prinzip der gleichen Vermögensteilung, doch in diesem Fall denke sie gar nicht daran, mir die Hälfte zu überlassen, da sie in der Zeit, in der wir zusammen gewesen seien, weitaus mehr verdient habe als ich.«

»Im Ernst?«

»Präziser gesagt: Sie war dabei, enorme Kapitalanlagen zu erwerben, der mögliche Gesamtwert war lebensverändernd. Mehrere Millionen. Wahrscheinlich der Lohn für all die harte Arbeit und die entbehrungsreichen Jahre.«

»Wow.«

»Außerdem, ließ ihr Anwalt meinen Anwalt wissen, würde jeder Versuch meinerseits, auf die Hälfte des Zugewinns Anspruch zu erheben, eine Reihe von Vorkommnissen nach sich ziehen, die meiner beruflichen Reputation nur schaden konnten. Die Anwälte verfügten über Möglichkeiten, meine kleine Kanzlei in Verruf zu bringen, das war der Tenor. Echt harte Bandagen. Hässlich und illegal. Ehrlich gesagt, war mir das alles ziemlich egal, solange sie meine Kartensammlung und meine Kanzlei in Ruhe ließen. Ich mietete also eine Wohnung in Washington Heights, nahm ein paar Koffer Kleidung mit, und weg war ich. Sie bekam alles in der Wohnung, außer meinen Karten, jeden Löffel, jedes Stück Geschirr.«

Solche Frauen hatten Rachel schon immer interessiert. Sie waren furchteinflößend, aber auch inspirierend. »Was ist aus ihr geworden, aus Gretchen?«

»Sie stieg noch mehrere Sprossen auf der Unternehmensleiter auf, und als sie dann wirklich reif für den Vorstandsvorsitz war, kam 2007 die Finanzkrise und machte dem Konzern den Garaus. Ihre gesamte Abteilung wurde an eine japanische Investmentbank verkauft, die sich die besten internationalen Kunden herauspickte und selbst übernahmen und das, was von der alten Firma übrig blieb, für ein Zehntel des ursprünglichen Werts verscherbelte. Die hat sich dann, soweit ich weiß, in der Nähe von Princeton neugegründet, wo sich ein Firmencampus an den anderen reiht. Aber ich bin mir ziemlich sicher, dass sie zu dem Zeitpunkt schon nicht mehr dabei war. Ich weiß nur noch, dass sie irgendwo in Nord-Kalifornien so ein fabulöses Yoga-Weinberg-Ding gegründet hat. Ich bin auf der Mailingliste.«

»Ich hab die Flyer hier irgendwo rumliegen gesehen!«

»Ich muss mich von der Liste streichen lassen. Das ist zu erbärmlich. Ich bin ein Name auf Gretchens Mailingliste.«

»Das kommt nicht ganz an die Geschichte mit deiner ersten

Ehefrau ran«, sagte Rachel, mehr zu sich selbst. »Trotzdem interessant. Besonders das mit der Soziologieprofessorin. Die würde ich liebend gerne mal kennenlernen.«

»Und ich würde jetzt liebend gerne erfahren, was du über die Ratzer-Karte weißt.«

»Sicher, klar.« Sie berichtete ihm von ihrer Erkundungstour zu der Kunstausstellung und von Enid Silvera. Und dann von ihrem Tête-à-tête mit Mrs Hillary Larabee Morton. »Und die gute Frau behauptet, sie habe eine Million Dollar dafür gezahlt.«

»Sie ist sechshunderttausend wert«, entgegnete Paul freiheraus.

»So viel wolltest du dafür bezahlen?«

Er würde ihr nichts von seinem letzten Versuch erzählen, die Karte zu einem weitaus höheren Preis doch noch zu ergattern. »Ich hatte sogar noch draufgesattelt. Aber eine Million ist mehr, als ich erwartet hätte.«

»Jetzt wissen wir, wieso die Familie sie ihr so schnell überlassen hat, ohne noch mal mit dir zu reden.«

»Weil sie die Damen übers Ohr gehauen haben.«

»Sieht ganz so aus.«

»Sie heißt Larabee mit zweitem Namen?«, fragte Paul.

»Ja. Von der Bergbaudynastie, aus dem frühen zwanzigsten Jahrhundert.«

Er schüttelte den Kopf. »Dann hat sie buchstäblich so viel Geld, dass sie nicht weiß, was sie damit machen soll.«

Die Sache lief nicht ganz so wie erhofft. »Steht zu vermuten. Sie ist mit diesem Bernie Gunston verheiratet, einem ziemlich berühmten Fotografen, der dauernd Partys schmeißt und einen Geliebten hat oder so.«

Paul hörte den Namen zum ersten Mal. »Die unglaubliche, einmalige Karte, die im Grunde ins Smithsonian gehört, oder *hierher*, landet demnach in einer Scheune in den Hamptons, wo ein alter Knacker seine Orgien feiert und –«

»Aber Paul, sie hat auch vorher schon in einem Schlafzimmer gehangen. Bestimmt ist da auch das eine oder andere passiert.«

»Sicher, aber Stassen hat der Karte gehuldigt. Er kannte ihren Wert. Er wusste, was sie bedeutet.«

»Hätte ich dir das alles vielleicht besser nicht erzählt?«

Er schwieg, nahm seine Lupe und wandte sich wieder der Valentine zu.

Du hättest wenigstens danke sagen können, dachte Rachel finster, wäre wirklich nicht zu viel verlangt.

Paul sah auf. »Aber danke«, sagte er. »Ich weiß deine Mühe zu schätzen.«

»Ich hab ihre Visitenkarte.«

Wind und Regen rüttelten an den Fenstern. »Gut.«

»Man kann nie wissen.«

Sie sahen einander an und fragten sich, während sie auf das herannahende Unwetter horchten, ob sie zusammenbleiben würden. »Manchmal«, sagte Paul, »weiß man es doch.«

26

OLD ROUTE 191, ROBINSON LANDING, LAKE CHAMPLAIN, NEW YORK

Die Roten Delicious machten einen guten Eindruck. Auch die Gala lagerten schon bereit für den Abtransport mit dem Lkw in der Scheune. Blieben nur noch die Macintosh, die noch am Baum hingen, vielleicht noch zwei Tage. Sie hatte die Pflücker so lange rausgeschickt, bis es Wind und Regen unmöglich machten. Sie hatten gefroren und gemault, aber hey, so ist das nun mal. Sie zahlte, und die Männer brauchten das Geld. Sie zog die einfache Wolljacke enger um den Leib und ging hinaus, den Hügel hinunter. Vom See stieg Nebel auf, doch der würde sich lichten.

»Miss Robinson?«

Jimmy kam hinter dem Lagerschuppen hervor. Sie machte nicht einmal Anstalten, vor ihm zu verbergen, was von ihrer Nase noch übrig war. Er wusste doch schon seit zehn Jahren, was fehlte. Hatte nie ein Wort darüber verloren.

»Die Roten gehen um neun raus«, gab er Bescheid, »die Gala um elf.«

»Der Weg ist schlammig?«

»Ich wollte gerade Schotter streuen.«

»Gut, ich komme zum Abzeichnen, wenn sie mit den Roten fertig sind.«

Jimmy hinkte fort. Der Apfelanbau war ein hartes Geschäft. Man fiel von der Leiter oder bekam Hautkrebs wie sie.

Sie lief weiter, spürte die klamme Kälte in der Hüfte. Egal. Auf der Wiese standen drei knorrige Seckel-Pfirsichbäume, die hatte ihr Vater noch in seinen letzten Jahren gepflanzt, seine Lieblingssorte und, wie er behauptete, auch die von Thomas

Jefferson. Sie blieb stehen, zupfte vier der kleinen leuchtend roten Früchte vom Baum und steckte sie in die Jackentasche, um sie im Lauf des Tages zu essen. Sie waren butterweich und süß. Eine Frau konnte nicht allein von Äpfeln leben.

In all den neunundsechzig Jahren war sie zum See hinunter gelaufen, um zu schauen, was die starke Strömung und der Regen ans Ufer spülte. Stücke von Hafenbefestigungen, Müll, Kanus und Plastikkajaks, Baseballschläger, Tennisbälle, zerbrochene Adirondack-Stühle, ertrunkene Rehe, Hunde, Katzen, Waschbären, Opossums, tote Fische, sogar den einen oder anderen aufgeweichten Koffer. Aber das? Während sie in die Nebelschwaden tauchte, fing sie zu zählen an. Blechtonnen, die meisten auf der Seite dümpelnd, ein paar mit dem Deckel nach oben. Eingedellt und rostig. Zwölf, dreizehn ... eine ganze Menge davon. Sie waren offenbar von der alten Müllhalde eine halbe Meile weiter weggespült worden, was sonst. Mit gestanzten Kennzeichen der Autobahnmeisterei von New York. Na denn, genau die Stelle, die sie anrufen würde. Bei achtunddreißig hörte sie auf zu zählen und machte sich auf den Rückweg zum Haus. Sollten sich die Behörden darum kümmern. Ihre Männer hatten alle Hände voll damit zu tun, die Äpfel von den Bäumen zu holen. Aus Rücksicht auf die Leute, die sie noch nie gesehen hatten, würde sie die Sonnenbrille mit der Nasenmaske aufsetzen müssen. So machte sie sich immer auf den Weg in die Stadt, schon um die Kinder nicht zu erschrecken.

27

PLAZA HOTEL, CENTRAL PARK SOUTH, MANHATTAN

Sekunden vergingen wie Stunden, Minuten wie Tage. Die Zeit ließ sie an sich irre werden. Sie war von der Schweiz aus wieder heimgeflogen, während Ahmed geschäftlich nach Paris weiter musste. So viele Tage waren vergangen, seit sie Billy das letzte Mal gesehen hatte! Er und sein Truck hatten nicht, wie vereinbart, an der High Line auf sie gewartet. Sie war auch zu ihrer gewohnten Zeit in das billige Hotel in Chinatown gegangen und hatte schließlich noch in dem gemieteten Postfach im Village nachgeschaut. Nichts. Eine unheimliche Stille. Hatte Billy einfach beschlossen, die Sache zu beenden, und war abgereist? Das ergab keinen Sinn … immerhin hatte er sie angefleht, alles stehen und liegen zu lassen und mitzukommen. Und? Wäre das das Richtige gewesen? Ihr kamen Bedenken. Die Schweiz war *schön* gewesen, doch sie hatte die ganze Zeit an Billy gedacht. Jetzt rief Ahmed jeden Tag an, nur dass die Zeitzonen so weit auseinander lagen. Wenn sie aufwachte, war er bei der Arbeit, und er ging sieben Stunden früher als sie ins Bett. Sie hörte bei ihm eine gewisse Distanz heraus. Auch setzte er ihr nicht mehr so sehr mit aufdringlichen Fragen zu. Vielleicht hatte er einfach nur zu viel zu tun, sähe ihm ähnlich. Sie überlegte, ob sie bei Billys Eltern in Texas anrufen sollte, konnte sich jedoch denken, dass sie nicht glücklich darüber wären, von ihr zu hören. Es wäre einfach zu verkrampft und würde unweigerlich zu anderen Themen führen, die sie lieber umging. Nur noch bis morgen, vertröstete sie sich von einem Tag auf den anderen. Sie musste mehr essen, das war ihr klar, doch sie hatte keinen Appetit. Das Einzige, was sie wirklich wollte, waren ihre Pillen, und in einer Anwandlung, in der sie sich selbst nicht mehr ganz geheuer war, nahm sie alle auf einmal aus ihren Plastikbehältern und reihte sie hintereinander weg auf dem Küchentisch auf. Klonopin, Xanax, Lamictal. Sie wollte sie vor sich sehen, eine Phalanx, jederzeit bereit, sie zu beschützen.

Sie schrieb eine Nachricht auf eine Visitenkarte: *Ich kann Billy nicht finden. Er scheint weg zu sein. Hast du von ihm gehört?* Sie zog einen Mantel an und schob die Karte unter Pauls Tür durch. Danach fühlte sie sich schon ein bisschen besser. Dann zwang sie sich, in den Fahrstuhl zu steigen, in dem alle aufgeregt über den Hurrikan sprachen und sich darüber freuten, dass er New York, wenn auch nur knapp, verfehlt hatte, bevor er in rasender Geschwindigkeit nach Norden weitergezogen war und dass es auf seinem ganzen Weg bis hinauf nach Kanada wie aus Eimern geschüttet hatte. Sie staunte über die Blätter und Zweige auf den Straßen und die abgekühlten Temperaturen. Von der neunundfünfzigsten Straße aus sah sie, dass im Park zwei Bäume umgestürzt waren, und steuerte zielstrebig das Plaza an, wo sie ein großes Stück Deutsche Schokoladentorte bestellte, dazu Mint-Chocolate-Chip-Eiskrem. Sie aß beides zusammen, einen Löffel Torte, einen Löffel Eis. Einfach köstlich, perfekt. Der Zucker gab ihr Auftrieb, und sie rief sich zur Ordnung. Ahmed würde bald nach Hause kommen, und bis dahin musste sie eine Entscheidung getroffen haben. Ja. Es war alles nur eine Fieberfantasie gewesen, und Billy hatte New York – und ihr – den Rücken gekehrt. Na schön. Kein Problem. Kein Problem! War wohl besser so. Mit einem Mal war sie froh. Sie liebte Ahmed, sie liebte ihn ehrlich und wahrhaftig.

28

867 AVENUE FOCH, 16. ARRONDISSEMENT, PARIS, FRANKREICH

Auf eine gute Freundschaft, ja! Ahmed stellte sein Glas ab. Sein Gastgeber, Christophe, ein hochrangiger Mitarbeiter bei Frankreichs größter Bank, fragte ihn: »Und wann wollen Sie das Kapital beschaffen?« Mit einem Lächeln entschuldigte er sich für die unverblümte Frage. Doch wenn man die viertgrößte Bank der Welt vertrat und die drei noch größeren China gehörten, konnte man sich unverblümte Fragen erlauben. Natürlich wollte Christophe bei dem Deal mit dabei sein, und genau auf diesen Moment hatte Ahmed gewartet. Der ganze Abend war eine lange, sanfte, genüssliche Verführung gewesen, das Ambiente dafür sorgfältig gewählt: eine Wohnung von wahrhaft fürstlichen Ausmaßen in einem kolossalen Fin-de-siècle-Bau, ein Augenschmaus an kostbaren Vorhangstoffen, historischem Wandschmuck, prächtigem Intarsienparkett und, wie man *en passant* einfließen ließ, einem Schlafzimmer, in dem Präsident Valéry Giscard d'Estaing einst mit seinen Maitressen geschlafen hatte. Ahmed hatte dargelegt, dass die Probebohrungen im Pamir-Gebirge bessere Ergebnisse zutage gefördert hätten als erwartet. Der Bedarf an Seltenen Erden sei, wie allseits bekannt, zyklischen Entwicklungen unterworfen, und ertragreiche Fördermengen seien frühestens in drei Jahren zu erwarten, doch hatte sich, so ihre Prognose, Chinas Wirtschaft erst einmal stabilisiert, würde die globale Nachfrage wieder unaufhaltsam in die Höhe schnellen. »Die Finanzierung steht nach unserer Planung bis Februar«, antwortete Ahmed. »Das sollte problemlos über die Bühne gehen.«

»Wir könnten mit vielleicht vierhundert Millionen Euro

einsteigen«, sagte Christophe. »Ein solches Projekt ist ganz nach unserem Geschmack.«

Weil Frankreich auf dem Weltmarkt nicht mehr mithalten kann, dachte Ahmed im Stillen. Setzt sein Kapital einfach in anderen Ländern ein. »Das wäre ausgezeichnet«, erwiderte er. »Dann könnten wir bald die entsprechenden Papiere vorbereiten?«

»Ja, selbstverständlich, mit dem größten Vergnügen.«

»Das erste Konvolut geht am Montag an Sie raus.«

Sie stießen an. Der Abend hatte sich gelohnt, und Ahmed hatte es eilig, wieder in sein Hotel zu kommen.

»Ich habe übrigens für Gesellschaft gesorgt«, verkündete Christophe mit einem vielsagenden Grinsen. »Selbstverständlich nur, wenn Sie mögen. Mein Arbeitgeber hat solche Aktivitäten natürlich streng untersagt.«

»Weshalb sie so verlockend sind«, bemerkte einer der anderen Männer.

Ahmed lächelte neutral. Um sich aus der Affäre zu ziehen, trat er beiseite und überprüfte seine Nachrichten. Bei seinen verschlüsselten E-Mails fand sich eine von seinem Privatdetektiv: *J. ist jeden Tag zur gleichen Zeit zu einem kleinen Hotel/Chinatown gefahren und hat eine Stunde lang davor gewartet. Hat sich mit niemandem getroffen. Wirkte nervös, besorgt. Hat am dritten Tag geweint. Keine anderen Begegnungen. Übliche Routine, Einkäufe, Wellness-Club usw. Besuch im Plaza, Kaffeetrinken.*

Ausgezeichnet! Demnach war William Wilkerson nicht mehr … da? Auf Onkel Hassan konnte man sich verlassen.

Er gesellte sich wieder zu den anderen Männern. Im geräumigen zweiten Wohnzimmer saßen vier jüngere Frauen, jede in einem anderen Sessel.

»Bitte«, sagte der Gastgeber mit einer einladenden Geste. »Diese reizenden Damen würden Sie, meine Herren, gerne kennenlernen. Ahmed?«

Er trat vor. Jeder Zweifel war verflogen. Die Blondine. Groß, Russin vielleicht. Perfekt, beinahe so perfekt wie Jennifer. Sie erwiderte seinen Blick mit einem selbstbewussten, nicht die Spur verschämten Lächeln. Unverkennbar war er das Objekt ihrer heißen Begierde.

»Sie sind ganz allein auf Ihrer Geschäftsreise, Monsieur?«, fragte sie mit einer unfranzösischen Satzmelodie. Keine Muttersprachlerin.

»Ja«, sagte er mit einem kurzen Nicken. An die anderen Frauen hatte er keinen Blick verschwendet, doch jede von ihnen war bereits mit einem der übrigen Geschäftsleute ins Gespräch gekommen.

»Hätten Sie Lust, mir mehr davon zu erzählen?« Sie stand auf und nahm freundlich und mit der größten Selbstverständlichkeit seine Hand. Er roch ihr Parfüm. »Sie sind ein außergewöhnlich gut aussehender Mann.«

Ahmed lächelte. Das sagten sie natürlich zu jedem.

»Nein, nein, ich mein's ernst!«, beteuerte sie. Jetzt legte sie ihm die andere Hand auf den Unterarm und kam so nahe heran, dass er die genauen Umrisse ihres Lippenstifts sehen konnte. »Sie sind das, wovon alle Frauen träumen.«

29

MEILE 6,2, ROUTE 330, UVALDE COUNTY, TEXAS

Spucken war eine schlechte Angewohnheit, doch ob er wollte oder nicht, er tat es andauernd. Und zwar in die Hand, um es sich anzusehen. Übler, rotgelber, zähflüssiger Auswurf. Er wischte sich die Hand an der Jeans ab und suchte weiter nach dem Fahrrad. Das Telefon klingelte im Haus und auch direkt bei ihm, in der Garage. Ein mechanisches, schepperndes Geräusch, dasselbe seit dreißig, vierzig Jahren. Er ging nicht ran. Das tat sie drinnen im Haus. Er wartete. Da, sie hatte abgenommen. Vielleicht war es Billy. Sie hatten gerade seine Postkarten aus New York bekommen. Er hatte sich kurz gefasst: *Mir geht's gut hier in dieser verrückten großen Stadt, und ich hoffe, ich habe bald mehr zu berichten. Bitte füttert die Hunde regelmäßig und sorgt dafür, dass sie ihren Auslauf bekommen. Herzliche Grüße, Billy*

Er hatte eine Halbliterdose grünen Farblack in der Hand, mit dem er gewöhnlich die Rostflecken am Traktor überdeckte. Der Lack wäre perfekt dafür geeignet, Billys altes Fahrrad anzustreichen, das hier immer noch irgendwo in der Garage hängen musste. Brauchte wahrscheinlich auch neue Reifen, Kleinigkeit. Ein bisschen Stahlwolle für die Chromteile, und das war's.

Wenn es um irgendetwas Normales ging, brüllte sie einfach laut zur Gartentür hinaus. Doch sie konnte nicht mehr so laut brüllen, rief er sich in Erinnerung. Außerdem war er neugierig, was es war, und so stellte er die Farbdose weg und nahm den alten schwarzen Hörer ab. Der Anrufer stellte sich als Beamter beim Verteidigungsministerium heraus. Im Bundesstaat New York habe es im Zuge des Hurrikans schwere Überschwemmungen gegeben, erklärte er, sodass es jede Menge alte Tonnen auf den Lake Champlain hinausgetrieben habe, von denen einige auf einer nahegelegenen Apfelplantage angespült worden seien. Man habe sie geöffnet, um das Wasser auszukippen. Dabei habe man eine männliche Leiche entdeckt, und bei dem Opfer handle es sich um einen Army Ranger, der –

»… Mein aufrichtiges Beileid, Ma'am.«

Er hörte ihr Atmen in der Leitung. Dann legte sie auf.

»Hallo, hallo? Hören Sie mich?«, kam die Stimme des Mannes vom Ministerium. »Sind Sie noch dran?«

Er sagte nichts und trat auf die Zufahrt hinaus. In fünf Sekunden wird sie an der Gartentür erscheinen. Er wartete, und während er so dastand, geriet das endlose texanische Buschland mit seinen Mesqitebäumen und Lebenseichen und den Langhornrinderherden unter dem bewölkten Himmel ins Schwanken. Dann hörte er, wie sie seinen Namen rief, genau in dem Ton, vor dem er sich immer gefürchtet hatte. Ihr einziges Kind, sein einziger Junge. *William. William.*

30

FITNESS ULTIMATUM, QUEENS BOULEVARD, QUEENS, NEW YORK

Zahltag. Ein Mann tut seine Arbeit, dann ist die Löhnung fällig. Nach seinem Training hielt Hector nach der alten Corvette Ausschau. Wenn Lorenzo pünktlich kommt, ist er nervös, überlegte er und spürte das Pumpen noch in den Schultern, als er sich aus den verschwitzten Handschuhen pellte. Mit röhrendem Motor fuhr der Wagen vor.

»Yo«, meldete sich die Stimme durchs Fenster.

Hector pochte mit der Faust aufs Dach. »Der Job *es completo.*«

»Irgendeinen Beweis?«

»Ich hab Beweise für den Mann, *que me paga.* Bist du das?«

»Muss erst einen Anruf machen.«

»Ich kann ihn selber anrufen, Mann.«

»Ich weiß nicht, ob er von dir hören will.«

»Aber so läuft der Hase nun mal«, sagte Hector. »Du bist mein Freund. Nein, du bist nicht mein Freund. Du bist nur ein *pendejo,* den ich kenne, *comprende?* Ich hab den Job erledigt. Ich will mein Geld. Du *kannst* mich nicht bezahlen. Wenn wir nicht beide *Mexicano* wären, wüsste ich jetzt, was ich mit dir mache, *hombre.* Aber ich denke, es ist für uns beide das Beste, du *digame* den Namen, *digame el numero.* Und *digame* den ursprünglichen Betrag, mit dem, was du selbst einsackst.«

Hector registrierte, dass Lorenzo die rechte Hand noch am Sieben-Gang-Schalthebel hatte. »Schalte auf Parken. Nimm den Fuß von der Bremse.«

»Wieso?«

»Tu's einfach.« Hector wartete, bis Lorenzo gehorchte. »*Necessito una cosa mas.*«

Lorenzo wirkte zusehends besorgt. »Was?«

»Ich bin nett, *si?*«

»Schon gut, schon gut. Also, sicher, warum nicht, ich rufe ihn nur kurz an und –«

Hectors Hand schnellte durch den Fensterspalt und packte Lorenzo am Hals. Er beugte sich hinein. »*Yo no voy a esperar,* Scheißkerl. Gib mir seinen Namen, ein bisschen plötzlich.«

»He, ich hab dir schließlich den Job besorgt«, krächzte Lorenzo.

»Ich warte nicht.«

»He, Mann –«

Hector zog seine ledernen Gewichtsheberhandschuhe aus der Tasche und stopfte sie Lorenzo in den Mund. »Ich hab genug von deinem Gelaber. *Entendes?* Ich werde das Geld in Empfang nehmen und dir so viel davon abgeben, wie ich für richtig halte.« Mit der linken Hand drückte er Lorenzo die Handschuhe in den Mund, während er ihm die Rechte wie einen Schraubstock um den Nacken legte. »Ich bin derjenige, der die Drecksarbeit gemacht hat, während du deinen fetten *puerca* in ihren Arsch geschoben hast. Ich hab sie meilenweit gehört, *se quejo,* ›das ist zu *pequeno,* Papi, bitte nicht so weit rein, Papi‹. Ich hab sie die ganze Zeit gehört, während ich den Kerl erledigt habe. Wir verstehen uns?«

Er lockerte seinen Griff und zog Lorenzo die Handschuhe aus dem Mund. Lorenzo krümmte sich in einem Hustenanfall. Er wedelte hilflos mit der Hand.

»*Que? Digame!*«

Lorenzo tastete nach der Sonnenblende. Ein Zettel flatterte ihm in den Schoß. Hector schnappte ihn sich.

»*Este* Handynummer mit Vorwahl in New Jersey! Der *hombre* heißt Omar? Ein scheiß arabischer Muslim-Arsch?«

Lorenzo nickte schicksalsergeben.

»Hast du dich je mit ihm getroffen?«

»Ein Mal«, keuchte Lorenzo. »Arbeitet in der HLK-Branche.«

»HLK?«

»Heizung, Lüftung, Klima.«

»Los, verzieh dich«, sagte Hector.

Lorenzo gab Vollgas und jagte mit quietschenden Reifen davon. Beide Männer wussten, dass sie sich nie wiedersehen würden.

Kein Ergebnis bei der Internetsuche. Kein einziger Anhaltspunkt. Er kaufte ein Wegwerf-Handy und rief den HLK-Muslim an.

»Hallo? Wer spricht da?«

»Ja, *buenos dias*, hallo, ich suche ein Heizungsmonteur.«

»Und wer spricht da bitte?«

»Alexander …« Fast hätte er Rodriguez gesagt, nach dem früheren Yankee-Star.«… Montoya, und ich suchen nach jemand, der in Laden von meine Tante in Jersey City Heizung reparieren kann.«

»Von wem haben Sie diese Nummer?«

»Mein Freund hier in Queens –« Der Name fiel ihm schneller ein. »Johnny, sagt Sie sind guter HLK-Mann, aber sehr gute Preis.«

»Johnny wer?«

»Ich glaube, Johnny Carbone. Sie wissen, Italiener.«

»Kenne keinen, der so heißt.«

»Oh, tut mir leid, er sagt, Sie machen gute Arbeit für sein Freund oder so.«

Langes, bedächtiges Schweigen. Er hatte den anderen, ohne dass der es merkte, am Haken. »Sagen Sie mir, wo das Problem liegt.«

Hector hatte seine Hausaufgaben gemacht. Er beschrieb ein zehn Jahre altes Ölheiz- und Kühlgerät in einem Tante-Emma-Laden.

»Ich seh's mir mal an, wenn Sie wollen.«

»Gut, gut. Jefferson, Ecke Siebte Straße, hinter dem Dunkin' Donut, in Jersey City.«

»Morgen um zehn Uhr?«

»Ich stehe draußen und warte auf Sie, Mann. Sie erkennen mich, ich bin achtundvierzig, eins achtzig, zugegeben, bisschen Übergewicht, und ich hab blaue Baseballkappe auf und okay, bis morgen.«

Die Sache ist irgendwie schiefgelaufen, dachte Hector, nachdem er aufgelegt hatte. Ich arbeite zu hart. Die Sache stinkt. Was hab ich übersehen?, überlegte er. Hab ich noch ein Ass im Ärmel?

Am späten Abend desselben Tages watschelte ein dicker alter Mann in einem langen Mantel aus der Dunkelheit auf den Langzeit-Parkplatz des JFK. Bedächtig und auf verschlungenen Pfaden gelangte er zu guter Letzt zu einem roten Ford F-250, genau an der Stelle, an die er sich erinnerte. Er öffnete die Heckklappe und zog einen Radschlüssel aus dem Mantel. Ein paar schnelle Drehungen, und die Acht-Millimeter-Bolzen am linken Rücklichtgehäuse waren draußen. Jetzt war nichts weiter zu tun, als den Peilsender (von der Größe eines Kartenspiels, in jedem Elektronikladen, jedenfalls in Queens, zu bekommen), hinter das Bremslicht zu schieben, dann die Glühbirne aus der Fassung und stattdessen in die des Peilsenders und zuletzt den birnenförmigen Stecker des Senders in die ursprüngliche Fassung zu schrauben. Ein winziger blauer Lichtpunkt zeigte an, dass der Sender funktionierte. Dann einfach das Rücklichtgehäuse wieder dran, und niemand merkte was davon. Im Unterschied zu vielen solchen Vorrichtungen hatte diese Variante eine eigene Lithiumbatterie mit einer dreimonatigen Lebensdauer, statt die Autobatterie anzuzapfen. *Man muss die Dinge zu Ende denken, du scheiß chulo Mistkerl.* Sobald der Motor anging, wären die Bremslichter in

Betrieb und schickten winzige Ladeimpulse an den Sender. Der schaltete sich dann automatisch ein und übermittelte jedes Mal, wenn das Bremslicht anging, die Standortdaten an eine entsprechend programmierte Handynummer. Mithilfe einer winzigen Stiftlampe spähte er ins Fahrerhaus des Truck. *Eine Menge komischer Mist da drinnen, aber yo no tengo los llaves*. Er hatte die Schlüssel auf seiner Fahrt nach Norden irgendwo neben dem Highway ins Gras geworfen, und den Truck aufzubrechen schien ihm keine so gute Idee zu sein. Als lauerten da drinnen Gespenster. Der alte Mann humpelte davon, irgendwie schneller, als er gekommen war.

31

204 B, 14. STRASSE, BROOKLYN, NEW YORK

Kaffee konnte bei seinen grauen Zellen wahre Wunder wirken. Als er an seinem Schreibtisch in der Kanzlei die neueste Ausgabe des *New York Lawyer* durchging, stellte er fest, dass Roger Metcalfe, der Einwanderungsanwalt, dessen Name in dem Schreiben aus Ocean City an Ahmed gefallen war, bei Gracken und Rothstein arbeitete und somit just bei der Kanzlei, die der Junganwalt James Marone, mit dem er sich neulich zum Lunch getroffen hatte, so liebend gerne verlassen wollte. Natürlich war dieses glückliche Zusammenspiel nicht weiter erstaunlich, da es in dieser Sparte nur eine Handvoll kleine Firmen gab, bei denen gestandene Fachanwälte –

»Paul, Mrs Girardi ist am Telefon«, meldete sich Elauriana in der Gegensprechanlage, »und sie *besteht* darauf, mit Ihnen zu reden.«

Er griff zum Telefon.

»Es tut mir furchtbar leid, Sie nochmals zu behelligen, Paul, aber vor Ihrem Haus parkt ein Herr in einem Truck, der Sie sprechen möchte.«

»Wie heißt der Herr?«

»Ähm – wie heißen Sie?« Schweigen. »William Wilkerson. Er stammt aus Texas.«

Die handschriftliche Karte, die ihm Jennifer unter der Tür durchgeschoben hatte, lag noch auf seiner Küchentheke. »Sagen Sie ihm, ich bin in einer Stunde da. Sorgen Sie dafür, dass er wartet.«

Am schnellsten war man mit der U-Bahn da, doch auch so kam ihm die Fahrt endlos vor. Endlich kam er nach einem kurzen Sprint um die letzten Blocks in seine Straße und hielt

Ausschau nach Bill. Stattdessen sah er einen älteren Mann in Jeans, schwerem Schuhwerk und Arbeitsjacke neben einem weißen Pick-up stehen. Hoch gewachsen, knochig, kantig, ganz der Vater seines Sohnes.

»Sind Sie Mr Reeves?«

»Ja, ganz recht.«

Paul ging hin und reichte ihm die Hand. »William Wilkerson?«

Er nickte bedächtig, ohne besondere Herzlichkeit an den Tag zu legen. »Sie kennen meinen Sohn?«

»Ja, flüchtig, aber ich hab ihn schon seit einer Woche, vielleicht anderthalb, nicht mehr gesehen.«

»Er wurde gefunden.«

Etwas in dem ausdruckslosen Ton des Mannes ließ Paul aufhorchen, und er wagte nicht zu fragen, was er damit meinte.

»Sie haben ihn gefunden, oh ja. Das, was von ihm übrig ist.« Seine Lippen waren zusammengepresst, sein Blick misstrauisch, verschlossen. Dann hustete er – ein böser, trockener, hartnäckiger Husten, und als es vorbei war, hielt er sich ein Taschentuch an den Mund. »Sie haben ihn in einer Tonne auf einer überfluteten Apfelplantage im Norden New Yorks entdeckt.«

»Mein Gott.«

»Sie wussten also noch nichts davon?«

Paul schüttelte den Kopf und sackte an den weißen Truck. Ihm war speiübel.

»Sie sagen, er wurde erstochen und in diese Tonne gestopft. Ich bin auf dem Weg dorthin, um die Leiche zu identifizieren.«

»Ich hab ihn doch neulich noch gesehen!«, rief Paul. »Was wollte er dort oben? Kann das schon irgendjemand sagen?«

Der Vater schwieg, während er zweifellos die Möglichkeit abwog, dass Paul in der Tragödie irgendwie mit drinstecken könnte. »Das kann ich nicht sagen. Sie suchen da oben nach seinem Truck. Sie haben auch keine Brieftasche bei ihm gefunden, nichts. Wer ihn auf dem Gewissen hat, wollte seine Leiche verschwinden lassen.« Voller Hass kniff Wilkerson senior die Augen zusammen. »Aber er wusste offenbar nicht, dass unsere Regierung ziemlich clever ist. Wenn man sich als Elitesoldat für die Terrorbekämpfung verpflichtet, wird man gefragt, ob man sich in die Innenseite des Oberarms einen Identifizierungschip implantieren lassen will, für den Fall, dass man in die Luft gesprengt wird und nichts Erkennbares übrig bleibt. Die meisten wissen nichts davon. Sonst müssen sie nämlich einen DNA-Test machen, und der Abgleich kann dauern. Billy war einverstanden, der Coroner in dieser kleinen Stadt da oben sah seine alten Schrapnell-Narben und konnte sich also denken, dass er Soldat gewesen war. Er fand den Chip in zehn Sekunden und hat beim Militär angerufen. Die haben sich bei uns gemeldet, und ich bin in drei Tagen hierher gefahren.« Die Trauer des Mannes war steinhart, nicht zu brechen oder zu erweichen. Zorn, Trauer und Fassungslosigkeit waren eine chemische Verbindung eingegangen und hatten sich im Blut, in den Knochen, der Lunge festgesetzt, und in den Augen, mit denen er Paul jetzt ansah. »Mein Junge hat vier Jahre lang für dieses Land gekämpft und sich nie über irgendetwas beklagt; ein halbes Dutzend Mal ist er nur knapp dem Tod entkommen. Und dann kehrt er heim und kommt hierher in diese Stadt« – er spuckte das Wort aus wie ein Stück ungenießbares, verdorbenes Stück Fleisch – »und bringt sich in Schwierigkeiten, und das alles nur wegen diesem Mädchen Jenny Hayes.«

Paul versuchte, zwei und zwei zusammenzuzählen. »Moment mal, wie sind Sie an meinen Namen gekommen, Sir?«

Der ältere Mann nickte, die Frage leuchtete ein. »Ich hab versucht, Jenny Hayes zu finden, aber ich weiß ihren Ehenamen nicht, nur die Adresse ihrer Mutter. Die hab ich der Polizei dort oben durchgegeben, damit sie sie finden. Dann fiel mir ein, dass Billy erwähnt hat, er sei in einem Haus in Brooklyn untergekommen, das einem Nachbarn von ihr in ihrem Wohngebäude gehört. Also hab ich die Polizei bei uns in der Stadt, die ich schon ein Leben lang kenne, dazu gebracht, mir sämtliche Namen der Leute zu geben, die in ihrem Gebäude wohnen, ungefähr sechzig, aber da war keine Jenny Hayes auf der Liste. Dann hab ich die Namen übers Katasteramt mit den Hauseigentümern in Brooklyn abgeglichen, dachte mir, eine Wohnung in Manhattan und ein Haus in Brooklyn, das können ja nicht so viele sein. Und so bin ich auf diese Adresse hier gestoßen, bin hergekommen und hab mich umgehört.«

»Nun, Sie haben mich gefunden.«

»Ich versuche nur, jemanden aufzutreiben, der mir ein paar Fragen beantworten kann.« Er sah Paul vorwurfsvoll an. »Wahrscheinlich haben Sie meinen Sohn nicht näher gekannt.«

»Ich bin ihm ein paar Mal begegnet.« Das reichte nicht ganz. »Ich habe ihn auf Anhieb gemocht.«

»Er hat sich hier auf irgendeine Sache eingelassen, richtig?«

Paul nickte. »Ja, gewissermaßen schon.«

»Sagen Sie bitte, dass es keine Drogen oder so was waren.«

»Nein, nichts dergleichen, nicht, dass ich wüsste.«

»So wie ich das sehe, hat er sich mit den falschen Leuten angelegt. Könnten alle möglichen Leute sein. Jenny Hayes ist eine verheiratete Frau, so viel weiß ich schon. Und mein Sohn konnte aufbrausend sein, das kann ich nicht leugnen. Vielleicht ist deshalb was passiert.«

Paul wollte nichts dazu sagen. Er blickte sich um und sah, wie Mrs Girardi sie in ihrem Fenster nicht aus den Augen ließ.

»Da die Leiche im Norden von New York gefunden wurde«, fuhr Mr Wilkerson fort, »laufen auch die Ermittlungen da oben. Könnte lange dauern, bis sie Fortschritte machen. Ich hab versucht, ihnen klarzumachen, dass die Probleme wahrscheinlich hier in der Stadt angefangen haben, aber ich konnte sie wohl nicht überzeugen.« Wilkerson senior schüttelte über das schier Unfassbare des Ganzen den Kopf. »Ich hab auch bei der New Yorker Polizei angerufen und versucht, ihnen klarzumachen, dass sie wohl eher hier nach den Tätern suchen müssen, auch wenn er da oben gefunden wurde, aber die wollten auch nichts davon hören, meinten, die Kollegen von der Bundespolizei müssten sich mit ihnen in Verbindung setzen, bevor sie in dem Fall etwas unternehmen können, schon, weil mein Sohn nicht in New York ansässig war. Nur ein Bursche aus Texas. Ich bin also mit meinem Latein am Ende, Mister. Ich hab genug geweint. Mein Junge lebt nicht mehr, aber ich hab noch ein anderes Problem.«

Paul versuchte, die Neuigkeiten zu begreifen und einzuordnen. »Möchten Sie sich irgendwo hinsetzen?«

»Ich ziehe es vor zu stehen. Macht mir nichts aus.«

Standhaft. Wie ein verwitterter Zaunpfosten, als sei man, wenn man nicht aufrecht steht, lax oder faul oder, in diesem Fall, gramgebeugt. Nach einer Weile fuhr er fort. »Also, die Sache ist die, mein Sohn und diese Jenny Hayes, sie wurde vor fast sieben Jahren schwanger, als er auf Heimaturlaub war und sie besuchte, aber er wusste damals nichts davon, und sie hat es ihm nicht verraten. Was Mieseres kann eine Frau einem Mann kaum antun, wenn Sie mich fragen. Ich weiß, sie waren nicht verheiratet, aber was macht das schon für einen Unterschied, wenn es darum geht, dass er Vater wird. Jedenfalls bei einem Menschen, der wie mein Junge gelernt hat, was Sitte und Anstand ist.« Er holte tief Luft und ließ sie entweichen, nicht eilig, weil es nie wieder Grund zur Eile geben würde. »Jenny kam also nieder, als Billy in Übersee stationiert war, und zwei, drei Tage später, hab ich mir sagen lassen, ist sie aus ihrer Heimatstadt in Pennsylvania verschwunden, und das Baby wurde nie zur Adoption freigegeben. Vielmehr hat ihre Mutter sofort das Sorgerecht bekommen und den Jungen nach ihrem Vater Henry genannt. Und als sie dann später von diesen Schmerzmitteln abhängig wurde und das Sozialamt ihr den Jungen wegnahm –«

»Die Mutter?«, fiel ihm Paul ins Wort. »Schmerzmittelabhängig?«

»Soweit ich weiß, wäre sie fast dran gestorben, ja, Sir. Sie fanden den kleinen Henry allein in der Wohnung, ohne was zu essen, mit schmutziger Windel, die Frau bewusstlos und halbtot. Nachbarn haben die Tür eingeschlagen. Eine Überdosis von diesen Schmerzmitteln, von denen sie heute alle süchtig werden. Ich wusste gar nicht, dass sie ein Problem hatte. Das Schreckliche ist, dass sie den kleinen Henry wirklich geliebt hat, da sind wir uns sicher, sie hat ihn vergöttert und sich um ihn gekümmert und ihn mit Liebe überschüttet. Ich sag das, obwohl sie trotzdem nicht dazu taugte, ein Kind großzuziehen. Manche Menschen sind einfach so. Sie lieben das Kind, aber sie taugen nicht dazu, es aufzuziehen, weil sie sich selber nicht lieben können. Aber wir haben ihn erzogen, wie es sich gehört. Er ist ein guter Junge, gut in der Schule, gut in Sport, hat gute Manieren, und man käme nicht drauf, dass er seine wirkliche Mama nie zu Gesicht bekommen hat. Und nun muss ich Ihnen sagen, Sir, meine Frau, sie hat Eierstockkrebs und sie wird nicht mehr lange leben. Mein Sohn, ich bin mir nicht sicher, ob er das hundertprozentig verstanden hat. Vielleicht, und er wollte deshalb zu dieser Auslandsmission. Ich kann's wirklich nicht sagen. Meiner Frau bleibt nur noch wenig Zeit. Und ich, ich hab meine eigenen Probleme, doch die tun hier nichts zur Sache.«

Mr Wilkerson sah auf die Uhr. »Also, Folgendes habe ich Ihnen noch zu sagen. Hören Sie mir gut zu, Sir, denn das ist das erste und einzige Mal, dass ich es hier oben jemandem erzählen werde. Mein Junge ist tot, meine Frau stirbt mir unter den Händen weg, und mir bleibt auch nicht mehr viel Zeit. Ich hab Flecken auf der Lunge. Sie haben eine Nadelbiopsie gemacht, es gibt keinen Zweifel. Stadium drei. Das ist hart, aber so sind die Wege des Herrn. Ich bin hierher gefahren, um Jenny Hayes eine Nachricht zu übermitteln. Ich kann sie nicht finden. Sie ist zu clever für mich. Aber Sie wohnen im selben Gebäude, Sie kennen die junge Dame. Sie richten ihr etwas von mir aus, ja? Sagen Sie ihr, es kommt vom Großvater ihres Sohns. Bei uns in Texas glauben wir an Familie und Liebe und daran, das Richtige zu tun. Ihr Junge, Henry, wurde gut erzogen, aber jetzt fehlt ihm seine Mama, die er nie gekannt hat, *und* sein Daddy. Henry weiß das mit seinem Daddy noch nicht, aber er hat gesehen, wie sich meine Frau die Augen ausheult, und früher oder später wird er es sich zusammenreimen. Es wird ihn hart treffen. Er liebt meine Frau wie eine Mutter, und wenn sie stirbt, wird es für ihn die Hölle, Sir. Er ist ein kleiner Junge, gerade sechs Jahre alt. Kann noch nicht mal richtig Fahrrad fahren. Wir werden ihn schon ziemlich bald zu meinem Neffen und seiner Familie geben müssen. Das Problem ist nur, ich glaube an die direkten Blutsbande. Ich glaube an die Familie, und ich seh's nicht gern, wenn Familien auseinanderbrechen. Das ist das Traurigste, was es für mich gibt. Ich hab's oft genug mit eigenen Augen gesehen. Sie können einen Mann auf zehn verschiedene Arten und Weisen töten, aber wenn er die Liebe seiner Familie hat, erträgt er so ziemlich alles. Ich möchte, dass der Junge weiß, wer seine Mutter ist, und ich will, dass diese Mutter weiß, wer ihr Sohn ist.« Er schwieg. Seine Frustration und seine leidenschaftlichen Gefühle versanken im Kummer, er wischte sich die Augen und hustete heftig, bis er die Brust freibekam. Dann fügte er in leiserem, verzweifelterem Ton hinzu: »Henry ist ein prächtiger Junge, ein großartiger Bursche, aber er braucht jemanden, der von jetzt an für ihn sorgt. Er braucht sein eigenes Blut. Ich sage das aus Mitgefühl. Ich glaube an Jesus Christus, unseren Herrn, und ich weiß, dass wir versuchen müssen, in seinem Namen das Richtige zu tun. Ich versuche, das Gute in den Dingen zu sehen. Aber ich will offen mit Ihnen sein, denn ehrlich gesagt halten die Leute da, wo ich herkomme, eine Frau, die ihr Kind im Stich lässt, um in New York in Saus und Braus zu leben, für das Letzte. Ich kann nicht verstehen, was für eine Frau dazu fähig ist. Aber meine Frau sagt, Jenny wäre damals einfach ein verwirrtes, unglückliches junges Ding gewesen, und wir könnten nicht beurteilen, ob sie schlecht ist oder nicht. Wir wissen nicht, was ihr so wehgetan hat, dass sie einfach weggelaufen ist.« Als übersteige so viel Leid und Kummer sein Fassungsvermögen, schüttelte er den Kopf. »Wir haben uns also zusammengesetzt und geredet, Mister. Und meine Frau sagt, das Mädel verdient eine zweite Chance. Es ist ihr Junge, ihr Sohn, und wir wären es ihnen beiden schuldig.«

Mr Wilkerson fing an zu husten, und als es schlimmer wurde, klopfte Paul ihm sacht den Rücken. »Geht schon«, sagte er, »Es überkommt mich einfach.« Er zog ein Päckchen Zigaretten aus der Brusttasche und zündete sich eine an. »War eine ziemliche Strecke hier rauf, Mister, war nicht leicht.« Er deutete auf den weißen Pick-up. »Ich will Ihnen zwei Dinge geben, Mister. Erst mal die hier.« Damit zog er ein Bund Autoschlüssel aus der Tasche. »Die passen zum Wagen meines Sohnes. Er hatte den Ersatzschlüssel, weil wir den Truck auch manchmal benutzten. Ich weiß nicht, wo sich der Wagen jetzt befindet, hier oder im Norden, aber falls Sie ihn finden, geben Sie mir bitte Bescheid, ja? Und falls Sie ihn irgendwo hinfahren müssen, bevor ich ihn abholen kann, nehmen Sie bitte die Schlüssel.« Er öffnete die Tür zu seinem eigenen Truck, holte eine beschriftete Karteikarte heraus und gab sie Paul. »Das sind unsere Telefonnummern und die Adresse. Ich bin in fünf, sechs Tagen wieder in Texas. Wenn Jenny ihren Jungen sehen will, kann sie sich unter dieser Nummer melden. Meiner Frau ist es ein Herzensanliegen, die Sache auf die rechte Weise zu regeln. Wir haben die originale Geburtsurkunde mit dem Namen Jennifer Hayes als Mutter des Jungen. Niemand wird ihn ihr je streitig machen können. Natürlich kann man das heutzutage mit der DNA sowieso zweifelsfrei bestätigen. Wir versuchen, das Richtige zu tun, Mister. Einerseits glaube ich, dass mein Sohn wegen Jennifer Hayes jetzt tot ist, und andererseits glaube ich, mein Junge hätte das trotzdem von mir erwartet. Wie gesagt, wir glauben an Jesus und Gott den Herrn. Wir halten die andere Wange hin und versuchen, das Gute in unserem kurzen Leben auf Erden zu sehen. Aber falls meine Frau in den nächsten Wochen nichts hört, müssen wir zügig die Adoption einleiten. Wenn Jenny Hayes wissen will, wer ihr Sohn ist, dann sollte sie sich beeilen.«

Er setzte eine Sonnenbrille und einen Cowboyhut auf, stieg in seinen Truck, verabschiedete sich von Paul mit einem ernsten Nicken und fuhr los. Und erst jetzt merkte Paul, dass er auf die Knie gesunken war und sich mit den Händen auf die Blausteinplatten des Bürgersteigs von 1890 stützte, aus der Zeit, als das Viertel hochgezogen worden war. Genau hier war er aufgewachsen. Er ertappte sich dabei, wie er aus Hass auf etwas, auf jemanden mit den Fäusten auf die Steine schlug. Vielleicht auf Jennifer. Mit Sicherheit auf Ahmed. *Ahmed.*

32

FRANK SINATRA PARK, HOBOKEN, NEW JERSEY

Ich bin pünktlich, stellte Omar fest, wo also bleibt der Mann? Er wartete zehn Minuten lang vor dem kleinen Laden, dann ging er hinein. Hinter der Theke stand eine ältere Koreanerin, die ihn misstrauisch beäugte, als wolle er ein Päckchen Kaugummi oder ein Handy-Aufladegerät mitgehen lassen.

»Entschuldigen Sie, ich suche einen Mann namens Alexander Montoya.«

»Kenn ich nicht, tut mir leid.«

»Er hat mich hierher bestellt, Sie hätten Probleme mit Ihrem Heiz- und Kühlgerät.«

»Tut mir leid, wir haben kein solches Problem.«

»Alexander Montoya?«

»Nie gehört.«

Omar starrte auf die Energydrinks in der Kühlvitrine und kaufte drei für seine Töchter. »Gibt es hier vielleicht einen Manager?«

»Nur meinen Sohn.«

Er bezahlte die Drinks, ging draußen in Stellung und sah sich um. Sehr belebt, viel Verkehr, viele Passanten, doch weit und breit kein dicker Latino mittleren Alters. Seltsam. Nicht gut.

Zwei Stunden später, im Park, sah Omar zu, wie das Team seiner älteren Tochter den Gegner aus Staten Island dominierte. Binnen zehn Minuten stand es drei zu null, und er wusste, dass sie in der zweiten Hälfte zum Einsatz kommen würde. Die Eltern der Spielerinnen standen auf dem Kunstrasen am Rand, plauderten miteinander und feuerten – ein ungeschriebenes Gesetz – gegenseitig ihre Kinder an. Zur Halbzeit sorgte Omar dafür, dass seine Tochter Wasser und den Energydrink bekam, und begab sich zu der mobilen Toilette am Rand des Felds. Im Innern des stinkenden grünen Plastikgehäuses pisste er in das dunkle Scheißloch und fühlte sich bei dem Geruch in die Manshiyat Naser, die »Müllstadt«, Kairos Slum mit einer Million Menschen, zurückversetzt. Sein Vater hatte ihn als Junge einmal dorthin mitgenommen, und während sie den Lumpensammlern zusahen, die am Rand der riesigen Kloake standen und auf die nächsten Fuhren aus den besseren Vierteln warteten, hatte sein Vater gesagt: »Das wollte ich dir zeigen, damit du in Amerika dankbar bist.«

Als Omar fertig war und die Hose geschlossen hatte, entriegelte er die Plastiktür und warf sie auf, doch plötzlich stieß ihn ein Mann wieder nach drinnen, ein kleiner, doch außerordentlich muskulöser Mann.

»Jetzt hör mir gut zu!«

»Was zum Teufel … Was soll das!«

»Leg dich nicht mit mir an!«

Doch Omar war in Kampfsport ausgebildet, und so zog er sein Messer, das er am Knöchel trug, und wollte zustoßen – doch er kam nicht weit. Der Mann hielt mit eisernem Griff sein Handgelenk fest.

»Leg dich nicht mit mir an!«, zischte er noch einmal. »Oder ich bring dich um, hier und jetzt.«

Sie rangen in der engen Kabine. Der Mann hielt immer noch Omars rechtes Handgelenk fest und versetzte ihm mit der freien Hand gezielte Hiebe. Omar revanchierte sich bei dem deutlich kleineren Gegner mit einem Kopfstoß, sodass dieser nach hinten taumelte, für Omar die Gelegenheit, seine Hand zu befreien und mit dem Messer auf den Mann loszugehen. Doch er verfehlte ihn, und der Mann wirbelte herum, überwältigte ihn, hob ihn hoch und riss ihm beide Arme nach hinten, während er zugleich sein Gesicht in das dunkle Scheißloch drückte, wo ihm der beißende Gestank von Pisse, Ammoniak und Exkrementen in Mund und Nase stieg. Er erschlaffte und gab sich geschlagen.

»Hör zu, Dreckskerl, hör mir gut zu!«, zischte der Latino so dicht an seinem Ohr, dass er seinen heißen Atem spürte. »Ich schwör bei Gott, dass ich dich nicht töten will.«

Omar versuchte zu antworten, doch er redete in das Dunkel eines Breis aus Scheiße wenige Zentimeter von seinem Gesicht entfernt.

Der Mann hob Omars Kopf ein paar Zentimeter höher.

»Kein Kampf?«

»Nein, kein Kampf.«

Der Mann zog seinen Kopf noch ein Stückchen höher.

»Ich werfe dein Messer ins Loch.« Es gab ein spritzendes Geräusch.

»Und jetzt hör mir ganz genau zu.«

Omar nickte und versuchte, Luft zu bekommen.

»Du hast einen Mann namens Lorenzo in Queens angerufen und ihm von einem Auftrag erzählt.«

»Was für einen Auftrag?«

»Einen großen weißen Typen mit einem roten Pick-up zu töten.«

Er erinnerte sich. »Ja.«

»*Ich* hab das erledigt.«

Aber was war mit Lorenzo? Omar verstand nicht, was da gelaufen war, hielt es jedoch angesichts seiner Lage für klüger, dem Mann nicht zu widersprechen. »Okay, dann hast du es eben gemacht.«

»Ich will das ganze Geld dafür haben.«

»Dazu muss ich den Typen anrufen.«

»Ruf ihn hier und jetzt an.« Der Mann atmete heftig an seinem Ohr.

»Hier?«

»Das Handy funktioniert auch hier drinnen.«

Der Mann ließ Omar in die Hosentasche greifen, um sein Handy herauszuholen. Er sah zu, wie er wählte.

»Stell auf laut.«

Omar gehorchte.

»Ja, ja?«, meldete sich eine Frauenstimme.

»Hier ist Omar«, hauchte er, »Ich möchte mit Hassan Mehraz sprechen.«

»Ja, bitte, einen Moment.«

Dann die Stimme eines älteren Mannes. »Hallo? Ja?«

»Omar hier. Wir müssen – Der Mann, den ich für Sie liquidieren sollte, ist jetzt tot. Er ist tot, und ich brauche das Geld sofort.«

»Ah, verstehe, ja.« Die Stimme klang jetzt reserviert. »Wir haben miteinander besprochen, wie wir –«

Hector riss Omar das Handy aus der Hand und schlug zwei Mal auf ihn ein. Sein Ächzen war zweifellos am anderen Ende der Leitung zu hören. Mit seinem eigenen Handy fotografierte Hector die Nummer vom Display ab, offenbar eine Vorwahl in Kalifornien, und er wollte gerade etwas sagen, als ihm bewusst wurde, dass Omar jedes Wort mithören würde.

»Hallo? Hallo!«, kam die entfernte Stimme aus dem Handy. »Was geht da vor? Hallo?«

Hector warf Omars Handy ins Scheißloch, verpasste Omar einen üblen Tritt in die Rippen und ein paar Hiebe auf den Hinterkopf. Dann ging er auf die Knie und brachte seinen Mund nah an Omars Ohr. »Wenn mich dieser Mann nicht bezahlt, komm ich wieder und bringe deine Familie um«, sagte er.

Dann öffnete er die Tür des Klos. Am anderen Ende des Felds hörte er anfeuerndes Geschrei, deshalb lief er in die entgegengesetzte Richtung.

Minuten später schob Omar die Plastiktür auf. Er hielt etwas in der nassen Hand, als er in die Sonne trat.

Noch nie war er so froh gewesen, noch am Leben zu sein.

33

PIG'N WHISTLE BAR, 48. STRASSE, ZWISCHEN FIFTH UND SIXTH AVENUE

Im Wirken des Universums, obwohl angeblich vom Zufall beherrscht, waren nichtsdestotrotz erstaunliche Kausalketten zu erkennen. Vor einer halben Ewigkeit, erinnerte sich Paul, während er auf seinen Freund Bobby Passaro wartete, hatte die Kripo New York einen Mann namens Michael Crosette verhaftet, den korpulenten, rothaarigen Eigentümer einer schlecht gehenden Bar in Hartford, Connecticut, einem schwierigen Pflaster in diesen stürmischen Zeiten. Crosette hatte versucht, im lokalen Ecstasy-Handel mitzumischen, und er brauchte Kapital. Sein verstorbener Vater, ein Börsenmakler, der lieber Fliege als Krawatte getragen hatte, war in Crossettes jungen Jahren ein kleiner, doch sachkundiger Kartensammler gewesen, und so hatte der Sohn im Lauf der Jahre einiges Wissen über seltene Karten aufgeschnappt. Sein Vater liebte sie mit ein bisschen Farbe, weshalb er seinem Sohn beibrachte, wie man Pigment restauriert oder einen Stich nachträglich koloriert. Das erforderte Geduld, Geschick im Umgang mit einem 0,79 Millimeter dünnen Pinsel, in allen Regenbogenfarben verdünnt, sowie einem Löschblock – Geduld und abermals Geduld. Farbe ist auf Karten immer ein Vorzug, und sei es nur eine leichte Tönung an den Küstenkonturen, vorausgesetzt, es bleibt dezent. Deshalb greifen Händler oft zum Pinsel und räumen vieldeutig ein, die Koloration sei »kontemporär«, das heißt, entweder neuzeitlich oder aus der Zeit des Drucks.

Als der junge Crosette längst erwachsen war und das Startkapital für den Einstieg in den Hartforder Drogenhandel benötigte, kam ihm seine Neigung zu List und Tücke sowie seine großzügige Auffassung des Eigentumsbegriffs zupass. Er verlegte sich darauf, in Bibliotheken und Archiven in Connecticut und New York Karten zu stibitzen, die sich oft als Faltkarten in seltenen alten Bänden fanden; er trennte sie heraus und versteckte sie unter der Kleidung. Anschließend machte er sich an die Arbeit. Man kann eine gestohlene Karte tarnen, indem man Farbe hinzufügt oder das Papier gekonnt beschädigt. Schließlich haben antike Karten keine Seriennummern, und die meisten von ihnen sind unter Bedingungen entstanden, die es unmöglich machten, im Nachhinein die Zahl der Originale zu bestimmen.

Pauls Handy klingelte.

»Ich weiß, dass ich zu spät dran bin! Ich kann keine Parklücke finden.«

»Bobby, hier ist Parken weiträumig verboten.«

»Junge, nicht für mich.«

Crosette kannte auch die Händler, an die er solche Karten verhökern konnte, ohne dass sie lästige Fragen stellten. Einen seiner gestohlenen Schätze, eine Ausgabe der »Nova Belgica et Anglia Nova« von 1635, ein prächtiges Beispiel holländischer Kartographie, hatte er zu einem Antiquitätsbuchhändler in der Innenstadt gebracht. Auf der Nova Belgica, dazu geschaffen, Investoren in die Neue Welt zu locken, war die Insel Manhattan als »Neue Niederlande« verzeichnet und Neu England war von Rehen, Hirschen, Bären, Bibern, Füchsen, Ottern, Reihern, Hasen und Truthähnen bevölkert, alle ursprünglich einmal in prächtigen Grün-, Braun- und Rottönen koloriert. Außerdem waren darauf zwei Indianerdörfer und mehrere europäische Schiffe zu sehen. Crosette hatte sämtliche Tiere und andere Details nachgetönt, bevor er die Karte absichtlich an mehreren Stellen beschädigte und anschließend reparierte, ein weiterer Trick, um ihre Herkunft zu verschleiern.

Doch inzwischen hatten sich die New York Public Library, Yale University und die anderen betroffenen Einrichtungen zusammengetan, um etwas über ihre gestohlenen Karten in Erfahrung zu bringen. Die Ladenbesitzerin, der Crosette sein Glanzstück vorgelegt hatte, eine gewisse Janet Doughty, hatte ein scharfes Auge. Sie spielte zum Anschein mit und schlug in den Handel ein, um ihn abzuschließen, nachdem sie die vereinbarte Summe bei ihrer Bank abgehoben hatte. Dieb und Ladenbesitzerin verabredeten also einen Termin für den nächsten Tag, Doughty setzte sich mit dem New York Police Department in Verbindung, und so wurde Crosette, als er wiederkam, prompt verhaftet. Die Detectives von Connecticut und von New York, die für diesen Fall zusammenarbeiteten, fanden in seiner Scheune Ecstasy-Pillen in einem Gesamtwert von fast fünfhunderttausend Dollar, und es stand außer Frage, dass er für mehrere Jahre hinter Schloss und Riegel kam.

Um Crosette auch wegen der Kartendiebstähle zu belangen, mussten die Detectives beweisen, dass die weiterverkauften wie auch die in seinem Besitz befindlichen Exemplare manipuliert worden waren. Hierzu wandten sie sich an mehrere Experten, einen Händler, einen Restaurator und einen Privatsammler mit einer Expertise in Karten von New York. Bei dem Sammler handelte es sich um Paul, und so hatte er Detective Bobby Passaro vom Dezernat für Schwerkriminalität beim NYPD, ein Team der vierzig besten Detectives der ganzen Stadt, kennengelernt. Paul hatte für Passaro Vorher- und Nachherfotos von fünf Karten unter die Lupe genommen und als Experte vor Gericht ausgesagt. Er und Passaro waren sich als zwei ein wenig lebensüberdrüssige Männer im mittleren Alter von Anfang an sympathisch gewesen und miteinander in Verbindung geblieben.

Jetzt stapfte der gewichtige Detective mit dem angegrauten, doch vollen Haar und dem Watschelgang eines Mannes, der sich einst als Streifenpolizist die Hacken abgelaufen und danach zu viele Stunden in Überwachungswagen gesessen hatte, zur Tür herein.

»Bobby, du siehst *schrecklich* aus«, sagte Paul und schüttelte ihm die Hand.

»Ich weiß«, räumte Passaro ein, »hab trotzdem eine neue Freundin. Sie nimmt die Sache ziemlich ernst.«

»Und?«

Er winkte ab. »Ach, hält ja doch nicht.«

Passaro besaß dieses raubeinige, selbstzerstörerische Charisma. Frauen fanden ihn unwiderstehlich, und er taumelte amüsiert von einer zur anderen, bis die Freundinnen jeweils spitzbekamen, dass die Selbstzerstörung schon sehr weit fortgeschritten war, und ihm widerstanden.

Paul reichte ihm eine Speisekarte. »Bist du sicher?«

»Absolut. Ich hab's ihr gesagt. Ich sag's jeder.«

»Du hältst mit nichts hinterm Berg, hm?«

»Ich sag ihnen – und zwar ohne jeden Scherz –, ich sag, wenn du richtig gut vögeln willst, dann komm nicht zu mir. Ich war mal gut, aber jetzt bin ich abgewrackt. Sieh dir nur diesen Bauch an. Damit sie hinterher nicht sagen können, sie hätten es nicht gewusst. Aber gibt immer ein paar, denen das offenbar nichts ausmacht, sie bräuchten nichts weiter als Liebe, behaupten sie. Was auch immer. Also, was ist das für eine Geschichte mit diesem Mann, den sie im Norden gefunden haben? Du meinst, der wurde hier bei uns umgebracht?«

»Ja«, bestätigte Paul, »wahrscheinlich.«

Passaro musterte ihn, ohne mit der Wimper zu zucken. »Und worauf genau beruht deine Annahme?«, wollte er wissen und verfiel in den routinierten, sonoren Tonfall einer Befragung.

Paul erklärte ihm, dass Bill in seinem Haus in Brooklyn laut einem zugedröhnten Nachbarn in eine handgreifliche Auseinandersetzung verwickelt gewesen sei. Außerdem sei in seinem Haus ein Fleck an der Wand, bei dem es sich um Blut handeln könnte, nur ein kleiner Spritzer, aber immerhin. »Folglich erscheint es mir logischer, dass er hier umgebracht wurde.«

»Das ist alles?«

»Er war *hier*.«

»Woher weißt du das?«

»Ich hab ihn vor ungefähr zehn Tagen gesehen.«

»Vielleicht hat er danach die Stadt verlassen.«

Paul schüttelte den Kopf. »Genau dazu hab ich ihm geraten, er wollte aber nicht. Der war definitiv noch hier in der Gegend.«

»Und wer ist deiner Meinung nach der Mörder?«

»Keine Ahnung, wer das getan hat. Aber Bill hatte was mit Jennifer Mehraz, meiner Nachbarin, die verheiratet ist. Sie hat sich heimlich mit ihm getroffen.«

»Bei dem Opfer handelt es sich um einen mit allen Ehren entlassenen Army-Angehörigen, der im Ausland im Kampfeinsatz gewesen ist?«

»Ja.«

»Hat er getrunken oder Drogen genommen?«

»Na ja, getrunken schon, jedenfalls hab ich ihn einmal betrunken gesehen.«

»Seit wann kanntest du ihn?«

»Wenige Wochen.«

Passaro nickte. »Die Antwort ist nicht überzeugend.«

»Mag sein.«

»Hatte er hier in New York einen Wohnsitz?«

»Abgesehen von meinem Haus? Nicht, dass ich wüsste.«

»Hat diese Frau ihm ewige Treue geschworen?«

»Das wage ich zu bezweifeln.«

»Wieso sollte deiner professionellen Meinung nach der noble Manhattaner Geschäftsmann seinem Nebenbuhler gleich den Garaus machen?«

»Meine Meinung ist nicht professionell.«

»Bist du dir da sicher?«

»Ja.«

»Es ist also die Meinung eines Amateurs und als solche möglicherweise nicht ganz schlüssig?«

»Bobby, lass gut sein.«

Passaro griff zur Speisekarte und ging die irischen Gerichte durch. »Du verstehst schon, dass ein ausgebrannter alter Sack wie ich nicht die geringste Lust hat, gegen einen smarten, reichen, internationalen Geschäftsmann zu ermitteln, der wahrscheinlich Leute kennt, die mich *stante pede* in den Ruhestand schicken können?«

»Du willst nur leichte Fälle haben?«

»Du hast es erraten!« Passaro grinste über die messerscharfe Schlussfolgerung. »Ich will nur die hieb- und stichfesten Fälle, bei denen nichts schiefgehen kann.«

Paul stöhnte. »Ach, komm schon.«

Sie bestellten beide Shepherd's Pie. Passaro schwieg, bis die Kellnerin gegangen war. »Du hast mir nicht erzählt, ob diese Jennifer attraktiv ist.«

»Sie ist sogar sehr attraktiv.«

Passaros Augenbrauen schossen hoch. »Hast du sie gevögelt?«

»Nein.«

»Würdest du, wenn du könntest?«

»Das ist eine schreckliche Frage!«

»Wieso? Würde sie wahrscheinlich selber vögeln, wenn sich die Chance böte!«

»Vergiss es! Keiner von uns bekommt die Chance.«

»Vielleicht bist du ja heimlich in sie verknallt und willst den Ehemann loswerden. Vielleicht hast du den Soldaten aus dem Weg schaffen lassen, und jetzt versuchst du, den armen, reichen Ehemann anzuschwärzen.«

»Geniale Theorie. Und wieso komme ich dann zu dir?«

»Um dich als unverdächtig darzustellen.«

»Danke.«

»Ist die Staatspolizei schon dran?«

»Keine Ahnung.«

»Sollten die sich dafür interessieren, kann es sein, dass sie um Amtshilfe ersuchen.«

»Und wenn sie sich nun nicht interessieren?«

»Dann müssen sich die Kollegen vor Ort darum kümmern.«

»Ich kann mir nicht vorstellen, dass es da allzu viele Polizisten gibt. Es ist eins dieser Kaffs nicht weit von der kanadischen Grenze.«

»Klingt so, als ob dieser Soldat ein bisschen instabil war. Impulsiv.«

»Gut möglich.«

»Darf ich?«, fragte Passaro. »Also, meine Version, nicht weniger plausibel als deine. Unser Mann geht in Brooklyn in eine Bar, ziemlich angesagt und cool, und da sitzt diese heiße Braut. Toller Lippenstift, und sie hat die Beine so übergeschlagen, dass er genug zu sehen bekommt. Er hat solche Sehnsucht nach seiner Miss Jennifer, dass er sich ein bisschen trösten muss. Er flirtet mit Schmollmündchen, und sie gibt ihm einen nassen Kuss, was nur leider ihrem Macker nicht entgeht, dem Obermacker aus der Motorradgang. Der Obermacker denkt, es macht sich ganz gut in seinem Lebenslauf, wenn er deinen Freund kalt macht, was er folglich tut, etwa eine Stunde und drei Kurze später draußen auf dem Parkplatz. Sie packen die Leiche in seinen Truck, werfen eine Abdeckplane drüber und beschweren die Plane mit alten Ziegelsteinen. Schmollmündchen, die schon vor langer Zeit gelernt hat, an die Männer, mit denen sie ihre Zeit verbringt, nicht die allerstrengsten moralischen Maßstäbe anzulegen, ist jetzt erst richtig scharf auf Obermacker, und der fährt mit seinen Kumpels Richtung Norden, um in Montreal einen draufzumachen. Nicht weit von der Grenze entsorgen sie die Leiche in einem Ölkanister in einem See, an dem sie im Sommer schon mal zum Grillen fahren. Das sind Partys, bei denen sich hunderte Biker zusammenrotten und Drogen verticken und sich prügeln und sich für den Bauchnabel des Universums halten. Und das ist noch die nette Version.«

»Klingt ein bisschen weit hergeholt, findest du nicht?«

Passaro rührte in seiner dampfenden Shepherd's Pie. »Na schön, dann eben Szenario zwei. Dein Freund Bill sitzt irgendwo in Williamsburg, Brooklyn, in einem Teehaus zwischen einem Haufen Studenten, die sich für Internet-Revolutionäre/Wirtschaftsvisionäre/Indiefilm-Regisseure halten. Ich meine, heutzutage kann jeder alles werden, etwa nicht? Er quatscht so einen Schmachtlappen mit Babyflaum im Gesicht an, der sich vorgenommen hat, der nächste Martin Scorsese zu werden. Er ist feinsinnig und brillant und platzt vor Ehrgeiz, aber nicht vor Selbstvertrauen, besonders gegenüber den Mädchen. Scorsese junior hat ein brillantes Drehbuch auf dem Tisch, mit einer Szene, die in einer Bar in Brooklyn spielt, und nun möchte er, dass dein Kumpel Bill das Mitglied einer Motorgang spielt, okay? Nun kommt aber Scorseses Freundin Suzy zu dem Schluss, dass dein Freund ein ›Kriegsverbrecher‹ ist und so, weil er in der US Army gedient hat, weshalb so was wie eine symbolische Hinrichtung angesagt wäre. Die werden sie für einen experimentellen Dokumentarstreifen, an dem sie arbeitet, filmen. Suzy schreitet zur Tat, löst sechs von diesen mexikanischen Fentanyltabletten in einem Drink auf, sodass man das Zeug nicht spritzen muss. Nur dass sie leider keine Ahnung hat, dass sechs Pillen von dem Zeug einen von diesen fliegenden Drachen in *Herr der Ringe* zur Strecke bringen würden. Bill spült das Gesöff also runter und wird binnen weniger Minuten bewusstlos, mit Schaum vor dem Mund. Er stirbt *in echt*, was so nicht geplant war, und in dem Moment ruft Suzys Vater, der hochgeschätzte Hirnchirurg aus Vermont an und sagt, komm rauf, Kleines, und lass uns Ahornsirup machen. Also verstauen Suzy und Scorsese die Leiche in ihrem neuen Volvo Kombi und entsorgen sie, was Suzy auf ihrem iPhone festhält, auf ihrem Weg zu Daddy im Norden des Staates New York.«

»Ahornsirup macht man im Frühling, nicht um diese Jahreszeit.«

Passaro hob beide Hände. »Diese Szenarios sind mindestens so wahrscheinlich wie deins.«

»Und was rätst du mir?«

»Hör zu, Paul, falls die State Police oder die Dorfcops da oben etwas Konkretes in die Finger kriegen und mich um Rat fragen, dann gerne.«

»Und was hast du vor?«

»Ich? Dieses Wochenende spielen die Giants.«

»Redest du mit Jennifer Mehraz oder Bills Vater? Oder mit sonst wem?«

»Für etwas, das da oben passiert ist?« Bobby schüttelte den Kopf. »Fürchte, das kannst du vergessen.«

Wie sag ich's Jennifer?, überlegte Paul, als er in der Nähe seines Wohngebäudes aus der U-Bahn-Station in den kühlen Wind trat. Wie sage ich ihr, dein Liebhaber wurde ein paar hundert Meilen von hier tot aufgefunden? Aber wer sonst sollte es ihr sagen? Doch als er zu seiner Wohnung kam, klebte ein Briefumschlag an seiner Tür. Ihr Papier, mit ihrem Namen, JENNIFER MEHRAZ, in eleganter blauer Schrift auf der schwarzen Lasche. Innen steckte eine Nachricht:

Paul,

hi, ich glaube, dein Handy ist ausgeschaltet. Jedenfalls ist etwas Schreckliches passiert. Ich habe gerade einen Anruf von der Polizei aus irgendeiner Stadt oben im Norden von New York bekommen, und sie sagen, sie hätten dort Billys Leiche gefunden. Er ist tot. Ich kann es nicht fassen, ich weiß nicht, was ich machen soll. Jemand hat ihn umgebracht. Ich habe solche Angst vor Ahmed, und ich werde einfach gehen. Ich hab Bargeld dabei und komme für eine Weile zurecht. Ich wünschte, du wärst da, und ich könnte mit dir reden. Mir tut das alles so schrecklich leid. Das ist alles wegen mir passiert. Aber bitte gib mir nicht die Schuld, wie konnte ich denn wissen, dass so was passiert! Niemand weiß, wo ich hingehe. Ich denke, du bist vielleicht der Einzige, der es versteht.

Herzlich, Jenny

Am nächsten Morgen stellte Paul fest, dass er nach der Begegnung mit Bills Vater nicht einfach zur Arbeit gehen konnte. Die Erinnerung ließ ihn nicht los. *Hören Sie … Mein Junge ist tot, meine Frau stirbt mir unter den Händen weg, und mir bleibt auch nicht mehr viel Zeit.* Der Sohn sollte den Vater beerdigen, so wie Paul damals seinen Dad, und nicht umgekehrt. Und wie in aller Welt sollte Ahmed *nicht* irgendwie dahinterstecken? Er rief in der Kanzlei an und gab Bescheid, dass er unpässlich sei. Rachel rief an, doch er meldete sich nicht. Statt die Zeitung oder seine E-Mails zu lesen oder sonst irgendetwas Produktives zu tun, saß er grübelnd in der Küche. An der Wand hing einer der riesigen Stadtviertelpläne, wie es sie überall in den U-Bahn-Stationen gab. Auf seiner, vom März 2001, aus der Station Chambers Street, standen noch die Zwillingstürme.

Das Telefon klingelte. Er dachte, es sei Rachel, und ging ran.

»Mr Reeves, mein Name ist Emily Kent. Ich bin Polizistin in Rouse Point, New York.«

»Da oben nahe der kanadischen Grenze?«

»Ja, Sir.«

»Was kann ich für Sie tun?«

»Zunächst wollte ich Sie bitten, uns die Aufzeichnung dieses Gesprächs zu gestatten.«

»Kein Problem.«

»Sie gestatten also ausdrücklich und aus freien Stücken, dass dieses Gespräch durch eine Polizeibeamtin mit einem Aufnahmegerät aufgezeichnet wird, richtig?«

»Richtig.«

»Gut. Kennen Sie einen Mann namens Bill Wilkerson?«

»Ich kannte ihn, ja, wenn auch nur flüchtig. Ich habe gestern seinen Vater getroffen. Durch ihn habe ich von Bills Tod erfahren und dass er dort oben bei Ihnen gefunden wurde.«

»Keine Nachricht, die man einem Vater wünscht.«

»Nein ... eine schreckliche Sache. Wie kann ich Ihnen helfen?«

»Nun, Sir, laut Mr Wilkerson, dem Vater, sind Sie eine von zwei Personen, die sein Sohn in New York City kannte. Bei der anderen handelt es sich um eine Frau namens Jennifer Hayes, das heißt, mit Ehenamen Jennifer Mehraz.«

»Ja.«

»Und wie sind Sie und Mrs Mehraz miteinander bekannt?«

»Sie ist meine Wohnungsnachbarin.« Pauls Blick fiel auf die Nachricht, die sie ihm hinterlassen hatte. »Sie haben sicher schon mit ihr gesprochen?«

»Sir, zu laufenden polizeilichen Ermittlungen darf ich keine Auskunft erteilen.«

»Verstehe.«

»Ich suche nach einem Anhaltspunkt dafür, was Bill Wilkerson hier oben in unsere Gegend geführt haben könnte.«

»Ich glaube nicht, dass er Grund hatte, sich dorthin zu begeben. Er ist nach New York gekommen, um hier Mrs Mehraz zu sehen.«

»Die beiden kannten sich, wenn ich das richtig verstehe, von früher?«

»Sieht ganz so aus.«

»Ich kann Mrs Mehraz nicht erreichen.«

»Sie ist viel unterwegs.«

»Sir, würden Sie mir bitte sagen, welcher Erwerbstätigkeit Sie nachgehen?«

»Ich bin Anwalt, spezialisiert auf Einwanderungsrecht.« Es trat eine kurze Pause ein, in der sich die Polizistin wohl bewusst machte, dass sie mit einem Juristen sprach. »Mrs Mehraz bat mich, für Bill in New York eine Bleibe zu finden«, fuhr Paul fort. »Er wusste nicht, wo er hin sollte. Mir gehört in Brooklyn ein kleines Haus. Ich habe ihm gesagt, dass er erst einmal dort bleiben könne. Nachbarn zufolge wurde er dort jedoch tätlich angegriffen und verließ daraufhin das Haus. Ich war nicht da. Ich weiß nicht, was genau passiert ist. Aber ich habe ihn wenig später getroffen.«

»Welchen Eindruck machte er da?«

»Physisch? Bei bester Gesundheit, wie es schien. Er war ein kraftstrotzender junger Mann.«

»Wer hätte wohl Grund gehabt, ihn anzugreifen?«

»Wissen Sie, ich habe hier in New York einen Freund, einen erstklassigen Detective. Als ich ihm gestern die ganze Geschichte geschildert habe, hat er sie mit einem Lachen abgetan.«

»Ein Detective in New York City?« Er hörte die Ehrfurcht heraus.

»Ja, ich habe ihm erklärt, wieso ich glaube, dass dieser Angriff oder Überfall irgendwie von Mrs Mehraz' Ehemann veranlasst wurde. Aber ich habe keine Beweise.«

»Verstehe. Gab es eine romantische Beziehung zwischen Mrs Mehraz und dem Verstorbenen?«

Er hatte sie nach allen Regeln der Kunst in ihrem Schlafzimmer vögeln gesehen. Das war ein gerichtsverwertbarer Beweis. »Ja«, sagte Paul. »Aber ich weiß nicht, inwieweit Mr Mehraz davon wusste oder nicht.«

»Und doch glauben Sie, dass er dahintersteckt? Wieso?«

»Wie gesagt, kann ich es nicht beweisen. Nur so ein Gefühl.«

»Hat der Verstorbene Ihnen gegenüber jemals diesen Teil des Bundesstaates erwähnt?«

»Ich glaube, seine Aufmerksamkeit konzentrierte sich ganz und gar auf New York City. Weil Mrs Mehraz hier war. Er kam aus Texas, Officer. Von Ihrer Gegend wird er nicht viel Ahnung gehabt haben.«

»Hat er gesagt, wie lange er zu bleiben gedachte?«

»Ich bezweifle, dass er einen ausgereiften Plan hatte.«

»Sind Sie schon mal hier in unserer Ecke gewesen?«

Der Beamtin schienen die Fragen nicht auszugehen.

»Ich bin schon mal auf dem Weg nach Montreal mit dem Zug durch Plattsburgh gekommen. Lange Fahrt.«

»Wir liegen dreiundvierzig Meilen südlich von Montreal.«

»Interessiert sich die State Police für den Fall?«

»Dazu darf ich keine Angaben machen«, sagte Officer Kent.

»Was genau erhoffen Sie sich von mir?«

»Ich möchte Sie bitten, noch einmal zu überlegen und uns alles zu sagen, was Sie möglicherweise noch über den Toten wissen.«

»Ist er dort oben gestorben oder hier bei uns?«

»Also, das ist Sache der Ermittlungen.«

»Selbstverständlich.«

»Würden Sie mir den Namen dieses Detectives nennen, den Sie erwähnten?«

»Bobby Passaro.«

»Haben Sie seine Nummer?«

Paul gab sie durch.

»Und Sie haben ihm diesen Fall schon dargelegt, sagen Sie?«

»Erst gestern.«

»Ich rufe ihn an. Noch eine letzte Frage: Wissen Sie, wo sich Mrs Mehraz derzeit aufhält?«

»Nein.«

»Danke. Fällt Ihnen noch irgendetwas ein, womit Sie mir weiterhelfen könnten?«

»Nein, Officer.«

Das eine oder andere schon, dachte er, als er aufgelegt hatte. Zum Beispiel, dass er die Schlüssel zu Bills Pick-up hatte und ziemlich genau wusste, wo der Wagen stand.

34

LADY BIRD JOHNSON GROVE, REDWOOD NATIONAL PARK, ROUTE 101, NORDKALIFORNIEN

An Richard Nixon komme ich offenbar nicht vorbei, dachte Hassan, als er einer Kupfertafel entnahm, die Gruppe riesiger Mammutbäume, unter denen er gerade hindurchging, habe Nixon im August 1969 zu Ehren der Frau von Präsident Lyndon Johnson gestiftet. Das war demnach sieben Monate nach Nixons Amtsantritt, stellte Hassan fest. Mit Henry Kissinger als Unterhändler hatte Nixon eilig das iranische Militär aufgebaut und damit die Macht des Schahs zementiert, wovon die Mehraz profitierten, da sie für hunderte neuer Düsenjäger und Bomber made in USA, die Nixon an das Regime verkaufte, tausendachthundert Meter lange Start- und Landebahnen bauten. Doch nicht deshalb war Hassan hergekommen; seine Tochter und seine Enkelin wollten ihm unbedingt die gigantischen achthundert Jahre alten Bäume zeigen, und er hatte sich zu dem Ausflug bereit erklärt. Dabei ahnten sie kaum, dass der Mann, der den Park gestiftet hatte, in dem sie sich gerade befanden, an dem Wohlstand, den sie genossen, nicht ganz unschuldig war. Doch das war nur eine dieser unnützen Erkenntnisse eines alten Mannes. So tat er den Gedanken ab und genoss einfach den Anblick der beiden, die auf dem Pfad zwischen den Baumriesen die Vorhut bildeten und immer wieder staunend in die unfassbar hohen Wipfel zeigten. Seine zehnjährige Enkeltochter begann auf einmal, vor Freude zu hüpfen. Was für ein wunderbares, glückliches und liebenswürdiges Kind sie war, dachte er zufrieden.

Genau in diesem Moment klingelte sein Handy.

»Hallo, Omar hier.«

»Ja, hallo, Omar. Ich hatte schon auf Ihren Rückruf gewartet.«

»Hassan, ich habe ein ganz großes Problem.«

Hassan starrte einen Redwood-Giganten hinauf. »Ja, ich höre. Sie sagten, der Auftrag sei erledigt, nicht wahr? Aber dann habe ich nur noch Lärm gehört und dann gar nichts mehr.«

»Ich muss Ihnen gestehen, dass ich den großen Auftrag nicht selbst ausgeführt habe.«

Hassan hörte zu, ohne etwas zu erwidern.

»Ich hab die Sache einem anderen Mann übertragen.«

»Wieso? Sie wollten den Auftrag doch unbedingt.«

»Ich war – mir kam etwas Unvorhergesehenes dazwischen. Deshalb habe ich einen Bekannten angerufen, und der hat es mit diesem anderen Mann arrangiert.«

»Und wie heißt dieser andere Mann?«

»Das weiß ich nicht. Aber er hat mich ausfindig gemacht … und er verlangt seine Bezahlung.«

»Dann bezahlen *Sie* ihn.«

»Er will das Geld von Ihnen, und zwar *mehr*.«

»Das verstehe, wer will. Ich habe damit nichts zu tun, ich habe keine Ahnung, was das Ganze soll!«

»Er hat mir aufgelauert und mich gezwungen, Sie unter dieser Nummer anzurufen. Das haben Sie bei meinem letzten Anruf gehört. Er hat mir mein Handy abgenommen, und jetzt hat er Ihre Nummer.«

Gezwungen. Hassan wusste, was das bedeutete. Ihn beschlich ein ungutes Gefühl. »Er wird sich also bei mir melden?«

»Ich glaube ja … Er ist sehr gefährlich. Deshalb warne ich Sie lieber vorher. Ich habe Angst vor ihm.«

»Und wenn ich Sie nun dafür bezahle, dass er nicht mit mir, sondern nur mit Ihnen spricht? Das käme auf den ersten Job noch oben drauf.«

»Nein«, sagte Omar wie aus der Pistole geschossen. »Ich

kann nicht. Bei einem anderen Fall vielleicht, aber nicht bei diesem Mann.«

»Ich meine, ich zahle Ihnen den vereinbarten Preis plus noch etwas oben drauf, damit Sie die Sache mit ihm regeln und nicht ich.«

»Ja, ja, schon verstanden«, erwiderte Omar in zunehmend verängstigtem Ton, »aber ich kann nicht – er ist zu gefährlich! Das versuche ich Ihnen ja die ganze Zeit zu sagen. Aber Sie müssen ihn auszahlen, sonst bringt er meine Familie um!«

Darum also geht es, dachte Hassan. Ein Mann fleht mich an, seine Familie zu schützen. Ein solches Szenario verhieß nichts Gutes. Streite dich nicht mit ihm und schlucke deinen Ärger herunter. Krieg so viel nützliche Informationen aus ihm heraus wie möglich. »Was können Sie mir über diesen Mann sagen?«

Omar antwortete, als er sich etwas beruhigt hatte: »Er ist klein, vielleicht dreißig Jahre alt, sehr muskulös, er ist der stärkste Mann, mit dem ich je gekämpft habe. Spanisch, ich meine, Mexikaner oder Lateinamerikaner. Sehr gerissen. Er wird Sie anrufen.«

»Und Sie haben ihm kein Geld gegeben?«

»Nein«, sagte Omar hastig, »Sie haben mich ja auch noch nicht für den Job bezahlt.«

»Und das werde ich auch nicht. Aber Sie wurden dafür bezahlt, die junge Frau in Staten Island zu finden.« Hassan wurde es eng in der Brust. »Wissen Sie, wie ich diesen mexikanischen Killer erreichen kann?«

»Ich hab mit der Frage gerechnet«, erwiderte Omar. »Deshalb hab ich meinen Freund angerufen. Wir hatten mächtig Zoff. Er sagt, er kann mir die Nummer nicht geben, sonst bringt ihn dieser Mann vielleicht auch noch um.« Hassan sah seiner Tochter und Enkeltochter hinterher, die inzwischen kaum noch einzuholen waren. Von den mächtigen Baumkronen über ihren Köpfen überwältigt, hatten sie ihn offenbar vergessen. Vielleicht besser so. Wenn alles gut ging, würden sie nie erfahren, wer er wirklich war. Dann nähme er all die alten Geheimnisse mit ins Grab. »Demnach muss ich abwarten, bis ich diesen Anruf bekomme, Omar?«

»Ja.«

Hassan dämmerte, dass dieser Anruf nicht zu vermeiden war. Und wenn der Mann sich meldete, würde er, Hassan, das Geld vermutlich persönlich übergeben müssen. Er konnte niemandem mehr trauen. Doch vielleicht konnte er dem anderen dabei noch etwas anderes mitgeben, etwas, wozu er sich seit jenen dunklen Zeiten in Teheran nicht mehr genötigt gesehen hatte. Er besaß immer noch den Injektor, von einem Freund, der damals bei der CIA gearbeitet hatte. »Sonst haben Sie keine Informationen für mich?«

»Er hat meinen vollständigen Namen und meine Telefonnummer?«

»Ja, die Nummer, unter der ich Sie gerade angerufen habe.«

»Haben Sie irgendjemanden aus meiner Familie erwähnt?« Das heißt, Ahmed.

»Nein, nur Sie.«

»Omar?«, sagte Hassan.

»Ja?«

»*Yixrib beitak*«, sagte er ruhig, bevor er die Verbindung trennte. *Möge Gott dein Haus vernichten.*

35

15. STRASSE NORD, READING, PENNSYLVANIA

Ihre Mutter hatte jeden erdenklichen Fehler im Leben gemacht. Die falschen Männer, die falschen Ehen, zu viele Tabletten, Verhaftungen wegen Ladendiebstahls, mehrfach vollkommen pleite, mehrere wahrscheinlich vermeidbare Abtreibungen und der Verlust des Sorgerechts für Jennifers Halbschwester Stephanie. Und doch war sie auch eine Überlebenskünstlerin. Irgendwie hatte sie sich staatliche Unterstützung für Arbeitsunfähigkeit erschlichen und besserte diese monatlichen Schecks durch Schwarzarbeit als Kellnerin in einer örtlichen Sportbar auf, eine Bar, in der nur weiße Männer aus der Arbeiterschicht verkehrten. Kurz, ihre Mutter war der Inbegriff jener Amerikaner, die laut Ahmed das Land ruinierten: ungebildet, unproduktiv, unversichert, unglücklich, uninteressiert am Gemeinwohl. Ein hypochondrischer, wehleidiger Parasit. Aber, hielt Jennifer Ahmed innerlich entgegen, du hast keine Ahnung, wie schön sie einmal gewesen ist, wie gut es das Leben einmal mit ihr meinte, wie hoffnungsvoll sie in die Zukunft geblickt und wie sehr sie sich angestrengt hat …

Jetzt wohnte ihre Mutter in einem kleinen Apartment über einer Garage, vor der ihr verbeulter Honda stand. Jennifer hatte von der Busstation in Reading ein Taxi genommen. Die kleine Stadt sah schlimmer aus denn je; um manche gefährliche Viertel machte man lieber einen großen Bogen, auch wenn das ihrer Mutter nicht viel besser war. An den Häusern – viele von ihnen zur Zwangsversteigerung ausgeschrieben, wie Schilder bezeugten – blätterte die Farbe ab, in den Zufahrten türmten sich neben Schrottautos kaputte Spielsachen und verrostete Geräte, zwischen denen Kinder spielten, die benommen und unterernährt wirkten. Ihre Mutter war noch keine fünfzig, doch spindeldürr und von den schlechten Jahren gezeichnet. Noch immer spülte sie ihre Angst und Bitterkeit mit Alkohol und Tabletten runter.

»Mom?«

»Ja?«

Sie saßen im »vorderen Zimmer«, einem von zweien, in denen sie wohnte. »Was hast du eben gesagt?«

Ihre Mutter betrachtete sie und schürzte nachdenklich die Lippen. »Ich sag nur, ich muss eine bessere Wohnung finden. Mit der Kriminalität wird es in der Gegend hier von Tag zu Tag schlimmer. Das Viertel ist nicht wiederzuerkennen, und ich weiß nicht, wer schlimmer ist, die Schwarzen oder die Weißen. Hat in letzter Zeit viel Drogentote und Einbrüche gegeben und so. Wenigstens tun die Mexikaner ihre Arbeit.«

Auf dem Tisch vor ihnen lag ein geöffnetes Maniküre-Etui. »Arbeitest du bei O'Malley's immer noch Schicht?«

»Er teilt mir die miesen Tagesschichten zu. Das Blöde ist, dass immer neue junge, gutaussehende Mädchen kommen und ein paar Monate lang die besten Schichten kriegen, bis sie irgendeinen Kerl abschleppen und wieder gehen. Aber ich bekomme nie die Freitags- oder Samstagsschicht.«

Jennifer hatte ihrer Mutter lediglich erzählt, sie und Ahmed hätten Probleme. Kein Wort über Bill. Dennoch fürchtete sie die geradezu unheimliche Fähigkeit ihrer Mutter, Gedanken zu lesen. Das und die Bitte um Geld, die sie, wie sie bereits vorab entschieden hatte, nicht erfüllen würde. Sie hatte ihren gesamten Schmuck, alle Goldarmreifen, Perlohrringe, Halsreifen und andere Ketten sowie zwei wunderschöne kleine Goldarmbanduhren und was sie sonst noch über die Jahre von Ahmed geschenkt bekommen hatte, in ihrer Handtasche dabei. Dutzendweise. Wie viel würden die Sachen bringen? Vielleicht zweihundertfünfzigtausend Dollar? Natürlich konnte sie ihrer Mutter etwas davon abgeben, und sei es auch nur ein einziges Stück, doch sie würde sich nicht einmal die Mühe machen, es auf eBay zu verkaufen, sondern es zum nächstbesten Goldaufkäufer bringen, wo sie höchstens ein Fünftel des Werts dafür bekäme. Und dann? Das Geld wäre im null Komma nichts verbraucht, vielleicht für einen weiteren Absturz in die Sucht. Außerdem war es Jennifers rechtmäßiges Eigentum. Sie hatte es sich redlich verdient.

»Bist du mit jemandem zusammen?«, fragte Jennifer.

»Einem *Mann*?« Ihre Mutter lachte. »Von Männern habe ich die Nase voll. Männer werden überbewertet.« Sie kramte in ihrer Handtasche nach einer Zigarette. »Im Ernst, die machen nur Probleme. Sie verstehen die Frauen nicht, aber Frauen verstehen die Männer. Die Kerle glauben, nur weil sie Schwänze haben, seien sie Frauen überlegen. Da erzähle ich dir nichts Neues, stimmt's? Das ist ja das Problem, wir wissen, was für Arschlöcher sie sind, und wollen trotzdem mit ihnen zusammen sein!« Sie fand ihr Feuerzeug. »Ich wünschte, das hätte mir alles jemand vor dreißig Jahren erklärt. Jetzt ist es ein bisschen spät dafür. Das Spiel wird bald abgepfiffen. Ich würde sagen, achtes Inning, wir liegen sieben Punkte zurück, und das heimische Publikum macht sich schon auf den Weg.« Sie betrachtete Jennifer, ihr Blick wurde milder. »Schätzchen, ich weiß, du suchst meinen Rat, aber verflucht noch mal, ich weiß nicht, was ich dir sagen soll. Männer, die reich sind, bleiben es meistens auch. Okay? Sie wissen einfach, wie der Hase wirklich läuft. Wenn du ein Leben in Reichtum führen willst, was ich hoffe, dann musst du irgendeinen Dreh finden, wie du mit ihm zusammenbleiben kannst.«

»Und der kleine Henry?«

Ihre Mutter zuckte wie unter einer Ohrfeige zusammen. Das Thema, das sie immer geflissentlich vermieden hatten. Den vollkommen gesunden, wunderschönen Neugeborenen, den Jennifer im Stich gelassen hatte, den geliebten Enkelsohn, den ihre Mutter an die anderen Großeltern verloren hatte, weil sie sich mit Oxycodon-Tabletten von der Straße zugedröhnt hatte, woraufhin ihr das Jugendamt die Erziehungsberechtigung entzog. Sie schüttelte den Kopf und fing an zu weinen. »Bitte nicht. Tu mir das nicht an! Nur das nicht. Die Erinnerung macht mich krank. Ich denke jeden verdammten Tag, den Gott werden lässt, an den Jungen! Manchmal denke ich, dass ich mich selbst dafür bestrafe. Wäre gut möglich. Geschähe mir ganz recht.«

Jennifer rückte ein wenig näher an ihre Mutter heran.

»Nein!«, schrie sie. »Rühr mich nicht an! Es ist alles deine Schuld! Du hast dieses Baby einfach im Stich gelassen, und es hat mich fast umgebracht, und dann bin ich an die Drogen geraten, und alles ging den Bach runter! Jetzt hör mir mal gut zu: Du kannst nicht beides haben, du kannst nicht deinen Sohn, dein eigen Fleisch und Blut, haben und diesen steinreichen Ahmed. So läuft das nicht! Du musst dich entscheiden. Und weißt du was? Dein Pech! Dein verdammtes Pech! Und jetzt will ich, dass du verschwindest. Du regst mich nur auf.«

Jennifer erhob sich und machte Anstalten zu gehen. Sie würde mit dem nächsten Bus nach New York zurückkehren und sich in dem schäbigen Hotel, das sie auf Staten Island unweit der Fähre gefunden hatte, verkriechen. Sie griff zu ihrer Handtasche, als ihr bewusst wurde, dass Ahmed möglicherweise an ihre Anruflisten kommen konnte. Er sollte nicht erfahren, wo sie war. »Ich müsste mir bitte mit deinem Handy ein Taxi rufen.«

Ihre Mutter weinte und schlug sich mit den Fäusten gegen die mageren Schenkel. »Nein! Nein! Hau einfach ab! Sieh zu, dass du rauskommst!«

36

416, 66. STRASSE WEST, MANHATTAN

Mit absoluter Sicherheit verschweigt er mir was!, stellte Rachel fest. Paul war einfach zu still, vielleicht sogar ein bisschen distanziert gewesen. Stimmt's, oder hab ich recht? So etwas spürte man einfach. Sie betrat das Gebäude, und der Concierge winkte sie wie immer durch. Paul hatte das Empfangspersonal angewiesen, sie ohne den obligatorischen Anruf bei ihm nach oben zu lassen. Oh ja! Das hieß: offizieller Freundinnenstatus, richtig? Sie sah eine Hand, die für sie die Fahrstuhltür aufhielt.

»Danke!«, rief sie und beeilte sich, noch hineinzukommen. Und sah sich, wow, Ahmed gegenüber, allein, in einem exquisiten grauen Anzug zu weißem Hemd und blauer Krawatte.

»Hallo«, sagte er.

»Rachel«, antwortete sie, während sie sein kräftiges schwarzes Haar und die dunklen Augen bewunderte. »Wir sind uns schon ein paar Mal begegnet.«

»Ja, ja, natürlich.« Er lächelte kurz und drückte den Fahrstuhlknopf. »Und wie geht's Paul? Wie ich höre, war er kürzlich auf einer Kartenauktion?«

»Ja«, sagte sie, erleichtert, ein Gesprächsthema zu haben. »Aber dafür ist ihm gerade eine absolut legendäre Karte durch die Lappen gegangen, die er unbedingt haben wollte.«

»Auch von New York?«

»Er hatte beschlossen, sie zu kaufen, aber dann ist ihm jemand anders zuvorgekommen.«

»Muss eine Enttäuschung für ihn gewesen sein.«

»Das grenzt bei ihm schon an Besessenheit«, räumte sie ein. »Und Sie? Mögen Sie Karten?«

Ahmed musterte sie. »Wir brauchen sie oft bei meiner Arbeit, wenn Firmen Mineralvorkommen haben, manche davon unter dem Ozean. Wir verwenden diese coole Satellitenaltimetrie, womit wir von Ressourcen unter dem Meeresboden Computermodelle erstellen können.«

Sie war von seiner Zurschaustellung seines Wissens beeindruckt und irritiert zugleich. »Paul würde sagen, immer schön die Karten behalten und archivieren.«

»Die meisten haben wir natürlich nur auf dem Bildschirm.«

»Nichts auf Papier.«

»Nein, leider nicht.«

Die Tür ging auf, sie nickten sich noch einmal höflich zu. Echt umwerfend, der Bursche, dachte Rachel, aber irgendwie nicht ganz geheuer.

In seiner Wohnung merkte Ahmed auf Anhieb, dass Jennifer nicht da war. Noch nicht. Falls sie überhaupt je zurückkam. Er roch Raumspray und Möbelpolitur; die Haushilfe war dagewesen und hatte – ja – auch das Takeaway entgegen genommen. Er wählte Jennifers Handy, wartete fünf Klingeltöne ab, bis sich die Mailbox einschaltete. »Jennifer«, sagte er, »hey, komm schon, sag mir, wo du steckst.« Der einzig plausible Grund für ihr Verschwinden war, dass sie von Bill Wilkersons Tod erfahren hatte und Ahmed damit in Verbindung brachte. Aber wie sollte sie davon Wind bekommen haben? Mit wem stand sie in Verbindung, der davon wissen konnte? Ihre Telefondaten halfen auch nicht weiter – lediglich ein Anruf, den sie vor zwei Tagen aus dem Norden des Staates New York bekommen und der acht Minuten gedauert hatte. Er fühlte sich versucht, die Nummer anzurufen, um herauszufinden, wer der Anrufer war. Aber genügte, davon abgesehen, nicht allein schon die Tatsache, dass sie Ahmed verlassen hatte, als Eingeständnis ihrer Affäre mit Bill? Wäre da nichts zwischen den beiden gelaufen, hätte sie die Nachricht von seinem Tod nicht dazu gebracht, einfach zu verschwinden. Sie hatte sich also selbst entlarvt. Aber vielleicht war ihr das ja egal. Er ging ins Schlafzimmer und von dort in den großen begehbaren Kleiderschrank, in dem sie ihre Sachen aufbewahrte. Vielleicht gab das, was sie mitgenommen hatte, Aufschluss über ihre Pläne. Dass ihr Schmuck weg war, das hatte er schon überprüft, als ihm der erste Verdacht gekommen war, sie könnte weggegangen sein. Außerdem hatte sie das gemeinsame Girokonto mit neunundzwanzigtausend Dollar leergeräumt. Jennifer besaß ein dreiteiliges Tumi-Koffer-Set. Sie hatte den mittleren mitgenommen, was auf mehr als eine Übernachtung schließen ließ. Der große wiederum hätte sie in ihrer Bewegungsfreiheit eingeschränkt. Er öffnete ihre Wäscheschublade, aus der ihr der blumige Geruch ihrer Kleidung entgegenschlug, ein Duft, den er mochte. Jennifer besaß so viel Wäsche, so viele BHs und Slips und Strümpfe, dass er nicht sagen konnte, was sie davon mitgenommen hatte. Dann kam ihm Jennifers Pass in den Sinn, den sie gewöhnlich in ihrem Schreibtisch aufbewahrte. Er fand ihn; der jüngste Stempel erst wenige Tage alt, von ihrer Rückkehr aus der Schweiz. Also gut, sie ist noch im Land. Ihm fiel der Bericht seines Privatdetektivs wieder ein; in den Tagen seit ihrer Rückkehr habe sie traurig und geistesabwesend gewirkt. Vielleicht hatte sie mit Wilkerson ein Treffen verabredet und sich besorgt gefragt, wieso er nicht erschien? Das war die vernünftigste Erklärung. Falls sie wusste, dass Wilkerson tot war, und glaubte, Ahmed habe etwas damit zu tun, würde sie natürlich die Flucht ergreifen, vielleicht aus Angst um ihr eigenes Leben.

Allmählich dämmerte Ahmed die Erkenntnis, dass er ein Verdächtiger in einem Mordfall war. Dabei hatte *er* keinen Mord begangen. Er wusste nicht einmal, wer der Mörder war! Das wusste nur sein Onkel. Doch seine rationale Analyse richtete wenig gegen dieses mulmige Gefühl aus, das sich bei ihm einzunisten begann. Verabredung zu einer schweren Straftat. Im Bundesstaat New York setzte eine Anklage wegen Verabredung zu einem Verbrechen nur den Nachweis der Absicht voraus. Hatte er mit seinem Onkel eine solche Verabredung getroffen? Aus Sicht eines Strafverfolgers ja. Konspiration hieß dem Wortsinn nach »zusammen atmen«. Eindeutig hatte er den Auftrag gegeben, Bill Wilkerson zu entführen, da gab es nichts zu beschönigen; doch zwei der Zeugen waren tot, und der dritte, Amir, außer Landes. Falls er sich aus der Zeit, als er fürs Examen zum Bundesstaatenrecht gebüffelt hatte, recht entsann, gab es nach dem Strafgesetz im Bundesstaat New York sechs Schweregrade des Verabredungs-Straftatbestands, und auf den schwersten stand lebenslänglich.

Ich brauche Rat, stellte Ahmed fest, keinen juristischen, sondern gottverdammte Lebensberatung. Am liebsten hätte er mit Onkel Hassan gesprochen, hütete sich jedoch, in seiner heiklen Situation mit ihm Kontakt aufzunehmen. Doch was hätte Onkel Hassan an seiner Stelle getan? Oder auch, wenn er noch lebte, sein Vater? In jungen Jahren hatte er aus Gesprächen zwischen den Brüdern aufgeschnappt, wie sie in den Siebzigern Auslandskonten eingerichtet hatten, sodass ihnen für den Fall ihrer Flucht aus dem Iran genug Geldmittel zur Verfügung standen, eine weitsichtige Strategie. Die Situation hatte sich so weit zugespitzt, dass sich der Schah schließlich gegen seine treuen Unterstützer wandte, sie aus ihren Häusern zerren, ins Gefängnis werfen und – etwa, indem man ihnen die Zähne zog oder kochendes Wasser in den Anus goss – foltern ließ, um die Revolutionäre zu beschwichtigen, die danach lechzten, seinen Kopf rollen zu sehen. In den Wirren jener Tage hatten Ahmeds Vater und Onkel niemandem mehr vertraut außer einander; für den Fall eines Übergriffs hatten sie immer heimlich einen Schlagstock und ein Daumenmesser dabei. Ahmeds Vater war mit drei Koffern voll dünner, alter US-Dollar in die Schweiz geflogen, zusätzlich noch fünfzig Kisten frische Feigen im Frachtraum, jede mit zehn Goldbarren à sechzehn Unzen bestückt. Achttausend Unzen Gold im Wert von je zweihundert

Dollar beliefen sich auf eins Komma sechs Millionen Dollar. Heutzutage bekam man dafür mit Ach und Krach eine schäbige Wohnung in einer bescheideneren Gegend von Manhattan; damals hingegen war es ein Vermögen, mit dem man mehrere Generationen einer Familie durchbringen konnte. Die Kisten kamen zunächst in ein Lagerhaus in Genf, bis Ahmeds schließlich diskret ein Bankkonto eröffnete. Er tauschte die Dollar in Schweizer Franken und deponierte das Gold in der Bank. Und rührte es nicht an. Als es Jimmy Carter nicht gelang, die amerikanischen Geiseln aus der US-Botschaft in Teheran zu befreien, ging der Ölpreis steil in die Höhe und nahm das Gold mit. Jetzt verkaufte Ahmeds Vater und verdreifachte sein Geld. So ein gewiefter Mann. Ahmed vermisste ihn. Niemals extravagant, stets pragmatisch. Die Feigen, die er benutzt hatte, um das Gold einzuschmuggeln, hatte er getrocknet und im Lauf des nächsten Jahres gegessen.

Inzwischen konnte man Geld natürlich in Jetztzeit verschieben, dafür war es aber auch leichter als je zuvor nachzuverfolgen. Trotzdem hatte Ahmed an diesem Morgen den Großteil seiner liquiden Mittel auf sein Schweizer Bankkonto transferiert. Dort war es immer noch verfügbar, doch der Arm der amerikanischen Gesetzeshüter hatte keinen Zugriff darauf. Außer ihm selbst wusste niemand von diesem Konto. Auch Jennifer hatte keine Ahnung von dessen Existenz, noch von den Millionen, die er über die Jahre heimlich darauf eingezahlt hatte. Sollte er außer Landes gehen müssen, bis seine rechtlichen Probleme bereinigt waren, konnte er sehr lange von seinem gebunkerten Vermögen leben, notfalls Jahrzehnte. Nicht dass er ernsthaft damit rechnete. Doch es war beruhigend zu wissen, dass dieses Geld dort auf ihn wartete.

Auf der anderen Seite des Flurs fand Rachel Paul grübelnd in seinem Sessel vor. »Ich komme vorbei, um dich aufzumuntern«, sagte sie und massierte ihm den Kopf. »Okay?«

»Danke.«

Paul sah erschöpft aus. »Was ist los?«

»Ach, zu viel«, kam die ausweichende Antwort.

»Probleme in der Kanzlei?«

»Nur jede Menge Irrsinn.«

Keine Antwort war auch eine Antwort. Sie beschloss, das Thema zu wechseln. »Ich hab mich gefragt, ob du mir heute Abend vielleicht etwas über diese verkohlten kleinen Schnipsel erzählen kannst. In diesem Glaskästchen, von dem Feuer an den Brooklyner Docks.«

Paul seufzte. »Ich glaube nicht, dass ich heute Abend dazu in der Lage bin.«

»Nein, nicht wirklich in Stimmung, oder?«

Ihm ging Bills Schicksal nicht mehr aus dem Kopf, doch er war nicht bereit, mit Rachel darüber zu sprechen. »Rachel, ehrlich gesagt, ich bin im Moment nicht sonderlich zum Reden aufgelegt.«

»Aber ich will es unbedingt wissen!« Spielerisch nahm sie seine Hand. »Weil ich mich für dich interessiere! Und weil du mir versprochen hast, es mir zu erzählen.«

»Stimmt«, räumte er unverbindlich ein.

»Komm schon«, drängte sie ihn, »das hat etwas mit Intimität zu tun.«

Achtung, dachte Paul, ich höre einen gewissen Unterton heraus. »Ich bin für jede Intimität zu haben … aber ich kann im Moment beim besten Willen nicht darüber reden.«

»Tja, da kann man wohl nichts machen … auch wenn ich ein bisschen verletzt bin.«

Doch der übrige Abend verlief gut, einigermaßen jedenfalls, und während er die Küche aufräumte – er bestand darauf, es alleine zu tun –, schnüffelte sie ein wenig in seinem Büro herum, ohne jedoch irgendetwas von Interesse zu finden. Nichts als Karten und Arbeitspapiere. Paul bekam eine Menge Post von Antiquariatsbuchhändlern, stellte sie fest.

Später im Bett, als er gerade anfing, sich in ihr zu bewegen, verspürte sie einen unstillbaren Drang. »Warte, warte!«, befahl sie.

»Was ist?«, fragte er und unterbrach den kopulativen Rhythmus. »Alles in Ordnung?«

»Erzählst du es mir hinterher? Das mit dem kleinen Kästchen?«

Da war er nun, ein Mann mit einer Erektion, der drauf und dran war, Sex zu haben, und aufgefordert wurde, aus dem Stand verbindliche Zukunftsaussagen zu machen. Er überlegte. Eine Antwort auf die Frage würde nicht nur emotional grundlegende, weitreichende und teils heikle Veränderungen mit sich bringen, vor denen er sich scheute. »Ich, ähm, ich will –«

»Du tust es nicht, stimmt's?«, rief Rachel und wand sich unter ihm hervor, um sicherzustellen, dass er nicht mehr in ihr war. »Du bist vollauf zufrieden damit, Sex zu haben, alles zu haben, aber diese kleine Intimität, die etwas mit Liebe und Vertrauen und Nähe zu tun hat, die bringst du nicht über dich, hab ich recht?« Mit beachtlicher Agilität schoss sie aus dem Bett, hielt sich das Kissen schützend vor die Brüste, um ihm ganz bewusst den genüsslichen Anblick zu verwehren, während sie ihm im Brustton der moralischen Entrüstung entgegenschleuderte: »Du willst einfach nur Sex und nicht reden, stimmt's?«

»Rachel, es –« Auf Knie und Ellbogen gestützt ließ er zerknirscht den Kopf hängen. Seine Erektion war passé.

»Was? *Was?*«

Paul drehte sich auf den Rücken. Natürlich hatte er im Lauf der Jahre schon viele Auseinandersetzungen in Schlafzimmern erlebt und gelernt, dass es besser war, sie zu entschärfen, statt weiter anzuheizen. Doch das erste romantische Scharmützel mit Rachel an diesem sattsam bekannten Austragungsort verhieß nichts Gutes. »Also, erst einmal tut es mir leid, vielleicht ist das ein Anfang.«

»Leid? Was tut dir leid?«, rief Rachel. »Tut es dir leid, dass du es mir nicht sagen willst, dass du dich weigerst, mit mir darüber zu sprechen?«

Sie raffte ihre Kleider zusammen und rannte aus dem Zimmer. Gefühlte zehn Sekunden später kam sie, voll bekleidet, zurück, und der Kontrast zu seiner Nacktheit schien ihren Zorn nur noch weiter zu entfachen. »Na schön, ich gehe. Ich muss hier raus. Ich bin aufgebracht, aber ich weiß, dass ich das Richtige tue, weil ich sehe, dass das hier, dass diese Sache, die du vor mir zurückhältst, nicht belanglos, sondern symptomatisch ist! Ich gebe hier alles, ich gebe alles preis, aber das reicht offenbar nicht, du weist mich trotzdem zurück, einfach so, direkt und indirekt, und ich finde es mies, Paul, dass du mir kein Vertrauen schenkst, ich finde das so –« An diesem Punkt drohte ihr Zorn in Tränen überzugehen, doch sie riss sich zusammen, ballte die Fäuste und sagte: »Auf Wiedersehen, und ruf mich ja nicht an!«

Er hörte, wie sie durch die Küche in die Eingangsdiele stürmte, dann das charakteristische Klicken, als sie die Wohnungstür hinter sich zuschnappen ließ. Der Fahrstuhl würde eine Minute brauchen, bis er oben war. Du könntest ihr immer noch hinterherlaufen, dachte er. Aber du wirst es nicht tun.

37

DEZERNAT FÜR SCHWERKRIMINALITÄT, DREIZEHNTER STOCK, 1 POLICE PLAZA, PARK ROW, MANHATTAN

Dieser Billy war ein echt krasser Typ, dachte Passaro, als er die Militärakte des verstorbenen William Wilkerson junior sichtete. Seine Einheit bei den Army Rangers war zu Spezialeinsätzen in viele Länder, darunter Syrien, Afghanistan und Irak, entsandt worden, sowie in drei afrikanische Länder mit derart verworrenen politischen Verhältnissen, dass Passaro sie nicht einmal ansatzweise verstand. Doch darum ging es hier auch nicht, sondern dank einem Gerichtsbeschluss und der Hightech-Zentrale der New Yorker Polizei mit ihrem Heer an genialen Computerspezialisten um einen schier unerschöpflichen Vorrat an Daten, darunter ein Bewegungsprofil anhand der Handys dieser beiden Libyer, deren Leichen vor ein paar Wochen nur wenige Autominuten von Pauls Haus entfernt in Brooklyn gefunden worden waren. Dem ersten, dem von Tarek al-Badri, war zu entnehmen, dass sein Besitzer über die Goethals Bridge aus New Jersey in die Stadt gekommen war, präzise gesagt, in die 14. Straße in Brooklyn, zu Paul Reeves' Haus. Das Bewegungsprofil ergab sich aus den Daten der Handymasten, und das deckte sich perfekt mit dem Raster der Straßen, ein klarer Beweis dafür, dass Tarek mit dem Wagen gekommen war. Nach der Ankunft des Handys in Pauls Domizil blieb es dort knapp eine Stunde, bevor es eine Weile etwas plan- und ziellos – mit häufigen Abzweigen und Kehrtwenden – durch die Gegend irrte, um an der Fourth Avenue, Ecke 36. Straße, wo sich eine Taxigarage befand, eine Weile zu verharren. Von dort aus führten die roten Punkte dann auf der

Handy-Ortungs-Karte wieder nach Manhattan, mehrfach von Nord nach Süd hin und her. Dank der Tracking-Technologie, mit der die *Taxi and Limousine Commission* sämtliche im Einsatz befindlichen Fahrzeuge in der Stadt überwachte, ließen sich die Fahrten des Wagens mit der Lizenznummer 5X55 perfekt mit dem Bewegungsprofil des Handys in Deckung bringen. Der pakistanische Einwanderer, der am Lenkrad saß, hatte mit Sicherheit keine Ahnung, dass ihm während eines Schichtwechsels das Handy mit Isolierband an die Stoßstange geklebt und noch am selben Morgen von Detectives wieder entfernt worden war.

Als Nächstes gab Passaro die Handynummer des zweiten Libyers, eines gewissen Abdul Jalloud, ein und verfolgte die Spur der Daten. Am fraglichen Tag traf es sich mit dem Handy aus New Jersey, um sich fast sechzehn Stunden lang nicht mehr davon zu trennen, was nur den Schluss zuließ, dass die beiden Männer im selben Wagen unterwegs gewesen waren. Danach änderte sich das Muster genau wie bei seinem Gegenstück an der 14. Straße in Park Slope, und zwar punktgenau zur selben Zeit, um nach einer Zickzackfahrt an einem Gebäude mit Sozialwohnungen für ältere Menschen haltzumachen. Von dort aus führte der Weg des Mobiltelefons auf einer ziemlich irreführenden Route zu einer Reihe ähnlicher Wohnblocks in Süd-Brooklyn, bevor es schließlich auf dem kürzesten Weg zu einem staatlich subventionierten Bürgerhaus auf Coney Island fuhr. Am folgenden Tag suchte es nacheinander mehrere Wohnkomplexe in Süd-Brooklyn auf, bis sich sein Weg von einem Punkt an mit der Route des Vortags überlappte, und zwar in einem jeweiligen zeitlichen Abstand von maximal einer halben Stunde.

Verstehe, dachte Passaro, folglich fand die Auseinandersetzung in oder im unmittelbaren Umfeld von Pauls Haus statt. Genau das hatte Paul zum einen aus dem kleinen dunklen Spritzer an der Wand, möglicherweise Blut, und vor allem aus den Angaben des zugedröhnten Nachbarn geschlossen. Der Mann, der die beiden Libyer getötet hatte, höchstwahrscheinlich Bill Wilkerson, hatte die Handys anschließend an zwei Fahrzeugen befestigt, die sich ihrer Funktion nach viel durch die Stadt bewegen würden, im ersten Fall an einem Taxi und im zweiten am Transporter eines Sozialdienstes wie etwa Essen auf Rädern. So clever die Idee auf den ersten Blick erscheinen mochte, war sie streng genommen ziemlich dämlich. Richtig clever wäre es von Bill gewesen, die Handys nicht zu trennen und so den Anschein zu erwecken, dass die Männer noch zusammen waren, und sie mit einem weniger leicht zu identifizierenden Fahrzeug auf die Reise zu schicken. Darüber hinaus hatte Bill, indem er sie in Paul Reeves' Haus getrennt hatte, damit praktisch den Ort preisgegeben, an dem er die beiden Libyer getötet hatte.

Nach Passaros fester Überzeugung hatte jeder, ausnahmslos jeder Mensch, im Leben schon mindestens eine Straftat begangen, und ob dies aufgeklärt und geahndet wurde, hing schlicht und ergreifend davon ab, ob der Arm des Gesetzes davon Wind bekam und, wenn ja, ob er es der Mühe wert fand, sie zu ahnden. Die meisten Straftaten lohnten den Aufwand nicht. Diese hier schon. Das Dezernat für Schwerkriminalität befasste sich normalerweise nicht mit Tötungsdelikten, doch Bobby war schon so lange bei dem Verein, dass er sich praktisch selbst raussuchen konnte, welche Fälle er bearbeiten wollte. Im Moment werteten die Telefontechniker sämtliche Anrufe der Libyer aus. Doch Passaro wusste schon vorher, was dabei herauskommen würde. Wie das? Weil sich die beiden Libyer laut ihren Handydaten an dem fraglichen Tag in einem Bürogebäude in der südlichen Eighth Avenue aufgehalten hatten, in dem kleinere Überseehändler ihre Firmensitze hatten. Das Gebäude war wegen der großen Zahl von Anrufen und E-Mails, die aus diesem Gebäude in alle Welt, insbesondere aber nach China gingen, sowohl für die städtische New Yorker

Polizei als auch die CIA schon länger von Interesse, weshalb die Ermittlungsbehörden nicht nur bestimmte Büros überwachten, sondern auch in dem beleuchteten Ausgangsschild in der Eingangshalle eine Kamera installiert hatten. Sie hatte eine Menge nutzloser Informationen geliefert, etwa über die Bewegungsmuster kleinerer Drogenlieferungen, die Versuche von Obdachlosen, die Toiletten zu benutzen, oder einen älteren, an Alzheimer leidenden Mann, der sich auf der Suche nach Läusebissen entkleidete. Doch für Passaro hielt das Material auch wertvolle Erkenntnisse bereit: Zwölf Stunden vor ihrem gewaltsamen Tod betraten die beiden bulligen Libyer das Gebäude, gefolgt von einem bislang nicht identifizierten Mann – kleiner, mit Stirnglatze, dem Aussehen nach aus dem Nahen Osten stammend – und, gestochen scharf, Ahmed Mehraz – groß, elegant, reich und vor allem Ehemann der Frau, die Bill Wilkerson vor seinem bedauernswerten Ende gevögelt hatte.

38

U-BAHN-LINIE N, IRGENDWO IN DER NÄHE DES EAST RIVER, NEW YORKER HAFEN

Tunnels machten ihm Angst, schon immer. Als schmächtiger Junge, damals, als er noch Orangen verkaufte, hatte man ihn dafür bezahlt, vor einem Transport mit einer Taschenlampe durch die langen Schmugglertunnel zu laufen, um festzustellen, ob sie irgendwo eingestürzt waren oder ob die mexikanische Polizei sich dort unten im Anschlag befand. Er hatte es immer gehasst, aber doch getan, da die Männer, die für El Chapo arbeiteten, dafür bekannt waren, jeden jederzeit abzuknallen, einfach so. In Hectors Stadt hatten sie drei Polizisten getötet und einen Priester und den Bürgermeister auf der Hochzeit seiner Tochter, ganz zu schweigen von den zahllosen Leuten, die sie angeblich verraten hatten. Und so hatte Hector grundsätzlich *si, okay, jefe,* gesagt, seine Orangenkiste dicht am Eingang des Tunnels abgestellt und war losgeeilt, manche Tunnel fast zwei Kilometer lang, bis er zur Öffnung am anderen Ende gelangte, wo ihm ein Mann den verbogenen Verschluss einer Bierflasche übergab. Den Kronkorken in der Faust, rannte er dann zurück und versuchte, weder den modrigen faulen Gestank zu riechen, noch die Wurzeln und Kletterpflanzen zu spüren, die ihm wie Finger über die Haare strichen. Wenn er dann am anderen Ende in das dämmrige Sonnenlicht oder, falls es Nacht war, in die Dunkelheit trat, händigte er den Männern dort zum Beweis dafür, dass er bis ganz zum Ausgang und zurück gelaufen war, den verbogenen Kronkorken aus. Gewöhnlich aßen die Männer, während er unterwegs war, ein paar von seinen Orangen, doch seine Bezahlung blieben sie ihm niemals schuldig. Als er einmal wieder seinen Erkundungsgang antrat, erwarteten ihn dort unten fünf Polizisten mit gezogener Waffe, eröffneten das Feuer und trafen ihn in der Schulter. Er fiel hin, rappelte sich wieder hoch und rannte, von den Polizisten verfolgt, zurück, um die Männer zu warnen.

Sie hatten ihn, einen blutenden zehnjährigen Jungen, in den Lieferwagen geworfen und waren davongerast, während sie in ihr Funkgerät sprachen. Beim Arzt bescheinigten sie ihm, er habe seine Sache gut gemacht und gehöre jetzt zu ihnen. Und so war es auch. Schon bald bezahlte Hector die Jungen aus dem Ort dafür, dass sie die Tunnel überprüften, und einmal war einer von ihnen nicht zurückgekommen, weil ein Tunneldach über ihm eingestürzt war. Es folgten noch viele Tunnel, Tunnel mit Leichen, Tunnel, in denen Heroin und Ecstasy für Millionen von Dollar lagerten, und er hasste es immer noch, hineinzugehen. Irgendwann bat er darum, zum Bodyguard ausgebildet zu werden, und so trug er von da an eine Waffe, wonach dann eins zum anderen führte. Zuerst Bodyguard, dann Bewacher bei Transaktionen und schließlich Menschenjäger.

Da stand er also wieder einmal in einem Tunnel und wartete auf einen Araber namens Hassan Mehraz. Dieser Mehraz hatte ihm für den Job zwanzigtausend Dollar zugesagt, doch Hector wusste, da war mehr drin. Er sah auf die Uhr. Es war zwei Uhr morgens. Hectors kräftige Gestalt war in einen langen Mantel gehüllt, sein Gesicht unter einer mit der Baseballkappe vernähten blonden Perücke sowie einer Sonnenbrille nur teilweise zu sehen. Natürlich sah er lächerlich aus. Was beabsichtigt war.

Ein alter Mann mit Stock kam zur Plattform herunter. Der Mann hatte eine Tasche dabei. Hector war, ohne etwas zu sagen, mit drei Sätzen bei ihm. Er staunte darüber, wie gebrechlich der Mann aussah. Am Ende des Tunnels erschien ein einfahrender Zug; die Scheinwerfer spiegelten sich in den beiden

Schienen. Sie hatten verabredet, die Übergabe im Zug abzuwickeln.

Um diese Uhrzeit waren die Waggons fast leer. Sie stiegen beide ein; als der Zug ruckelnd anfuhr, konnte sich Mehraz nur mühsam auf den Beinen halten.

»Hinsetzen«, befahl Hector. »Geben Sie mir die Tasche.«

Mehraz gehorchte. Hector sah hinein. Alles neue Fünfzigernoten zu Tausendern gebündelt, mit roten Gummis zusammengehalten. »Gut«, sagte er und steckte die Tasche in seinen Rucksack. »Und jetzt habe ich ein paar Fragen.«

»Wieso? Ich bin auf der Stelle hergeflogen, ich habe Ihnen das Geld gegeben.«

»Wieso sollte dieser Wilkerson sterben?«, fragte Hector hinter seiner Perücke und Sonnenbrille hervor.

Der alte Mann schüttelte den Kopf. »Privatsache.«

»Ich will eine Antwort, klar? Für wen arbeiten Sie?«

»Ich arbeite für niemanden.«

Hectors Hand schnellte vor und legte sich Hassan um den Arm – so dünn, dass er locker mit den Fingern um den Bizeps greifen konnte. »Ich habe einen guten Mann getötet. Einen wahren Soldaten. Er hat gelitten. Ich will wissen, wieso ich ihn töten sollte. Früher in Mexiko kannte ich immer den Grund. Die Bosse haben es uns erklärt, damit wir es verstehen, okay?«

Der alte Mann schüttelte nur stumm den Kopf. Irgendwas ist seltsam an der Sache, dachte Hector. Dieser Hassan wirkt müde, fast deprimiert. Sein Mantel ist zerknittert, aber er trägt teure Schuhe. Er ist streitbar und tut trotzdem, was ich sage.

»An der nächsten Station möchte ich aussteigen, wie vereinbart«, sagte Hassan.

»Noch nicht«, entgegnete Hector. »Erst, wenn ich es sage.«

Wenn man mit der New Yorker U-Bahn fährt, unterwirft man sich der Kartographie. Ortsunkundige studieren immer die U-Bahn-Pläne mit ihren farblich abgesetzten Linien, wie man sie in jedem Wagen findet, doch wer schon seit Jahren U-Bahn fährt, hat den Plan der Linien verinnerlicht, deren Aderngeäst den Untergrund der Stadt durchzieht. Die Straßenschluchten, die gut dreißig Meter darüber die Stadtlandschaft durchziehen, das Raster der Gebäudezeilen, denkt man sich mühelos dazu, während man, wie die meisten, nach Norden oder Süden fährt. Wenn man das Schaukeln und den Seitendruck gewöhnt ist, weiß man, dass das Stahlross gerade eine Kurve nimmt, und wenn man sich den U-Bahn-Plan vergegenwärtigt, kann man sich vorstellen, wie der Zug das Straßenraster gerade – sagen wir, in westöstlicher oder nordsüdlicher Richtung – im rechten Winkel durchschneidet. Tatsächlich vermittelt dieses Raster vielen Besuchern in Manhattan ein unterschwelliges Gefühl der Sicherheit, da man sich immer mühelos orientieren kann, im Gegensatz zu Brooklyn, Queens und der Bronx, wo das Straßenraster immer wieder durchbrochen wurde, wie zerrissenes Millimeterpapier, dessen Schnipsel man wieder zusammenflickt. So wie sich hier die U-Bahn in einem Labyrinth durch die Erde windet, so zerpflügen darüber in einem Geflecht aus Straßen und Verkehrsknotenpunkten Highways und Expressways die Stadt, alles im Namen des Fortschritts. Doch wenn die Linie N unter dem East River hindurchführt, und das ist an zwei Stellen der Fall, wird die Fahrt dank der Gleisreparaturen nach dem Hurrikan Sandy ruhiger, und auf diesen langen Streckenabschnitt wartete Hector.

»Wir stehen jetzt auf und gehen da durch«, sagte er zu dem alten Mann und deutete mit dem Kopf auf die Tür, die in den dunklen Zwischenraum zwischen zwei Wagen führte.

Hassan zögerte, doch Hector zog ihn an einem Arm hoch und schubste ihn Richtung Tür. »Sag mir, für wen du arbeitest, alter Mann. Wer hat all das Geld, mit dem ich bezahlt werde und mit dem er dich quer durch die Staaten schickt?«

»Das bin ich, niemand sonst.«

»Komm schon, auf geht's, alter Mann! Wird's bald! Ich glaub dir kein Wort. Da steckt jemand anders dahinter.«

Während er mit einer Hand den alten Mann festhielt, öffnete Hector die Schiebetür am Ende des Wagens. Sie standen zwischen zwei Wagons, dunkel, ohrenbetäubend der Lärm, der von den Tunnelwänden widerhallte, und dem Gleisbett zu ihren Füßen. »Gib mir dein Handy«, sagte er.

Mehraz holte das Handy aus der Tasche, doch als der Zug im selben Moment schlingerte, glitt es ihm aus den Fingern und verschwand in dem dunklen Zwischenraum.

»Was?« Wutentbrannt stieß Hector den alten Mann zurück und bückte sich, um zu sehen, ob sich das Smartphone irgendwo im gerillten Puffer des Waggons verfangen hatte. *Weg.* Als er sich aufrichtete, schoss die Hand des alten Mannes blitzschnell hervor, stieß ihm durch den Mantel, und Hector merkte, wie ihm etwas Spitzes, Nadelartiges in den Bauch drang.

»Was zum –?«Er packte Hassans Hand, in der er ein kleines, schmales Daumenmesser mit einer Injektorvorrichtung entdeckte. Er spürte ein seltsames Brennen am Bauch. Mit der anderen Hand versetzte er dem alten Mann einen kräftigen, wütenden Fausthieb, sodass dieser benommen nach hinten sackte. Hector erwischte ihn am Mantel, hob ihn an den Armen über die Sicherheitskette, die den offenen Zwischenraum mit den Schienen absperrte. Der alte Mann leistete nur schwache Gegenwehr. Die Waggons waren so konzipiert, dass sie sich zwar nicht ganz berührten, sich jedoch, wenn der Zug in die Kurve ging, sehr nahe kamen. Der alte Mann sagte etwas, er schrie laut, und ihm traten die Augen vor. Hector ließ ihn mit den Füßen zuerst in die Lücke zwischen den Waggons hinunter, und als es um die nächste Biegung ging, erfassten ihn die Puffer der beiden Wagen und zerquetschten seinen Rumpf. Ihm sprudelte das Blut aus dem Mund und lief am Kinn hinunter. Von den geplatzten Adern färbten sich die Augäpfel rot. Der Zug ging wieder in die Gerade, die Puffer entfernten sich voneinander und gaben den Bauch frei, einen zu kaum zehn Zentimetern zusammengequetschten blutigen Klumpen Fleisch. Das Blut spritzte Hector auf Hose und Schuhe. Er ließ los, und der fast abgetrennte Torso fiel in die ratternde Leere unter den Waggons. Dann bemerkte er den Stock des Mannes und warf ihn hinterher. Als er sich wieder aufrichtete, blickte er durch das Sichtfenster in den Waggon. Niemand beachtete ihn, niemand hatte es gesehen.

Sein Bauch brannte, und ihm war merkwürdig heiß hinter den Augen. Irgendein Gift? Er nahm seine Baseballkappe, Perücke und Sonnenbrille ab und warf sie in die Dunkelheit. Dann zog er den langen Mantel aus, wischte damit sorgfältig Blut vom Puffer und ließ den Mantel fallen. Als Nächstes entledigte er sich der roten Jogginghose, unter der er eine mit Anstreichfarbe verfleckte Jeans trug. Dann kamen die Schuhe, die er durch Sandalen aus seinem Rucksack ersetzte. Ein vollkommen neuer Look. Er durchquerte die nächsten beiden Waggons, ohne nach links und rechts zu blicken. Dann setzte er eine Klarglasbrille auf. Das Problem waren die Überwachungskameras auf allen Bahnsteigen, und eine davon hatte ihn mit Sicherheit beim Einsteigen erfasst. Sein Zug fuhr in südlicher Richtung nach Brooklyn. Wenn sie im Lauf der nächsten Stunde die Leiche entdeckten, würde die Polizei die Videos abspielen, feststellen, an welcher Station der alte Mann in welchen Zug eingestiegen war und wer noch. Na schön, vielleicht würden sie ihn finden, vielleicht auch nicht. Hector wurde nun schon seit Jahren gejagt, vom Kartell wegen Verrat, teils eingebildet, teils begangen, doch er war ihnen noch immer entwischt. In der Station Atlantic Avenue huschte er, einen Finger fest auf die winzige Einstichstelle am Bauch gedrückt, unauffällig die Treppe hoch.

39

LANGZEITPARKPLATZ, BEREICH NEUN, JOHN F. KENNEDY INTERNATIONALE AIRPORT, QUEENS, NEW YORK

Ende Oktober sollte es in New York wirklich noch nicht schneien, doch im Zuge des weltweiten Klimawandels kommt es vor. Paul lebte von klein auf in der Stadt und kannte ihre Jahreszeiten, den Himmel, das Wetter, und das hier war absurd. Zehn Zentimeter waren mal eben so über Nacht heruntergekommen. Es war ein freundlicher Tag, die weiße Pracht wäre bis zum Abend verschwunden. Er schritt die Reihen schneebedeckter Fahrzeuge ab und drückte alle paar Meter den Autoschlüssel. Schnee drang ihm mittlerweile in die Schuhe. In der dritten Reihe hörte er ein Piepsen als Antwort, und als er sich umdrehte, sah er fünf Stellplätze weiter den Pick-up unter der weißen Decke. Er drückte erneut, und Piepsen und Lichter kamen zurück. Endlich, Bills Wagen.

Er entriegelte die Fahrertür, zog sie auf, stieg ins Führerhaus und machte sie hinter sich zu. Einen Moment lang konnte er kaum etwas sehen, doch dann tauschte er die Sonnenbrille gegen seine normale Brille und wartete, bis sich seine Augen umgestellt hatten.

Das Führerhaus war mit Fotos von Jennifer gepflastert – penibel ans Dach, an die Innenseite der Sonnenblenden, das Armaturenbrett und sogar die Windschutzscheibenpfosten geklebt. Jennifer als Baby, als Kleinkind, als Fünfjährige auf dem Dreirad, als Schulmädchen, als Teenager; wie im Zeitraffer sah er das hübsche, strahlende Baby zur jungen Frau heranwachsen. Hinzu kamen Schulzeugnisse und handgeschriebene Zettel und dergleichen, wie man sie gewöhnlich in Sammelalben oder Erinnerungskistchen aufbewahrt. Wie war Bill an das alles herangekommen? Von ihr selbst? Oder von ihrer Mutter? Im trüben Licht der Fahrerkabine unter der schneebedeckten Windschutzscheibe kam er sich vor wie in Bill Wilkersons Jennifer-besessenem Kopf, wie in einem Kokon der Erinnerungen. Es wird Stunden dauern, sich das alles anzusehen, dachte Paul. Und ich werde es mit Sicherheit tun.

Er steckte den Schlüssel ins Zündschloss, der Motor sprang mühelos an, und er schaltete den Scheibenentfroster ein. Nach einer Minute wurde es warm, und er sah sich genauer um. Hinter den Vordersitzen war ein Stoß gefaltete, saubere Sachen und ein Paar Ersatzschuhe mit dem Namen Wilkerson darauf. Im Werkzeugkasten daneben war jeder verchromte Steckschlüssel makellos sauber und ordentlich einsortiert. Dann eine Schachtel mit Papieren. Ein Plastikbehälter mit Vitaminen, Proteinriegeln, Energydrinks, koffeinhaltigen Getränken, Toilettenartikel, ungefähr ein Dutzend mit Gummis zusammengehaltene Bündel neuer Fünfzig-Dollar-Scheine. Vorsorge für eine lange Belagerung. Er fand einen Plastikschnellhefter mit einem Zettel daran: *Das Dokument in diesem Schnellhefter wurde der Leiche Tarek al-Badris weggenommen, einem von zwei Männern, die mich im Wohnhaus* – in meinem Haus!, dachte Paul – *angegriffen haben und gegen die ich mich in Notwehr verteidigt habe.* Paul öffnete den Ordner, in dem sich in einer Plastikhülle allem Anschein nach ein blutverkrustetes, gefaltetes Blatt Papier befand. Er wagte nicht, das Blatt anzufassen, deshalb hob er eine Ecke behutsam mit dem Autoschlüssel an. Bei dem Papier handelte es sich offenkundig um eine handgezeichnete Karte, und zwar von Ost-Brooklyn und dem südlichen Rand von Queens, mit dem Beltway und der Marine Park Bridge zu den Rockaways. Als Kind war er unzählige Male dort gewesen. Auf dem Plan waren ein paar Worte – offenbar auf Arabisch – geschrieben, mehrere arabische Ziffern daneben, vielleicht Zeitangaben oder Adressen. Auf einem anderen Teil des Blatts war unschwer eine detaillierte Zeichnung der Umgebung von Pauls Haus zu erkennen, mit der Kreuzung und der genauen Adresse.

Paul atmete bewusst ein paar Mal ruhig durch, bevor er das blutverfleckte Dokument im Ganzen und in Details fotografierte, es in die Klarsichthülle und dann in den Schnellhefter zurücksteckte und zuletzt Bills Zettel fotografierte. Ich muss hier raus, sagte er sich, warf erneut den Motor an, betätigte die Scheibenwischer und manövrierte aus der Lücke. Der Truck war groß, aber leicht zu fahren. Am Ausgang sagte ein Inder in gestreifter Uniform: »Das macht dann fünfhundertzwanzig Dollar.«

»Parkgebühr?«

»Sehen Sie sich Ihren Parkschein an, Sir. Ihr Fahrzeug hat fast einen Monat bei uns gestanden, achtzehn Dollar pro Tag.«

»Kann ich das bitte mal sehen?«

Paul nahm das Ticket entgegen. Bill hatte den Wagen hier tatsächlich ein paar Tage nach seinem Gastspiel in Pauls Haus abgestellt. »In Ordnung«, sagte er und drückte dem Angestellten eine Kreditkarte in die Hand. »Warten Sie«, sagte er, »geben Sie mir die bitte zurück.«

»Sir?«

»Ich zahle in bar.«

»Das ist aber eine Menge Bares.«

»Ich weiß.« Er kramte ein Bündel der Fünfzig-Dollar-Scheine hervor. Das geht schon in Ordnung, sagte er sich, Bill braucht das Geld nicht mehr.

Kurz darauf fuhr Paul Richtung Manhattan, während ihm der Schnee von der Kühlerhaube stob und die nassen Reste von der Windschutzscheibe rutschten. Ich muss verstehen, was wirklich passiert ist, dachte er. Selbstverständlich war es seine Pflicht, Detective Passaro von dem Truck zu verständigen, was denn sonst! Doch im Moment war ihm nicht danach, nicht jetzt.

40

86–10 GRAND AVENUE, ELMHURST, QUEENS, NEW YORK

Gespenster fahren keine alten Trucks, Menschen aus Fleisch und Blut dagegen schon. Hector wischte sich die Stirn und verfolgte, wie sich das Icon auf seinem Handy auf dem Van Wyck Expressway vom Flughafen JFK weg bewegte und von da auf den Long Island Expressway wechselte. Wetten, der will mit dem roten Pick-up nach Manhattan? Durchaus möglich, ihn einzuholen, überlegte er. Die winzige Einstichwunde in seinem Bauch hatte inzwischen eine seltsame Farbe angenommen, ein fleckiges Gelbgrün. Vielleicht infiziert. Und es tat weh. Er hatte Fieber und fühlte sich seltsam.

Aber er musste zu diesem Truck. Er schluckte fünf oder sechs Naproxen gegen das Fieber und lief eilig in seine Garage, um sich eins der Motorräder auszusuchen. Er entschied sich für die plumpe kleine orangefarbene Yamaha. Eine Schrottkiste, aber weniger auffällig als die geile Harley. Seine lederne Bikerjacke hatte eine große Innentasche für seine Halbautomatik TEC-9. Er zog sich einen gelben Helm und Handschuhe an, das musste genügen, und machte sich im Zickzackkurs auf den Weg Richtung Long Island Expressway. Gelber Helm, orangefarbenes Motorrad, ich sehe aus wie ein Lutschbonbon, dachte er.

Gut, dass er wusste, wonach er suchte – nach einem großen, roten Ford Pick-up mit verlängerter Ladefläche und Führerhaus. Er klemmte sein Handy in den Halter an der linken Lenkerseite und warf, als er die Auffahrt zum Long Island Expressway hoch brummte, ab und zu einem Blick darauf. Wenn der Fahrer auch nur die geringste Ahnung von Autos hatte, würde er mit diesem Monstertruck auf einen Parkplatz statt in eine Garage fahren. Hector brauchte sich einfach nur hinter den Pick-up zu klemmen; zu seinem Glück herrschte auf dem Expressway Richtung Westen nur gemächlicher Verkehr, und so schlängelte er sich verkehrswidrig zwischen rechter Fahr- und Standspur hin und her, bis er den roten Truck fünf Fahrzeuge weiter vorn entdeckte.

Sobald die Skyline von Manhattan aufragte und sie an all den Werbeplakaten für neue Kinofilme vorbeikamen, an die sich in einem Monat niemand mehr erinnern würde, und Richtung Midtown Tunnel fuhren, fiel er bewusst ein Stück zurück. Es war nicht zu übersehen, dass der Fahrer nicht gewohnt war, einen großen Pick-up zu lenken, denn im Tunnel schlingerte er ein paar Mal hin und her, um den breiten Truck in der Spur zu halten. Auf der anderen Seite des Tunnels steuerte er den West Side Highway an. Ein Kinderspiel, ihn zu verfolgen! Er wechselte praktisch nie die Spur, fuhr überhaupt eher vorsichtig, und als die Ampel einmal kurz vor ihm plötzlich auf Rot sprang, kam Hector zu dicht heran. Zehn Blocks weiter nördlich bog er westlich vom Theater District auf einen Parkplatz ein, einem der wenigen, die für protzige SUVs aus Jersey ausgewiesen waren. Hector stoppte ein Stück entfernt auf der Straße. Unterdessen parkte der Fahrer ein und stieg aus. Sah er in Hectors Richtung? Vielleicht. Wahrscheinlich. Doch dann reichte er die Schlüssel einem Parkwart und kam zur Straße zurück. Hector fuhr sehr langsam auf der mit Schlaglöchern übersäten Straße heran, um sich den Burschen näher anzusehen. Ein großer, älterer Mann, vielleicht Ende vierzig, Anfang Fünfzig. Sah nach Geld aus, nach richtig viel Geld. Irgendwie würde dieser Mann Hector bezahlen. Warum? Weil das der Mann war, der Bill Wilkerson hatte tot sehen wollen, so viel stand für Hector fest. Wie wäre er sonst an die Schlüssel zu dessen Truck gekommen? Dieser Kerl hatte den alten Hassan als Mittelsmann geschickt. Er musste ihn nur irgendwo stellen, wo sie niemand sah, nur sie beide. Hector zog das Motorrad auf den Bürgersteig hoch, schloss es ab, warf den Helm in eine Sporttasche und setzte stattdessen eine Baseballkappe auf. Zu Fuß folgte er dem Mann auf der Neunundvierzigsten Richtung Osten, dann mit der U-Bahn Linie eins drei Stationen bis zur 66. Straße West. Von dort aus ging der andere zu Fuß zu einem Wohngebäude auf der südlichen Straßenseite und, ohne sich ein einziges Mal umzudrehen, ohne sich zu vergewissern, dass ihm keiner folgte, hinein. Hectors Kopf fühlte sich heiß an, und er schwitzte, doch es war ein befriedigendes Gefühl zu wissen, wo der Mann wohnte. *Du bist jetzt mein Freund,* dachte Hector, *mein richtig guter Freund.*

41

51. STRASSE, ECKE FIFTH AVENUE, MANHATTAN

In seinem Büro lud sich Paul hinter verschlossener Tür ein arabisch-englisches Wörterbuch auf seinen Firmencomputer herunter und nach viel Herumprobieren bekam er heraus, dass die Worte auf der Planzeichnung für Straßen und Avenues standen, mit Kürzeln und Zahlen: 7. Av., 14. St. Dazu gab es eine Reihe von Gedächtnisstützen für den Ablauf der geplanten Aktion:

Haus von Paul Reeves Nummer 204 B, 14. Straße (BW dort Do., 2.00 holen)
AM fährt nach Fort Tilden, Queens, Ahmed 8:00 dort.
Wir kommen 8:10.
Wilkerson ist groß, mindestens 185, fährt Truck
Nicht Ahmed anrufen, nur Amir, Handy
Barzahlerspur Maut

Er steckte das Dokument wieder in die Hülle. Es gab noch etwas zu erledigen, und dazu rief er Rollie an, den Dokumentenrestaurator, der den Umschlag mit den Papieren des Anwalts aus Ocean City geöffnet hatte.

»Rollie, eine Frage«, sagte Paul. »Wie gut ist Ihr super High-Resolution-Scanner?«

»Das wollen Sie gar nicht wissen.«

»Ehrlich gesagt, schon.«

»Damit kommen die Oberflächenunebenheiten von altem Lumpenpapier raus wie ein zerwühltes Laken. Sämtliche alte Reparaturen sind zu sehen. Gefälschte Unterschriften, so was in der Art.«

»Können Sie damit auch Fingerabdrücke sichtbar machen?«

»Klar, wenn wir es mit Fluoreszenztomographie versuchen.«

»Und können Sie Fingerabdrücke *vergleichen*?«

»Wenn wir zwei gute Proben haben, ja.«

»Ich hatte ja keine Ahnung, was Sie alles machen, Rollie.«

»Sie haben mich nie danach gefragt. Ich nehme an, ich sehe Sie bald?«

»Allerdings, Rollie, Sie sehen mich bald«, sagte Paul.

Als Nächstes rief Paul Marone an, den unzufriedenen Junganwalt bei Gracken und Rothstein, seiner Konkurrenz.

»Oh, ich hatte nicht damit gerechnet, so schnell wieder von Ihnen zu hören«, sagte Marone.

»Das Leben kann spannend sein.«

»Sieht so aus.«

»Hören Sie, heißt einer der Anwälte bei Ihnen zufällig Roger Metcalfe?« Das war der Kollege für Einwanderungsrecht, dessen Name in dem Anschreiben aus Ocean City an Ahmed fiel.

»Ja, er ist hier Partner. Ziemlich beschlagen. Er spannt mich manchmal ein.«

Es dauerte einen Moment, bis Paul diese Tatsache in ihrer ganzen Bedeutung erfasste. Als alter Hase in diesem Metier ließ er sich von seinem Bauchgefühl leiten. »Hat Ihre Kanzlei ein vollständig digitalisiertes Archiv?«

»Wir reden ständig davon, aber ja so halbwegs, bis ungefähr 1994 zurück. Alles davor ist auf Papier, jede Menge davon.«

»Okay, James, hören Sie zu. Metcalfe hat da einen alten Klienten mit Nachnamen Mehraz. M-e-h-r-a-z. Vorname Ahmed. Metcalfe hat seine Einwanderung bearbeitet, etwa vor zehn Jahren. Bei seiner vorherigen Kanzlei. Ich wette, er hat Mehraz bei seinem Wechsel zu Gracken und Rothstein als Klient mitgenommen. Können Sie die Dateien der Firma danach durchsuchen?«

»Sicher, ich meine, das ist die typische Fleißarbeit der Anwaltsgehilfen und Anwälte im ersten Jahr.«

»Ich möchte, dass Sie etwas für *mich* in Erfahrung bringen.«

Marone betonte jedes Wort, als er antwortete: »Wir begeben uns hier auf ziemlich dünnes Eis, Herr Anwalt.«

»Nachname Mehraz, Vorname Ahmed. Bitte suchen Sie seine Einwanderungsakte heraus.«

»Einen Moment.«

Paul wartete am Fenster, wo er einen Schlepper beobachtete, der eine Schute den East River hinauf zog.

»Okay, hab's«, sagte Marone. »Das Übliche.«

»Ist da ein Einbürgerungsantrag dabei, Formular N-400?«

»Sekunde … ja.«

»Scrollen Sie mal zu Seite vierzehn runter, ich glaube, Abschnitt zwölf, Frage dreiundzwanzig.«

»Hm, ja, die Frage nach dem Festnahmenregister?«

»Sagen Sie mir nicht, wie die Antwort lautet.«

»Okay, verstanden«, sagte Marone.

»Denken Sie dran, ich will noch keine Antwort hören.«

»Habe ich Ihnen auch nicht angeboten.«

»Ich weiß«, sagte Paul. »Ich bin dabei, etwas Unethisches zu tun.«

»Ich hatte schon so ein Gefühl«, erwiderte Marone.

»Was Sie ebenfalls exponiert.«

»Ja.«

»Aber es ist, da stimmen Sie mir sicher zu, eher unwahrscheinlich, dass jemand Ihren Zugriff bemerkt.«

»Das System hält zwar jeden Datenzugriff fest, aber das sind täglich Tausende.«

»Sicher«, sagte Paul. »Also, James, ich biete Ihnen einen Job in meiner Kanzlei an, ab sofort, nach Ihrem Belieben, mit einem Aufschlag von zehn Prozent auf Ihr jetziges Gehalt. Über Boni und sonstige Zusatzleistungen können wir uns später unterhalten. Meine einzige Bedingung ist, dass Sie mir die Antwort auf die Frage Nummer dreiundzwanzig nennen, entweder ja oder nein.«

»Wenn ich Ihnen das sage, habe ich einen Job bei Ihnen?«

»Ganz recht.«

»Und Sie brauchen nur die Antwort auf diese eine Frage?«

»Ja. Und ich möchte, dass Sie diese Antwort fotografieren und mir schicken.«

»Das ist schon ein bisschen heikler.«

»Wieso?«

»Weil die Metadaten zu diesem Foto beweisen, dass ich es gemacht habe. Erhöhen Sie Ihr Angebot auf zwanzig Prozent mehr Gehalt, und wir sind uns einig.«

Paul beobachtete die langsame Fahrt der Schute flussaufwärts. Soll mir recht sein, dachte er. Marone ist fleißig, das arbeitet er rein.

»Also gut, zwanzig obendrauf.«

»Gut, ich mach das Foto.«

Paul nannte ihm seine Handynummer.

»Okay, gesendet.«

Im nächsten Moment hatte er das Foto, gestochen scharf, von Teil zwölf, Frage dreiundzwanzig des Formulars N-400, auf dem Display. Die Frage lautete: »Wurden Sie je aus irgendeinem Grund von einem Gesetzvollzugsbeamten festgenommen, vorgeladen oder inhaftiert?« Ahmed Mehraz' Antwort bei seinem Antrag auf die amerikanische Staatsbürgerschaft lautete: *Nein*. Und das war, wie Paul wusste, eiskalt gelogen.

»James, meinen aufrichtigen Dank. Ich nehme an, Sie wollen mein Angebot noch überdenken?«

»Nein, nein, ich nehme es an.«

»Gut!« Pauls Freude war echt.

»Ich könnte am ersten anfangen, nachdem ich hier ein paar Dinge geordnet habe.«

»Klingt gut. Melden Sie sich morgen telefonisch bei meiner Büroleiterin, und wir erledigen alles Nötige. Kommen Sie nächste Woche vorbei, und ich mache Sie hier mit einigen Leuten bekannt und zeige Ihnen Ihr neues Büro.«

Sie trennten die Verbindung. Paul starrte auf das Foto. *Nein!* Auf die Frage dreiundzwanzig, Abschnitt zwölf des Formulars N-400 behauptete der Antragsteller steif und fest: *Nein, ich, Ahmed Mehraz, wurde nie von einem Gesetzvollzugsbeamten festgenommen, vorgeladen oder inhaftiert.* Was der Stoß Papiere, den der Anwalt aus Ocean Beach geschickt hatte, eindeutig widerlegte. Natürlich wusste Ahmed, dass er festgenommen worden war! So etwas vergaß man nicht. Doch wie hatte er eine so dreiste Lüge riskieren können, wo in den Vereinigten Staaten sämtliche Verhaftungen ans FBI gemeldet wurden? Das System hing jedoch von der zuverlässigen Mitwirkung der örtlichen Behörden ab, und da haperte es oft mächtig. Irgendwie hatte dieser Anwalt bei den Behörden vor Ort Strippen gezogen und verhindert, dass ein gewisses Dokument automatisch weitergemeldet wurde.

Paul kehrte ans Fenster zurück. Jetzt kann ich dem Burschen in die Suppe spucken, stellte er fest. Und ich weiß auch schon, wie. Die wenigsten wussten, dass eine Einbürgerung in die Vereinigten Staaten nicht notwendigerweise unwiderruflich war. Die Behörden hatten die Vollmacht, jemanden wieder auszubürgern, und das kam vor, wenn auch selten. Wenn es aber passierte, hatte es für den Betroffenen verheerende Folgen. Einmal ausgebürgert war seine frühere Einbürgerung null und nichtig. Das zog weitreichende Konsequenzen nach sich, es betraf alles von Wohn- und Arbeitsrecht in den Staaten über Steuerangelegenheiten bis zu Grundbesitz, Sozialleistungen, Wahlrecht – die Liste war lang. Für eine Ausbürgerung gab es im Prinzip vier Begründungen, drei davon wurden vergleichsweise selten herangezogen: erstens: eine unehrenhafte Entlassung aus dem US-Militärdienst nach weniger als fünf Jahren; zweitens: die Mitgliedschaft in einer »staatsfeindlichen Organisation« wie einer kommunistischen, terroristischen oder faschistischen Gruppierung, besonders innerhalb von fünf Jahren nach der Einbürgerung (eine solche Mitgliedschaft stellte eine Verletzung des Treueeids auf die Vereinigten Staaten dar), wobei unter »staatsfeindlich« die Planung oder Unterstützung bei Aktivitäten zu verstehen war, die darauf abzielten, die amerikanische Regierung zu stürzen oder ihr und ihren Vertretern und Instanzen Schaden zuzufügen, insbesondere durch Gewalt; und drittens: die Weigerung, vor einem Untersuchungsausschuss des Kongress‹ auszusagen, der der Mitgliedschaft des Bürgers in einer subversiven Vereinigung nachgeht. Dies waren die drei seltenen Gründe, und im Allgemeinen war es sehr schwer, dagegen Berufung einzulegen.

Die ungleich häufigere Begründung für die Ausbürgerung waren Vertuschung oder Verschweigen wichtiger Fakten beim ursprünglichen Antrag auf Staatsbürgerschaft. Bei den meisten dieser Fälle ging es um unwahre Aussagen über frühere kriminelle Aktivitäten, zu korrekten Namensangaben oder die bisherige Aufenthaltsdauer in den USA. In diesen Fällen verfuhr die Einwanderungsbehörde äußerst streng. Hatten ihre Anwälte erst einmal beschlossen, eine Ausbürgerung einzuleiten, legten sie beim zuständigen Bundesbezirksgericht Klage ein. In Ahmeds Fall wäre das der U.S. Southern District Court in Manhattan, das vielleicht bekannteste Gericht im ganzen Land. Fast rund ums Jahr wurden hier Strafsachen und Zivilprozesse von großem öffentlichem Interesse verhandelt. Alles im Terminkalender dieses Gerichts, das auch nur ein bisschen Aufsehen erregte, bekamen die Medien mit, und so bliebe zweifellos auch ein überaus erfolgreicher iranisch-amerikanischer Unternehmenslenker mit einer schönen blonden Frau nicht unbemerkt. Darüber hinaus gaben Justizbeamte den Journalisten gerne einen entsprechenden Tipp, um bei einem interessanten Prozess für öffentliches Aufsehen zu sorgen. Schließlich war man in New York. Den Beschuldigten wurde eine Strafanklage zugestellt. Die Staatsanwaltschaft musste eine Klagebegründung vorlegen, in der sie präzise darlegte, wieso sie die entsprechende Staatsbürgerschaft aberkennen wollte. Der Beklagte hatte daraufhin sechzig Tage Zeit für eine Erwiderung und Entkräftung der Begründungen. Paul hatte schon manche Erwiderungen verfasst – keine leichte Sache, denn die Staatsanwälte waren engagierte, disziplinierte Juristen, die von den besten Universitäten kamen. Brillant und beinhart. Aufgrund der Kosten für ein jedes solches Verfahren war der Qualitätsanspruch an ihre Argumente und Beweise sehr hoch; sie waren bestrebt, ihr Risiko-Ertrags-Verhältnis zu optimieren oder, anders gesagt, so gut wie jeden Prozess zu gewinnen.

Vor diesem Hintergrund stellte sich Paul die Frage, ob die Staatsanwälte der Einwanderungsbehörde willens wären, nur wegen einer relativ alten sachlichen Unstimmigkeit in Ahmeds Antrag ein Ausbürgerungsverfahren gegen ihn anzustrengen. Verfolgte das Büro derzeit die Null-Toleranz-Strategie, dann lautete die Antwort natürlich ja. Nur dass es nach Pauls Erfahrung keine Null-Toleranz gab. Außerdem würde Ahmed einen Anwalt engagieren, der die Fakten beschönigen würde. Als Erstes würde er herausstreichen, was für ein erfolgreicher und gesetzestreuer Geschäftsmann aus Ahmed geworden sei, der seit Jahren großzügig für gemeinnützige Zwecke spendete. Seine Strafverfolgung ließe sich unschwer als idiotischer Übereifer amerikanischer Staatsbeamter hinstellen, und wenn er zugleich eine der ausgezeichneten New Yorker PR-Firmen ins Boot holte, ließen sich mühelos Reporter finden, die für ihn Partei ergriffen. Würde hingegen der Bundesrichter darüber in Kenntnis gesetzt, dass Ahmed *im Mordfall eines dekorierten amerikanischen Soldaten* eine Person von besonderem Interesse war, sähe die Sache vollkommen anders aus. In diesem Fall bliebe den Bundesbehörden gar keine andere Wahl, als ihn zu verhaften.

Elauriana kam herein. »Das wurde Ihnen gerade per Kurier zugesandt«, sagte sie.

Marone hatte ihm, ungebeten, einen Ausdruck der vollständigen, ursprünglichen Mehraz-Akte geschickt. Wenn er ihn nun schon mal hatte, würde ihn Paul nicht verschmähen. Er ging sämtliche Seiten des Formulars N-400 einschließlich der fraglichen durch. Am Ende des Dokuments hatte Ahmed mit seiner Unterschrift attestiert, dass alle seine Angaben wahrheitsgemäß waren. Dieses Dokument war, wie Paul sehr wohl wusste, an mindestens sechs verschiedenen staatlichen Stellen aktenkundig.

Elauriana summte ihn an. »Da ist ein Detective der Polizei New York in der Leitung, der wissen möchte, ob Sie Austern mögen.«

»Sagen Sie ihm, sie gehörten nicht zu meinen Lieblingsspeisen.«

»Das sagen Sie ihm am besten selbst. Ich spreche nicht gern mit der Polizei.«

Paul nahm ab. »Hier ist mein Angebot«, sagte Passaro. »Du spendierst mir ein gutes Abendessen in der Oyster Bar, und ich erzähle dir Dinge, die ich dir eigentlich nicht erzählen darf.«

»Angenommen.«

»Dann heute um sechs im Hinterzimmer.«

Zuvor musste Paul noch zu Rollies Restaurationsatelier in Williamsburg und wieder zurück.

»Sieben.«

»In Ordnung«, sagte Passaro. »Möglicherweise bin ich schon vor dir da und schlag mir den Bauch mit Austern voll, die du dann bezahlst.«

42

HOTEL LISBON, 2–4 AVENIDA DE LISBOA, MACAO

China wollte sich Hongkong einverleiben. Wäre Hongkong eine Schachtel Pralinen, könnte man China mit einem dicken Jungen vergleichen, der, nachdem er schon mehrere Pralinen vernascht hatte, die ganze Schachtel haben wollte und nur darauf wartete, sich den ganzen Rest auf einmal in den Mund zu stopfen, sobald niemand hinsah. Monat um Monat griff China nach der ehemaligen britischen Kolonie, knabberte und sog daran, um sich endlich die süße Füllung in der Mitte auf der Zunge zergehen zu lassen.

Zu dieser Erkenntnis kam Amir, als er auf dem Hovercraft Macao entgegensah, der ehemaligen portugiesischen Kolonie, die 1999 friedlich an China zurückgegeben worden war. Er hatte vom unvorstellbaren Luxus der Casinos dort gehört und dass dort jeden Abend um eine bestimmte Zeit dutzendweise Nutten in hochhackigen Pumps und schimmernden Miniröcken hereinstolzieren. Das klang verlockend. Und so einsam und verlassen, wie er sich fühlte, lechzte er nach Zerstreuung. Als er am Morgen wie gewohnt in das Vogelkäfiggeschäft an der Ning Po Street unweit des Nachtmarkts in Kowloon gekommen war, um seinen wöchentlichen fetten Umschlag mit Hongkong-Dollar abzuholen, hatte der Ladenbesitzer gesagt: »Kein Geld mehr. Niemand hat mir Ihr Geld gegeben.«

Er hatte die strikte Auflage, nicht zu Hause anzurufen. Doch das war Wochen her, und jetzt gab es ein Problem. Mir bleibt gar nichts anderes übrig, als anzurufen, sagte sich Amir. Und so wählte er Onkel Hassans Nummer und, als der sich nicht meldete, rief er bei ihm zu Hause an und sprach mit Rosie, der

Haushälterin. Nach diesem Gespräch wählte er in heller Panik Ahmeds Nummer.

»Du sollst nicht anrufen, verdammt!«, fauchte Ahmed.

»Mir bleibt nichts anderes übrig! Ich hab kein Geld!«

»Was ist mit unserem Onkel?«

»Er geht nicht ans Telefon. Deshalb hab ich bei ihm zu Hause angerufen. Rosie sagt, sie hat keine Ahnung, wo er ist. Aber vor ein paar Tagen ist er nach New York geflogen. Sie vermutet, zu dir.«

»Hierher?«, kam die alarmierte Antwort. »Schon vor Tagen?«

»Du weißt nicht, wo er ist?«

»Nein!«, lautete Ahmeds Antwort, und er legte auf.

43

OYSTER BAR & RESTAURANT, GRAND CENTRAL TERMINAL, UNTERE EBENE, MANHATTAN

Hier bekam er jedes Mal Sehnsucht nach seinem Vater. Dieser hatte Paul als Kind häufiger hierher mitgenommen und ihm die Pendler, die Betrunkenen und die Einzelgänger an der Bar gezeigt. »Es sieht zwar nicht aus wie eine Kirche«, hatte sein Vater gesagt, »es ist aber trotzdem eine. In der Stadt gibt es viele solcher Orte, wo die Leute hingehen, weil sie sich dort nicht allein fühlen, sondern im Getriebe der Menschen aufgehen können.« Damals hatte Paul ihn nicht verstanden, inzwischen wusste er genau, was sein Vater gemeint hatte. Die Oyster Bar hatte sich kein bisschen verändert, und das war gut so. Das dunkle Holz, der riesige Schwertfisch über der Bar. Die steinalten Kellner mit der Tageskarte, die eine Riesenauswahl an frischem Fisch bot. Man brauchte solche Orte in der Stadt, die sich nicht veränderten, sonst wusste man selbst nicht mehr, wer man war.

Passaro kam hereingeschlurft und setzte sich, ohne Paul auch nur die Hand zu schütteln. »Die Kleine hinter der Bar ist scharf auf mich, aber sie ist nicht mein Typ.«

Paul blickte über die Schulter. »Für dein Alter und deinen Bauchumfang bist du ganz schön wählerisch.«

Passaro griff zu der langen Speisekarte und schob sich die Brille auf die Nasenspitze. Sie bestellten bei einem Kellner in weißem Hemd und schwarzer Weste, der zielstrebig auf die Achtzig zuzugehen schien.

»Alles relativ«, bemerkte Passaro, »neben dem sehe ich gut aus. Wie auch immer, diese kleine Polizistin aus dem Norden rief heute früh bei mir an, und wir haben uns lange unterhalten. Zunächst mal wollte ich dir sagen, dass ich lieber gleich auf dich hätte hören sollen. Bringt zwar nichts mehr für Billy, aber trotzdem. Zum Zweiten: Ich glaube nicht, dass dieser Mord so leicht aufzuklären ist.«

»Und wieso nicht?«

Er zog einen Schnellhefter aus der Aktentasche. »Die Polizei da oben hat mir den digitalisierten Bericht geschickt, mit Fotos und allem Drum und Dran. Der einzige Grund, weshalb diese Tonne überhaupt gefunden wurde, sind die gewaltigen Überschwemmungen durch den Hurrikan letzte Woche gewesen. Der See ist weit über die Ufer getreten. Die Wassermassen haben ganze Fischerhütten weggespült, Hafenanlagen aufgerissen. Manche Sachen hat es bis zu sechs Meilen weit weggespült. Diese Tonne hatte der Mörder verdammt gut versiegelt, und sie ist unterhalb einer Apfelplantage angelandet. Einfach so. Ist daher unmöglich zu sagen, wo sie ursprünglich herkommt, wo sie gerissen wurde. Und dann, hier, sieh dir die Fotos an.« Passaro reichte ihm einige Ausdrucke von Fotos, die sich auf Wilkersons Brust konzentrierten. »siehst du, wie rot die Haut ist? Jemand hat Chlorbleiche über seine Leiche geschüttet, die sämtliche genetischen Informationen vernichtet. Verbrennt die Proteine in der DNA. Somit gibt es keine Fingerabdrücke, keine Haarproben vom Mörder, nichts dergleichen. Willst du noch ein paar Bilder sehen? Sind nicht schön.«

Paul nickte. Passaro blickte auf und winkte die Barfrau heran.

»Hi, Bobby P.«, sagte sie.

»Jasmine, ich zeige meinem guten Freund hier ein paar Sachen, und ich möchte, dass in den nächsten fünf Minuten niemand unserem Tisch hier hinten nahe kommt, okay?«

»Geht klar.«

»Das heißt, du kannst natürlich jederzeit kommen, nur dass ich dann mit dir flirte und darüber meine Arbeit vergesse.«

Sie lächelte. Hatte wahrscheinlich sämtliche Sprüche von sämtlichen Typen schon mal gehört. »Fünf Minuten.«

»Danke, Schätzchen.«

Passaro breitete die Fotos auf dem Tisch aus. »Hier haben wir die Tonne auf der Wiese, so wie sie gefunden wurde. Siehst du, was da alles angeschwemmt wurde? Die ganze Wiese war voll davon. So sah die Tonne aus, als sie geöffnet wurde, du siehst seine Füße. Irgendwann hielt das Ding nicht mehr dicht, und er war, mit dem Hintern nach unten und Kopf und Füßen nach oben, mehr oder weniger unter Wasser. Sie glauben, die Tonne war so gut verschlossen, dass sie eine ganze Weile oben geschwommen ist und erst mit der Zeit so schwer wurde, dass sie einfach da anlandete. Hier ist die Tonne auf dem Polizei-Truck, hier im Labor da oben. Haben jede Menge Fotos gemacht, so was kriegen sie in der Gegend nicht alle Tage zu Gesicht. Also … das hier ist im forensischen Labor. Sie haben kurzerhand beschlossen, die Tonne zu zerschneiden, um ihn da rauszubekommen. Außer Wasser haben sie da sonst nichts weiter gefunden, nur ein paar tote Fische auf der Suche nach einem Frühstück. Hier ist er also auf dem Tisch. Nackt. Hat 'ne Weile gedauert, ihn zu strecken. Irgendein kluges Köpfchen hat die Tonne identifiziert, aber das hilft uns nicht wirklich weiter … Siehst du das Foto da? Das ist ein spritzlackierter Code des staatlichen Tiefbauamts, den sie schon seit ungefähr fünfzehn Jahren nicht mehr benutzen. Die Tonne könnte also von irgendeiner Baustelle stammen, aber ebenso gut als Mülltonne an einer Raststätte gedient haben. Es gibt Tausende von diesen Tonnen quer durch den Bundesstaat. Niemand weiß, wie viele es sind und wo genau sie stehen. Es gibt keine zentrale Registrierung im Tiefbauamt, also kann jeder bei der Produktionsfirma seines Bruders welche bestellen und sie sich liefern lassen. Das Einzige, was wir einigermaßen ausschließen können, ist, dass er den ganzen Weg von hier aus bis da oben in der Tonne transportiert worden ist. Was sowieso zu vermuten war. Was du vermutet hast. Und hier die letzten Fotos. Da ist er aufgebahrt. Er hat zwei Wunden, eine im Oberschenkel, die sehr ernst, aber nicht tödlich war, und die hier, am Hals, an der er gestorben ist. Das sind wahrscheinlich keine Stichwunden im engeren Sinne, dafür sind sie zu glatt, zu gerade. Wahrscheinlich ist er in einen hypovolämischen Schock gefallen und war in ein, zwei Minuten tot. Ihm fehlten zweiundsechzig Prozent der für seine Körpergröße normalen Blutmenge. Das ist sehr viel, zu viel. Sonst gibt es keine größeren Wunden. Seltsamerweise waren die beiden Wunden mit hochwertigen Wundpflastern verklebt, was darauf hindeutet, dass er kurz nach seiner Ermordung transportiert wurde und der Täter vermeiden wollte, dass er auf irgendwas draufblutet oder so. Was, mehr als alles andere, darauf schließen lässt, dass das ein geplanter Mord war, richtig? Da wusste jemand genau, was er tat. Was haben wir sonst noch? Bills Magen war fast leer. Ersten Tests zufolge hatte er keinen Alkohol und keine Drogen im Blut. Nichts. Herz, Leber, Lunge waren normal und sauber. Er hatte alte Granatsplitterwunden an Gesäß und Rücken, und am linken Fuß fehlten ihn die zwei letzten Zehen, was seiner Militärakte nach auf improvisierte Sprengsätze zurückgeht, die zwar losgegangen, aber von einer Wand abgeprallt sind. Nach seiner Genesung hat er sich wieder zum Dienst gemeldet. Das ist Jahre her.« Passaro sah Paul an. »Aber da war noch eine Wunde, die ich nicht erwähnt habe.«

»Was denn?«

»Genauer gesagt, eine sexuelle Verstümmelung.«

Paul musterte Passaros Gesicht. »Muss ich das unbedingt wissen?«

»Nein, vermutlich nicht, aber ich sag's dir trotzdem. Der Mörder hat ihm die Eier abgeschnitten.«

»Was?«

»Ja, aus dem Skrotum geschnitten. Kannte sich offenbar damit aus.«

Paul sah einen Kellner mit einem dampfenden Schwertfischsteak vorbeikommen und fühlte sich seltsam in der Magengegend. »Und wie geht's jetzt weiter?«

Passaro schüttelte den Kopf. »Gar nicht. Wir haben keine Zeugen, wir haben keinen Tatort, wir haben keine genauer einzugrenzende Fundstelle, wir haben eine Tonne, eine von Tausenden, und wir haben keine DNA von seinem Mörder. Wir haben keine Mordwaffe; wir wissen lediglich, dass sie scharf war und mit hoher Geschwindigkeit in seinen Körper eingedrungen ist. Da die Leiche schon ein paar Tage lang im Wasser gelegen hat, lässt sich auch der Todeszeitpunkt nicht genauer eingrenzen.«

»Was ist mit Ahmed Mehraz? Kannst du ihn vernehmen?«

Passaro runzelte die Stirn. »Wegen was? Als eifersüchtigen Ehemann? Willkommen in der menschlichen Spezies! Er war in den letzten sechs Wochen in Genf, Paris, Istanbul, Tokio, London, Gott weiß wo. Ist ständig unterwegs. Keine Chance, ihn mit diesem Mord in Verbindung zu bringen.«

»Was ist mit Jennifer?«

»Wir reden mit ihr, sobald wir können.«

»Wie erklärst du dir die ganze Sache?«

»Ich denke, Bill Wilkerson wurde irgendwo an einer einsamen Stelle, einer verlassenen Straße oder auf sonst einem menschenleeren Gelände überfallen, mit diesen tiefen Stichen verletzt und ist verblutet. Dann wurde er, vermutlich bei Nacht, auf irgendetwas aufgeladen und aus der Stadt gebracht. Vielleicht hat ihn derjenige – oder auch diejenigen – in einem älteren Fahrzeug nach Norden gebracht, das noch über kein Navigationssystem verfügt, und ohne einen elektronischen Mautpass zu benutzen. Jedes Fahrzeug, das die Mautstellen passiert, wird fotografiert, aber wir wissen schließlich nicht, nach was für einem Wagen wir suchen müssen. Davon abgesehen kann man, wenn man gut vorausplant, auch ohne Mautschranken in den Norden kommen. Da hat jemand genau gewusst, wo er hunderte Stahltonnen auf einer ehemaligen Mülldeponie findet. Und dort hat er ihn in dieses Ding gezwängt. Mal ganz davon abgesehen, was der oder die Täter noch getan haben könnten, um ihre Spur zu verwischen, zum Beispiel das Fahrzeug mehrmals wechseln, Umwege zu fahren und dergleichen.«

»Das heißt, ohne diese Überschwemmung wäre diese Tonne vielleicht nie gefunden worden?«

Passaro nickte. »Hätte zumindest Jahre dauern können.«

»Und was soll ich jetzt tun?«

»Du? Nichts. Du bist Zivilist. Du sammelst hübsche alte Karten. Du hast uns gesagt, was du weißt. Wenn Jennifer Mehraz wieder auftaucht, reden wir mit ihr. Wir können ihren Mann ein bisschen unter die Lupe nehmen. Er hat in Los Angeles eine große, gut vernetzte Familie. Zu den beiden Männern, die in Brooklyn getötet wurden, laufen die Ermittlungen.«

»Was sagt dir dein Bauchgefühl?«

»Dass die Ehefrau keine Ahnung hatte, was da läuft, und dass der Ehemann nicht so blöd ist, sich auf so was einzulassen.« Passaro winkte die Kellnerin wieder heran.

»Demnach haben wir nichts in der Hand?«

»Das trifft es ziemlich präzise. Das ist einer dieser Fälle, bei denen wir auf der Stelle treten, bis uns aus heiterem Himmel irgendeine winzige Information vor die Füße flattert, vielleicht bald, vielleicht aber auch erst nach Jahren. Oder nie. Wie gesagt, derjenige beziehungsweise diejenigen, auf deren Konto dieser Mord geht, haben nichts dem Zufall überlassen, haben dem Mann, der allem Anschein nach selbst zwei Männer mit dem Messer getötet hat, gezielt aufgelauert und dann die Leiche hunderte Meilen entfernt versteckt.«

»Das ist verflucht deprimierend.«

»Tut mir leid.«

Sollte er Passaro sagen, dass er die Schlüssel zu Bills Truck besaß und was er im Fahrerhaus gefunden hatte? Was sonst? Andererseits war Paul soeben eine Idee gekommen, ein absurder Schachzug, der nur funktionierte, wenn er Passaro noch ein Weilchen im Dunkeln ließ.

Ihr dampfend frischer Fisch wurde serviert. »Und du hast wirklich keinen einzigen Anhaltspunkt?«, hakte Paul nach.

»*Niente*«, bestätigte der Detective. »Ich hab nichts in der Hand, und wenn mich mein Gefühl nicht trügt, kommen diejenigen, die das getan haben, ungestraft davon.«

»Sag, dass das nicht wahr ist.«

»Würde ich liebend gerne«, sagte Passaro, »aber so leid es mir tut, die Bösen werden nicht immer erwischt.«

44

416, 66. STRASSE WEST, MANHATTAN

Klopf einfach an, sagte sich Paul und tat es. Die Tür ging auf. Ahmed stand im Anzug vor ihm, offenbar auf dem Sprung zur Arbeit.

»Ahmed«, sagte Paul bedächtig.

»Paul, guten Morgen!« Ahmed lächelte liebenswürdig.

»Ahmed, ich habe etwas, das Sie haben wollen.«

»Ich kann nicht folgen.«

Paul wartete, bis Ahmed sein Schweigen bemerkte. »Setzen wir uns einen Moment zusammen. In meiner Wohnung.« Die nicht verwanzt ist, fügte er in Gedanken hinzu.

»Ehrlich gesagt bin ich ein bisschen in Eile, Paul.«

»Das ist Ihr wichtigster Termin heute, Ahmed.«

Dies war eine offensive, beinahe schon aggressive Bemerkung, und Ahmed nickte stumm.

Paul kehrte in seine Wohnung zurück, und Ahmed folgte ihm in zögerlichem Abstand. Auf den Hockern in Pauls Küche nahmen sie Platz. Auf einer Seite der Theke befand sich ein Stoß Papiere.

»Ich habe eine Karte«, eröffnete Paul das Gespräch, »eine Lagezeichnung, mit Ihrem Namen darauf und einigen Anmerkungen auf Arabisch, mit einer Wegbeschreibung von unserem Gebäude hier zu einem entlegenen Ort in Queens.« Paul beobachtete Ahmeds Reaktion – beherrscht. »Es ist auch Blut dran. Ich vermute, das Blut des Libyers, der das Blatt bei sich hatte, einer der zwei Männer, die vor ein paar Wochen in Brooklyn ermordet aufgefunden wurden.«

Ahmed runzelte die Stirn. »Paul, ich habe nicht die leiseste Ahnung, wovon Sie reden.«

»Von den beiden Männern, die Bill Wilkerson getötet hat.«

Ahmed starrte Paul an. Für einen kurzen Moment stand ihm die Angst ins Gesicht geschrieben. »Wer ist das?«, fragte er.

»Der amerikanische Soldat, mit dem sich Jennifer in letzter Zeit getroffen hat und der jetzt tot ist.«

»Ich habe wirklich keinen blassen Schimmer, was das Ganze soll.«

»Ach nein? Ich denke schon. Lassen wir also die Spielchen.«

Paul sah, wie mühsam sich Ahmed beherrschte, während er vor Wut am liebsten auf Paul losgegangen wäre und andererseits eiskalt behauptete, nichts von alldem zu wissen.

»Haben Sie mit Jennifer gesprochen?

»Oh ja, wir reden ständig.« Paul wartete auf eine Reaktion. »Hören Sie, Ahmed, Bill Wilkersons Vater hat mich aufgespürt. Er hat mir die Schlüssel zum Truck seines Sohnes ausgehändigt und mich gebeten, ihm Bescheid zu geben, wenn ich den Wagen gefunden habe. Dann ist er abgereist.«

»Und was hat das alles mit mir zu tun?«

»Ich wusste zufällig, wo der Truck steht. Und in ihm fand ich eine hingekrakelte Karte.« Er griff nach dem Stoß Papiere auf der Theke und nahm das oberste herunter. »Das hier ist eine sehr gute Farbkopie.«

Ahmed streckte die Hand aus, nahm die Karte und musterte sie. »Eine Kopie, sagen Sie?«

Paul nickte. »Das Original befindet sich woanders.«

Die Männer saßen sich gegenüber. Natürlich gab es jede Menge Messer in der Küche. Paul sah zu, wie Ahmed das Blatt genau studierte und dann aufsah.

»Was wollen Sie?«

»Das.« Paul nahm das nächste Blatt vom Stoß und zeigte Ahmed eins der Fotos, die er von der Ratzer-Karte aufgenommen hatte. »Ich bin sehr an dieser Karte interessiert. Sie ist als die Stassen-Ratzer-Karte bekannt, ein Stadtplan von New York aus der Zeit der Revolution. Die Eigentümerin will damit ihre Scheune in den Hamptons dekorieren. Sie heißt Hillary Larabee Morton. Ihr dritter Mann ist ein gewisser Bernie Gunston.«

»Irgend so ein Modefotograf, wenn ich mich recht entsinne.«

»Ja.«

»Und die Karte gehört seiner Frau, Hillary Morton?«

Paul nickte. »Sie oder ihr Mann wird Ihnen diese Karte für zirka eine Million Dollar verkaufen.«

»Was schlagen Sie vor?«

»Ich schlage gar nichts vor, Ahmed. Ich sage lediglich, dass ich *die* Karte haben will. Und Sie wollen *diese hier* haben. Ich tausche mit Ihnen. Das kommt schon mal vor unter Sammlern, wenn der Wert in etwa gleich ist. Ich denke, Gunston oder seine Frau wird Ihnen die Karte verkaufen. Aber alles bitte schriftlich, für den lückenlosen Nachweis der Eigentümerschaft, für den Fall, dass es später einmal irgendwelche Nachfragen geben sollte.«

»Und dann?«

Ahmed beruhigte sich, das war nicht zu übersehen.

»Sie werden mir diese Karte verkaufen, und zwar für einen Dollar und ›angemessene Gegenleistung‹ – nämlich die Handzeichnung, mit der Ihnen Ihre gedungenen Schläger beschrieben haben, wo genau Sie sich mit Bill Wilkerson treffen können. Wir sehen uns in meiner Kanzlei, wo ich den Handel mit Ihnen abschließen und notariell beglaubigen lassen werde. Die andere Karte, *Ihre* Karte, findet dabei keine Erwähnung. Doch ich händige sie Ihnen in einem unbeschrifteten braunen Umschlag aus, und Sie können dann damit machen, was Sie wollen. Ihre persönlichen Angelegenheiten interessieren mich nicht, Ahmed, ich interessiere mich für Karten. Gleichwohl werde ich bei meinem Anwalt eine Verfügung hinterlegen, wonach, sollte ich eines unnatürlichen Todes sterben, zum Beispiel von einem Laster überfahren werden oder vergifteten Reispudding essen oder dergleichen, unser Handel aufgedeckt und Sie als die Person entlarvt werden, die ein Interesse an meinem Ableben hatte. Ist das so weit klar? Haben Sie noch irgendwelche Fragen?«

»Falls es sich bei dieser Zeichnung«, sagte Ahmed, »dieser Karte, um das handelt, was Sie behaupten, machen Sie sich der Unterschlagung von Beweismaterial schuldig.«

»Beweismaterial ist es nur, wenn die Polizei es bekommt. Ach so, noch was. Auf dieser Karte befinden sich Ihre Fingerabdrücke. Es sind noch andere drauf, aber Ihre eben auch.«

»Woher wollen Sie das wissen?«

Paul griff in seine Aktentasche und zog seinen Laptop heraus. »Die Technologie zum Scannen von Dokumenten hat sich mit dem zunehmenden Sammlerwert von Karten verändert. Sie bieten uns mehr Informationen als je zuvor. Man sieht darauf Flecken, Blut, winzige Schmutzpartikel, Fingerabdrücke. Das alte Lumpenpapier saugt alles auf. Aber die Scanner verfügen heute über Infrarot- und UV-Licht-Erkennung. Damit erfassen sie jeden Wirbel eines Fingerabdrucks auf jedem porösen Papier. Hier, sehen Sie selbst.«

Er drehte den Laptop um, sodass Ahmed den Bildschirm sehen konnte. Darauf waren eine Reihe von Fingerabdrücken zu sehen, einige davon rot umrandet. »Ich hab mir erlaubt, ein paar der alten Nummern des *Wall Street Journal* an mich zu nehmen, die für die Papiermüllentsorgung vor Ihrer Wohnungstür gestapelt waren. Da waren jede Menge Abdrücke dran.« Er drückte auf eine Taste, und auf dem Bildschirm erschien das Bild eines Zeitungsblatts mit ebenfalls rot umrandeten Fingerabdrücken, die dank Rollie und seinen Scannern zweifelsfrei als deckungsgleich mit denen auf der Karte identifiziert werden konnten. »Ich wundere mich, dass Sie immer noch die Printausgabe beziehen.«

Ahmed schob Paul den Laptop hin. »Ich gehe morgen Abend auf Geschäftsreise.«

»Wohin?«

»Paris, danach Berlin.«

»Nun, Sie haben die Kontaktdaten zu den Eigentümern der Karte.«

»Ich sagte, ich bin *morgen* außer Landes.«

Paul klappte den Laptop zu und stand auf, um das Gespräch zu beenden. »Im Klartext: Besorgen Sie mir die Karte, die ich haben will, und ich händige Ihnen die Karte, die Sie haben wollen, in einem Schutzumschlag aus, der dafür sorgt, dass sämtliche Fingerabdrücke, die Sie darauf hinterlassen haben, als Sie sich die Wegbeschreibung angesehen haben, um sich mit Wilkerson zu treffen, konserviert sind.«

»Und woher weiß ich, dass es das Original ist?«

»Ich halte Sie für so klug, dass Sie die Karte auf Ihre Flugreise mitnehmen und in einem entsprechenden Studio oder Labor in Paris oder Berlin auf ihre Echtheit prüfen lassen.«

»Und wenn es das Original ist?« Ahmed stand auf.

»Ihre Sache, was Sie damit machen.«

»Und wenn es eine Fälschung ist?«, fragte er, vor Wut und Frustration eine Spur zu laut. »Eine verdammte Kopie?«

»Nun, dann wissen Sie ja, wo Sie mich finden. Genau hier. Aber vergessen Sie nicht, dass der Mann, von dem das Blut auf der Karte stammt, tot ist, auch wenn die Gerichtsmedizin mit Sicherheit seine Blutgruppe bestimmt hat. Theoretisch könnte ich vielleicht für eine Menge Geld eine Fälschung in Auftrag gegeben haben, Ahmed, eine gefälschte Karte mit gefälschtem Blut, alles sehr naturgetreu und überzeugend. Aber das wüssten Sie erst, wenn Sie es selbst forensisch untersuchen ließen.«

»Mein Flieger geht um acht Uhr abends. Ich muss um *fünf* zum Flughafen aufbrechen.«

»Dann erwarte ich Sie morgen um viertel vor fünf in meiner Kanzlei oder auch nicht.«

»Haben Sie noch weitere Kopien davon?«

»Ja.«

»Wo sind die?«

»In meinem Büro.«

»Wozu?«

»Um Ihnen klarzumachen, dass es zwecklos wäre, mir die Karte stehlen zu wollen.«

»Wo ist sie, wenn ich fragen darf?«, beharrte Ahmed frustriert. »Wo zum Teufel ist das Original?«

»Nicht in meiner Wohnung.« Jetzt war Paul etwas alarmiert.

»Wo denn?«

»Woanders. Jederzeit zur Hand.«

Ahmed, schnell von Begriff, feuerte sämtliche vertrackten Fragen ab, die sich ihm in seiner Zwickmühle stellten. »Haben Sie die Karte gegenüber irgendjemandem sonst erwähnt?«

»Nein.«

»Woher soll ich das wissen?«

»Können Sie nicht, Ahmed, Ihr Pech, so wie Bill Wilkerson seinen Schwanz nicht mehr in die Muschi Ihrer Frau stecken kann, während sie ihn küsst und ihm sagt, sie hätte ihn schon immer geliebt und würde ihn in alle Ewigkeit lieben.«

Ahmed starrte Paul mit funkelnden Augen und zusammengepressten Lippen an. Wie unter Stromstößen zuckte sein Kopf kaum merklich vor und zurück.

Paul setzte nach. »Ich hab sie mit eigenen Augen beim Vögeln gesehen, Ahmed, durchs Fenster, in Ihrem Schlafzimmer.«

Ahmed kam einen Schritt auf ihn zu.

Paul riss eine Schublade auf und holte ein Tranchiermesser heraus. »Das sollten Sie ganz schnell vergessen, Ahmed! Und wenn Sie die ganze Wohnung hier auf den Kopf stellen, finden Sie *Ihre* Karte hier nicht.«

»Sie sind –«

»Ahmed, mal ehrlich: Da Ihnen so sehr daran zu liegen

scheint, das Land zu verlassen, wollen Sie da nicht Ihre Karte, die echte, aus Papier, Ihr persönliches Eigentum, dabeihaben?«

Natürlich lautete die Antwort ja, doch Ahmed, kochend vor Wut, machte ohne ein weiteres Wort auf dem Absatz kehrt und ging.

45

MULBERRY STREET RESTORATION, BOND STREET ZWISCHEN BROADWAY UND LAFAYETTE, MANHATTAN

Jeder hat so seinen Fetisch!«, lachte Bernie Gunston ins Telefon. »Nicht nur du! Er hat heute Morgen angerufen, wusste, dass meine Frau diese dämliche Karte für eine absurde, wahnwitzige Summe gekauft hatte, und meinte, er zahlt den gleichen Preis plus die Zusatzkosten. Gott, ich dachte, ich werd nicht wieder, natürlich hab ich gesagt, ich komm sofort zum Restaurationsatelier, bin schon so gut wie da. Ich meine, ist das zu fassen? Hab ihn gegoogelt, und was soll ich sagen? Das ist ein ziemlich beeindruckender Investment-Typ. Muss passionierter Sammler sein, weshalb sollte er sonst bereit sein, so viel hinzublättern? Ich hätte wirklich mehr verlangen sollen. Hab ich aber nun mal nicht, was soll's. Telegrafische Überweisung, bitte halten Sie Ihre Bankverbindung zur Verfügung, sagt er! Ich meine, wie viel Glück kann man haben? Freu mich wie ein Schneekönig, ich meine, von dem Geld kann ich das Haus in Bridgehampton renovieren. Und mein schöner Freund und ich können noch eine kleine Reise machen. Ist das nicht toll? Okay, ich bin da, melde mich wieder, Schätzchen.«

Vor der Ladenfassade von Mulberry Street Restoration sprang Gunston aus dem Taxi, und eine junge Frau, die sich als Enid vorstellte, empfing ihn an der Tür. Drinnen stand ein großer, eleganter Mann, der sich die gerahmte Ratzer-Karte ansah und sich als Ahmed Mehraz vorstellte.

»Mr Mehraz, ist mir eine Freude, eine Riesenfreude, kommen Sie, legen wir los!«

Sie begaben sich zusammen ins eigentliche Atelier und betrachteten die alberne alte Karte. Enid trat hinzu. »Wenn ich Sie richtig verstanden habe, Mr Mehraz, übernehmen Sie die gesamten anfallenden Kosten für die Restauration, die neue Rahmung und den Versand?«

»Ja. Und ich brauche die Karte unverzüglich per Kurier im nördlichen Manhattan.«

»Also, unsere Kuriere sind unterwegs –«

»Dann beordern Sie sie zurück«, antwortete er unbeeindruckt. »Setzen Sie's auf die Rechnung.«

Sie nickte und musste sich auf die Zunge beißen, um sich nicht anmerken zu lassen, was sie von seiner Arroganz hielt.

»Also«, kam Gunston zur Sache, »setzen wir uns zusammen?«

Sie nahmen mit einem Kaufvertrag, den Mr Mehraz mitgebracht hatte, im Empfangsbereich Platz. »Ich hab alle nötigen Bankdaten für Sie.«

»Lassen Sie sehen.«

Mr Mehraz tippte wie wild auf seinem Handy, und Gunston nutzte die Gelegenheit, sein volles Haar, seine mächtige Stirn, seine schön geschwungene, nur ganz leicht gebogene Nase zu bewundern. Dann drehte Mr Mehraz sein Handy zu ihm um.

»Wenn ich auf ›senden‹ drücke, erscheint diese Summe auf Ihrem Konto, ja? Dann rufen Sie zur Bestätigung bei Ihrer Bank an und dann unterzeichnen Sie diesen Kaufvertrag.«

»Perfekt«, sagte Gunston, während sein Blick an Mr Mehraz' Armbanduhr hängen blieb. »Ist das eine Audemars Piguet?«

»Ja.«

»*So* was Schönes. Gratulation.«

»Also, kann ich?«

»Ja, nur zu.«

Und schon war es geschehen. Das Geld bewegte sich mit Lichtgeschwindigkeit, Mehraz zeigte Gunston zum Beweis für die erfolgte Überweisung sein Display, Gunston rief – angesichts der wirklich hohen Summe – zur Gegenprüfung seinen Kontenbetreuer bei der Bank an – ja, das Geld ist da, wenn Sie wollen, können Sie anfangen, es auszugeben.

Was er auch vorhatte! Was für ein glückliches Zusammenspiel! Er schüttelte dem Bild von einem Mann die Hand und sagte ihm mit einem Lächeln: »Falls Sie je was anderes ausprobieren wollen«, bekam auf wundersame Weise sofort ein Taxi und war schon wieder auf dem Weg zurück! Er war die alberne alte Karte losgeworden, die seine lächerliche Frau gekauft hatte! Wie aufregend!

46

86–10 GRAND AVENUE, ELMHURST, QUEENS, NEW YORK

Das Fieber wurde schlimmer, er keuchte und hörte ein fernes Donnern, während sein Gesichtsfeld flimmerte und pulsierte. Als ob er in einen dunklen Tunnel ginge. Ich kann nicht in den Tunnel, keine Tunnel mehr, Mami. Alle paar Minuten trank er Wasser. Aber ich gehe die Sache falsch an, wenn ich, mehr *muerto* als lebendig, einfach in der Wohnung warte. Das ist falsch! Ich werde das los, redete er sich gut zu. Der alte Araber hat versucht, mich zu vergiften, aber ich bin *mas* stärker als das *veneno*! *Yo soi el asesino*! Der Auftragskiller! Er stellte sich ohne Hemd vor den Spiegel; immer noch muskelbepackt, *mi nigero*, immer noch stark, Mami! Im Kühlschrank hatte er in einem Schuhkarton jede Menge Pillen, und er ging seine Vorräte durch. »*Necessito medicine*«, murmelte er fiebrig, »ich hab ein paar gute Pillen hier drin.« Sein Blick blieb beim Dimethylamylamin oder DMAA hängen, das Bodybuilder benutzten, um *shredded* auszusehen. Mein Killer-Herz packt das schon, dachte Hector, ich muss das Gift im Körper verbrennen. Die einzige Möglichkeit. Er trank reichlich Proteingemisch und warf sich dann vier langsam wirkende Koffeintabletten ein, nur zur Sicherheit, um das High durch mehrere chemische Substanzen abzupuffern. Dann nahm er vorsichtshalber noch einen Schluck Wodka. Das war's, das war *gut*. Er spürte es auf Anhieb. Verbrenne das Gift, *asesino*! Er schmeckte die Spucke im Mund, er spürte, wie ihm das Blut in die Lenden schoss, er fühlte sich stark. Er brauchte eine Frau, er musste die Harley fahren, er musste Eisen fressen … dieser Ritt würde Stunden dauern, *mi hermano*, und er wäre endlich wie ein Gott.

47

51. STRASSE, ECKE FIFTH AVENUE, MANHATTAN

Der Tauschhandel hatte gerade einmal drei Minuten gedauert. Die Ratzer-Karte, sorgfältig durch hochwertige Plastikfolie geschützt, die Ecken mit Karton verstärkt und zuletzt in Luftpolsterfolie gewickelt, lag auf Pauls Konferenztisch, zwischen Paul und Ahmed. Behutsam schnitt Paul in das Plastik und legte eine Ecke des Rahmens frei. Nach einem weiteren Schnitt zog er die Verpackung ungefähr dreißig Zentimeter herunter. Ja, sie war es. Perfekt. Seine Karte. Sie gehört mir, jedenfalls gleich, dachte er zufrieden.

»Ich bin in Eile«, sagte Ahmed. Er reichte Paul den Kaufvertrag, den er mit Gunston abgeschlossen hatte, und unterzeichnete im fliegenden Wechsel einen neuen – die Ratzer-Karte für einen Dollar und angemessene Gegenleistung. Beide Männer waren Anwälte. Sie kannten sich mit solchen Dokumenten aus.

Paul reichte Ahmed einen Dollar, den dieser in die Tasche stopfte.

»Wo ist sie?«, fragte Ahmed.

Paul öffnete eine Akte auf seinem Schreibtisch und entnahm ihr, in der Schutzhülle, die handgezeichnete Karte des Libyers. »Hier.«

Paul wandte sich zur Tür.

»Elauriana?«, rief er.

Sie war vereidigte Notarin und beglaubigte den Kaufvertrag mit Unterschrift und Stempel.

Ahmed nahm die Handzeichnung in Augenschein.

»Es ist das Original«, sagte Paul.

Ahmed sah misstrauisch zu ihm auf.

»Aber vergewissern Sie sich selbst.«

Ahmed öffnete den Schnappverschluss seiner Aktentasche und schob die Plastikhülle hinein.

»Wann geht Ihr Flieger?«, fragte Paul in unschuldig beiläufigem Ton, obwohl ihm Ahmed die Zeit schon am Vortag in seiner Küche genannt hatte.

»Um acht, aber bei dem Verkehr um die Zeit muss ich mir schon jetzt ein Taxi nehmen.

»Verstehe.«

»Erledigt«, murmelte Ahmed hasserfüllt. Und ging.

Paul griff zum Telefon.

»Passaro, solltest du zufällig nach Ahmed Ausschau halten, wirst du feststellen, dass er heute Abend ins Flugzeug steigt und das Land verlässt.«

»Das Land verlässt?«

»Ja, zuerst nach Paris und dann Berlin.«

»Mist! Wenn er erst mal in der EU ist, können wir seine Spur nicht mehr verfolgen. Ich kann ihn nicht festhalten, ich hab nichts in der Hand, keine Anklage, nichts Aktenkundliches.«

»Doch, du kannst.«

»Und wie, wenn ich fragen darf?«

»Er könnte ein kleines Passproblem haben.«

»Du sprichst in Rätseln.«

»Du hast sicher einen guten Draht zur Einwanderungsbehörde?«

»Klar.«

»Ich schlage vor, du sagst denen, es habe eine ernste Unstimmigkeit bei seinem Einbürgerungsantrag vor einigen Jahren gegeben.«

»Nicht verjährt?«

»Nein. Bundesgesetz. Nach dem elften September haben sie alles umgeschrieben.«

»Er ist jetzt zum Flughafen unterwegs, sagst du?«

»Und sitzt bald im Flieger«, sagte Paul. »Allerdings herrscht furchtbar zäher Verkehr.«

»Was für eine Unstimmigkeit?«

»Er hat in Bezug auf eine frühere Verhaftung gelogen.«

»Nicht gut. Weswegen wurde er verhaftet?«

»Widerstand gegen die Staatsgewalt in Ocean City, Maryland. Auf dem Antragsformular steht: ›Wurden Sie je verhaftet‹, und er hat mit ›Nein‹ geantwortet, aber ich habe ein Dokument, das die Festnahme beweist.«

»Gut, ich bin ganz Ohr.«

»Außerdem hat er wahrscheinlich am Flughafen ein Dokument dabei.«

»Aha?«

»Ich zeig dir, was für eins. Gib mir deine Handynummer durch.«

Paul sendete Passaro das Foto. Es brauchte einen Moment, dann war es da. »Wo hast du das her?«

»Es war in Bills Truck. Ich hatte die Schlüssel. Es ist Blut dran, ich wette, von einem der toten Libyer.«

»Das hat er dabei? Von dir?«

»Ja.«

»Das Original?«

»In einem Schutzumschlag.«

»Du bist ein absolutes Arschloch! Heilige Scheiße! Und wenn er es nun in tausend Schnipsel zerreißt und aus dem Taxifenster wirft?«

»Schon möglich, aber das würde der Fahrer sehen. Außerdem haben die heute Kameras in jedem Wagen.«

»Er könnte es im Flughafen in einem Müllcontainer entsorgen.«

»Auch überall Kameras.«

»Er könnte an Bord gehen, warten, bis sie in der Luft sind, und es in die Vakuumtoilette werfen, wo es von den Chemikalien –«

»Das wird er nicht, ich kann's dir erklären.«

»Ich fahr zum Flughafen. Warte, wo steht der Truck?«

»Auf einem Parkplatz fünf Blocks von hier.«

»Du fährst mich zum Flughafen, während ich telefoniere. Und du schuldest mir einige Erklärungen.«

»Du machst Witze.«

»Durchaus nicht, und es würde Ihnen als Zeichen des guten Willens angerechnet, Mister, wenn man in Betracht zieht, dass Sie sich an Beweismitteln vergangen haben.«

»Schon unterwegs.«

»Beeilung«, schnauzte Passaro.

Zehn Minuten später trafen sie sich am Parkplatz. Die Tatsache, dass Ahmed zwei Stunden vor Abflug da sein musste und am späten Freitagnachmittag irgendwo im schrecklichen Rushhour-Verkehr steckte, gab ihnen die Hoffnung, ihn noch einzuholen.

»Oha«, sagte Passaro, als Paul den Truck aufschloss. All die Fotos von Jennifer. »Ist das die Frau?«

»Ja.«

Kaum waren sie unterwegs, telefonierte Passaro mit seinen Kontakten bei der Einwanderungsbehörde.

»Streng nach Vorschrift müsste ich die Port Authority Police informieren«, sagte er, »aber die können mich mal.«

»Belt Parkway oder Van Wyck Expressway?«, fragte Paul. »Es sei denn, du ziehst es vor, dass wir uns querfeldein durch Brooklyn durchwursteln.«

»Ich bin für den Belt. Selbst wenn es nur schleppend vorangeht, sind wir wenigstens am Wasser.«

Und so machten sie es, auch wenn sie endlos brauchten, um nach Brooklyn hinüberzukommen; der Tunnel war verstopft, die Canal Street ein Albtraum. Eine Dreiviertel- bis eine ganze Stunde nach Brooklyn? Das gab es einfach nicht! Leider doch. Passaro plapperte unterdessen ohne Punkt und Komma am

Handy. »Also«, sagte er zwischendurch zu Paul, »diese Karte, die du mir geschickt hast, hab ich weitergeleitet, und die Jungs vom FBI haben die Handschrift schon dem einen der beiden Toten zugeordnet. Deine Screenshots von den Fingerabdrücken sind zwar sehr hübsch, aber leider unbrauchbar. Dafür haben wir ein paar andere – Moment, warte.« Passaro hörte zu. »Also, sie wissen, dass er im Moment an der Sicherheitskontrolle ansteht. Aber sie werden ihn durchlassen, weil es nur von Vorteil ist, wenn er erst mal im Flieger sitzt. Dann kann man ihm nämlich noch den Versuch zur Last legen, außer Landes fliehen zu wollen. Noch ein Anklagepunkt. Zeitlich kommt es für uns gerade so hin. Vielleicht siehst du ihn also noch mal wieder.«

Eigentlich lege ich keinen Wert darauf, Ahmed wiederzusehen, dachte Paul. Ich setze Passaro einfach am Flughafen ab. In diesem Moment bemerkte er das Motorrad hinter ihm. Orangefarbenes Modell, gelber Helm.

»Seltsam«, sagte er.

»Was?«

»Auf meiner letzten Fahrt mit dem Truck, vom JFK nach Manhattan, hatte ich dasselbe Motorrad hinter mir. Und der Typ ist mir möglicherweise bis zum Parkplatz gefolgt.«

Schwerfällig drehte sich der beleibte Passaro um. »Verdammt. Eine von diesen scheiß Rennmaschinen.«

Das Motorrad kam näher – und war direkt hinter dem Truck.

»Der Kerl muss irre sein«, sagte Paul.

Passaro beobachtete den Verfolger scharf. »Und ist unter dem Leder ganz schön muskelbepackt.«

Jetzt beschleunigte das Motorrad und kam auf gleiche Höhe mit Paul. Der Fahrer zog eine Waffe aus der Jacke, richtete sie auf ihn und befahl ihm, auf den Haltestreifen zu fahren.

»Ziemlich anhänglich, der Bursche«, sagte Passaro. »Gib Gas, volle Kanne.«

Was sich Paul nicht zwei Mal sagen ließ. Schon bald preschten sie mit hundertzwanzig Sachen davon, für den Belt Parkway ein halsbrecherisches Tempo. Das orangefarbene Motorrad legte mühelos ebenfalls zu und blieb hartnäckig dran. Diesmal fuhr der Muskelprotz rechts auf Augenhöhe und drohte erneut mit seiner Waffe, die mit einem Riemen um seinen Hals befestigt war.

»Das ist eine scheiß TEC-9«, sagte Passaro, »und was der Kerl da abzieht, läuft offenbar auf einen Entführungsversuch hinaus.«

»Und was soll ich machen?«, brüllte Paul, während er den Truck im Slalom durch den Verkehr manövrierte.

»Überhol und fahr auf die rechte Spur!«

Paul trat aufs Gas, der PS-starke Truck zog an und schoss diagonal über mehrere Spuren nach rechts. Der Irre auf dem Bike ließ nicht locker und gab aus kurzer Distanz einen Schuss ab, der in die Heckklappe einschlug.

»Jetzt auf die Bremse!«, befahl Passaro.

»Fest?«

»Stell dich drauf!«, schrie Passaro, während er weiterhin nach hinten blickte.

Paul trat mit aller Kraft auf die Bremse, sodass die Reifen quietschten und sich ihm der Sitzgurt um die Brust festzog. Dann ein heftiger Ruck, als der Biker mit hundertdreißig Sachen gegen die hintere Stoßstange prallte und über den Lenker geschleudert wurde. Während es seine Maschine ein gutes Stück über den unebenen Bodenbelag schleuderte und in ihre Einzelteile zerriss, schlug der Fahrer mit voller Wucht hinten auf das Führerhaus des Pick-up auf und blieb reglos auf der Ladefläche liegen.

»Er ist im Truck!«

»Ich weiß!«, rief Passaro. »Ich denke, er ist benommen.«

Benommen oder nicht, der Biker kam auf die Knie und hielt sich den Kopf. Ein verbeulter chinesischer Lieferwagen mit drei Männern hinter der Windschutzscheibe war dicht herangefahren, um die Action aus der Nähe zu verfolgen, und wechselte jetzt die Spur.

»Mach wieder Tempo!«, wies Passaro Paul an. »Drück auf die Tube!«

Paul warf einen Blick in den Rückspiegel und konzentrierte sich wieder auf die Straße. Im Slalom wechselte der Truck die Spuren, und in rasender Fahrt nahm er jedes Schlagloch mit. »Achtung!«

Sie sahen, wie der Mann die Waffe, die ihm immer noch um den Hals hing, in die Finger bekam. Als er sie hob, um durchs Heckfenster zu schießen, riss Paul das Steuer instinktiv nach links, sodass er quer über den Highway wieder vor demselben chinesischen Lieferwagen landete und durch den Schlenker den Mann auf der Ladefläche zur Seite warf. Was diesen nicht daran hinderte zu schießen. In das Motorengeräusch drang wie aus einem Maschinengewehr ein lautes Tok-Tok-Tok. Die Kugeln krachten durchs Heckfenster, zischten durch die Windschutzscheibe vor Paul wieder hinaus und rissen Bullaugen mit spinnwebenartigen Rissen ins Glas. Jetzt stand der Mann gebückt hinter der Kabine und versuchte, das Gleichgewicht wiederzufinden, um erneut zu schießen, doch bevor er dazu kam, drehte sich Passaro ungeachtet seiner Leibesfülle so weit herum, dass er mit dem kurzen Lauf seines bescheidenen Dienstrevolvers durch ein klaffendes Loch in der Heckscheibe kam, und schoss. Paul zuckte von dem Knall unwillkürlich zusammen. Passaro feuerte drei Mal, der Rauch verflog augenblicklich mit dem Fahrtwind, der durch die zerfetzte Windschutzscheibe blies. Im Rückspiegel beobachtete Paul, wie es den Muskelprotz frontal in die Brust erwischte, sodass er, immer noch auf den Füßen, nach hinten taumelte, bis er mit den Beinen an die Heckklappe stieß und im hohen Bogen kopfüber von der Ladefläche flog. In einem Salto kam er wie ein Kunstturner zum Stehen, wurde jedoch augenblicklich von dem chinesischen Lieferwagen erfasst, der, wie sich später herausstellen sollte, mit drei Dutzend zu verschrottenden Waschmaschinen und Trocknern beladen war und ihn zuerst mit dem Vorderrad und dann, unausweichlich, mit dem schwereren Hinterrad am Genick überfuhr.

48

TERMINAL 4, GATE B 37, JOHN F. KENNEDY INTERNATIONALE AIRPORT, NEW YORK

Wer klug war, agierte vorausschauend, analysierte die Trends, stellte Prognosen auf, überprüfte die Zahlen. Die Erderwärmung zum Beispiel veränderte die Regenfälle, sodass Länder um Wasser kämpften, was gewaltige Flüchtlingskrisen nach sich zog und Regierungen destabilisierte. Und so weiter. Als Geschäftsmann musste man solche Faktoren im Blick behalten, ging es Ahmed durch den Sinn, während er zusah, wie die Leute aufstanden, um an Bord des Flugzeugs zu gehen. Was hieß das für die künftigen Machtverhältnisse? China war im Aufwind, Amerika wie ein in die Jahre gekommener Preisboxer verfettet und geschwächt, aber immer noch gefährlich, stets bereit, zuzuschlagen; dann Indien – bei immer noch steigender Bevölkerungsdichte ein beeindruckendes Wirtschaftswachstum und entsprechende Umweltverschmutzung. Dann Russland, schwächelnd, mit rückläufiger Bevölkerungsentwicklung, ständig im Konflikt mit seinen Nachbarn; Europa, das mit jedem Jahr brauner wurde und wo sich Türken, Pakistani, Afrikaner langsam, aber unaufhaltsam bis in die Führungsspitzen nach oben arbeiteten; und der gesamte Nahe Osten schließlich, zu dem es ihn nie hingezogen hatte, stand in Flammen.

Man rief die Passagiere der ersten Klasse auf, sich an Bord zu begeben, und erleichtert stellte er sich in die Reihe. Für die Zeit seiner Abwesenheit hatte er seinen Anwalt bevollmächtigt, sich um etwaige Probleme mit der Polizei zu kümmern. Schließlich hatte ihm niemand untersagt, das Land zu verlassen. Die Bodenangestellte der Swissair scannte seine Bordkarte ein, und er ging die Gangway zu seinem Flieger entlang, dem Ticket nach ein Airbus. An seinem Platz schob er seinen Bordkoffer unter den Sitz und machte es sich bequem. Sein Büro ging erst einmal davon aus, dass es sich wie gewohnt um eine kurze Geschäftsreise handelte. Er schrieb Jennifer, er hoffe, dass sie ihn bei seiner Rückkehr erwarte. Als ob.

Ahmed begriff das Problem. Er konnte in den Staaten bleiben, riskierte jedoch eine Festnahme wegen Verabredung zum Mord. Aber was konnten sie ihm schon beweisen? Da war zunächst das Treffen mit den Libyern. Außer ihm waren Amir, derzeit im Fernen Osten, und die beiden inzwischen toten Männer dabei gewesen. Es gab die handgezeichnete Wegbeschreibung, nunmehr in seinem Besitz. Auch wenn sie echt aussah, würde er sie von einem Experten untersuchen lassen, vielleicht in Paris. Konnte er davon ausgehen, dass ihm Paul das Original ausgehändigt hatte? Das Treffen konnte möglicherweise zu einer Verabredungsklage führen, vorausgesetzt, sie fanden Amir und brachten ihn zum Reden. Doch diese Unterredung hatte nicht zur Ermordung von Wilkerson geführt. Die nächsten, entscheidenden Schritte hatte – nach der kurzen Unterredung mit ihm in der Monkey Bar – ganz allein Onkel Hassan eingeleitet. Doch was genau? Mit wem hatte er Kontakt aufgenommen? Ahmed hatte keine Ahnung. Und jetzt war Onkel Hassan verschwunden. Überhaupt gefiel ihm nicht, wie die Dinge liefen. Jennifer war verschwunden. Die Zeichnung war in Pauls Händen wieder aufgetaucht.

Während die Passagiere an ihm vorbeidefilierten, schloss er die Augen.

»Mr Mehraz?«, fragte jemand in höflichem Ton.

»Er schlug die Augen auf. »Ja?«

Vor ihm standen drei junge Männer in seriösem Anzug. Einer brachte unter seinem linken Ärmel eine Handschelle an.

»Mr Mehraz, wir sind Federal Marshals vom Heimatschutz. Sie sind vorläufig festgenommen aufgrund laufender Ermittlungen der Polizei von New York sowie wegen möglicher Verstöße gegen das Einwanderungsgesetz.«

Gehorsam stand er auf, und im nächsten Moment waren ihm beide Hände hinter dem Rücken fixiert. Sie tasteten ihn nach Waffen ab. Die anderen Passagiere gafften. Einer fing an, die Szene mit dem Handy festzuhalten.

»Ist das ein Terrorist?«, kreischte eine Frau. »Gibt es einen Bombenalarm?«

»Nein, Ma'am«, blaffte einer der Beamten. »Reine Routinesache. Keinerlei Grund zur Sorge.«

»Moment mal«, mischte sich ein anderer Fluggast ein. »Das machen Sie doch nur wegen seiner ethnischen Herkunft!«

Der Fülligste der drei Marshals drehte sich zu dem Mann um. »Sir, sollen wir Sie gleich hier und jetzt wegen Behinderung der Staatsgewalt verhaften?«

Damit trat unter den Fluggästen Ruhe ein, doch drei oder vier hielten den Vorfall mit ihren Handys fest. Die Marshals sicherten Ahmeds Tasche – ach, hätte er diese Karte doch nur vernichtet oder weggeworfen – und führten ihn ab, entweder um ihn wegen Verabredung anzuklagen oder um ihn auszubürgern. Was wäre schlimmer? Schwer zu sagen.

Am Ende der Startbahn wartete bereits ein weißblauer Wagen des Heimatschutzes mit drei weiteren Beamten. Ahmed wurde auf dem Rücksitz zwischen zwei der Männer platziert. Vierzig Minuten später war er mit einem nicht gekennzeichneten Fahrstuhl drei Stockwerke nach unten befördert worden und saß in der Haftanstalt des Flughafens, einem kleinen Gefängnis mit Einzelzellen. Sie hatten ihn mit einem Magnetstab nach versteckten Waffen abgesucht, ihn fotografiert, eine Netzhauterkennung durchgeführt, ihm Pass, Handy, Brieftasche, Gürtel, Schnürsenkel und Fingerabdrücke abgenommen. Eine Leibesvisitation, respektvoll und professionell, hinterließ einen Rest Gleitcreme zwischen seinen Pobacken.

Er hatte nicht protestiert, keinerlei Widerstand geleistet und auch nicht mit juristischen Vergeltungsmaßnahmen gedroht. Wieso? Weil es unablässig in seinem Kopf arbeitete. Er konnte nicht begreifen, auf welcher Grundlage sie ihm eine Übertretung des Einwanderungsgesetzes vorhalten konnten. Immerhin hatte er seinen Juraabschluss in Harvard gemacht. Und nachdem er eine ganze Weile fieberhaft Fakten und Daten Revue hatte passieren lassen, pendelten sich seine Überlegungen schließlich bei einer scheinbar gänzlich belanglosen Kleinigkeit ein: dem Brief mit einem Stoß Papiere, den er kürzlich von seinem ehemaligen Anwalt aus Ocean City, Maryland, bekommen hatte, Papiere, die seine Verhaftung als junger Collegestudent dokumentierten. Er hatte den Brief geöffnet, die Papiere gesichtet und sofort in seinem heimischen Arbeitszimmer unter anderen Akten abgelegt, um sicherzustellen, dass Jennifer diesen kleinen Schandfleck aus seiner Vergangenheit nicht entdeckte. Die Sache war, hatte er angenommen, längst vergessen. Die Frau des besagten Anwalts war, wie sich Ahmed entsann, Gerichtssekretärin bei der Kommunalverwaltung. Sie allein speiste Daten zu Verhaftungen im Verwaltungsbezirk ins System des FBI ein. Aus diesem Grund war seine Verhaftung nie im Zentralarchiv gelandet. Das alles hatte ihm damals Onkel Hassan erläutert. Bestechung und Mauschelei – so alt wie die Menschheit. Schmiergeld, *Bakschisch*, ursprünglich ein persisches Wort. Oft unverzichtbar, um das System auszutricksen, wenn es einem im Wege stand. Doch das war Schnee von gestern und nur für seinen Einbürgerungsantrag von Belang, in dem er die Frage nach einer etwaigen früheren Verhaftung nicht wahrheitsgemäß beantwortet hatte. Und doch sah er sich hier und jetzt, viele Jahre später, dank der Einwanderungspolizei, im Gefängnis des John F Kennedy International Airport wieder. Irgendetwas musste ihm entgangen sein … da fehlte ein Glied in der Kette, eine Person, die zwischen den alten juristischen Dokumenten, die er neulich mit der Post bekommen hatte, und seinem Antrag auf die amerikanische Staatsbürgerschaft eine Abweichung festgestellt hatte, eine Person, die mit solchen Vorgängen vertraut, in den gesetzlichen Bestimmungen bewandert war … ein auf Einwanderungsrecht spezialisierter Anwalt natürlich, ja, jemand wie Paul Reeves, sein Nachbar, der ihm auch die blutgetränkte Karte gegeben und dafür gesorgt hatte, dass sie sich in Ahmeds Bordgepäck befand – und inzwischen zweifellos längst entdeckt worden war. Doppelt hereingelegt, wurde Ahmed klar, von einem kleinen Einwanderungsadvokaten.

49

86–10 GRAND AVENUE, ELMHURST, QUEENS, NEW YORK

Papier ist wirklich faszinierend. Ohne Papier keine Zivilisation, dachte Passaro, als er in der Wohnung stand, in der Hector Ruiz gelebt hatte. Inzwischen war ihm dank der mexikanischen Behörden die ganze Geschichte bekannt. Auftragskiller von El Chapo, dem berüchtigten Drogenboss, auf den schon vor Jahren vom Boss höchstpersönlich ein Kopfgeld ausgesetzt worden war, was im Ergebnis zum vorzeitigen Ableben aller drei zu diesem Zweck angeheuerten Auftragskiller führte – allesamt irgendwo in der Wüste mit Jagdpfeilen erschossen. In Mexiko wegen neunzehnfachen Mordes gesucht. Hector hatte es irgendwie über die Grenze geschafft und war, wo sonst, in New York gelandet. Passaro blätterte die Rechnungen und Briefe auf dem Küchentisch durch. Gut organisiert, das musste man dem Burschen lassen. Sämtliche Protein-Mixturen und Nahrungsergänzungsmittel in seinem Kühlschrank säuberlich aufgereiht; ein ganzer Raum eigens für Motorrad-Ersatzteile in beschrifteten Boxen und eine riesige Harley-Davidson in der Zimmermitte. Mit Soziusfußrasten. Passaro setzte sich drauf und legte die Finger um die Griffe. Was für ein Feuerstuhl.

Papier. Sie hatten einen Zettel gefunden. Der rote Truck. Instruktionen. Auf der Rückseite des Wischs die Adresse einer Autowerkstatt. Ein Abgleich der Telefondaten belegte, dass Hector von einem Mittelsmann namens Lorenzo, der in der Werkstatt arbeitete, einen Anruf bekommen hatte. In einem kurzen Verhör hatte besagter Lorenzo Passaro den Namen Omar geliefert, der direkte Kontaktmann eines gewissen Hassan. Omar, so stellte sich heraus, hatte auch so schon mehr als genug Probleme am Hals, weshalb es nicht vieler Überredungskünste bedurfte, um aus ihm herauszubekommen, was er wusste – wie er Hector von Hassan und Hassan von Hector erzählt hatte. Und so fügte sich am Ende eins zum anderen. Der arme alte Hassan war immer noch im Besitz eines jener Daumenmesser mit Giftinjektor gewesen, mit denen die CIA vor Jahrzehnten den SAVAC, den iranischen Sicherheitsdienst, ausgestattet hatte. Doch es hatte ihm nichts genützt; das Gift war zu alt und hatte Hector nicht umgebracht, weshalb Hassan als verstümmelte Leiche in einem Tunnel der U-Bahn-Linie N aufgefunden worden war, ein alter Mann und, wie sich zeigte, der Onkel von Ahmed Mehraz. Mord wäre dem jungen Mehraz schwerlich nachzuweisen, da machte sich Passaro keine Illusionen, Verabredung hingegen und versuchte Entführung schon. Auf jeden Fall genug. Ahmed fuhr ein.

50

416, 66. STRASSE WEST, MANHATTAN

Es war moralisch fragwürdig, wie ich gehandelt habe, sagte sich Paul. Schließlich hatte er eine tragische Situation zu seinem persönlichen Vorteil genutzt und sich die Ratzer unter den Nagel gerissen. Raffiniert und möglicherweise illegal hatte er Ahmed an seiner Achillesferse getroffen. Andererseits hatte die List zu dessen Ergreifung geführt. Ohne Pauls fragwürdige Tricks hätte sich Ahmed womöglich elegant aus der Affäre gezogen; wäre er jetzt schon für den Arm des Gesetzes unerreichbar und mit seinen unerschöpflichen Mitteln in der Lage, sich ad infinitum seiner gerechten Strafe zu entziehen. Und ich, rief sich Paul erneut ins Gedächtnis, hätte nicht die Ratzer in Händen! Er stellte die schwere, gerahmte Karte ab und maß sie mitsamt der Verpackung. Danach richtete er die Höhe und den Abstand der Haken, die mit ihren Nuten in tiefe, verstärkte Rillen in der Wand eingelassen wurden, eine Vorrichtung, wie sie auch von vielen Museen verwendet wurde. Jeder Haken war für eine Traglast von fast siebzig Kilogramm ausgelegt, doch er ging immer auf Nummer sicher und verwendete zwei. Erst jetzt entfernte er die gesamte Verpackung und hob seine Errungenschaft hoch: Karte, Rahmen und Spezialverglasung wogen vielleicht fünfundzwanzig Kilo. Mit routiniertem Geschick bekam er die Drahtaufhängung an der Rückseite des Rahmens über den einen, dann den anderen Haken. Langsam ließ er die Karte herunter, bis das Gewicht an den Haken hing. Das war der Moment, in dem die Karte ihren gebührenden Platz gefunden hatte. Als Letztes zog er die Schutzfolie des Konservators ab und trat einen Schritt zurück.

Fabelhaft? Nein, noch nicht. Sie hing nicht hundertprozentig im Lot, und so rückte er sie mit geübtem Auge an den Haken entlang zwei Zentimeter nach links und nahm die Hände weg. Perfekt. Er trat bis zur gegenüber liegenden Wand zurück, fand den Dimmer für die Lichtleisten in der Decke, schaltete sie ein und sah sich die Karte endlich an.

Überwältigend, die Ratzer. Eine Karte, mit deren Hilfe George Washington die Republik verteidigt hatte, da Amerika gerade erst als Idee vage Gestalt annahm und die Insel Manhattan ein von Gehöften umgebenes Städtchen mit zwölftausend Seelen beherbergte, die in Schindelholzhäusern lebten; als das spätere Texas noch zu Mexiko gehörte, als der Iran noch Persien hieß, als Pauls Vorfahren in Irland noch vom Kartoffelanbau lebten und zum Düngen ihrer Gärten Pferdeäpfel aufsammelten. Doch so wie die Linien auf der Karte die unveränderlichen Konturen der fischförmigen grünen Insel markierten, so hatte sich das Rad der Geschichte weitergedreht und alles verändert. Das war das Traurige an Karten auf Papier: Sie zeugten nicht nur von der Vergangenheit, sondern steckten auch darin fest; kaum waren sie fertig gestellt, waren sie als neueste Wiedergabe der darin festgehaltenen Welt auch schon überholt. Er starrte auf die zarten Konturen der Küste von Manhattan und der sie umgebenden Gewässer, und ihn überkam ein Anflug von Melancholie. Hier hatte er gelebt, hier würde er sterben.

Es klopfte an seiner Wohnungstür. Jemand rief nach ihm.

»Paul? Paul?«

Als er die Tür öffnete, stand Jennifer davor. Schluchzend fiel sie ihm um den Hals. »Ich komme nur noch mal, um Lebewohl zu sagen. Sie haben mich laufen lassen.«

Er geleitete sie ins Wohnzimmer.

»Billy ist tot«, brachte sie weinend hervor, »und ich werde ihn nie wiedersehen.«

»Was hast du jetzt vor?«, fragte er und setzte sich ihr gegenüber aufs Sofa.

Jennifer schüttelte den Kopf. »Ich muss ein paar Entscheidungen treffen, ganz einfach.«

Wie beim letzten Mal ging er in die Küche, um eine Flasche Wein zu holen, dazu etwas zu essen, Käse, den Rachel gekauft hatte, ein paar Kräcker und Aufstrich. Als er ins Wohnzimmer zurückkam, sah er, wie Jennifer behutsam das Glaskästchen mit den verkohlten Splittern hielt – dankbar, sich für einen Moment von ihrem Kummer ablenken zu können. »Was ist das?«

»Das ist leider Gottes der Grund, weshalb Rachel neulich so wütend auf mich wurde, dass sie mitten in der Nacht hier rausgestürmt ist.«

»Tatsächlich?«

»Ja.«

»Was ist passiert?«

»Sie wollte wissen, was es damit auf sich hat.«

»Und? Hast du es ihr erzählt?«

»Nein.«

»Oh.« Sie betrachtete das Kästchen. »Wieso nicht?«

Das Glas in der Hand, lehnte er sich zurück und blickte durchs Fenster die Lichter die Avenue entlang. Die Ereignisse auf dem Belt Parkway – die Fahrt mit dem Truck, Passaros Meisterung der lebensbedrohlichen Situation, der Anblick der verstümmelten Leiche des Motorradfahrers, die Polizeisirenen – hatten ihn durchgerüttelt und Erinnerungen wachgerufen, die er in einem versteckten Winkel seines Kopfes weggesperrt hatte. Er spürte die Flüchtigkeit der Jahre, wie einen die Zeit zum Narren hielt und einen mit der Nase auf Orte und Ereignisse in der eigenen Geschichte stieß, an die man lieber nicht rührte. Wieso hatte er es Rachel nicht erzählt? Jemand musste schließlich seine Geschichte erfahren, nicht wahr? »Nun ja, ich komme eigentlich aus Brooklyn. Mein Dad war ein Feuerwehrmann, der lieber ans College gegangen wäre, um Geschichte zu studieren. Aber dann schwängerte er meine

Mutter, sie bestand darauf, dass er sie heiratete, was damals auch den Gepflogenheiten entsprach.«

»Verstehe«, sagte Jennifer, auf die Geschichte erpicht.

»Sein Onkel war Bauinspektor, er verhalf ihm zu einer Stelle bei der Feuerwehr, und für eine Reihe von Jahren drehte sich sein Leben weitgehend um die Feuerwache südlich der Seventh Avenue, Ecke Union Street in Park Slope, damals noch ziemlich heruntergekommen und nicht so piekfein wie heute.«

»Erzähl weiter.«

Und so fuhr er fort: »Damals, in den frühen Sechzigerjahren, waren die Docks von Brooklyn verwahrlost.« Was einmal die östliche Hälfte des florierendsten Hafens in der gesamten westlichen Hemisphäre gewesen war, versank in der Bedeutungslosigkeit, als der Hafen versandete und die Containerschiffe immer größer wurden. Mit dem Niedergang verloren auch die Lagerhäuser rings um die Docks an Wert, und die Dächer verrotteten. »Viele wurden sogar niedergebrannt, um dafür wenigstens noch die Versicherung zu kassieren. »In einer Novembernacht, ich war damals ein Jahr alt, rückte die Truppe meines Vaters zu einem Brand der Alarmstufe sechs im Gebäude der ehemaligen National Refrigeration Supply Company aus.« Jahre später, erinnerte sich Paul, hatte sein Vater ihm erzählt, wie die Männer gerade die Schläuche an der Front des brennenden Gebäudes vorbeischleppten, als sie von irgendwo oben einen Schrei hörten und genau in dem Moment die Köpfe hoben und in die Richtung sahen, als unter dem Druck überhitzter Luft ein riesiges Glasfenster zerbarst. Unzählige Glas-, Holz- und brennende Lacksplitter prasselten auf die Männer nieder. »Die Splitter drangen ihnen in die Kehle oder in die Augen. Von den fünf verletzten Männern starben drei innerhalb weniger Tage an versengten und punktierten Lungen, einer erblindete auf der Stelle an einem Auge, blieb aber ansonsten unverletzt, und der letzte, mein Vater, rang wochenlang mit dem Tod.«

Paul verstummte. Seit Jahrzehnten hatte er nicht mehr über den Unfall gesprochen.

»Und?«, flüsterte Jennifer.

»Ein ehemaliger Militärarzt, der sein Handwerk im Koreakrieg gelernt hatte, rettete ihm das Leben. Er sog meinem Vater annähernd hundert Splitter Glas, Metall, Holz und verkohlte Bleifarbe aus der Lunge.«

»Das Glaskästchen? Die sind da drin?«

Er nickte, und bei dem Gedanken schnürte es ihm die Kehle zu, als steckten die Splitter darin. »Als mein Vater endlich aus dem Krankenhaus entlassen wurde, war klar, dass seine Tage als Feuerwehrmann Vergangenheit waren. Dank seiner Invalidenrente bekam er ein Darlehen, um ein dreistöckiges Reihenhaus in der 14. Straße zu kaufen, unweit der Fifth Avenue in Brooklyn. Dort bin ich aufgewachsen.«

»Und ich dachte immer, du stammtest aus reichem Hause«, sagte Jennifer.

»Nein, keineswegs. Mein Vater war ein bärenstarker Mann gewesen, knapp eins neunzig groß und gut zwei Zentner schwer, doch nach seinem Unfall war er für immer gebeugt. Frühzeitig gealtert. Als Jugendlicher habe ich mich dafür geschämt, dass er nicht mal einen Ball werfen konnte, wenn ich mit ihm auf der Straße spielen wollte.«

»Das tut mir leid.«

»Als ich mich bei meiner Mutter darüber beklagte, fragte sie nur, wann ich das letzte Mal seinen Rücken zu Gesicht bekommen hätte. Ich verstand die Frage nicht, aber später beobachtete ich zufällig, wie er sich ein T-Shirt überzog, und begriff, dass er mir keinen Ball zuwerfen konnte, weil der Chirurg ihm, um seine Lunge zu operieren, die Rückenmuskeln durchtrennt hatte, sodass er jede Menge Narbengewebe und tote Nerven hatte …

Er beschloss, sich am Brooklyn College einzuschreiben und seinen Bachelor in Geschichte zu machen. Damit fand er dann eine Stelle als Lehrer an einer Mädchenschule, dem Berkeley Institute. Die Bezahlung war eher bescheiden, doch die Arbeit machte ihm Freude. Für die nächsten dreißig Jahre wurde er ein ziemlich guter Lehrer für amerikanische Geschichte.«

Dagegen war Pauls Mutter von dem Unfall seines Vaters und dem zermürbenden, kräftezehrenden Wiederaufstieg danach traumatisiert und erholte sich nie mehr davon. Ihre Angst um ihren Mann verfestigte sich zu einer allgemeineren Angst, und durch die Invalidität ihres Gatten und sein mageres Einkommen fühlte sie sich ein Leben lang mitgefangen. »Sie wurde zu einem verbitterten Menschen«, sagte Paul. »Viele Ehefrauen von Feuerwehrleuten im Alter meines Vaters kamen nach zwanzig Dienstjahren in den Genuss einer vollen Pension; deren Männer waren fit genug, um in einem neuen Job als Autoverkäufer, Immobilienmakler oder Versicherungsvertreter noch einmal durchzustarten und Brooklyn gegen die idyllischen Vororte von Long Island und New Jersey einzutauschen. ›Wir haben es nie aus Brooklyn geschafft‹, höre ich sie noch sagen. Mein Dad hat noch bis zu meiner Jura-Abschlussfeier durchgehalten, auch wenn er da schon recht hinfällig war.«

Jennifer hatte den Kopf abgewandt und blickte in die Ferne, vielleicht auf ihren eigenen Werdegang. »Ich hör dir zu.«

»Nach der Feier nahm er mich in seine Lieblingsbar an der Fifth Avenue mit und stellte mich seinen Bekannten vor – seinen Sohn, den frisch gebackenen Juristen. Dann setzten wir uns hin, und er bestellte für jeden von uns einen Boilermaker, einen Krug Bier mit Whisky. Ich weiß noch genau, wie er sagte: ›Paul, ich möchte dir ein paar Dinge sagen, okay? Du sollst wissen, dass ich ungeheuer stolz auf dich bin, aber deine Mutter versteht dich nicht mehr so ganz. Sie ist ein Mädchen aus Brooklyn, das einen einfachen Feuerwehrmann aus der Gegend geheiratet hat. Sie hat nicht viel vom Leben gehabt. Ich weiß, sie ist streng mit dir, aber bitte versprich mir, dass du sie nicht im Stich lässt. Das Einzige, was sie so sehr liebt wie dich, ist das vergammelte kleine Haus, in dem wir leben. Wenn irgend möglich, lass sie darin wohnen, bis sie stirbt.‹ Ich sollte es ihm versprechen, und das tat ich. Dann kippte er seinen Boilermaker herunter und hatte ein rotes Gesicht wie schon lange nicht mehr. Weißt du, ich frage mich manchmal, ob ich je wieder einen Menschen so geliebt habe wie ihn. Vielleicht ist das mein Problem.«

»Ich glaube nicht, dass das ein Problem ist, Paul. Ich hab meinen Vater nie gekannt, und wenn du deinen Vater nie kennenlernst, hast du alle möglichen Probleme.«

Unten auf der Straße hielten die wenigen Taxis bei Rot, warteten und setzten sich nach Süden in Bewegung. Hätte sie ihren Vater gekannt, dachte Paul, hätte sie vielleicht Ahmed nicht geheiratet. Solche Rückschlüsse mochten krude sein, aber vielleicht stimmten sie trotzdem.

»Du wolltest gerade etwas über deinen Vater sagen«, gab ihm Jennifer das Stichwort.

»Sieben Wochen später starb er an einer Lungenblutung. Das alte Narbengewebe. Er stand von seinem Lesesessel auf und kippte einfach um. Ich spielte gerade Basketball im Park. Meine Mutter war außer sich vor Trauer. Ich schätze, ich wurde zu einem besseren Sohn und sorgte dafür, dass sie bis zum Schluss in diesem kleinen, gammeligen Haus an der 14. Straße wohnen bleiben konnte.« Zwei Mal hatte er das Haus renovieren lassen: das Dach, die Fenster, den Heizungskessel, den Teppichbelag, den Anstrich, die Rohre und die Elektrokabel. Mit der Zeit hatte er begriffen, dass das beengte, alte Haus in Brooklyn der einzige Ort war, den er wirklich kannte, der Ort seiner Kindheit, an dem er begriffen hatte, wer sein Vater war. »Als meine Mutter starb, wurde mir klar, dass ich es nie über mich bringen würde, das Haus zu verkaufen. Es bedeutete mir zu viel. Also, Jennifer, jetzt weißt du, was das für kleine Splitter in dem Glaskästchen sind. Reliquien gewissermaßen.«

Tränen flossen ihr über die Wangen, vielleicht vor allem wegen Billy.

»Und jetzt hör zu, Jennifer, ich glaube, ich habe dir diese Geschichte aus gutem Grund erzählt.«

Sie kam herüber und setzte sich neben ihm aufs Sofa. »Billy hätte nicht zu sterben brauchen, weißt du«, sagte sie. »Ich hätte ihm entweder sagen können, er soll ohne mich nach Hause fahren, oder ich hätte mit ihm gehen können. Es ist meine Schuld, Paul.« Sie sah ihn an – mit diesen blauen Augen, diesem ach so jungen Gesicht.

»Du hättest unmöglich ahnen können, wohin das alles führt«, sagte er, um sie zu trösten. »Trotzdem musst du in Zukunft stärker und klüger sein.«

Sie schmiegte sich an ihn und schluchzte leise. Nach einer Weile streichelte er ihr den Rücken. »Und deshalb, Jennifer«, rückte er schließlich heraus, »möchte ich dir etwas sagen, nur eins, dann möchte ich dir ein Abschiedsküsschen auf die Wange geben und dich bitten, dir ein Taxi zu rufen und wieder in dein Hotel zu fahren.«

Doch sie wollte nicht gehen, das war unverkennbar. »Wir könnten –«, fing sie an und nahm seine Hände. »Paul, meinst du –«

Er schüttelte einfühlsam den Kopf. »Das wäre nicht richtig.«

Jennifer blinzelte ein wenig, war aber vielleicht auch erleichtert. »Gut, Paul, wenn du meinst.«

»Wir verlieren alle«, sagte er. »So oder so, früher oder später werden uns alle genommen.« Er sah sie eindringlich an. »Also halte die Menschen fest, solange du kannst. Lass sie dir nicht wegnehmen, wenn du es verhindern kannst.«

Sie nickte unter Tränen, aufgewühlt, aber mit einem zaghaften Lächeln. Er geleitete sie wieder in die Küche und holte ihren Mantel.

»Knöpf ihn bis obenhin zu«, sagte er, »draußen ist es kalt.«

Sie folgte seinem Rat und schob auch den obersten Knopf durchs Loch. Bevor sie die Tür öffnete, sagte sie: »Jetzt hätte ich gerne diesen Kuss.«

Er beugte sich herunter, küsste sie auf die Wange und roch ihr Parfüm.

»Du weißt, wo du jetzt hin musst, oder?«, flüsterte er. »Jemand braucht dich, nicht wahr?«

Sie nickte mit geschlossenen Augen.

Mit einer festen Umarmung schickte er sie auf den Weg. »Die Stadt läuft dir nicht weg, Jennifer, du kannst jederzeit wiederkommen.«

51

BLOW-OUT BAR, 38. STRASSE, ECKE PARK AVENUE, MANHATTAN

Diese jungen Dinger sind alle Styling-Junkies, dachte Rachel, als sie über die lange Reihe Frisierplätze blickte, auf denen ein Dutzend Frauen begierig darauf wartete, sich das Haar mit Shampoo und Conditioner waschen, dann trocknen und anschließend aufföhnen zu lassen, für das wichtige Date oder Dinner oder den Galaabend. Freitags war hier nach Feierabend die Hölle los. Jede Frau, die noch einen Platz in der Reihe ergattert hatte, dachte nur *Ja! Ich hab's geschafft, ich komm groß raus,* während sie an einem Glas Wasser mit Zitronenschnitz nippte, das auf Tabletts herumgereicht wurde. Und wieso sollte sie auch nicht, wenn man bedachte, dass sie das volle Programm plus eine Auswahl der exklusiven Markenprodukte, die sie hier verkauften, um einige Dollar ärmer machten? Aber das war es wert, nicht wahr? Wehe, wenn nicht. Der Laden war überaus cool, ein Hauch Los Angeles in New York. Hier verkehrte ein bestimmter Frauentyp, eine gewisse –

Doch auch wenn ihr Haar danach umwerfend aussehen würde, brachte der Gedanke, um ehrlich zu sein, wenig Trost. Paul fehlte ihr, er fehlte ihr so sehr. Wenn sie an den Abend dachte, kam sie sich so dumm vor, und es tat ihr alles schrecklich leid. Im Stillen gab sie sich selbst die Schuld – teilweise jedenfalls. Und da sie nichts zu verlieren hatte, rief sie ihn an.

»Hallo?«, sagte sie und war fast überrascht, als er sich meldete.

»Rachel?«

»Ja«, sagte sie, froh, dass er ihre Stimme gleich erkannte. »Ich hatte etwas gehofft …«

»Was denn?«, fragte Paul.

»Dass du mich vielleicht ein Millionstel so vermisst wie ich dich.«

Es trat eine Pause ein. »Eine Million ist eine sehr hohe Zahl«, antwortete er.

»Ich weiß!«, rief sie glücklich.

»Manche Karten sollen eine Million Dollar kosten.«

»Ich weiß«, antwortete sie und legte ihr ganzes Mitgefühl hinein, um ihm zu zeigen, wie leid es ihr tat, dass er diese große, schöne Stassen-Ratzer-Karte am Ende doch nicht bekommen hatte. »Tut mir leid.«

Ihre Worte hingen in der Luft, und sie fragte sich, ob er verstanden hatte, wie sie es meinte.

»Aber«, meldete sich Paul endlich wieder, »manche Karten, die eine Million Dollar kosten, kann man gegen eine andere Karte tauschen.«

»Im Ernst?«, rief Rachel.

»Ja«, sagte Paul, »im Ernst. Ist eine lange Geschichte. Und ziemlich kompliziert.«

»Dann hast du sie?«

Wieder kurzes Zögern. »Die Karte hängt hier vor mir. Wärst du nicht gewesen, hätte ich sie jetzt nicht.«

»Wenn du's sagst«, antwortete sie, ohne ganz zu verstehen, was sie dazu beigetragen hatte.

»Eine große, wunderschöne Karte. Die spektakulärste, die ich je mein Eigen nennen werde.«

Sie hörte seine Freude heraus.

»Ich freu mich so für dich!«, sagte sie. Und meinte jedes Wort ernst. Doch zumindest wollte sie ihm auch noch sagen, wie –

»Wie wär's, wenn du herkommst? Dann kannst du sie selbst sehen.«

52

MEILE 6,2, COUNTY ROAD 330, UVALDE COUNTY, TEXAS

Keine Ahnung, wo ich hier bin, stellte Jennifer fest. Irgendwie ein aufregendes Gefühl. Doch laut dem Navi des Mietwagens war es nicht mehr weit. Sie hatte vom Flughafen in San Antonio aus angerufen. Billys Mutter hatte sich gemeldet. »Kommen Sie her, und wir sehen dann weiter«, hatte sie mit belegter Stimme gesagt. In sachlichem Ton, ohne etwas preiszugeben. Ich stehe hier nicht gut da, rief sich Jennifer in Erinnerung. Ich hab nichts vorzuweisen, nur das, was ich bin. Und wer genau sie war, wusste sie nicht zu sagen.

Vor ihrem Abflug hatte sie Kleider ausgesucht, die nicht allzu teuer oder extravagant aussahen. Das sind einfache Leute, schärfte sie sich ein, dir sind solche Leute vertraut.

Unter Tränen hatte sie Detective Passaro alles erzählt, was sie darüber wusste, weshalb Billy in New York gewesen war oder genauer gesagt, was sie mit Billy gemacht hatte, während er in New York gewesen war, das mit dem Sex, alles, wie auch alles darüber, was Ahmed möglicherweise getan oder nicht getan hatte. Von dem Detective hatte sie erfahren, dass Billy wahrscheinlich zwei Libyer getötet hatte, von Ahmed angeheuert, um ihn zu entführen, doch nun waren alle drei tot, und mangels Zeugen war der Fall wohl letztlich nicht aufzuklären. »Hat Billy irgendetwas darüber erwähnt?«, hatte Detective Passaro sie gefragt. Und sie hatte Nein gesagt. »Hat er mit Ihnen je über seine Aktivitäten bei der Armee gesprochen?« Nein, hatte sie geantwortet, er hatte nicht darüber reden wollen. Vielleicht hatte er Somalia erwähnt, Drohnenangriffe oder dergleichen. Aber keine Details. Der Detective hatte genickt. »Nun, wie's aussieht, konnte er gut mit dem Messer umgehen«, merkte er an. Der Mann, der Billy ermordet hatte, notorischer Handlanger eines mexikanischen Drogenkartells, war irgendwie über einen anderen Mann angeworben worden, auch wenn es so aussah, als habe Ahmeds Onkel Hassan seine Finger im Spiel gehabt, bevor auch er von dem Mexikaner getötet wurde. Es war alles ein wenig verwirrend und kompliziert, auch wenn sie es mit ein bisschen gutem Willen hätte verstehen können. Doch so genau wollte sie es gar nicht wissen, denn am meisten verwirrte sie die simple Tatsache, dass all die Gewalt nur daher kam, dass sie und Billy heimlich miteinander geschlafen hatten. Das heißt, nicht nur davon, auch von Ahmed. Das alles hatte eine ganze Kettenreaktion der Gewalt ausgelöst. Der Detective hatte ihr erklärt, dass sie Ahmed nicht wegen Mordes anklagen konnten, da es in der Gleichung zu viele Unbekannte gab, doch für versuchte Entführung oder Verabredung zum Mord hatten sie Beweise, etwas, das Ahmed bei sich gehabt habe, als er versuchte, außer Landes zu fliehen. Darüber hinaus seien sie zuversichtlich, eine Auslieferung von Ahmeds Cousin Amir, der ebenfalls an dem Komplott beteiligt gewesen sei, aus Hongkong zu erwirken. Doch fürs Erste laufe Ahmed Gefahr, wegen alter Dokumente, die zutage getreten seien, seine amerikanische Staatsbürgerschaft zu verlieren.

Sehr wohl verstand sie, dass Ahmed jetzt in einer Art rechtlichem Niemandsland lebte. Blieb er in den Staaten, drohte ihm eine Gefängnisstrafe, verließ er das Land, wäre es sehr schwer für ihn, je wieder zurückzukehren. Jedenfalls wurde er, sobald die Geschichte von seiner Festnahme im Flugzeug Schlagzeilen machte, von seiner Firma fristlos entlassen. Jennifer hatte seit alledem nur ein Mal mit ihm gesprochen.

»Du hast Billy ermorden lassen«, hatte sie gesagt.

»Habe ich nicht.«

»Ich glaube dir nicht, egal, was du sagst.«

»Meinetwegen.«

»Wir sind fertig«, sagte sie.

»Allerdings, ein für alle Male. Du hast mein Leben zerstört, Jennifer.«

»So einfach ist das –«

»Doch, unterm Strich ist es das«, sagte Ahmed bitter. »Jedenfalls kannst du nicht mehr in die Wohnung zurück, weil ich sie verkaufe. Ich hab dich aus sämtlichen Konten gestrichen, und dein Handyvertrag läuft in wenigen Tagen aus. Alle deine Kreditkarten sind gesperrt. Wenn du glaubst, du bekommst auch nur einen Cent von mir, täuschst du dich. Verstanden? Ich will nie wieder von dir hören. Du wirst die Scheidungspapiere unterschreiben, und dann fahr zur Hölle.

Ach ja, nur damit du Bescheid weißt: Ich komm schon klar. Du wirst nicht wissen, wo ich bin, aber mir wird es an nichts fehlen. Wo immer du bist, was auch immer du tust, vergiss nicht, dass es mir gut geht und dass ich dich nicht vermisse, dass ich dich nie wiedersehen will, dass du für mich tot bist, Jennifer.«

Sie hasste ihn mit jeder Faser, doch diese Worte hatten ihr sehr zugesetzt. Es hatte sie deprimiert, wie alles so hatte enden können. Ob sie Ahmed je geliebt hatte, konnte sie nicht sagen, aber bewundert hatte sie ihn! Sie wünschte sich, sie hätte ihm von Henry erzählt, nur um ihm wehzutun, doch dann war sie wiederum froh, dass sie es sich verkniffen hatte. Nur Henry war von alledem unberührt.

Jennifer weinte hinterm Steuer, während sie mit jeder Meile immer deutlicher vor Augen hatte, dass ihr altes Leben unwiderruflich hinter ihr lag, während sie sich bangen Fragen über die Zukunft gegenüber sah. Doch dann sagte ihr die weibliche Roboterstimme aus dem Armaturenbrett, auf welche Landstraße sie abbiegen musste, und sie drosselte das Tempo, um die Hügelkette, die Weite der Landschaft auf sich wirken zu lassen, so viel grüner, als sie es sich vorgestellt hatte.

Dann sah sie den Briefkasten. Das Eingangstor zur Ranch ragte in einem hohen Bogen über dem Schotterweg auf, geschmückt mit einem Ochsen aus Blech, und es stand offen. Die Einfahrt zog sich in die Länge, sie bog ab und blieb stehen, um ihr Make-up zu richten. Ich kann hier nicht mit verheultem Gesicht aufkreuzen, sagte sie sich. Sie öffnete das Fenster und ließ die trockene, kalte Luft herein. Thanksgiving stand vor der Tür, wurde ihr bewusst, als sie wieder den Gang einlegte.

Nach einer Minute tauchte vor ihr ein Farmhaus auf, zwei Scheunen im Hintergrund. Sie sah ihn auf einem grünen Fahrrad den Schotterweg in ihre Richtung kommen, und hielt an, weil sie sich nicht traute, auch nur einen Meter weiterzufahren. Er trug ein schmutziges T-Shirt und blaue Jeans. Sein blondes Haar war kurz geschnitten, und sie fühlte wieder seinen Hals und seinen Kopf in ihren Händen. *Ich hatte keine Ahnung,* stammelte sie innerlich, *hätte ich je* – Sie dachte noch daran, in den Leerlauf zu schalten, bevor sie ausstieg und sich bewusst war, wie staksig sie mit den Stöckelschuhen über den Schotter lief. Doch sie ging weiter. Jetzt sah sie der Junge, hielt in der Nähe einer der Scheunen an und blieb über das grüne Fahrrad gebeugt stehen. Sowie sie näher kam, traten Billys Eltern in die Sonne; seine Mutter musterte sie mit wachsamem Auge, während sein Vater, groß und schlank wie Billy, die Treppe herunterkam, um Jennifer zu begrüßen. Sie wirkten beide alt, vom Alter und vom Kummer ausgelaugt. Dass die Generation dazwischen dringend vonnöten war, sah man auf einen Blick. Der Junge legte sein Fahrrad weg, rannte zu seinem Großvater und fasste ihn an der Hand, um zu erfahren, wie die hübsche junge Frau hieß, die gerade aus New York eingetroffen war.

DANKSAGUNG

Wenn man ein Buch schreibt, kommt man mit Menschen in Berührung, die einem, ob sie es nun wissen oder nicht, dabei von Hilfe sind. Es ist mir eine Freude, ihnen allen zu danken.

Meine Lektorin Sarah Crichton bei Farrar, Straus and Giroux hat sich über alle Maßen in Geduld geübt, als über meinem Projekt Monate und schließlich Jahre vergingen. Als das Manuskript endlich – häppchenweise – kam, überprüfte sie es sorgfältig und unterbreitete zahllose größere und kleinere Verbesserungsvorschläge. Sarah besitzt eine seltene Gabe, eine Mischung aus Scharfsicht, Humor und Selbstlosigkeit. Ich stehe für immer in ihrer Schuld.

Auch ihren vielen hervorragenden Kollegen bei FSG schulde ich meinen aufrichtigen Dank: Jonathan Galassi, Jeff Seroy, Lottchen Shivers, Rodrigo Corral, Tyler Comrie, Abby Kagan, Kate Sanford und Rob Sternitzky, die am Text hervorragende Arbeit geleistet haben. In Nova Scotia bürstete John McGhee das Manuskript noch einmal herzerfrischend gegen den Strich.

Mein Agent, Kris Dahl bei ICM Partners, stand mir wie immer treu zur Seite und erwies sich einmal mehr als sensibler Leser. Mein Dank gilt überdies Carolyn Reidy, Susan Moldow, Nan Graham, Roz Lippel, Sarah Goldberg, Katrina Diaz, Brian und Diana DeCubellis, Sloan Harris, Richard Snow, Carol Sklenicka, Bob Vitalo und Darren Von Stein, dem wahrscheinlich nicht nur besten Kartenrahmer in New York, sondern auch großen Kenner ihrer Geschichte.

Meine Frau Kathryn war – während unsere Kinder erwachsen wurden, die Schule hinter sich brachten und keine Kinder mehr waren – die lange Zeit hindurch, in der ich mit diesem Buch schwanger ging, ein Ausbund an Geduld und Verständnis. Meine ganze Familie hat meine Obsession für Karten von

New York und den Wust an Papieren, den die Arbeit an diesem Buch erzeugte, mit stoischem Gleichmut ertragen.

Mein Bruder Dana Harrison und ich verbrachten unterdessen viel Zeit mit Kettensägen und Häckslern auf Long Island, oft bei Schnee und klirrender Kälte. Die gemeinsame Aktivität war mir eine Wohltat, wann immer ich an dem Buch arbeitete.

Der eine oder andere hat mir im Lauf der Jahre seine Geschichten anvertraut. Auch ohne Namensnennung weiß jeder von ihnen, wer gemeint ist, und soll sich meiner Dankbarkeit gewiss sein.